भूख

भूख

क्नूत हाम्सुन

अंग्रेज़ी से अनुवाद
तेजी ग्रोवर

वाणी प्रकाशन

The Translation has been Published with
the financial support of Norla Fiction

वाणी प्रकाशन

4695, 21-ए, दरियागंज, नयी दिल्ली 110 002

फ़ोन : +91 11 23273167 फ़ैक्स : +91 11 23275710

शाखाएँ

अशोक राजपथ, पटना 800 004, बिहार

कॉफ़ी हाउस कैम्पस, महात्मा गांधी मार्ग, इलाहाबाद 211 001, उत्तर प्रदेश

महात्मा गांधी अन्तरराष्ट्रीय हिन्दी विश्वविद्यालय, वर्धा 442 001, महाराष्ट्र

सुल्तानिया रोड, मोतिया पार्क, भोपाल 462 001, मध्य प्रदेश

www.vaniprakashan.com
marketing@vaniprakashan.in
sales@vaniprakashan.in

BHOOKH
by Knut Hamsun

Translated by Teji Grover

ISBN : 978-93-5072-80-24
Fiction

प्रथम संस्करण 2004,2015
तृतीय संस्करण 2020

मूल्य : ₹ 299

Painting on cover by Ambadas

सिटी प्रेस, दिल्ली-110 095 में मुद्रित

वाणी प्रकाशन का लोगो मक़बूल फ़िदा हुसेन की कूची से

Acknowledgements

We're grateful to NORLA (Norwegian Literature Abroad), Oslo, for making it possible for us to continue our publication of Knut Hamsun's work – this time the classic he is best known for : *Hunger* (*Sult* in the original).

Thanks are due, once again to Gyldendal Norsk Forlag, Norway, for their permission to produce this work in Hindi.

Lars Andersson somehow made it possible to defuse the 'mood' that can make you want to run away from a work as serious as *Hunger*. With his now good knowledge of the *devanagari* script, he also helped, to whatever extent it was possible, to bring the proper names closer to the original.

Undis, who learnt Hindi the hard way at Uppsala University, made a final list of close approximations to Norwegian names. Since we weren't in a position to add new vowel signs, opinions on transcription varied to some extent. For the sake of the first syllable in her own name, we added the 'u' sound to Hamsun's name in the *devanagari* script, which was missing in PAN, in accordance with an earlier suggestion from a friend.

But then, whoever on earth could thank the Indian painter Ambadas, who lives in Oslo, for lending his occasional presence to the pages of the Hindi *Hunger*? He emerged so imperceptibly in the text that one had better leave it at that, and thank him, instead, for his work on the cover. The work was taken from the collection of Delhi Art Gallery, for which we are grateful to Rubina.

We also thank Rustam, who agreed to translate the essays by Paul Auster and Robert Bly, and also did some editorial work on the final draft, simply to express his feelings for the original.

Finally IFFI 2003, for screening the black and white masterpiece by Henning Karlsson, with the literally starving-to-death Per Oskarsson in the lead, from way back in 1966; and, of course, Robert Bly for his superb English translation of Knut Hamsun's *Sult.*

Teji Grover
Arun Maheshwari

ऐसे में कभी-कभी क्रिस्तिआनिया...

भूख को लिखना कैसा अनुभव रहा होगा, इसका अनुमान इस उपन्यास को पढ़कर लगाना एक बात है, अनुवाद करके लगाना दूसरी बात है और हिन्दी में *भूख* के एकाधिक प्रूफ़ देखते हुए लगाना तीसरी बात है। यानी दो अतिरिक्त सुख-दुख साँझे किये जा रहे हैं।

पढ़कर आप विस्मित हों कि हाम्सुन इसे लिख कैसे पाये होंगे। वह जो वे 'जी' चुके थे, 'जी' रहे थे—उससे जीवित बच रहे क्योंकि 'लिखना' अभी शेष था?

वह यातना-शिविर जो आपके लिए किसी दूसरे ने शिल्पित नहीं किया, वह अपराध जिसकी सज़ा आप खुद लिखते हैं—लेखक के लायक वह 'शाश्वत नर्क़' जिसमें स्थित होने के बावजूद अगर किसी लेखक को यह शक बना रहे कि वह किसी 'गुनगुने हमाम' में बैठा लिख रहा है, तो उसे काफ़्का कहें या हाम्सुन, या उनके द्वारा रचा हुआ कोई *हंगर आर्टिस्ट*?

फिर एक पाठक उस 'गुनगुने हमाम' को देख भर लेता है, झुलस जाता है। और वह किताब जो मेज़ पर धरी है, वह उसे छू भी नहीं सकता, उस *भूख* को। क्या हाम्सुन इस पाठक में पहले से ही मौजूद थे कि वह पढ़ना चाह उठा था उन्हें? क्या हाम्सुन ने आकर ही हाम्सुन के लिए जगह बनायी थी?

हाम्सुन का लेखन इन प्रश्नों को लगभग मिटा ही देता है। आप सीधे झुलस में भोंके हुए पाये जाते हैं, मिरोस्लाव होलुब के 'पाँच-सौ डिग्री सेन्टिग्रेड' में। *भूख* में भोजन और लेखन के साथ आपका समीकरण चिरकाल के लिए रूपायित हो जाता है।

भूख के अनुवाद का सुख यानी अवसाद और भय की सांद्र ऐन्द्रिकता। लिखने का ऐसा ढंग जो आँतों को चीर रहा है और जिस्म में एक अप्रत्याशित भाषा को वुजूद में ला रहा है।

इस उपन्यास में लेखन की *भूख* इतनी ग़ज़बनाक है, कि उस जिस्म को ज़िन्दा

रखना लाज़िमी है और उस ज़हन को जो 'लेखन' को प्रकाश में लायेगा। और भूख, जिस्म की भोजन के लिए भूख, उस *भूख* का दर्पण है जिसमें वह दिन-दिहाड़े झलक आयी है।

इस दर्पण को साफ़ रखना ज़रूरी है। और वही उसे साफ़ रख पायेगा, वह नायक जो हाम्सुन के लेखन के भीतर अपना लेखन करने की ज़िद कर रहा है, और उस हाम्सुन का लेखन हमें दिखाने की ज़िद भी कर रहा है जो *भूख* के प्रकाशन से पहले अभी क्नूत हाम्सुन नहीं हुए थे, जिन्हें ब्यॅर्नसन अभिनेता बनने की सलाह दे रहे थे, और जो क्रिस्तिआनिया में भूखे मर रहे थे।

पॉल ऑस्टर और राबर्ट ब्लाय इस नायक को ऐसे देख रहे हैं जैसे घाट पर पीपल के नीचे खड़े उस बाबा को जो वर्षों से किसी हठ का संकेत हमें दे रहे हैं, वे बस खड़े हैं।

लेकिन *भूख* अगर हठ है तो रोष और आक्रोश भी कम नहीं है, ख़ुदा की ख़ुदाई पर कहर की नज़र भी। इसके साथ-साथ वह लेखन का एक बेजोड़ नमूना भी है जिससे संचारित रक्त आधुनिक उपन्यास की रगों में बेतरह दौड़ निकला है। हाम्सुन कोई इब्सन नहीं थे कि उन्हें कुछ दहाकों की मारा-मारी करते देख मध्यम-वर्ग उनके पीछे एक गाव-तकिया रख देता। वे इस लायक नहीं थे। वे क्रिस्तिआनिया को ऑस्लो में बदलते हुए देख रहे थे।* उस ऑस्लो में जिसमें आज के दिन अम्बादास नाम के भारतीय चित्रकार का वास है, और जिनसे नार्वे का कलाकार समुदाय प्रायः अनभिज्ञ चला रहा है।** क्रिस्तिआनिया में वह 'तेल' नहीं था जिसने नार्वे को अचानक अमीर बना डाला था; साँझ के समय गली में लगे लैम्पों को जलाने बाक़ायदा दो आदमी आया करते थे। हाम्सुन को पढ़ने वाले नार्वीजी लोग हाम्सुन के राजनैतिक मतिभ्रम से आहत और क्रुद्ध होंने के बावजूद क्या पता वही लोग हों जिनमें उन लैम्प जलाने (और बुझाने) वाले आदमियों का लिहाज़ अभी है, उनका भी जो क्रिस्तिआनिया में चीथड़े पहने घूमते थे और भूख से मरते थे, जिन्हें नहीं मालूम था कि घोड़े की टापों से गूँजता हुआ क्रिस्तिआनिया जब ऑस्लो में बदल जायेगा तो ग़रीबी शब्द के अर्थ किस कदर बदल जायेंगे (वे रात-भर शहर की तमाम दुकानों के भीतर जगमगाते हुए मर्कुरी बल्बों से प्रकाश में आ गये हैं)...

गाँधीजी के बारे में अशोक सक्सेरिया ने कभी एक बात कही थी, कि वे ग़रीब आदमी की एक अविस्मरणीय छवि भारतीय मानस में उकेर गये हैं। हम कह सकते

---

* ऑस्लो नाम का शहर 1048 में Lo नदी के तट पर बसा हुआ था। (os यानी बस्ती)। छः सौ वर्ष वाद क्रिस्तियन IV इसका ठिया उठाकर, अपने नाम की छाप लगाकर, इसे पश्चिमी तट पर ले आये थे। बीसवीं शताब्दी में इस शहर को फिर से ऑस्लो का नाम दिया गया।

** अम्बादास अपने चित्रों में मिट्टी का तेल भी इस्तेमाल करते हैं—जिससे शुरू में पिग्मेंट का फट जाना एक प्रयोग या हादसा रहा होगा—जो उन्होंने साध लिया है।

हैं कि 1890 में छपे *भूख* में हाम्सुन लेखन की ख़ातिर भूखे मर रहे इस अनोखे नायक की छवि आधुनिक उपन्यास में आद्याक्षर की तरह अंकित कर गये हैं—1890 ही में पहली 'सफल' कार कम्पनी कार्ल बेन्ज़ ने स्थापित की थी, और उसी वर्ष *भूख* में गुण्डई की यह मिसाल पढ़ने को मिल रही थी : क्रिस्तिआनिया में भूख से बिलबिलाते हुए नायक पर भूसे से लदी घोड़ागाड़ी पर से दो छोकरे फ़ब्ती कसते हैं—और हाथ बढ़ाकर एक चाबुक उसके कान पर तड़ाक से मार देते हैं। इस क्रिस्तिआनिया में ग़रीबी के बिम्ब इस क़दर कोरे हैं कि पढ़ने वाले को स्पर्शित करने की बजाय 'लिखने' 'पढ़ने' और 'खाने' की क्रियाओं के साथ उसके सम्बन्ध ही को मुतासिर कर रहे हैं। औदार्य कमीनगी की किन सलों में से निकलकर आयेगा इसका अनुमान लगाना उतना ही कठिन है जितना इस उपन्यास को पढ़े बिना इसे पढ़ने के ढंग का।

जो रास्ता हाम्सुन ने अपने लेखन में दोस्तोएव्स्की के लिए खोला था, वह पगडण्डी घासों के नीचे छिपी हुई है—और इब्सन द्वारा रूसी उपन्यासकार के लिए खोले गये सरेआम रास्ते से एकदम विपरीत दिशा में। दोस्तोएव्स्की के निगूढ़ संकेतों से रीते हुए इब्सन के पात्रों के सनसनीखेज़ जेस्चर्ज़ (हेड्डा गाब्लेर द्वारा पाण्डुलिपि जलाये जाना), उन सनसनीखेज़ जेस्चर्ज़ से बिल्कुल नहीं मिलते जो 'निगूढ़' के उस्ताद हाम्सुन की *भूख* में भरे पड़े हैं।

लिहाज़ा अनुवाद की तकनीकी कठिनाइयाँ नगण्य थीं। लेकिन जो संकट आन पड़ा था उसमें 'ले आयेंगे बाज़ार से जाकर दिल-ओ-जान और''—यह उपक्रम इस एक साल में मुमकिन नहीं था।

जो मुमकिन था, वह यह था—आस्लो के जिस होटल में हाम्सुन अपनी पत्नी से रूठकर अकेलेपन की तलाश में चले आये थे, उसके सामने से एक बार फिर गुज़र कर देखना।

फिर गर्मी के दिनों की कोई ऐसी दो-तीन छुट्टियों में ऑस्लो में बने रहना जब शहर लगभग खाली हो जाया करता है—ऐसे में कभी-कभी क्रिस्तिआनिया खुद को एक बार फिर दिखाने की कोशिश करता है।***

यह भी मुमकिन था—उन दिनों वहाँ होना ज़ब दिन का उजाला बुझाये नहीं बुझता, और उन कथीड्रलों के पास से गुज़रना जिनकी लम्बी छायाएँ साँझ के सूरज में सड़कों पर बिछी रहती हैं—और किसी भी क्षण यह महसूस कर लेना कि आप किसी पेंगुइन मॉर्डन क्लासिक के कवर पर घूम रहे हैं।

तेजी ग्रोवर

*** ऐसे में आप यह भी नहीं भूल सकते कि बिगेलैण्ड पार्क के पड़ोस में अपने छोटे-से स्टूडियो में बैठे अम्बादास पिगमेंट के साथ हुए अपने पहले हादसे के साथ अभी तक खेलने में मसरूफ़ हैं—क्रिस्तिआनिया और ऑस्लो के बीच चल रही इस आँख-मिचौनी से एकदम बेख़बर।

KNUT HAMSUN
1859-1952

भूख की कला

मुझे लगता है कि उस संस्कृति का पक्ष लेना जो कभी किसी व्यक्ति को भूख से बचा कर नहीं रख पायी उतना महत्वपूर्ण नहीं है जितना संस्कृति नाम की चीज़ से उन विचारों को खींच निकालना जिनकी शक्ति भूख की बेबस कर देने वाली शक्ति से मिलती-जुलती है।

–आंतोनिन आर्तो

एक नौजवान एक शहर में आता है। उसका कोई नाम नहीं है, न कोई घर है, न ही उसके पास कोई काम है। वह शहर में लिखने के लिए आया है। वह लिखता है। या, यदि और भी स्पष्ट ढंग से कहें, वह लिखता नहीं है। वह भूखा मरता है, भूख से लगभग मर ही जाता है।

यह शहर क्रिस्तिआनिया (ऑस्लो) है। वर्ष 1890। यह नौजवान शहर की गलियों में घूमता है। शहर भूख की भूलभुलैया है। उसके सारे दिन एक ही तरह से बीतते हैं। वह एक स्थानीय अख़बार के लिए लेख लिखता है, इस आशा से कि वे छप जायेंगे। वह अपने कमरे के किराये के बारे में चिन्तित रहता है, अपने कपड़ों के बारे में जो फटते जा रहे हैं। उसे नहीं पता उसका अगले वक़्त का खाना कहाँ से आयेगा। वह दुख सहता है। वह लगभग पाग़ल हो जाता है। उसकी हालत इतनी ख़राब है कि वह कभी भी हिम्मत हार सकता है, ढह सकता है।

तब भी, वह लिखता रहता है। कभी-कभार वह कोई एक लेख बेचने में सफल हो जाता है, और इस तरह थोड़ी देर के लिए अपनी दुर्दशा से छुटकारा पा लेता है। पर वह इतना कमज़ोर हो गया है कि उसके लिए निरन्तर लिखते जाना सम्भव नहीं है, और वह कभी-कभार ही अपने लेखों को समाप्त कर पाता है। उसके अधलिखे लेखों में से एक का शीर्षक है *भविष्य के अपराध*। यह इच्छाशक्ति की स्वतन्त्रता पर दार्शनिक किस्म का एक लेख है। फिर एक नाटक है, किताबों की एक दुकान में लगी आग के बारे में एक रूपक (किताबें दिमाग़ हैं)। मध्यकालीन प्रसंग में लिखे

गये इस नाटक का नाम है *सलीब का चिह्न*। इस प्रक्रिया से बचा नहीं जा सकता—लिखते रहने के लिए उसे खाना होगा। परन्तु यदि वह लिखता नहीं है तो उसे खाने से वंचित रहना होगा। और यदि वह खाता नहीं है, तो वह लिख नहीं सकता। वह लिख नहीं सकता।

वह लिखता है। वह लिखता नहीं। वह शहर की गलियों में घूमता है। वह सरेआम अपने-आप से बातें करता है। वह लोगों को डरा देता है, वे उससे दूर भागते हैं। जब अचानक कुछ पैसा उसे मिल जाता है तो वह उसे दूसरों को दे देता है। उसे अपने कमरे से निकाल दिया जाता है। वह कुछ खाता है, और फिर उलटी कर देता है। एक बार वह एक लड़की के चक्कर में पड़ जाता है, पर इसमें अपमान के सिवा उसे कुछ नहीं मिलता। वह भूखा मरता है। वह दुनिया को गालियाँ देता है। वह मरता नहीं। अन्त में, बिलावजह, वह एक ज़हाज़ में नौकरी कर लेता है और शहर छोड़ कर चला जाता है।

यह कनूत हाम्सुन के पहले उपन्यास *भूख* का खाली ढाँचा है। यह कृति कथावस्तु, घटनाक्रम और—सूत्रधार को छोड़कर—चरित्रों से रहित है। उन्नीसवीं सदी के मापदण्डों के अनुसार यह ऐसी कृति है जिसमें कुछ भी घटित नहीं होता। सूत्रधार की परिवर्तनकारी व्यक्तिनिष्ठता पारम्परिक उपन्यास के मूल सरोकारों को पूरी तरह हटा देती है। अपने लेखों में जब वह देश और काल की समस्या का सामना करता है तो उपन्यास का नायक एक 'अदृश्य चक्कर' लगाकर बच निकलने की योजना बनाता है। इसी तरह हाम्सुन भी ऐतिहासिक समय से छुटकारा पा लेते हैं जोकि उन्नीसवीं सदी के कथा-साहित्य को व्यवस्थित करने का मूल ढंग है। वे हमें केवल भूख के खिलाफ़ नायक के सबसे भीषण संघर्षों का लेखा-जोखा देते हैं। अन्य, कम मुश्किल कालखण्डों, जिनमें भूख को शान्त कर दिया गया है—वे चाहे एक सप्ताह तक लम्बे क्यों न रहे हों—का खुलासा एक-दो वाक्यों में ही कर दिया जाता है। ऐतिहासिक समय को मिटा दिया जाता है और उसकी बजाय आन्तरिक समय को स्थान दिया जाता है। एक मनमानी शुरुआत और एक मनमाने अन्त के साथ उपन्यास सूत्रधार के मन के उतारों-चढ़ावों का निष्ठापूर्व वर्णन देता है। हर विचार का उसके रहस्यमयी स्रोत से लेकर उसके चक्करों, घुमावों में से होते हुए पीछा करता है, उस क्षण तक जब वह ख़त्म नहीं हो जाता और उसके बाद वाला विचार शुरू नहीं हो जाता। जो घटता है उसे घटने दिया जाता है।

यह उपन्यास यह दावा भी नहीं कर सकता कि उसमें हमें बचा लेने वाला कोई सामाजिक मूल्य है। हालाँकि *भूख* हमें दुर्दशा के ज़बड़ों में फँसा देता है, वह उस दुर्दशा की कोई समीक्षा पेश नहीं करता, राजनीतिक गतिविधि के लिए कोई न्यौता नहीं देता। दूसरे विश्व युद्ध के दौरान अपने बुढ़ापे में फ़ासीवाद को अपना लेने वाले हाम्सुन ने वर्ग अन्याय की समस्याओं से कभी कोई सरोकार नहीं रखा,

और दोस्तोएव्स्की के रास्कोल्निकोव की तरह उनका सूत्रधार-नायक एक दीन-हीन व्यक्ति उतना नहीं है जितना कि बौद्धिक अहंकार से भरा हुआ एक पिशाच। *भूख* में रहम की कोई भूमिका नहीं है। नायक दुख सहता है, पर केवल इसलिए कि उसने दुख का चुनाव किया है। हाम्सुन की कला ऐसी है कि वे हमें अपने नायक के प्रति करुणा महसूस करने से बड़ी सख़्ती से रोकते हैं। शुरू से ही यह स्पष्ट कर दिया जाता है कि नायक को भूखा मरने की ज़रूरत नहीं है। भूख के समाधान हैं, यदि शहर में नहीं तो उससे बाहर, उसे छोड़ देने में। पर एक आत्मघाती, आत्मग्रस्त गर्व के प्रवाह में तैरते हुए इस नौजवान की गतिविधियां लगातार दर्शाती हैं कि वह अपने ही हितों से नफ़रत करता है :

> मैंने ख़ुद को सज़ा देने के लिए भागना शुरू कर दिया, अपने पीछे एक से दूसरी गली छोड़ता हुआ, अन्दर-ही-अन्दर फ़ब्तियाँ कसते हुए मैं खुद को धकिया रहा था, और जैसे ही रुकने का मन होता मैं ख़ुद पर ख़ामोशी और गुस्से से चिल्लाने लगता। इतनी मशक्कत कर मैं पाइल स्ट्रीट तक आन पहुँचा। जब मैं अन्त में रुक ही गया, गुस्से से लगभग रोता हुआ कि मैं और नहीं भाग सकता था, मेरा पूरा जिस्म काँपने लगा, और मैंने ख़ुद को एक घर के चबूतरे पर ढेर कर लिया। ''इतना तेज़ नहीं,' मैं बोला। और ख़ुद को ठीक से यातना देने के लिए मैं उठ खड़ा हुआ और जबरन खड़े रहने की कोशिश करने लगा, ख़ुद पर हँसता, और अपनी थकान की शेखी बघारता हुआ। अन्त में, कुछ मिनट बाद, मैंने सिर हिलाया और ख़ुद को बैठ जाने की अनुमति दे दी, हालाँकि मैंने चबूतरे पर सबसे कष्टकारी जगह ही चुनी।

वह अपने आप में उस चीज़ को ढूँढ निकालता है जो सबसे कठिन है, पीड़ा और दुर्भाग्य को उसी तरह अपनाता है जैसे दूसरे लोग ख़ुशी को। वह भूखा रहता है, इसलिए नहीं कि उसे खाने के लिए कुछ मिल नहीं सकता, बल्कि अपने अन्दर की किसी मजबूरी से, जैसे कि उसे अपने ही खिलाफ़ भूख-हड़ताल पर बैठना हो। पुस्तक के शुरू होने से पहले ही, इससे पहले कि पाठक उसकी किस्मत का ख़ास गवाह बन जाये, नायक की गतिविधियों का रास्ता तय कर दिया गया है। एक प्रक्रिया शुरू हो चुकी है, और हालाँकि नायक इसे काबू में नहीं रख सकता, इसका यह मतलब नहीं है कि वह नहीं जानता कि वह क्या कर रहा है :

> मुझे पूरा समय होश था कि मैं अपनी जनूनी सनक को हवा देने से ख़ुद को क़तई रोक नहीं पा रहा हूँ...उस क्षण ख़ुद से विलगने के बावजूद, और हालाँकि मैं अदृश्य ताक़तों की रणभूमि होने के सिवा कुछ भी नहीं था, अपने आसपास घटती हुई छोटी-से-छोटी चीज़ को लेकर मैं पूरी तरह चौकस था।

एक लगभग पूर्ण एकान्त में घुस-बैठकर वह अपने ही प्रयोगों का कर्ता और उनकी विषय-वस्तु बन जाता है। भूख वह साधन है जिससे यह दरार पैदा होती है, यूँ कहें तो वह एक बदले हुए मानस की जननी है :

> यह साफ़ हो चुका था कि जब मैं कुछ ज़्यादा ही समय से भूख़ से पीड़ित रहता तो ऐसा लगने लगता मानो मेरा दिमाग़ मेरी खोपड़ी से चुपचाप निकल भागा है और मुझे खाली छोड़ गया है। मेरा सिर हल्का हो जाता और तैरने लगता, मुझे अपने कन्धों पर उसका वज़न महसूस होना बन्द हो जाता. . . .

परन्तु यदि यह एक प्रयोग है तो इसका किसी वैज्ञानिक पद्धति से कुछ भी लेना-देना नहीं है। उसे नियन्त्रित रखने के कोई तरीके नहीं हैं, न ही संदर्भ के कोई स्थायी बिन्दु—केवल अस्थिरता है, केवल विचलता। न ही दिमाग़ और शरीर में इस दरार को दार्शनिक अमूर्तता में घटाया जा सकता है। यहाँ हम विचारों के प्रान्त में नहीं हैं। यह एक भौतिक अवस्था है जो लाचारी की चरमसीमा में पैदा हुई है। दिमाग़ और शरीर कमज़ोर हो गये हैं; नायक अपनी सोच और अपने आचरण पर नियन्त्रण खो चुका है। इसके बावजूद वह अपने भाग्य को वश में करने की कोशिश में लगा रहता है। यही है वह विरोधाभास, चक्राकार तर्क का वह खेल जो इस किताब के पन्नों में खेला जाता है। नायक के लिए यह एक असम्भव स्थिति है। क्योंकि वह जानबूझ कर अपने आप को ख़तरे की कगार पर ले आया है। भूख को तज देने का यह अर्थ नहीं होगा कि वह जीत गया है, इसका मतलब सिर्फ़ यह होगा कि खेल ख़त्म हो गया है। वह ज़िन्दा रहना चाहता है, पर केवल अपनी शर्तों पर : एक ऐसा जीवन जो उसे मौत से रूबरू कर सके।

वह उपवास करता है। पर एक ईसाई की तरह नहीं। वह स्वर्ग में एक बेहतर जीवन की आशा में पृथ्वी पर अपने जीवन को नकार नहीं रहा; वह सिर्फ़ उस जीवन को जीने से इनकार कर रहा है जो उसे मिला है। और वह जितना लम्बा उपवास करता है, उतना ही मौत उसके जींवन में घुस आती है। वह मौत की ओर बढ़ता है, गर्त की कगार की तरफ़ सरकता है, और वहाँ पहुँच कर उससे चिपट जाता है, न आगे बढ़ पाता है, न पीछे। भूख, जो गर्त को खोल देती है, उसे बन्द करने की ताकत से वंचित है। भय का एक छोटा सा क्षण, जिसके बारे में पास्कल ने लिखा है, एक स्थायी अवस्था में बदल दिया जाता है।

इस तरह उसके उपवास में एक अन्तर्विरोध है। उपवास करते चले जाने का अर्थ होगा मौत, परन्तु मौत से ही उपवास का अन्त होगा। इसलिए उसे ज़िन्दा रहना होगा, पर केवल इतना कि वह मौत के क़रीब बना रहे। अन्त के विचार का विरोध किया जाता है ताकि अन्त की निरन्तर सम्भावना को बना कर रखा जा सके। क्योंकि उसके उपवास का न तो कोई उद्देश्य है और न ही उसमें किसी तरह के उद्धार

का कोई वायदा है, उसके अर्न्तविरोध का कोई हल नहीं है। इस तरह वह उस हताशा को बिम्बित करता है जो एक आत्मघाती मनोवेग से पैदा होती है। यह वही मनोवेग है जो उस बीमारी को पैदा करता है जिसका अन्त मर कर ही होता है। अपनी हताशा में आत्मा अपने आप को हड़प लेना चाहती है, और क्योंकि वह ऐसा कर नहीं पाती—ठीक इसीलिए क्योंकि वह हताशा में है—वह हताशा में और गहरे धँस जाती है।

धार्मिक कला से अलग, जिसमें आत्महेयता अन्ततः साफ़-सफ़ाई की भूमिका निभाती है (उदाहरण के लिए, सत्रहवीं सदी की मननशील कविता), भूख मुक्ति के डायलेक्टिक का स्वाँग भर करती है। फ़ुल्के ग्रेविल की कविता *Down in the depths of mine iniquity* में कवि 'अतिक्रमण के घातक दर्पण' में देख पाता है जो 'मनुष्य को आत्म-पतन के फल के रूप में दिखाता है, परन्तु वह जानता है यह एक दोहरी प्रक्रिया का केवल पहला कदम है क्योंकि यह इसी दर्पण में है कि ईसा के दर्शन होते हैं "आदिम पापों के लिए मरते हुए और उस नर्क से, जो मुझे डराता है, मुझे मुक्त कराने के लिए/आते हुए..." किन्तु हाम्सुन के उपन्यास में जब एक बार तहों को छू लिया जाता है तो मनन का दर्पण खाली पड़ा रहता है।

वह तल पर पड़ा रहता है, और कोई ईश्वर इस नौजवान को बचाने के लिए नहीं आयेगा। वह खड़ा रहने के लिए समाज के रीति-रिवाजों का सहारा भी नहीं ले सकता। उसकी जड़ें कहीं नहीं हैं, उसके कोई मित्र नहीं हैं, वह चीज़ों से वंचित कर दिया गया है। उसके लिए व्यवस्था ग़ायब हो चुकी है; हर चीज़ बेतरतीब है। उसकी गतिविधियां एक सनक और एक व्यग्रता में से निकलती हैं जिस पर उसका कोई वश नहीं है; यह अराजक असंतोष की थकी हुई हताशा है। वह एक भिखारी को भिक्षा देने के लिए अपनी वास्कट गिरवी रख देता है, घोड़ागाड़ी में बैठकर एक काल्पनिक परिचित की तलाश करता है, नितान्त अजनबियों के द्वार खटखटाता है, और आते-जाते पुलिस वालों से समय पूछता है सिर्फ़ अपनी सनक की ख़ातिर। ऐसा नहीं कि उसे इन गतिविधियों में बहुत मज़ा आ रहा होता है। असल में वह उनसे बुरी तरह से परेशान है। अपने जीवन में स्थायित्व लाने, अपनी भटकन से छुटकारा पाने, एक कमरा लेकर चैन से लिख पाने से उसका उपवास उसे रोकता है जो उसने स्वयं ही शरू किया है। एक बार शुरू होने के बाद भूख अपने प्रजनक-शिकार को तब तक नहीं छोड़ती जब तक उसका सबक उसके मन में सदा के लिए अंकित नहीं हो जाता। उसकी इच्छा के ख़िलाफ एक शक्ति जो खुद उसने ही पैदा की है, नायक को अपनी जकड़ में ले लेती है और उसे अपनी माँगें मनवाने के लिए विवश करती है।

वह सब-कुछ खो देता है—ख़ुद अपने आप को भी। ईश्वर-विहीन नर्क के तल पर पहुँच जायें तो अस्मिता ग़ायब हो जाती है। यह आकस्मिक नहीं है कि हाम्सुन

के नायक का कोई नाम नहीं है : जैसे-जेसे समय बीतता है, उसे अपने आप से वंचित कर दिया जाता है। जो भी नाम वह अपने आप को देने के लिए चुनता है, वह ख़ुद ईजाद करता है, जिस क्षण जो नाम मन में आये उसे चुन लेता है। वह कह नहीं सकता कि वह कौन है क्योंकि उसे पता ही नहीं। उसका नाम एक झूठ है, और इस झूठ के साथ ही उसकी दुनिया के यथार्थ का लोप हो जाता है।

वह उस अन्धकार में झाँकता है जो भूख ने उसके लिए बना दिया है, और वह पाता है कि वहाँ भाषा की रिक्तता है। यथार्थ उसके लिए वस्तुहीन नामों और नामविहीन चीज़ों का उलझाव बन गया है। अपने और दुनिया के बीच का सम्बन्ध टूट गया है :

> मैं कुछ दूर अँधेरे में ताकता रहा—अँधकार के इस गाढ़े पदार्थ को जिसका कोई अन्त नहीं था, जो मेरी समझ से बाहर था। मेरी सोच ऐसी चीज़ की पार नहीं पा सकती थी। पैमाइश से परे था अँधेरा और उसकी उपस्थिति मुझे दबाये दे रही थी। मैंने आँखें मूँद लीं और आधी ऊँची आवाज़ में ख़ुद को पलंग पर झूला झुलाते हुए गीत गाने लगा, लेकिन कोई फ़ायदा नहीं हुआ। अँधेरे ने मेरे दिमाग़ को धर दबोचा था और मुझे एक मिनट का चैन नहीं था। अगर मैं उस अँधेरे में घुल जाऊँ, अँधेरे में तब्दील हो जाऊँ, तो?

ऐन उस क्षण जब उसे अपना आपा खो देने का डर है, उसे अचानक लगता है कि उसने एक नया शब्द ईजाद कर लिया है : *कुबोआ*—एक शब्द जिसकी कोई भाषा नहीं है, जिसका कोई अर्थ नहीं है :

> मैंने भूख की पागल ख़ुशी को पा लिया था : मैं पीड़ा से खाली और मुक्त था, और मेरे विचार अब मेरे वश में नहीं थे।

वह इस शब्द के लिए कोई अर्थ ढूँढने की कोशिश करता है पर उसे केवल वही सूझता है जो इसका अर्थ नहीं है, जो न 'ईश्वर' है, न 'तिवोली बाग' है, न 'पशुओं का मेला है, न 'ताला' है, न 'सूर्योदय' है, न 'परावास' है, न 'तम्बाकू की फ़ैक्टरी' है, न 'धागा' है :

> नहीं, इस शब्द की नियति यही रही होगी कि इसका अर्थ आध्यात्मिक हो, कोई अनुभूति, मनःस्थिति—अगर मैं इसे समझ सकूँ तो ? और मैं सोचता रहा, सोचता रहा कि मुझे कुछ आध्यात्मिक चीज़ सूझ जाये।

पर वह सफल नहीं हो पाता। आवाज़ें जो उसकी अपनी नहीं हैं, बीच में आने लगती हैं, उसे उलझन में डाल देती हैं, और वह इस बिखराव में और भी गहरे धँस जाता है। उसे एक ज़बरदस्त दौरा पड़ता है, जिसमें वह सोचता है कि वह मर रहा

है, सब-कुछ शान्त हो जाता है, सब आवाज़ें ग़ायब हो जाती हैं, सिर्फ़ उसकी अपनी आवाज़ के अलावा जो दीवारों से मुड़-मुड़ कर वापिस आती है।

इस किताब में यह शायद सब से दर्दनाक प्रसंग है। पर यह नायक की भाषा सम्बन्धी बीमारी के अनेकों उदाहरणों में से केवल एक है। पूरी कहानी में उसकी हरक़तें आमतौर पर झूठ का रूप लेती हैं। जब वह गिरवीदार से अपनी खोयी हुई पेंसिल वापिस लेता है (उसने ग़लती से उसे उस वास्कट की जेब में छोड़ दिया था जो उसने बेच दी थी), तो उसे बताता है कि यह वही पेंसिल है जिससे उसने *दार्शनिक मानस* पर तीन खण्डों की अपनी किताब लिखी थी। यह एक मामूली-सी पेंसिल है, वह मानता है, पर उसका इसके साथ भावनात्मक लगाव है। पार्क की बेञ्च पर एक बूढ़े को वह श्रीमान हाप्पोलात्ती की अजीबोग़रीब कहानी सुनाता है जिसने प्रार्थना की एक विद्युत पुस्तक ईजाद की थी। दुकान के क्लर्क को वह अपना फटा-पुराना हरा कम्बल लपेटने को कहता है, यह अन्तिम चीज़ जो उसके पास बची है, और जिसे उठाकर घूमते हुए उसे शर्म आती है। वह क्लर्क को समझाता है कि यह कम्बल नहीं जिसे वह बन्धवाना चाहता है, बल्कि फूलदानों के उस कीमती जोड़े को जो कम्बल में लिपटा हुआ है। जिस लड़की को रिझाने की कोशिश में वह है, वह भी इस झूठ से बची नहीं रहती। वह उसके लिए एक नाम ईजाद कर लेता है, नाम जो सुन्दर होने की वजह से उसे अच्छा लगता है, और वह उसे और किसी भी नाम से बुलाने से इनकार कर देता है।

इन झूठों का एक दीर्घकालिक अर्थ है। भाषा के क्षेत्र में झूठ का सच के साथ वही सम्बन्ध है जो नैतिकता के क्षेत्र में बुराई का अच्छाई के साथ है। परम्परा यही है, और यदि हम इसे मानते हैं तो यह बनी रहती है। पर हाम्सुन के नायक का अब किसी भी चीज़ में कोई विश्वास नहीं है। झूठ और सच उसके लिए एक बराबर हैं। भूख उसे अन्धकार में ले आयी है, और अब वह वापिस नहीं लौट सकता।

भाषा और नैतिकता का समीकरण *भूख* के अन्तिम प्रसंग के सारत्व के रूप में सामने आता है :

> मेरा दिमाग़ पहले से कुछ ज़्यादा साफ़ सोचने लगा, मैं समझ गया कि मैं पूरी तरह ढह जाने की कगार पर पहुँच चुका हूँ। मैंने दीवार से हाथों को सटाकर ख़ुद को दीवार से परे धकेलने की कोशिश की। गली अब भी मेरे चारों ओर नाच रही थी। मारे गुस्से के मेरी हिचकी बंध गयी, और बेहोशी से बचने की गर्ज़ से मैं अपनी बची-खुची ताक़त का इस्तेमाल करने लगा, और ख़ुद को गिरने से बचाने के लिए जमकर लड़ने लगा। मैं गिरना नहीं चाहता था, मैं खड़े-खड़े मरना चाहता था। थोक के एक पंसारी की घोड़ागाड़ी मेरे सामने से निकली और मैंने देखा कि उसमें आलू भरे थे, लेकिन मारे गुस्से

के, सिर्फ़ बज़िद, मैंने फैसला किया कि वे हरिगज़ आलू नहीं थे, बल्कि पत्ता-गोभियां थीं। मुझे अपने शब्द ठीक-ठीक सुन रहे थे, मैं बार-बार इस झूठ को लेकर कसमें खा रहा था, और बढ़-चढ़कर कुछ ऐसे शपथ ग्रहण कर रहा था कि सरेआम धोखाधड़ी करने का मज़ा लूट सकूँ। मुझे इस शानदार दुष्कर्म का नशा चढ़ने लगा, मैंने हवा में तीन उँगलियाँ उठायीं और काँपते ओठों से पिता, पुत्र और पावन आत्मा की क़सम खाकर कहा कि वे पत्ता-गोभियां थीं।

और यहीं पर अन्त हो जाता है। नायक के लिए अब केवल दो ही सम्भावनाएं बची हैं : या तो वह ज़िन्दा रहे या मर जाये; और वह ज़िन्दगी का चुनाव करता है। उसने समाज को न कह दी है, ईश्वर को न कह दी है, स्वयं अपने ही शब्दों को न कह दी है। उपवास जारी रखने की अब कोई ज़रूरत नहीं है। उसका काम पूरा हो गया है।

भूख : या एक कलाकार का नौजवान के रूप में शब्दचित्र। परन्तु यह ऐसी शागिर्दगी है जिसका अन्य लेखकों के शुरूआती संघर्षों से कुछ भी मिलता-जुलता नहीं है। हाम्सुन का नायक कोई स्टीफान डेडालस नहीं है, और *भूख* में सौंदर्यशास्त्र के बारे में एक भी शब्द नहीं है। कला की दुनिया का शरीर की दुनिया में अनुवाद कर दिया गया है—और मूल पाठ को त्याग दिया गया है। भूख कोई रूपक नहीं है; वह समस्या का केन्द्र-बिन्दु है। रिम्बो जैसे दुसरे लेखकों ने इन्द्रियों की स्वैच्छिक विक्षिप्तता के अपने प्रोजेक्ट के चलते शरीर को सौन्दर्यशास्त्रीय नियम में ही बदल डाला था। जबकि हाम्सुन का नायक अपनी कमियों का अपने फ़ायदे के लिए उपयोग करने से लगातार इनकार करता है। वह कमज़ोर हो गया है, वह अपने विचारों पर नियन्त्रण खो चुका है, फिर भी वह अपने लेखन में स्पष्टता प्राप्त करने की कोशिश करता रहता है। पर भूख उसके गद्य को उसी तरह प्रभावित करती है जिस तरह उसके जीवन को। हालाँकि वह अपनी कला के लिए सब कुछ बलिदान कर देने को तैयार है, यहाँ तक कि हेयता और दैन्यता के सबसे बुरे अनुभवों को सहने से भी गुरेज़ नहीं कर रहा, तब भी जो वह वास्तव में कर पाया है वह यह है कि उसने अपने लिए लिखने को असम्भव बना लिया है। आप भूखे पेट नहीं लिख सकते, आप कितनी भी कोशिश क्यों न करें। इस सब के बावजूद *भूख* के नायक को मूर्ख या पागल मानकर बर्ख़ास्त कर देना ठीक नहीं होगा। सारे सबूतों के बावजूद, वह जानता है कि वह क्या कर रहा है। वह सफल नहीं होना चाहता। वह असफल होना चाहता है।

यहाँ कुछ नया घटित हो रहा है, *भूख* में कला के स्वभाव के बारे में कोई नया विचार पेश किया जा रहा है। सबसे पहले तो यह ऐसी कला है जिसे उस कलाकार के जीवन से जो उसे गढ़ रहा है अलग नहीं किया जा सकता। ऐसा कहने का यह

अर्थ नहीं है कि यह आत्मकथात्मक अतिरेक की कला है, बल्कि एक ऐसी कला जो अपनी अभिव्यक्ति की कोशिश की सीधी अभिव्यक्ति है। दूसरे शब्दों में, भूख की कला : ज़रूरत की, लाचारी की, इच्छा की कला। निश्चिन्तता सन्देह के आगे हथियार डाल देती है, रूप प्रक्रिया के आगे। व्यवस्था को मनमाने ढंग से लागू नहीं किया जा सकता; इसके बावजूद स्पष्टता को पा लेने का दायित्व पहले से कहीं ज़्यादा है। यह ऐसी कला है जिसकी शुरूआत इस ज्ञान से होती है कि सही जवाब कहीं नहीं हैं। इस कारण, सही प्रश्न पूछना ज़रूरी हो जाता है। वे हमें तब मिलते हैं जब हम उन्हें जीते हैं। यहाँ हम सेमुएल बैकेट को उद्धृत कर सकते हैं :

> जो मैं कह रहा हूँ उसका यह अर्थ नहीं है कि आज के बाद कला में रूप नहीं होगा। इसका अर्थ सिर्फ़ यह है कि अब एक नया रूप होगा, और यह रूप इस तरह का होगा कि वह बिखराव को आने देगा और यह कहने की कोशिश नहीं करेगा कि बिखराव कोई अलग ही चीज़ है...कलाकार का काम अब ऐसे रूप को ढूँढना है जो अस्तवयस्तता को, घालमेल को जगह दे।*

हाम्सुन इस कलाकार के विकास की पहली अवस्थाओं का चित्र पेश करते हैं। पर भूख के सौन्दर्यशास्त्र का सबसे सूक्ष्म वर्णन काफ़्का की कहानी *A Hunger Artist* में मिलता है। यहाँ हाम्सुन के नायक के उपवास के अन्तर्विरोध–और वह कलात्मक गतिरोध जो इससे पैदा होता है–उस कथा में घुलमिल जाते हैं जिसमें कलाकार की कला उपवास रखने में ही निहित है। भूख का कलाकार एक ही वक्त कलाकार है भी और नहीं भी। हालाँकि वह चाहता है कि उसके प्रदर्शनों की प्रशंसा हो, वह आग्रह करता है कि उनकी प्रशंसा न हो, क्योंकि उनका कला से कुछ भी लेना-देना नहीं है। उसने उपवास सिर्फ़ इसलिए चुना है क्योंकि उसे अपनी पसन्द का खाना नहीं मिला। इसलिए उसके प्रदर्शन दूसरों का मन बहलाने के लिए किये गये कौतुक नहीं हैं, बल्कि एक निजी हताशा का पर्त-दर-पर्त खुलना है जो वह दूसरों को देखने देता है।

हाम्सुन के नायक की तरह, भूख का कलाकार भी अपने-आप पर नियन्त्रण खो बैठा है। अपने पिंजरे में बैठने की नाटकीय युक्ति के अलावा, उसकी कला किसी भी तरह उसके जीवन से अलग नहीं है, उसके उस जीवन से भी जो तब होता यदि वह प्रदर्शक नहीं बना होता। वह किसी को ख़ुश करने की कोशिश नहीं कर रहा। असल में प्रदर्शनों को समझा या सराहा ही नहीं जा सकता :

---

* टॉम ड्राइवर से साक्षात्कार, 'Beckett at the Madeleine' *The Columbia University' Forum*, Summer 1961.

शायद कोई भी भूख के कलाकार को दिन-रात, निरन्तर नहीं देख सकता था, इसलिए कोई भी प्रत्यक्ष रूप में इस बात का सबूत नहीं दे सकता था कि उपवास पूरी तरह और लगातार किया गया था; सिर्फ़ स्वयं कलाकार ही यह जान सकता था; इस तरह अकेला वह ही अपने उपवास का पूर्ण रूप से सन्तुष्ट दर्शक हो सकता था।

परन्तु यह उस कलाकार की क्लासिक कहानी नहीं है जिसको समझा नहीं जाता है। क्योंकि उपवास का स्वभाव ही ऐसा है कि वह हमें उसे समझने से रोकता है। शुरू से ही यह जानते हुए कि वह एक असम्भव चीज़ है, और अपने आप को निश्चित असफलता का भाग्य प्रदान करते हुए, यह ऐसी प्रक्रिया है जो स्पर्शोन्मुख ढंग से मौत की ओर बढ़ती है, जिसकी नियति यही है कि वह न तो फलित होगी और न ही नष्ट। काफ़्का की कहानी में भूख का कलाकार मर जाता है, पर सिर्फ़ इसलिए कि वह अपनी कला को छोड़ देता है, उन प्रतिबन्धों को त्याग देता है जो मैनेजर्स ने उस पर लगाये थे। भूख का कलाकार ज़रूरत से ज़्यादा दूर चला जाता है। पर कला के किसी भी कृत्य में यही जोखिम, यही ख़तरा निहित होता है : आप को अपना जीवन दे देने के लिए तैयार रहना पड़ता है।

अन्त में, भूख की कला को अस्तित्व से सम्बन्धी कला कहा जा सकता है। यह मौत का सामना करने का एक तरीका है, और मौत से मेरा आशय उस मौत से है जिसे आज हम जीते हैं : ईश्वर-रहित, मुक्ति की आशा से वंचित। मौत जो कि जीवन का अकस्मिक और अनर्गल अन्त है।

मुझे नहीं लगता कि हम इससे आगे बढ़ पाये है। यह भी सम्भव है कि जितना हम मानने को तैयार हैं उससे कहीं ज़्यादा लम्बे अर्से से हम यहाँ खड़े हुए हैं। किन्तु इस पूरे समय के दौरान केवल कुछ कलाकार ही इस बात को पहचान पाये हैं। ऐसा करने के लिए हिम्मत चाहिए होती है, और हममें से ज़्यादातर उसके लिए, जो कुछ नहीं है, अपना सब-कुछ दाँव पर लगाने के लिए तैयार नहीं होते। परन्तु 1890 में लिखे गये उपन्यास *भूख* में ठीक यही होता है। हाम्सुन का नायक एक क्रमबद्ध तरीके से अपने आप को हर व्यवस्था के हर मत से मुक्त कर लेता है, और अन्त में, अपने ऊपर थोपी गयी भूख के माध्यम से, वह शून्य पर पहुँचता है। उसे चलाये रखने के लिए अब कुछ भी नहीं—तब भी वह चलता रहता है। वह सीधे बीसवीं शती में प्रवेश करता है।

पॉल ऑस्टर, 1970

अनुवाद : रुस्तम

भाग–१

ये सब बातें उस समय की हैं जब मैं क्रिस्तिआनिया में घूमते हुए भूख से मर रहा था—वह विचित्र शहर जो अपनी छाप छोड़े बिना किसी को बचकर जाने नहीं देता।

मैं अपनी अटारी में लेटा हुआ था, जब नीचे कहीं किसी घड़ी ने छः बजाये; उजाला अभी से होने लगा था और लोगों ने सीढ़ियों में आना-जाना शुरू कर दिया था। वहाँ दरवाज़े के पास जहाँ दीवार पर पुराने *मार्निंग टाइम्स* के पन्ने चिपके थे, मुझे लाइटहाउस के चीफ़ का संदेश दिख रहा था, और उसके बिलकुल पास बायीं ओर ताज़ा ब्रेड का विज्ञापन, एक अच्छी, मोटी ब्रेड : *फ़ेबियन ऑल्सन की बेकरी*।

जब मेरी नींद अच्छे-से खुल गयी, मैं हमेशा की तरह इस बात पर विचार करने लगा कि आज के दिन ख़ुशी मनाने का कोई सबब है भी या नहीं। पिछले कुछ समय से हालात कुछ ठीक नहीं थे; एक-के-बाद-एक मेरी हर चीज़ 'अंकल' की दुकान पर गिरवी रखी जा चुकी थी; मैं और-से-और अस्थिर और चिड़चिड़ा होता जा रहा था, और पिछली कुछ सुबहों से तो मेरा सर इस क़दर चकरा रहा था कि पूरा दिन बिस्तर में ही रहना पड़ता था। जब किस्मत अच्छी होती तो किसी लेख-वेख के लिए अख़बार से पाँच-एक क्रोनर मिल जाया करते थे।

दिन चढ़ता जा रहा था और मैं दरवाज़े के पास लगे विज्ञापनों को ध्यान से देख रहा था। मैं वह महीन-सा मखौल उड़ाता-सा टाइप भी देख रहा था : *कफ़न उपलब्ध हैं, मिस एंडर्सन, मुख्य द्वार, दायीं ओर*। इससे मुझे काफ़ी देर तक चैन पड़ा रहा। नीचे घड़ी ने आठ बजाये, तब कहीं जाकर मैंने कपड़े पहने।

मैंने खिड़की खोली और बाहर देखा। मुझे कपड़े टाँगने की डोरी दिखायी दी और एक खाली खेत। इनके पीछे किसी लोहार की जल चुकी दुकान का मलबा पड़ा था जिसे मज़दूर हटाने में लगे थे। अपनी कोहनियाँ खिड़की में टिकाये मैंने आसमान की ओर देखा। आज मौसम साफ़ रहने वाला था। पतझड़ आ चुका था, साल का वह शीतल और सुखद समय जब हर चीज़ रंग बदलती थी और मर जाती थी। सड़कों से शोर उठ रहा था और मुझे बुला रहा था। यह ख़ाली कमरा जिसका फ़र्श हर कदम पर थोड़ा भसक जाया करता था, ऐसे ताबूत की तरह था जो ठीक

से बन न पाया हो। कमरे को न तो ताला लगता था, न उसमें कोई स्टोव ही था। मैं अपने मोज़ों के ऊपर ही लेट जाता था ताकि वे सुबह तक कुछ सूख जायें। कमरे में रखी एकमात्र बढ़िया चीज़ तो लाल रंग की एक रॉकिंग चेयर थी जिसमें मैं शाम के समय बैठकर ऊँघा करता था या कुछ सोचता रहता था। जब तेज़ हवा चलती और गली का दरवाज़ा खुला रह जाता तो तरह-तरह की ऊल-जलूल कुनकुनाहटें फ़र्श में और दीवारों के भीतर से आने लगतीं और दरवाज़े के पास चिपके *मॉर्निंग टाइम्स* के पन्ने कहीं-कहीं से हाथ भर लम्बे फट जाया करते थे।

मैं उठा और पलंग के पास कोने में रखे एक गट्ठर का मुआयना करने लगा, नाश्ते के लिए कुछ ढूँढ़ने की मंशा से। लेकिन कुछ नहीं मिला और मैं फिर से खिड़की के पास चला आया।

मैंने सोचा, ईश्वर ही जानता है मेरे नौकरी ढूँढ़ने में कोई तुक है या नहीं! ये बार-बार इनकार, आधे-अधूरे वायदे, साफ़ मना कर दिये जाने, उम्मीद बँधा कर तोड़ देने, हर नयी कोशिश के नाकाम साबित होने से मैं अपनी रही-सही हिम्मत भी हार चुका था।

जब मैंने बिलों की वसूली का काम करने की कोशिश की, तो मैं बहुत देर से पहुँचा। यूँ भी बॉण्ड भरने के लिए पचास क्रोनर का इंतज़ाम मैं नहीं कर सकता था। हर बार कोई-न-कोई अड़चन पैदा हो जाती थी। मैंने आग के महकमे में भी कोशिश कर देखी थी। हम पचास-एक लोग प्रवेश-द्वार के पास सीना ताने खड़े थे ताकि अपनी ताक़त और भयंकर साहस से उन्हें प्रभावित कर सकें। एक कप्तान सब उम्मीदवारों को ठोंक-बजा कर, उनकी मांसपेशियों को टोह कर देख रहा था, और दो-एक सवाल भी पूछता जाता था। मेरे पास से गुज़रते समय उसने सिर्फ़ न में सिर हिलाया और बोला कि मैं अपने चश्मे की वजह से उपयुक्त नहीं था। कुछ समय बाद मैं एक बार फिर वहीं जा खड़ा हुआ, अपने चश्मे के बिना। मैं अपनी भवें तान कर खड़ा था, अपनी आँखों को चाकू की धार-सा पैना किये : वह फिर मेरे पास से गुज़र गया और मुस्करा दिया—वह मुझे पहचान गया था। सबसे ख़राब बात तो यह थी कि मेरे कपड़े इतने बुरे लगने लगे थे कि ऐसी किसी भी नौकरी के लिए मैं ख़ुद को प्रस्तुत नहीं कर सकता था जिसमें ठीक ठाक दिखने की ज़रूरत थी।

कैसे मेरी हालत लगातार बद से बदतर होती चली गयी थी। अब तक मैं चीज़ों से इस हद तक रहित हो चुका था कि मेरे पास एक कंघी तक नहीं बची थी, न ही कोई किताब जिसे मैं निराशा की घड़ियों में पढ़ सकता। मैंने पूरी गर्मियाँ कब्रिस्तानों में या किले के पास वाले पार्कों में बैठकर अख़बारों के लिए लेख लिखते हुए बिता डाली थीं : पन्ने-पर-पन्ना किसी भी विषय पर, विचित्र विचारों या मेरे बेचैन दिमाग़ से उपजी किसी सनक या प्रेरणा से सराबोर। बदहवासी में मैं हद से ज़्यादा ऊल-जुलूल विषय चुन बैठता; लेख, जिन्हें लिखने में घण्टों की कड़ी मेहनत

लगती, और जिन्हें छापने के लिए कोई राजी नहीं होता था। जब किसी एक पर मैं काम पूरा कर लेता मैं तुरन्त कोई दूसरा लेख लिखने में जुट जाया करता था और इसलिए किसी सम्पादक की अस्वीकृति से मैं आहत नहीं होता था; मैं हमेशा ख़ुद से कहता कि कभी-न-कभी मेरा भाग्य ज़रूर पलट जायेगा। और वास्तव में जब किस्मत मेरा साथ देती और स्थितियाँ अनुकूल होतीं, तो मुझे दोपहर-भर के काम के बदले पाँच क्रोनर तक मिल जाया करते थे।

मैं खिड़की से फिर उठा, वॉशस्टैंड पर गया और अपनी चमकती हुई पतलून पर पानी के कुछ छींटे मार लिये ताकि वह कुछ और काली और नयी लगने लगे। इतना कर लेने पर, मैं कागज़ और पेंसिल जेब में रख हमेशा की तरह बाहर निकल गया। मैं सीढ़ियों से एकदम चुपचाप नीचे उतरा ताकि मकान-मालकिन को पता न चले; किराया देने में कुछ दिन की देरी तो हो ही चुकी थी और मेरे पास देने को इस वक्त कुछ नहीं था।

नौ बज चुके थे। घोड़ागाड़ियों की तड़तड़ाहट और आवाज़ों की गूँज हवा में भर आयी थी—ध्वनि का एक विराट ऑर्केस्ट्रा जिसमें लोगों के चलने की आहट और चाबुकों की तड़ाक सब संगत में थे। चहुँओर ट्रैफ़िक के शोर से मेरा चित्त एकदम प्रसन्न हो उठा और मैं काफ़ी सन्तोष और चैन महसूस करने लगा। इसमें कोई शक नहीं था कि ताज़ा हवा में सुबह की सैर करने के अलावा मुझे बहुत कुछ करना था। मेरे फेफड़ों को ताज़ा हवा की क्या परवाह थी? किसी दानव-सी ताकत थी मुझमें और मैं किसी घोड़ागाड़ी को अपने कन्धों से रोक सकता था। एक अनूठा और नाजुक मूड, एक ग़ज़ब का हल्कापन मुझ पर तारी था। मैं उन लोगों को ग़ौर से देखने लगा जो मुझे मिल रहे थे या मेरे क़रीब से गुज़र रहे थे, दीवार पर लगे पोस्टरों को देख रहा था, या किसी बग्घी से मेरी ओर डाली गयी निगाह मेरा ध्यान खींच लेती थी, हर छोटी-से-छोटी चीज़ मेरी नज़रों में आती और ओझल होती, हर नामालूम-सी घटना से मैं ख़ुद को मुतासिर होने दे रहा था।

अगर कुछ खाने को ही मिल जाता, बस थोड़ा-सा, आज के इस स्वच्छ दिन! इतनी प्रसन्न इस सुबह का मूड मुझ पर पूरी तरह हावी था, यह सुकून जो मुझे महसूस हो रहा था, आम बात नहीं थी, और मैं बिलावजह, निरी ख़ुशी से गुनगुनाने लगा। कसाई की दुकान के बाहर टोकरी लिये एक औरत खड़ी थी, रात के खाने के लिए किसी एक सॉसेज की चर्चा करती हुई; जैसे ही मैं उसके पास से गुज़रा, उसने मेरी ओर देखा। उसके निचले जबड़े में एक ही दाँत था। जिस हिली हुई और उत्तेजित मनःस्थिति में मैं था, उसमें उसके चेहरे का मुझ पर फ़ौरी और घिनौना असर हुआ—वह लम्बा, पीला दाँत उसके जबड़े में से उभरी हुई एक उँगली की तरह था, और जब वह मेरी ओर मुड़ी उसकी आँखें अभी तक सॉसेज से भरी हुई थीं। मेरी भूख एकदम मर गयी और मेरा जी मितलाने लगा। मार्किट स्क्वेयर पर पहुँचकर

मैंने फव्वारे से थोड़ा पानी पिया। मैंने ऊपर देखा : गिरजाघर की घड़ी में दस बज रहे थे।

मैं गलियों में गश्त लगाता रहा, कुछ भी करने का इरादा नहीं था। एक कोने में जाकर यूँ ही ठिठक गया और वापस पलटकर तंग गलियों के चक्कर काटने लगा, जबकि मुझे वहाँ कोई काम नहीं था। मैं बस यूँ ही हवाखोरी कर रहा था, सुखभरी सुबह में घूमता फिर.रहा था, अन्य सुखी लोगों के साथ-साथ निश्चिंत प्रवाह में बह रहा था। हवा साफ़ और चमकदार थी और मेरे मन में किसी क़िस्म की छाया नहीं थी।

पिछले दस मिनट से एक बूढ़ा मेरे आगे-आगे लँगड़ाता हुआ चल रहा था। उसके हाथ में एक गठरी थी और वह आगे बढ़ने के लिए अपने पूरे शरीर का इस्तेमाल कर रहा था, पूरी ताकत लगाते हुए लेकिन फिर भी उसकी चाल बहुत धीमी थी। इस जिद्दोजहद से उसकी साँस उखड़ गयी थी और मुझे सुन रही थी। मेरे मन में आया कि मैं उसकी गठरी ढो सकता हूँ लेकिन मैंने उसके आगे निकलने की कोई कोशिश नहीं की। ग्रेनसेन स्ट्रीट में मैं हाँस पाउली से मिला, जो हलो कहकर तेज़ी से चलता बना। वह इतनी जल्दी में क्यों था? उससे पैसा माँगने का मेरा कोई इरादा नहीं था; वास्तव में मैं उसे वह कम्बल लौटाना चाहता था जो मैंने उससे कुछ सप्ताह पहले लिया था। हालात सुधरने पर मैं उसे ज़रूर वापस कर दूँगा, मैं भला किसी को एक कम्बल का देनदार क्यों बने रहना चाहूँगा? क्या पता आज ही, मैं एक लेख की शुरुआत कर बैठूँ—'भविष्य के अपराध' या 'इच्छा-शक्ति की स्वतंत्रता', या ऐसा ही कुछ जो बिकने लायक हो, और मुझे पाँच-एक क्रोनर मिल जायें. . . .लेख की सोचते ही तुरन्त उस पर काम करने और इस तरह दिमाग़ की सफ़ाई करने की इच्छा हुई। किसी पब्लिक पार्क में कोई अच्छी-सी जगह ढूँढ़ लूँगा और तब तक जुटा रहूँगा जब तक काम ख़त्म न हो जाये।

लेकिन वह बूढ़ा लँगड़ा अभी तक गली में मेरे आगे-आगे डोलता फिर रहा था। अन्ततः इस मरियल जीव को लगातार अपने सामने देखते रहने से मुझे चिढ़ होने लगी। उसकी यात्रा का कोई मक़सद नज़र नहीं आता था; हो सकता है वह उसी जगह पहुँचने की ठान चुका हो जहाँ मुझे जाना था और वह सारा रास्ता मेरी आँख में रड़कता रहे। अपनी संवेदनशील मनःस्थिति में मुझे यकीन हो चला था कि हर मोड़ पर वह रुक जाता था, जैसे देख रहा हो कि मैं किस दिशा में जाऊँगा, और फिर अपनी गठरी को और मज़बूती से थामे वह अपनी पूरी ताकत से लँगड़ा कर मुझसे काफ़ी आगे निकलने की कोशिश करता। मैं इस उकता देने वाले जीव को देखता चल रहा था, और मेरा गुस्सा और से और भड़क रहा था।

इतना तो ज़ाहिर था कि वह मेरी ख़ुश तबियत को रह-रहकर बरबाद किये दे रहा था, इस ख़ालिस और शानदार सुबह को धीरे-धीरे अपने भद्देपन में खींचे

ला रहा था। वह किसी विशालकाय कुबड़ाते कीड़े की तरह जान पड़ता था जो ज़ोर-ज़बरदस्ती से दुनिया में अपनी जगह बनाने की फिराक़ में हो, समूचे फुटपाथ को घेरा डाले। पहाड़ी के शिखर तक पहुँचने पर अब बहुत हो चुका था; मैं किसी दुकान की खिड़की के सामने जाकर रुक गया, और उसके निकल जाने की प्रतीक्षा करने लगा। लेकिन कुछ मिनट बाद जब मैंने फिर से चलना शुरू किया तो बन्दा फिर मेरे सामने आ निकला : वह भी रुक गया होगा। बिना सोचे-समझे तीन-चार कदम तेज़ी से चलकर उसके पास पहुँचकर मैंने उसके कन्धों को थपथपाया।

वह एकदम रुक गया। हम एक-दूसरे को घूरने लगे।

"क्या आप मुझे एक गिलास दूध के लिए कुछ पैसा दे सकते हैं?" वह आख़िरकार बोला, और उसने अपनी मुण्डी एक तरफ़ लुढ़का दी।

अब कोई चारा नहीं था! मैंने अपनी जेबों की तलाशी ली, फिर बोला, "ओह, हाँ दूध। हम्म्म। इन दिनों पैसा आसानी से थोड़े ही मिलता है, और मुझे नहीं मालूम तुम दरअसल कितने ज़रूरतमंद आदमी हो।"

"द्रामेन में कल से मैंने कुछ नहीं खाया", आदमी ने जवाब दिया। "मेरे पास एक ओरे तक नहीं है और अभी तक मुझे कोई काम भी नहीं मिला है।"

"तुम क्या करते हो?"

"जूतों में गोट लगाता हूँ।"

"क्या लगाता हूँ?"

"गोट! मैं पूरा जूता भी बना सकता हूँ।"

"यह बात अलग है," मैं बोला। "कुछ देर यहाँ रुको और मैं जाकर देखता हूँ तुम्हारे लिए कुछ मिल सकता है या नहीं, थोड़ा-बहुत कुछ भी।"

मैं पाइल स्ट्रीट की दिशा में भागा, जहाँ एक गिरवी की दुकान थी, दूसरी मंज़िल पर; मैं वहाँ पहले कभी नहीं गया था। फाटक पर मैंने अपनी वास्कट उतारकर बगल में दबा ली; इसके बाद मैंने ऊपर जाकर दरवाज़ा खटखटाया। मैंने झुककर सलाम किया और वास्कट को काउंटर पर फेंक दिया।

"डेढ़ क्रोनर," वह आदमी बोला।

"अच्छी बात है," मैंने जवाब दिया। "अगर तंग न हो गयी होती, तो मालूम नहीं मैं इसे कैसे दे सकता था।"

मैं पैसे लेकर लौट आया। दरअसल वास्कट को गिरवी रखना ग़ज़ब का विचार था; मेरे पास अच्छे-ख़ासे नाश्ते के लिए पैसा भी बच रहेगा, और शाम तक 'भविष्य के अपराध' पर मेरा लेख भी तैयार हो जायेगा। ज़िन्दगी सहसा पहले से कहीं अधिक आत्मीय लगने लगी थी, और मैं तेजी से उस आदमी के पास आन पहुँचा ताकि उससे पीछा छुड़ा सकूँ।

"यह लो," मैं एक सिक्का देते हुए बोला। "मुझे ख़ुशी है कि सबसे पहले

तुम मेरे पास ही आये।"

उस आदमी ने पैसे ले लिये और ऊपर से नीचे तक मेरा मुआयना करने लगा। खड़ा-खड़ा किस चीज़ को घूर रहा था वह? मुझे ऐसा लगा जैसे वह मेरी पतलून का ख़ासतौर पर मुआयना कर रहा है और मैं उसकी इस गुस्ताखी पर झुँझला उठा। क्या यह मूरख बूढ़ा सोच रहा है मैं वाक़ई इतना ग़रीब हूँ जितना कि दिख रहा हूँ? क्या मैं दस क्रोनर का लेख लगभग शुरू नहीं कर चुका हूँ? कुल मिलाकर भविष्य को लेकर मुझे कोई डर नहीं था।

मेरे पास कई ठोस उपाय थे। एक दिन मैंने उसकी मुश्किल ज़रा आसान कर दी, तो इसका मतलब कि वह मेरे मामलों में टाँग अड़ाये? उसके मेरी ओर टकटकी लगाकर देखने से मैं चिढ़ गया था और मैंने फ़ैसला किया कि उसे जाने देने से पहले मैं उसको छोटा-सा सबक सिखाकर ही छोड़ूँगा। "भले मानस, तुम्हारी एक आदत तो बेहद ख़राब है यानी जब कोई आदमी तुम्हें पैसा दे चुकता है, तुम उसके घुटनों को घूरने लगते हो।"

उसका सिर पीछे दीवार से जा टिका और मुँह पूरा खुल गया। उसके मूरख माथे के पीछे कुछ चल रहा था, वह निष्कर्ष निकाल चुका था कि हो न हो मैं उसे बना रहा हूँ और उसने पैसा मुझे लौटा दिया।

मैंने पाँव पटककर कुछ अपशब्द बोले, और उससे कहा कि पैसा वह रख ले। क्या वह सोचता था मैंने बेकार में ही इतनी ज़हमत उठायी थी? असली बात तो यह है कि शायद मुझे उसका कोई पैसा देना था, मुझे किसी पुराने कर्ज़े की स्मृति हो आयी थी, वह एक इज़्ज़तदार आदमी के सामने खड़ा था, जिसकी उँगलियों के नाखून तक ईमानदार थे। कुल मिलाकर, पैसा उसी का था. . . .बकवास, मेरा शुक्रिया अदा करने की कोई ज़रूरत नहीं थी, मेरे लिए ख़ुशी की बात थी। अलविदा।

मैं चल दिया। आख़िरकार मैं उस तकलीफ़देह कीड़े से नजात पा चुका था और अब मुझे चैन था। मैं वापस पाइल स्ट्रीट चला आया और एक दुकान के सामने रुक गया। खिड़की खाने की चीज़ों से भरी थी और मैंने अन्दर जाकर कुछ ख़रीद कर ले जाने की सोची।

"थोड़ा पनीर और एक फ्रेंच डबल-रोटी!" मैंने कहा, और अपना आधा क्रोनर का सिक्का फेंक दिया।

"इस सारे पैसे की डबल-रोटी और पनीर?" वह औरत चुहल करते हुए बिना मेरी ओर देखे बोली।

"पूरे पचास ओरे की," मैंने बिलकुल बुरा न मानते हुए जवाब दिया।

मैंने अपने पैकेट उठाये, निहायत नर्मी से बूढ़ी मोटी औरत को गुड मॉर्निंग बोला और पूरी रफ़्तार से किले और पब्लिक पार्कों की ओर चल दिया। मुझे एक बेञ्च ख़ाली मिल गया और मैं वहशियों की तरह अपने भोजन को चबाने लगा।

मुझे खाना खूब रास आया; एक मुद्दत से मैंने इतना सन्तुलित आहार नहीं किया था और धीरे-धीरे मुझे कुछ-कुछ वैसी थकी हुई शान्ति महसूस होने लगी जो देर तक रोते रहने के बाद होती है। मेरी हिम्मत लौट आयी थी; अब इतना काफ़ी नहीं था कि मैं 'भविष्य के अपराध' जैसी कोई सरल और मामूली चीज़ लिखूँ, जो न सिर्फ़ किसी भी गधे के बस की बात थी, बल्कि इतिहास की पुस्तकों में भी पढ़ी जा सकती थी। मैं कुछ अधिक जोखिम भरे काम के लिए तैयार था, अब मैं कई तरह की बाधाएँ पार करने के मूड में आ गया था। मैंने तय किया कि मैं तीन भागों में 'दार्शनिक चेतना' पर विचार करूँगा। स्वाभाविक था कि कांट के कुछेक वितण्डों की गर्दन मरोड़ने के लिए एक मौका मुझे मिल जाता. . . .जब मैंने काम शुरू करने के लिए सामान निकालना चाहा, तो मैंने पाया कि पेंसिल ग़ायब थी—मैं उसे गिरवी की दुकान में भूल आया था : मेरी पेंसिल वास्कट की जेब में थी।

या ख़ुदा, मेरे चहुँओर सभी कुछ बिगड़ जाने को कितना मचल रहा है। मैंने जमकर गाली बकी, बेञ्च से उछलकर खड़ा हो गया और पगडण्डी पर दायें-बायें गश्त लगाने लगा। सब ख़ामोश था; महारानी के ग्रीष्म-घर के क़रीब दो दाइयाँ बच्चों की गाड़ी ठेल रही थीं; अलावा इसके कहीं कोई नज़र नहीं आता था। मैं गहरी कटुता से भर उठा, और किसी पागल की तरह अपने बेञ्च के सामने इधर-उधर घूमने लगा। कितने ताज्जुब की बात थी कि चहुँओर हर चीज़ की धज्जियाँ उड़ रही थीं! तीन भाग का एक निबन्ध इसलिए धरा-का-धरा रह जायेगा कि दस ओरे की पेंसिल मेरी जेब से ग़ायब थी! मान लो मैं पाइल स्ट्रीट जाकर अपनी पेंसिल वापस ले आऊँ तो? पार्क में भीड़ जुटने से पहले मेरे पास फिर भी वक्त होगा। अलावा इसके, दार्शनिक चेतना की छानबीन को लेकर कितना कुछ दाँव पे लगा था? शायद बहुत-से लोगों की ख़ुशी। कौन कह सकता है? मैंने ख़ुद से कहा कि हो न हो इस लेख से दर्जनों युवा लोगों को बहुत मदद मिलने वाली है। असल में, हो सकता है मैं कांट पर वार न ही करूँ, बचा लूँ उसे, बस देश और काल के मसले तक पहुँचने पर मुझे एक अदृश्य मोड़ ले लेना होगा; लेकिन रेनान बचाकर रखे ख़ुद को मुझसे, रेनान, वह खूसट प्रवचनकर्ता. . . .कुछ भी हो, इतने-इतने सफ़े का एक लेख लिखना ज़रूरी है; कमरे का किराया और सुबह मकान-मालकिन की वह लम्बी घूर जब सीढ़ियों में मैं उससे मिला, मुझे पूरा दिन सालती रही थी और उस ख़ुश-मिजाज़ी में भी उबरती रही थी जब मेरे मन में और किसी भी तरह की छाया नहीं थी। इस सबका अन्त होना चाहिए। मैं तेज़ी से पार्क में से बाहर निकल आया, गिरवी-घर से अपनी पेंसिल लाने।

पहाड़ी के नीचे मैं दो औरतों के क़रीब से गुज़रते हुए उनके आगे आ निकला। पास चलते हुए, एक की बाँह मुझसे हल्के से छू गयी। मैंने ऊपर देखा; उसका भरा हुआ चेहरा, ज़रा-सा ज़र्द था। क्षण भर में वह शर्म से लाल हो गयी और ग़ज़ब की खूबसूरती छा गयी उस पर—मुझे मालूम नहीं क्यों; शायद किसी राहगीर के किसी

शब्द से, या अपने ही भीतर किसी चुपीते से ख़याल से। या फिर ऐसा तो नहीं कि उसकी बाँह पर मेरे स्पर्श से? उसके भरे हुए सीने में ज़ाहिरा तौर पर कई बार हलचल हुई, और उसने अपनी छतरी के हैंडल को कसकर पकड़ लिया। भला क्या सोच रही थी वह?

मैं रुका और उसे आगे निकल जाने दिया; दरअसल उस क्षण यूँ भी मैं और आगे जा ही नहीं सकता था। एक के बाद एक घटना मुझे विचित्र जान पड़ती थी। मेरा मूड संवेदनशील था, पेंसिल को लेकर मुझे अपने आप पर गुस्सा आ रहा था, और ख़ाली पेट इतना खा लेने के बाद मैं कुछ ज़्यादा ही उत्तेजित हो उठा था। अचानक मेरे विचार पागलपन की दिशा में भाग जाने को हुए, और मुझ पर एक अजीब-सी सनक सवार हो गयी, औरत को डराने की, उसका पीछा करने की और उसे किसी भी तरह आहत कर देने की। मैं तेज़ी से फिर उनके क़रीब से गुज़रते हुए आगे निकल आया, फिर अचानक मुड़कर उसका मुआयना करने लगा। मैं उसके एकदम रूबरू होते हुए उसे घूरने लगा, और वहीं एक नाम मुझे सूझा जो मैंने पहले कभी नहीं सुना था; एक ऐसा नाम जिसकी ध्वनि एकदम मृदु और स्नायविक थी : यीलायाली। जब वह मेरे बिल्कुल क़रीब आयी मैंने ख़ुद को सीधा करते हुए बहुत प्रभावशाली आवाज़ में उससे कहा, "मिस, आप अपनी किताब खो देंगी।"

मेरा दिल ऐसा कहते हुए ज़ोरों से धड़कता मुझे सुनायी दे रहा था।

"मेरी किताब?" उसने अपनी सखी से कहा। वह चलती रही।

मेरी दुष्टता और ज़ोर पकड़ गयी और मैं उन दोनों का पीछा करने लगा। मुझे पूरा समय होश था कि मैं अपनी जुनूनी सनक को हवा देने से ख़ुद को क़तई रोक नहीं पा रहा हूँ। मेरी विक्षिप्त चेतना मेरे साथ उड़ निकली, मुझे अण्ड-बण्ड प्रेरणाएँ देती हुई, जिनका मैं एक के बाद एक पालन करता रहा। मैंने जितना भी ख़ुद को समझाया कि मैं मूर्खता कर रहा हूँ, कोई फ़ायदा नहीं हुआ। मैंने औरतों के पीछे चलते हुए ऊल-जुलूल शक्लें बनाईं, उनके पास से गुज़रते हुए कई बार भयंकर खाँसी की। इस तरह धीरे-धीरे चलते हुए, हर समय कुछ कदम आगे, मुझे उसकी आँखें अपनी पीठ पर महसूस होती रहीं, और शर्म से मेरा सिर इस बात पे ख़ुद-ब-ख़ुद नीचा होता रहा कि मैं उसे सता रहा हूँ। धीरे-धीरे मुझे एक हैरतअंगेज़ फ़ासले का एहसास हुआ, मैं बहुत दूर था, बिलकुल ही किसी दूसरी जगह; मुझे एक धुँधला सा विश्वास हो चला था कि फुटपाथ पर सिर झुकाये चलता हुआ, वह मैं नहीं हूँ। कुछ ही समय में, औरतें पाशा के किताब-घर पहुँच चुकी थीं। मैं पहली ही खिड़की पर रुक गया, और जैसे ही वे मेरे पास से गुज़रीं मैं आगे बढ़कर बोला, "मिस, आप अपनी किताब खो देंगी।"

"किताब, कौन सी किताब?" वह भयभीत स्वर में बोली। "यह आदमी कैसी किताब की बात कर रहा है?"

वह रुक गयी। मैंने बड़ी क्रूरता से उसके असमंजस का मज़ा लिया; उसकी आँखों में परेशानी की झलक देखकर मैं मुग्ध था। उसकी सोच मेरी दुस्साहसी और क्षुद्र क्रूरता को पकड़ नहीं पा रही थी; उसके पास बिलकुल कोई किताब नहीं थी, किताब का एक पन्ना तक नहीं, फिर भी उसने अपनी जेबें टटोलीं, बार-बार अपने हाथों को देखा। सिर घुमाकर अपने पीछे फुटपाथ को ग़ौर से देखा, अपने छोटे से और नाज़ुक से दिमाग़ पर बेहद ज़ोर डाल कर पता लगाने की कोशिश की कि मैं किस क़िस्म की किताब की बात कर रहा हूँ। उसका चेहरा कई रंग बदल रहा था कभी एक हाव-भाव तो कभी दूसरा, और उसकी साँस की आवाज़ स्पष्ट सुनायी दे रही थी; उसकी पोशाक के बटन तक मेरी ओर सहमी हुई निगाह से घूरते हुए जान पड़ रहे थे।

"छोड़ो इसे," उसकी सखी ने कहा, और उसकी बाजू थाम ली। "पी रखी है इसने--देखा नहीं तुमने कितने नशे में है!"

उस क्षण ख़ुद से विलगने के बावजूद, और हालाँकि मैं अदृश्य ताकतों की रणभूमि होने के सिवा कुछ भी नहीं था, अपने आसपास घटती हुई छोटी-से-छोटी चीज़ को लेकर मैं पूरी तरह चौकस था। एक बड़े से भूरे कुत्ते ने भाग कर गली पार की, दरख़्तों के झुरमुट और टिवोली की दिशा में; उसका छोटा-सा कॉलर मैक्सिकी चाँदी का बना था। गली में कुछ आगे, पहली मंज़िल की एक खिड़की खुली और एक लड़की अपनी आस्तीनें ऊपर किये बाहर के काँच साफ़ करती दिखायी दी। मेरी आँखों से कुछ भी बच नहीं पा रहा था, मैं पूरी तरह सजग था और मेरा दिमाग़ अच्छा-ख़ासा चल रहा था, सभी कुछ मेरी ओर गिरती-पड़ती स्पष्टता से उमड़ा चला आ रहा था जैसे एक तेज़ रोशनी मेरे आसपास की हर शय पर गिर रही हो। मेरे सामने की औरतों की टोपी में दो नीले पंख थे और वे चारखानेदार गुलूबन्द पहने थीं। मुझे यह बात सूझी कि वे दोनों बहनें हैं।

वे मुड़ीं और सिस्लर की संगीत की दुकान पर जाकर रुक गयीं। मैं भी रुक गया। वे पलट कर, ठीक उसी रास्ते से चली आयीं जहाँ से वे गयी थीं, मेरे क़रीब से एक बार फिर से गुज़रीं, यूनिवर्सिटी स्ट्रीट से मोड़ मुड़ गयीं, और सेंट उलाफ़्स प्लेस तक चली गयीं। एक बार उन्होंने पीछे मुड़कर मुझे आधी सहमी-सी, आधी जिज्ञासा-भरी नज़र से देखा और मुझे उनमें न झुँझलाहट ही दिखायी दी, न तनी हुई भवें। मैं उन्हें इस क़दर सता रहा था और वे इतने सब्र से पेश आ रही थीं कि शर्मसार होते हुए मैंने अपनी आँखें झुका लीं। मैं अब उन्हें और यातना नहीं देना चाहता था, सिर्फ़ कृतज्ञतावश उन पर नज़र रखे रहना चाहता था, जब तक कि वे हिफ़ाज़त से किसी इमारत के अन्दर न चली जायें।

2 सेंट उलाफ़्स प्लेस के बाहर, जो कि एक बड़ी-सी चार-मंज़िला इमारत थी, वे एक बार फिर रुकीं और अन्दर चली गयीं। मैं फव्वारे के पास लैम्प-पोस्ट के

सहारे खड़ा हो गया और सीढ़ियों पर उनके कदमों की आहट को कान देकर सुनता रहा। तीसरी मंज़िल पर आकर आहट रुक गयी। मैं लैम्प-पोस्ट से हटकर इमारत को देखने लगा। फिर एक विचित्र चीज़ हुई। वहाँ ऊपर, कुछ पर्दे सरके और एक क्षण बाद एक खिड़की खुली, एक सिर प्रकट हुआ और दो ग़ज़ब की आँखें मुझ पर टिक गयीं। यीलायाली! मैंने आधी ऊँची आवाज़ में कहा और मुझे महसूस हुआ कि मेरा रंग शर्म से सुर्ख़ हो रहा था। उसने मदद के लिए किसी को आवाज़ क्यों नहीं दी? उसने एक गमला ही उठाकर मुझपर क्यों नहीं पटक दिया या किसी को मुझे भगाने के लिए नीचे क्यों नहीं भेजा? हम एकदम निश्चल नज़रें मिलाये खड़े रहे; एक मिनट यही चलता रहा; खिड़की और गली के बीच कई ख़याल कौंध रहे थे और एक शब्द भी नहीं बोला गया। वह हट गयी। मुझे अपने भीतर एक झटका-सा महसूस हुआ, एक हल्का-सा धक्का जैसे मेरी रगों में उतर गया; मैंने एक कन्धे को देखा जो धीरे से मुड़ा, एक पीठ जो कमरे में विलीन हो गयी। यह धीमी गति से खिड़की से मुड़ना, मुड़ते हुए कन्धे की भाव-भंगिमा, मेरे लिए एक संकेत था। मेरे ख़ून ने इस सूक्ष्म से अभिवादन को पहचान लिया और उस क्षण मुझे अपने भीतर ग़ज़ब की ख़ुशी महसूस हुई। तब मैं मुड़ा और वापस गली में आ गया।

मेरी हिम्मत नहीं हुई कि मैं पीछे मुड़कर देखूँ कि वह खिड़की में दोबारा प्रकट हुई भी या नहीं। जितना मैं इस बारे में सोच रहा था, उतना ही बेचैन और उत्तेजित महसूस कर रहा था। इस बात की सम्भावना थी कि वह इस पल वहाँ खड़ी है और मेरी तमाम हरक़तों पर नज़र रखे है : यह जानने के सिवा मेरे पास क्या उपाय था कि मुझ पर पीछे से नज़र रखी जा रही है। मैं जितना हो सकता था, तन कर चल रहा था। मेरी टाँगें झटके खाने लगीं, मेरी चाल गड़बड़ा गयी, सिर्फ़ इसलिए कि मैं ढंग से चलना चाहता था। बिलकुल शान्त और बेख़बर दिखायी देने के लिए मैं अपनी बाँहें चला रहा था, एक ओर को थूक रहा था, आसमान को ताक रहा था, लेकिन कोई फ़ायदा नहीं था—देखती हुई आँखें मुझे गर्दन पर एक-एक पल महसूस हो रही थीं और एक ठण्डक-भरी झुरझुरी मेरे पूरे जिस्म में दौड़ गयी। अन्त में एक मोड़ मुड़कर ही मेरा छुटकारा हुआ और मैं अपनी पेंसिल लेने पाइल स्ट्रीट चला आया।

उसे लेने में कोई झंझट पैदा नहीं हुआ। वह आदमी वास्कट मेरे पास उठा लाया और उसने मुझे सारी जेबों की तलाशी ले लेने दी। मुझे दूसरे गिरवी-घरों की कुछ पर्चियाँ भी मिलीं जो मैंने उस आदमी का शुक्रिया अदा करते हुए रख लीं। मैं उससे और-से-और मुतासिर होता चला गया, जबकि उस घड़ी उस शख़्स को प्रभावित करना निहायत ज़रूरी था। मैं दरवाज़े की ओर जाने को हुआ और फिर काउंटर पर वापस लौट आया जैसे कुछ भूल गया होऊँ। मुझे लगा मुझे कुछ खुलासा करना पड़ेगा, किसी तरह का तर्क पेश करना पड़ेगा, और उसका ध्यान खींचने के लिए मैं कुछ गुनगुनाने लगा। फिर मैं पेंसिल लेकर उसे हवा में तान कर खड़ा हो गया।

"सिर्फ़ एक पेंसिल के लिए," मैं बोला, "इतनी ज़हमत उठाने की मैं कभी न सोचता; यह कुछ ख़ास ही मामला है : एक वजह है इसकी। पेंसिल के नाम पर यह टोंटा देखने में मामूली लग सकता है, लेकिन दुनिया में मैं जहाँ पहुँचा हूँ, इसी पेंसिल की बदौलत है, एक तरह से देखा जाये तो जीवन में मेरी हैसियत. . . ."

मैं रुक गया। वह आदमी चल कर वापस काउंटर तक आया।

"ऐसा?" वह मुझे कौतूहल से देखते हुए बोला।

"इसी पेंसिल से," मैं बिना शिकन डाले बोलता रहा, "तीन भाग में मैंने अपनी महान कृति *दार्शनिक चेतना* लिखी थी। आपने सुना है उसके बारे में?"

उसे लगा कि उसने नाम सुन रखा है, शीर्षक मात्र।

"हाँ, ठीक वही! वह मेरी ही कृति थी! तो इसमें ताज्जुब की कोई बात नहीं कि मुझे यह पेंसिल वापस चाहिए थी। मेरे लिए यह बेहद कीमती चीज़ है, मेरे लिए यह लगभग एक इनसान जैसी है। ख़ैर, मैं आपकी रहमदिली के लिए तहे-दिल से शुक्रगुज़ार हूँ—नहीं, नहीं, मैं आपको इस बात के लिए बेशक याद करूँगा। वादा वादा है, ऐसा आदमी हूँ मैं, और आप ही इसके हक़दार हैं। आपका दिन शुभ हो।"

मैं दरवाज़े तक चला आया, ऐसे आदमी की चाल-ढाल बनाये हुए जो बड़ी आसानी से किसी दूसरे आदमी को एक अहम रुतबा बख़्श सकता है। विनम्र गिरवीदार ने मेरे जाते-जाते दो बार मुझे झुक कर सलाम किया। मैंने एक बार फिर पीछे मुड़कर उसे 'गुड डे' कहा।

सीढ़ियों में एक औरत टकरा गयी जो एक सूटकेस उठाये चली आ रही थी। उसने अपने आपको बिलकुल दीवार से सटा लिया ताकि मैं निकल सकूँ—मैं इतना धाँसू जो दिख रहा था, और मेरे हाथ एकाएक जेबें टटोलने को हुए, ताकि उसे कुछ दे सकूँ। जब कुछ नहीं मिला, तो मेरा पोज़ तुरन्त ढह गया, और मैं सिर झुकाये उसके पास से निकल गया।

एक क्षण बाद, मैंने उसे भी सुना, गिरवीदार का किवाड़ खटखटाते हुए : किवाड़ की ग्रिल पर स्टील का काम था, और दस्तक से हुई गूँज को मैं पहचानता था।

सूरज चढ़ आया था, क़रीब बारह का वक्त था। सड़कें हरक़त में आना शुरू हो रही थीं क्योंकि धूप में घूमने का समय होता जा रहा था। हँसते और सिर हिलाते लोग कार्ल योहान स्ट्रीट पर इधर-उधर गश्त लगा रहे थे। मैंने अपनी कोहनियाँ शरीर से सटा लीं, ख़ुद को सिकोड़-सा लिया, और उन लोगों के पास से चुपके-से गुज़र गया जिनसे मेरी जान-पहचान थी और जो यूनिवर्सिटी के पास खड़े-खड़े आने-जाने वालों को सराहने में मशगूल थे। मैं रॉयल-गार्डन्ज़ की ओर निकल आया और गहरी सोच में डूब गया।

सड़कों पर मिलने वाले ये लोग, कितने हल्के दिल से अपने चमकीले सिर हिलाते फिरते थे और जीवन से ऐसे गुज़र जाते जैसे किसी बॉल रूम से! एक भी

आँख में दुख नहीं था, न किसी कन्धे पर कोई बोझ, इन ख़ुश दिलों में कहीं कोई धुँधलका नहीं था, न कहीं हल्का-सा दर्द ही छिपा बैठा था। मैं वहाँ चल-फिर रहा था, इन प्राणियों की सोहबत में, ख़ुद भी नौजवान ही था, पूरे जोबन पर भी नहीं, और मैं अभी से भूल चुका था कि ख़ुशी क्या होती है। मैंने इन विचारों को कस कर भींच लिया और मुझे जान पड़ा कि मेरे साथ भयंकर अन्याय हुआ है। पिछले कुछ महीने मेरे इतने खिलाफ़ क्यों रहे हैं? मुझमें अपनी ख़ुशदिली की स्मृति तक बच नहीं पायी है, और हर तरफ़ से अजीबो-ग़रीब विपदाएँ मुझ पर टूट कर गिरती रही हैं। मैं पार्क में किसी बेञ्च पर बैठ तक नहीं सकता था या अपना पाँव कहीं रख सकता था बिना तुच्छ और बेतुकी घटनाओं से घिर जाते हुए, कोरी बकवास, जो मेरे दिलो-दिमाग़ में जबरन घुसी चली आती थी, मेरी क्षमताओं को चहुँओर छितरा देती हुई। मेरे पास से निकला हुआ कोई कुत्ता, किसी के फीते में लगा एक पीला गुलाब, मेरे विचारों को चलायमान करने और मेरे दिलो-दिमाग़ पर बुरी तरह छा जाने के लिए काफ़ी होता। मुझे आख़िर हो क्या गया था? क्या ख़ुदा का हाथ मेरी ओर बढ़कर मुझ पर उँगली उठा रहा था? तो भला मैं ही क्यों? दक्षिणी अमरीका में बसे किसी शख़्स की ओर क्यों नहीं? जब भी मैं इन चीज़ों पर विचार करता, मुझे और भी समझ में नहीं आता कि ख़ुदा की किसी सनक की बदौलत मेरी ही चीर-फाड़ क्यों चल रही है। कितना विचित्र ढंग था यह कुछ कर-गुज़रने का, इनसान की पूरी नस्ल को फलाँग कर मुझे धर-दबोचना; मिसाल के तौर पर दुर्लभ किताबों का धंधा करने वाला पाशा था और फिर स्टीमशिप का क्लर्क हेनेशेन भी तो था।

मैं इन बातों को लेकर ख़ुद से बहस करता चला जा रहा था और ख़ुद को रोक नहीं पा रहा था; दूसरे लोगों के गुनाहों की सज़ा ख़ुदा मुझे भुगतने दे रहा था, उसकी इस मनमानी से मुझे सख़्त एतराज़ था। एक बेञ्च मिल गया था मुझे लेकिन उस पर बैठ जाने के बाद भी यह सवाल ज्यों-का-त्यों बना हुआ था, मेरे दिलो-दिमाग़ पर पूरी तरह हावी और किसी अन्य विचार की कोई गुंजाइश ही नहीं बची थी। मई के उस रोज़ से जब मेरे हालात बिगड़ना शुरू हुए थे, मैं उन सब संकेतों को साफ़-साफ़ देख सकता था जिनसे मेरी लाचारी बढ़ती चली गयी थी। अब मैं इतना कमज़ोर पड़ चुका था कि जहाँ मुझे पहुँचना था, उस दिशा में जैसे मैं किसी भी तरह से ख़ुद को ले जा ही नहीं पा रहा था; छोटे-छोटे कीड़ों का एक बादल जबरन मेरे अन्दर घुसा चला आया था और मुझे खाकर खोखला कर चुका था। और अगर्चे ख़ुदा ने मेरा ख़ात्मा करने का फ़ैसला कर ही लिया हो तो? मैं उठ खड़ा हुआ और बेञ्च के सामने इधर से उधर चक्कर लगाने लगा।

मेरा पूरा वुजूद उस पल एक अविश्वसनीय पीड़ा से सराबोर था; मेरी बाँहें तक दुख रही थीं और मैं उन्हें हमेशा की तरह निभा नहीं पा रहा था। मुझे कुछ समय पहले खाये हुए भारी खाने से भी ज़ाहिरा तौर पर तकलीफ़ महसूस हो रही

थी; मैं ठुँसा हुआ था और बहुत उत्तेजित था और बिना नज़र उठाये आगे-पीछे घूम रहा था; जो लोग मेरे दोनों ओर चल-फिर रहे थे, प्रेतों की तरह फिसल रहे थे। अन्त में मेरी सीट दो भले मानसों ने ले ली जो अपने सिगार जला कर ऊँची आवाज़ में बातचीत करने लगे। मुझे गुस्सा आ गया और मैं जाकर उन्हें दफ़ा करने को था, लेकिन फिर मैं पार्क के किसी बिलकुल दूसरे कोने में चला आया, जहाँ मुझे नया बेञ्च मिल गया। मैं बैठ गया।

ख़ुदा के बारे में मुझे फिर विचार आने लगे। धिक्कार है उसे, मुझे लगा कि जब-जब मैंने नौकरी लेने की कोशिश की, उसने मेरे सभी रास्ते बन्द कर दियें, सब मौके गँवा दिये, जबकि मैं दो वक्त की रोटी के सिवा कुछ नहीं माँग रहा था। यह साफ़ हो चुका था कि जब मैं कुछ ज़्यादा ही समय से भूख से पीड़ित रहता तो ऐसा लगने लगता मानो मेरा दिमाग़ मेरी खोपड़ी से चुपचाप निकल भागा है और मुझे ख़ाली छोड़ गया है। मेरा सिर हल्का हो जाता और तैरने लगता, मुझे अपने कन्धों पर उसका वज़न महसूस होना बन्द हो जाता, और आभास होता जैसे किसी भी चीज़ को देखते समय मेरी आँखें ज़रूरत से ज़्यादा खुल जातीं।

बेञ्च पर बैठे-बैठे मैं इन विचारों में डूबा रहा और मुझे लगातार सता रहे ख़ुदा के खिलाफ़ और से और कड़वाहट से भर उठा। मैं उसे यकीन दिलाना चाहता था कि मुझे धक्के मार कर और मेरे रास्ते में रोड़े अटकाकर अगर वह मुझे अपने और क़रीब लाना चाहता है, तो वह ग़लत ढंग अख़्तियार कर रहा है। फिर मैंने अपनी आँखें आसमान की ओर उठायीं, जिनमें मेरी बग़ावत के आँसू उमड़ आये थे और मैंने अपने भीतर, चुपचाप, हमेशा हमेशा के लिए, उसे यह सब बता दिया।

बचपन में सुने उपदेशों के अंश मेरे मन में तेज़ी से आने लगे, मेरे कानों में बाइबिल का संगीत बजने लगा और ख़ुद से हौले-हौले बात करते हुए खिल्ली उड़ाने के अदांज़ में मैंने अपनी मुण्डी को एक ओर लुढ़क जाने दिया। मुझे क्या पड़ी है मैं यह खाऊँ, वह पीऊँ या इस मनहूस कीड़ों की बोरी को यह-यह पहनाऊँ जिसे मेरा पार्थिव शरीर कहा जाता है? क्या परम-पिता ने मेरी उसी तरह देखभाल नहीं की जैसे उन जीवों की करता है जिनके पास सर छिपाने की कोई जगह नहीं है, और क्या रहमदिली में उसने अपने हाथ का इशारा अपने इस मामूली से खादिम की ओर नहीं किया? ख़ुदा ने अपनी उँगली को मेरी नसों में घुसेड़ दिया था और हौले से, लगभग बिना सोचे-समझे उन रेशों को उलझा दिया था। और फिर ख़ुदा ने अपनी उँगली को खींच लिया था, और देखिये—उसकी उँगली पर मेरी नसों के रेशे और जड़ों जैसे महीन धागे दिखायी दे रहे हैं। और उसकी उँगली के पीछे, जो ख़ुदा की उँगली थी, एक छिद्र खुला रह गया था; और मेरे सिर में उसकी उँगली के निशान के पीछे, एक ज़ख़्म। लेकिन अपने हाथ की उँगली से मुझे छूने के बाद ख़ुदा ने मुझे अकेला छोड़ दिया था और मुझ पर कुछ भी बुरा घटने नहीं दिया था।

उसने मुझे चैन से चले जाने दिया था और खुले छिद्र को लेकर प्रस्थान करने दिया था। और ख़ुदा की ओर से मुझ पर कुछ भी बुराई नहीं आयेगी, ख़ुदा जो अनादि काल का स्वामी है. . . .

बैंड-म्यूज़िक के अंश हवा में विद्यार्थियों के जुलूस से चले आ रहे थे। यानी दो के बाद का वक्त था। मैंने अपने काग़ज़ निकालकर कुछ लिखने की कोशिश की। ऐसा करते हुए हजामत की पर्चियों की एक कॉपी मेरी जेब से गिरी। मैंने गिना तो छह पर्चियाँ थीं। ख़ुदा का शुक्र है! मैंने बिना सोचे-समझे कहा; अब कई हफ़्ते मैं हजामत करवा सकता था और ठीक-ठाक दिख सकता था! मेरा चित्त एकदम प्रसन्न हो उठा, इस छोटी-सी सम्पत्ति के बचे होने की बदौलत; मैंने पर्चियों को सीधा कर कॉपी जेब में सम्भाल कर रख ली।

तब भी, मैं लिख नहीं पा रहा था। एक दो पंक्तियों के बाद, और कुछ आना ही नहीं चाहता था; मेरे विचार कहीं और ही थे और मुझसे बन नहीं रहा था। मेरे आसपास सभी कुछ मुझे परेशान कर रहा था और मेरा ध्यान खींच रहा था; मैं जो कुछ भी देखता, मुझ पर हावी हो जाता। कुछ मच्छर-मक्खी मेरे काग़ज़ पर आ बैठे थे और मैं परेशान हो रहा था; मैंने उन पर साँस छोड़ी ताकि वे चले जायें, फिर ज़ोर-ज़ोर से फूँकें मारीं, लेकिन कोई फ़ायदा नहीं हुआ। नन्हे हैवान अपने पिछवाड़े को नीचा कर ख़ुद को भारी किये, हवा से लड़ते हुए तब तक बैठे रहे जब तक उनकी टाँगें मुड़ नहीं गयीं। वे बिलकुल जाने वाले नहीं थे। पकड़ने को वे कुछ-न-कुछ ढूँढ़ ही लेते थे, अपनी एड़ियाँ किसी अर्ध पूर्ण-विराम या फिर कागज़ के किसी खुरदुरे कोने पर अकड़ाए, और उनका इरादा ठीक उसी जगह जमे रहने का था जब तलक वे ख़ुद फ़ैसला नहीं करते कि जाने का वक्त हो चुका है।

वे नन्हे पिशाच मुझे काफ़ी समय तक व्यस्त रखे रहे; मैं टाँग पर टाँग चढ़ाये आराम से बैठ कर उनका मुआयना करता रहा। अचानक क्लेरिनेट के एक-दो ऊँचे स्वर कान्सर्ट से मेरे कानों में तैर आये और मेरे विचारों ने एक नया ही रुख अख़्तियार कर लिया। लेख से निराश होकर मैंने काग़ज़ों को अपनी जेब में ठूँसा और पिट्ठा लगाते हुए पीछे की ओर झुक गया। उस क्षण मेरा दिमाग़ इतना साफ़ चल रहा था कि मैं विचारों की दुरूह से दुरूह शृंखला पर सहज ही एकाग्रचित्त हो सकता था। इस मुद्रा में पड़े-पड़े, आँखों को अपने सीने और टाँगों से नीचे ले जाते हुए, मैंने पाया कि मेरे पाँव हृदय की हर धड़कन के साथ झटका खा रहे हैं। मैं आधा उठकर अपने पाँवों की ओर देखने लगा। उस पल एक ग़ज़ब का हैरतअंगेज़ मूड मुझ पर तारी हुआ जो मुझे पहले कभी महसूस नहीं हुआ था—एक महीन और चमत्कारी झटका मेरी रग-रग में फैल गया जैसे रोशनी का कोई झरना फूट निकला हो। अपने जूतों को घूरते हुए मुझे महसूस हुआ कि जैसे मैं अपने किसी पुराने दोस्त से मिल रहा हूँ, या फिर मेरे वजूद का वह अंश लौट आया हो जो मुझसे कट कर अलग

हो चुका था। भीतर ही भीतर मैं कुछ पहचान रहा था और इस एहसास से मेरी आँखों में आँसू छलक आये और अपने जूतों को महसूस करते हुए एक हल्की-सी खुसफुसाहट मुझ तक पहुँचने लगी। "मैं कमज़ोर पड़ रहा हूँ!" मैंने तल्ख़ी से ख़ुद से कहा; फिर अपनी मुट्ठियाँ भींचते हुए मैंने कहा, "कमज़ोर पड़ रहा हूँ।" इन ऊल-जुलूल एहसासों को लेकर मुझे अपने आप पर गुस्सा आ रहा था, जो मेरे पूरे होशो-हवास में भी मुझ पर हावी हो जाते थे। मैं तल्ख़ और समझदार किस्म के मुहावरे बोल रहा था, और आँसुओं को हटाने की गर्ज़ से मैंने अपनी आँखें कसकर मूँद ली थीं। फिर कुछ यूँ जैसे मैंने अपने जूतों को कभी देखा तक न हो, मैं उनके हाव-भाव का अध्ययन करने लगा—उनकी मूकाभिनय-सी मुद्राएँ जब मैं अपने पंजों को हिलाता था, उनकी आकृति और उनका घिसा हुआ चमड़ा। मैंने पाया कि उनकी झुर्रियों और उनकी सफ़ेद सिलाई से उनका कुछ हाव-भाव उभर आया था, चेहरा निकल आया था। मेरे वुजूद का कुछ अंश उनमें उतर गया था, वे मुझे अपने 'मैं' की प्रेतात्मा से लगने लगे थे, मेरे साँस लेते हुए अंश. . . .

मैं वहाँ बैठा-बैठा इन एहसासों की ऊहापोह को काफ़ी देर सुलझाने की कोशिश करता रहा, शायद घण्टा-भर। एक छोटा-सा बूढ़ा आदमी आया और मेरे बेञ्च के दूसरे कोने को घेरकर बैठ गया। चलने से उसकी साँस उखड़ी हुई थी, और वह "आह या, या, या, या, या, याह!" कर रहा था।

जैसे ही मुझे उसकी आवाज़ सुनायी दी मेरी खोपड़ी में से हवा का एक झोंका-सा गुज़रा, मैंने जूतों को जूते ही रहने दिया, और मुझे अभी से यह लगने लगा कि जिस ऊहापोह में से मैं अभी-अभी गुज़रा था, वह बहुत पहले की बात है, शायद एक-दो वर्ष पहले की, और मेरी स्मृति से हमेशा के लिए ग़ायब हो जाने की प्रक्रिया में है। मैं इत्मीनान से बैठकर बूढ़े आदमी का अध्ययन करने लगा।

उसमें ऐसा क्या था जिसमें मेरी रुचि थी? कुछ नहीं, कुछ भी तो नहीं! सिर्फ़ इतना कि उसके पास एक अख़बार था, तह किया हुआ, काफ़ी पुराना, और विज्ञापनों का हिस्सा दिखायी दे रहा था; ज़ाहिर था कि उसमें कुछ लपेट रखा था उसने। मुझे जिज्ञासा हुई और मैं अपनी आँखें उस अख़बार से हटा ही नहीं पा रहा था; मुझे एक पागल विचार आया कि हो न हो वह कोई दुर्लभ अंक है, शायद उस जैसा कोई दूसरा अंक था ही नहीं। मेरी जिज्ञासा बढ़ती चली गयी और मैं बेञ्च पर आगे-पीछे फिसलने लगा। शायद कुछ दफ़्तरी काग़ज़ रखे थे उसमें, किन्हीं फ़ाइलों में से चुराये गये ख़तरनाक दस्तावेज़। मुझे किसी गुप्त सन्धि, किसी साज़िश का धुंधला-सा एहसास होने लगा।

वह आदमी निश्चल बैठा रहा, सोच में डूबा हुआ। वह औरों की तरह मुख्य पृष्ठ बाहर क्यों नहीं रखे हुए था? इसमें किस क़िस्म की चालाकी छिपी हुई थी? ऐसा लगता था वह पार्सल को अपने हाथ से नहीं जाने देगा, कितने भी पैसे के बदले में, वह उसे अपनी जेब तक के हवाले करने की हिम्मत नहीं कर रहा था।

मैं अपनी जान पर खेल कर कह सकता था कि दाल में ज़रूर कुछ काला था।

मैं ध्यान से सोचने लगा। इस पहेली को बूझना मुश्किल था और यही वजह थी कि मेरी जिज्ञासा मुझे पागल किये दे रही थी। मैंने उस आदमी को कुछ देने के लिए जेबें टटोलना शुरू कीं ताकि बातचीत छिड़ सके; मुझे नाई की पर्चियाँ मिलीं लेकिन मैंने उन्हें छोड़ दिया। अचानक मैं बिलकुल बेहयायी पर उतर आया; मैंने अपनी ख़ाली जेब को सहलाते हुए उससे पूछा, ''क्या आप सिगरेट पीना पसंद करेंगे?''

नहीं, शुक्रिया, वह आदमी सिगरेट नहीं पीता था, ताकि उसकी आँखें और ख़राब न हो जायें। वह लगभग अन्धा हो चुका था। आपका बहुत-बहुत धन्यवाद!

कितनी देर से उनकी आँखें कमज़ोर हैं? क्या वे पढ़ सकते हैं? जैसे अख़बार?

''अख़बार भी नहीं, शर्म की बात है।''

वह आदमी मेरी ओर मुड़ा। उसकी दोनों बीमार आँखों पर झिल्ली थी, जिससे वे काँच-सी दिखायी देती थीं; उनका रंग कुछ-कुछ सफ़ेद पड़ चुका था और उन्हें देखकर घिन आती थी।

''आप यहाँ के निवासी नहीं हैं?'' उसने पूछा।

नहीं। मिसाल के तौर पर क्या वह उस अख़बार की सुर्ख़ियाँ तक नहीं पढ़ सकते जो उनके पास है?

बड़ी मुश्किल से। जो भी हो, वह एकदम ताड़ गया था कि मैं यहाँ का रहने वाला नहीं हूँ–मेरी आवाज़ में कुछ ऐसा था। ज़्यादा कुछ नहीं था : वह बहुत अच्छे से सुन सकता था; रात के समय जब सब लोग सो जाते थे वह पास वाले कमरे में लोगों की साँस की आवाज़ तक सुन सकता था. . .''मैं आपसे पूछना चाहता था, आप कहाँ रहते हैं?''

मेरे भेजे में एक पका-पकाया झूठ बन निकला। मैंने बिना आगा-पीछे देखे खट्ट से कहा, ''सेंट उलाफ़्स प्लेस नम्बर 2।''

क्या सच? वह आदमी सेंट उलाफ़्स प्लेस के एक-एक पत्थर से वाक़िफ़ था। वहाँ एक फव्वारा था, स्ट्रीट-लैम्प थे, दो-एक दरख़्त, उसे अच्छे से याद था. . . ''आपके अपार्टमेंट का नम्बर क्या था?''

मैं उठ खड़ा हुआ; मैं इस मामले की तह तक पहुँचना चाहता था, अख़बार वाली धारणा से बल मिला था मुझे। मैं उस राज़ को जान लेने का फ़ैसला कर चुका था, किसी भी कीमत पर।

जनाब अगर आप अख़बार तक नहीं पढ़ सकते, मुझे नहीं लगता. . .

''नम्बर 2 बताया था आपने?'' वह आदमी जारी था, मेरी बेसब्री को नज़रअन्दाज़ करते हुए। ''एक समय ऐसा था मैं नम्बर दो के एक-एक बन्दे को जानता था। आपका मकान-मालिक कौन है?''

मैंने इस बात से छुटकारा पाने के लिए तुरन्त एक नाम गढ़ लिया और मुझे

सताने वाले उस आदमी की ओर उछाल फेंका।

"हाप्पोलात्ती," मैंने कहा।

"ओ, हाँ, हाप्पोलात्ती," उसने सिर हिलाया। उससे इस कठिन् नाम का एक भी स्वर नहीं चूका।

मैं उसकी ओर हैरान होकर देखने लगा; वह शराफ़त से बैठा था, सोच में डूबा हुआ। मैंने यह बेवकूफ़ाना नाम बोला ही था, जो यूँ ही मेरी खोपड़ी में चला आया था, और यह आदमी अपना इससे नाता जोड़ भी चुका था। यह दिखावा करते हुए कि उसने यह नाम सुन रखा है। इस बीच उसने अपना पार्सल बेञ्च पर रख दिया, और मेरी जिज्ञासा असहनीय हो उठी। मैंने साफ़-साफ़ देखा कि काग़ज़ पर दो चिकने निशान हैं।

"क्या आपका मकान-मालिक जहाज़ पर काम करता है?" उसने पूछा। उसकी आवाज़ में कोई तन्ज़ नहीं था।

"मुझे कुछ-कुछ याद है वह जहाज़ पर काम करता था।"

"जहाज़ पर? मैं आपकी बात नहीं काटता चाहता, लेकिन आप कहीं उसके भाई की बात तो नहीं कर रहे; इस वाले का नाम तो ज. अ. हाप्पोलात्ती है, और वह बिज़नेस करता है।"

मैंने सोचा अब उसे चैन आ जायेगा, लेकिन वह चुप होने वाला नहीं था।

"कहते हैं वह बहुत शातिर दिमाग़ का आदमी है," बूढ़ा आगे होकर बोला।

"उफ़्फ़ बहुत तेज़ है वह," मैंने जवाब दिया।

"बिज़नेस के लिए ग़ज़ब का दिमाग़ है उसका। आप जिस चीज़ का नाम लें, वह बेचता है : रूसी हंसों और चूजों के पंख, खालें, गूदे की बनी हुई लकड़ी, सियाही. . . ."

"ग़ज़ब!" बूढ़ा बोल उठा, "क्या ऐसा है?" उसने जोश में आते हुए पूछा।

मैं खिंचता चला जा रहा था। मेरी साज़िश मेरे साथ उड़ निकली थी और एक-पर-एक झूठ मेरी खोपड़ी में फूट रहे थे। मैं फिर बैठ गया, अख़बार और दुर्लभ दस्तावेज़ों को भूल गया, बहुत जोश में आ गया और जमकर खेल का मज़ा लेने लगा। उस बौने की निरीहता से मैं भड़क उठा था; मैं उसे झूठों से ठूँस देने वाला था, चाहे कुछ भी हो और एक सूरमे की तरह उसे मैदान-ए-जंग से खदेड़ देने वाला था।

मैंने उससे पूछा कि उसने उस विद्युत प्रार्थना-पुस्तक के बारे में सुन रखा है जिसका आविष्कार हाप्पोलात्ती ने किया है?

"क्या कहा आपने, विद्युत. . . ."

"जिसके अक्षर अँधेरे में चमकते हैं? एक अविश्वसनीय बड़े पैमाने का काम, दस लाख क्रोनर का निवेश, छापाखाने और कारखाने चालू हो चुके हैं, इंजीनियर

लोगों को बड़ी तादाद में ठेके पर काम दिया गया है, मैंने सुना है क़रीब सौ लोगों को।''

''मुझे कोई हैरानी नहीं हुई,'' उस आदमी ने धीरज से जवाब दिया। बस, यही कहा उसने : उसने मेरे कहे एक-एक शब्द का विश्वास कर लिया और भौंचक्का होकर ज़मीन पर नहीं जा गिरा। मैं थोड़ा निराश हो गया; मैं उम्मीद लगाये बैठा था कि वह मेरी हर कपोल कल्पना से स्तम्भित रह जायेगा।

मैंने बदहवासी में दो-एक झूठ और जड़ दिये, कोई कसर नहीं छोड़ी, यह विवरण भी उजागर कर दिया कि हाप्पोलात्ती नौ बरस तक फ़ारस का प्रधानमंत्री रह चुका है।

''शायद आपको मालूम नहीं कि फ़ारस के प्रधानमंत्री होने का क्या मतलब होता है?'' मैंने पूछा। यहाँ का बादशाह होने से ज़्यादा मायने रखता है, कुछ-कुछ सुल्तान होने जैसा है यह, अगर उसे पता हो कि इसका मतलब क्या है। फिर भी हाप्पोलात्ती ने इस पद को ग़ज़ब से निभाया और एक भी गलत कदम नहीं उठाया। तब मैंने उसे यीलायाली के बारे में भी बताया, उसकी बेटी, एक सम्मोहित जीव, एक ऐसी शहज़ादी जिसके पास तीन सौ ग़ुलाम थे और जो पीले गुलाबों के बिस्तर पर सोया करती थी; मैंने इतने सुंदर प्राणी को कभी नहीं देखा था, मैंने ज़िन्दगी में किसी भी औरत को नहीं देखा था। या ख़ुदा मेरी मदद कर, कि जिससे तुलना करूँ उसकी।

''फिर तो वह बहुत ख़ूबसूरत होगी, हैं?'' बूढ़ा जैसे उसका ध्यान कहीं और ही था, ज़मीन की ओर देखते हुए मिनमिनाया।

''ख़ूबसूरत? अजी भव्य थी वह, ऐसी भव्यता तो वर्जित हो जानी चाहिए! उसकी आँखें रेशम-सी मुलायम थीं, और बाँहें कहरुबा के रंग की! किसी दूसरी औरत के चुम्बन में जो असर है, इस औरत की एक नज़र में है, और जब उसने मेरा नाम लिया उसकी आवाज़ शराब की तरह मेरी रगों में घुलती हुई मेरे दिल में उतर गयी। और वह भला क्यों न होती इतनी खूबसूरत? उसकी नज़र में वह कौन थी, भर्ती की क्लर्क या आग के महक़मे में रिसेप्शनिस्ट? वह तो किसी परी-कथा से आयी थी, वह, मेरी बात मानें, वह एक श्रेष्ठ कृति थी, दिव्य जीव!''

''हाँ, हाँ, मुझे यकीन है वह ऐसी ही थी,'' वह आदमी थोड़ा घबड़ाकर बोला।

उस आदमी के धीरज से मैं ऊब चुका था। मैं अपनी आवाज़ की ध्वनि से जोश में आ चुका था और बेहद संजीदगी से बातें करने लगा था। गुप्त फ़ाइलों से चुरायी सामग्री, किसी विदेशी ताक़त के साथ हुए समझौतों पर दस्तख़त, यह सब मैं पूरी तरह भूल चुका था; छोटा-सा सपाट पैकेट बेञ्च पर हम लोगों के बीच रखा था और मुझमें यह देखने की रत्ती-भर भी इच्छा नहीं बची थी कि उसमें क्या है। मैं अपनी कहानियों की रौ में बह निकला था, खून मेरे सिर की ओर दौड़ रहा था,

और मैं जितनी तेज़ी से सम्भव था, झूठ बोले चला जा रहा था।

अचानक वह आदमी उठकर जाने को हुआ। आधा उठकर उसने कुछ इस तरह से मुझसे पूछा ताकि ऐसा न लगे वह झटके से बात काट रहा है, "यह हाप्पोलात्ती, अगर मुझे ग़लती नहीं लगी, काफ़ी अमीर आदमी है न?"

इस अन्धे और घिनौने मूरख की यह मजाल कि वह इस ग़ज़ब के नाम को, जिसे मैंने ख़ुद गढ़ा है, इधर-उधर उछाल रहा है, जैसे यह कोई मामूली नाम हो, हर पंसारी की दुकान के सामने टँगा हुआ? वह किसी अक्षर पर नहीं चूका था, कोई मात्रा नहीं छूटी थी उससे, यह नाम उसके दिमाग़ में गहरा धँस चुका था और तुरन्त जड़ पकड़ बैठा था। मैं चिढ़ गया, और एक भीतरी कड़ुवाहट मुझमें इस जीव के ख़िलाफ़ उठने लगी जो किसी भी चीज़ से परेशान नहीं होता था और न ही किसी चीज़ पर शक करता था।

"मुझे कैसे मालूम होगा," मैंने सख़्ती से जवाब दिया।

"मुझे इसके बारे में कुछ भी नहीं मालूम। और तो और, मैं आपको आख़िरी बार बता रहा हूँ कि उसका नाम योहान आरेण्ट हाप्पोलात्ती है, पहले अक्षरों के मुताबिक।"

"योहान आरेण्ट हाप्पोलात्ती," उसने दोहराया, मेरी हिंसा से कुछ-कुछ बौखला कर। फिर वह चुप हो गया।

"आपको उसकी बीवी को देखना चाहिए," मैं फ़नफ़नाते हुए बोला। "उससे मोटा कोई. . . .मेरे ख़याल में आपको तो नहीं लगता वह वाक़ई बहुत मोटी थी?"

"ओह, नहीं, नहीं मैं बिलकुल इनकार नहीं करूँगा, ख़ास तौर पर—आप जानते हैं—जैसा आदमी वह है. . . ."

वह बूढ़ी जान मेरे हर धमाके का जवाब बड़ी शान्ति और शालीनता से दे रही थी। वह सही शब्द की तलाश में रुक-रुक कर बोल रहा था जैसे डर रहा हो कि वह कुछ ग़लत कह देगा तो मैं तैश में आ जाऊँगा।

"ख़ुदा का कहर, अमा मियाँ, आपको लगता मैं यहाँ बैठा-बैठा आपके भेजे में झूठ-पे-झूठ ठूँसे जा रहा हूँ?" मैं पूरे होशो-हवास खोते हुए चिल्लाया। "मैं दावे से कह सकता हूँ आपको क़तई यकीन नहीं है कि हाप्पोलात्ती नाम का कोई आदमी है भी! मैंने ज़िन्दगी-भर ऐसा अड़ियल और दुष्ट बूढ़ा नहीं देखा! आप पर आख़िर क्या भूत सवार हो गया है जनाब? और इतना ही नहीं, शायद आप मन-ही-मन यह सोचे बैठे हैं कि मैं बिलकुल कंगाल आदमी हूँ, नहीं क्या, और कि मैं अपना बेहतरीन सूट पहने हुए हूँ, और कि मेरी जेब में सिगरेट का कोई केस-वेस नहीं है? जो सुलूक आपने मेरे साथ किया है, मैं उसका ज़रा भी आदी नहीं हूँ, मैं साफ़-साफ़ कह रहा हूँ, मैं बर्दाश्त नहीं करूँगा ये सब, ख़ुदा मदद करे मेरी, न आपकी तरफ़ से न किसी और की, और बेहतर होगा कि आप इस बात को पल्ले बाँध लें, सुना

आपने!"

वह आदमी उठ खड़ा हुआ। मुँह बाये खड़ा रहा, जैसे साँप सूँघ गया हो उसे, और मेरी भड़ास को आख़िर तक सुनता रहा; फिर तपाक से उसने अपना पैकेट उठाया और चल दिया, पगडण्डी पर क़रीब-क़रीब भागते हुए, अपने बूढ़े बौने कदमों से।

मैं बेञ्च पर बैठा-बैठा उसकी पीठ को दूर होते देखता रहा, जो और से और कुबड़ाती नज़र आने लगी थी। मुझे पता नहीं कैसे लगने लगा, लेकिन मुझे सूझा कि मैंने इतनी बेईमान, इतनी धूर्त पीठ पहले कभी नहीं देखी थी, और मुझे कोई अफ़सोस नहीं था कि जाने से पहले मैंने उसके साथ ऐसा सुलूक किया जिसका कि वह हक़दार था।

रोशनी मिटती चली जा रही थी, सूरज डूबने को था, पास के दरख़्तों से हल्की सरसराहट आ रही थी और बच्चों की परिचारिकाएँ जो झुण्ड में कसरती सलाखों के पास बैठी थीं, उठकर बच्चों की गाड़ियों को ठेलकर घर ले जाने लगीं। मैं एकदम शान्त था और मेरा चित्त प्रसन्न। जिस उत्तेजित स्थिति में मैं था धीरे-धीरे ख़त्म हो गयी और मैं ठीक-ठाक महसूस करने लगा, अब तनाव भी नहीं था, और मुझे नींद आने लगी थी। इतनी ज़्यादा ब्रेड खा लेने से जो परेशानी थी, वह भी जाती रही थी। इस कमाल की मनःस्थिति में बेञ्च से पिट्ठा लगाये मुझे और भी ज़्यादा नींद आने लगी थी; मैं लुढ़क गया और गहरी नींद में जाने ही वाला था कि पार्क के किसी रखवाले ने अपना हाथ मेरे कन्धे पर रखते हुए कहा, "आपको यहाँ बैठे-बैठे सोना नहीं चाहिए।"

"नहीं, नहीं," मैं बोला और उछलकर खड़ा हो गया। जिस घिनौनी स्थिति में मैं पड़ा पड़ा सड़ रहा था, मुझे पूरे ज़ोर से धकियाती महसूस हुई। मुझे कुछ कर गुज़रना था, कोई न कोई उपाय तो निकालना था! नौकरी ढूँढ़ने की कोशिश नाक़ामयाब रही थी; मेरे सिफ़ारिशी ख़त पुराने पड़ चुके थे और जिन लोगों ने उन्हें लिखा था, उन्हें कोई नहीं जानता था, इसलिए वे लगभग बेकार थे; और पूरी गर्मियों के दौरान मुझे इतनी बार ठुकरा दिया गया था कि मैं हिम्मत हार चुका था। तब भी, किराया तो देना ही था, और कोई रास्ता भी ढूँढ़ निकालना था। बाक़ी सब बाद में।

मैंने काग़ज़ पेंसिल निकाल ली थी और यंत्रवत् बैठा सभी कोनों में 1848 लिखता चला जा रहा था। अगर एक भी ठीक-ठाक विचार आ जाये, तो शब्द चले आयेंगे! पहले भी ऐसा हुआ करता था, ऐसी घड़ियाँ भी थीं कि मैं बिना किसी मशक़्क़त के एक लम्बा लेख लिख लिया करता था, जो इत्तेफ़ाक से बहुत बढ़िया साबित होता था।

मैंने कोई बीस बार 1848 लिखा होगा, आड़ा, तिरछा और हर सम्भव तरीके से एक-दूसरे के बीच से गुज़रता हुआ, ताकि इस बीच कोई काम की बात सूझ

जाये। धुँधले से विचारों का हुजूम मेरे दिमाग़ में फड़फड़ा रहा था। साँझ के घिरते हुए आलम से मैं उदास और भावुक हो उठा था। पतझड़ शुरू थी। अभी से चहुँओर हर शय को गहरी नींद सुलाने में मशगूल—मक्खियाँ और छोटे-छोटे जीवों को पहला झटका लग भी चुका था; दरख़्तों में वहाँ ऊपर और ज़मीन के बिलकुल क़रीब आप जिद्दोजहद करती ज़िन्दगी की आहट सुन सकते थे, साँस लेती, बेचैन और सरसराती हुई, मरने से ख़ुद को बचाने की कोशिश में लगी हुई। कीड़ों का पूरा समाज ख़ुद को एकबारगी फिर से जगा लेता, काई के भीतर अपना पीला सिर बुलंद किये, टाँगें उठाये, सफ़र के लिए दस्ते तैयार करता, अपने लम्बे एण्टिनों से महसूस करता और फिर अचानक धराशायी हो जाता, ख़ुद को उलट कर अपना पेट आसमान की दिशा में किये। हर पौधे पर छाप लग चुकी थी—पहले-पहले कोहरे की महीन साँस बीत चुकी थी। घास की डण्डियाँ सूरज की ओर अकड़कर खड़ी रहतीं, और गिरे हुए पत्ते ज़मीन पर ऐसी ध्वनि से सरकते जैसे रेशम के कीड़े चल-फिर रहे हों। पतझड़ की घड़ी थी, जो हमेशा नहीं रहेगा, उसका जश्न मनाते हुए भी अब काफ़ी समय बीत चुका था। गुलाब के फूल बुखार लिये बैठे हैं, उनके लहू-रंगे पत्तों में एक अजीब-सी अप्राकृतिक लालिमा झलकती है।

मैं ख़ुद भी एक कीड़े की तरह महसूस कर रहा था, तबाही ने नींद में जाती इस दुनिया में धावा बोल दिया था मुझ पर। मैं उछल पड़ा, बहुत गहरे आतंकों से जूझता हुआ, और मैंने पथ पर तीन-चार लम्बे-लम्बे डग भरे। नहीं! मैं ज़ोर से बोला, और दोनों मुट्ठियों को भींच लिया, इस सब का अन्त होना ज़रूरी है। मैं फिर से बैठ गया, काग़ज़ और पेंसिल निकाली ताकि लेख से निपट सकूँ। जब तक किराया मेरी नज़रों के सामने है, हिम्मत हारने से नहीं चलेगा।

मेरे विचार धीरे-धीरे सिलसिलेवार होते चले गये। मैंने उन पर ग़ौर करना शुरू किया और एक-दो पन्ने बड़ी सोच-समझ से लिख डाले, एक तरह की भूमिका : ईससे कई चीज़ों की शुरुआत हो सकती थी, यात्रा-वृत्तान्त या कोई राजनैतिक निबन्ध, मैं जो भी चाहता। इन पन्नों से बात आगे चल सकती थी, और दोनों में से किसी भी तरह के लेख की अच्छी भूमिका तैयार हो चुकी थी।

इसके बाद मैं किसी ख़ास सवाल की तलाश करने लगा, जिसकी चर्चा मैं कर सकता था—कोई शख़्स, या कोई समस्या जिसे आधार बनाया जा सकता था। इस जिद्दोजहद में, मेरे विचारों में एक बार फिर खलबली मच गयी, मेरा दिमाग़ सच में खट्ट से बन्द हो गया, सिर ख़ाली होने लगा और अन्ततः मेरे कन्धों पर बिना किसी विषय-वस्तु के हल्के से टिक गया। मैंने अपने पूरे जिस्म के साथ इस भुतहे ख़ालीपन को अपने भीतर महसूस किया। मुझे लगा जैसे मैं सिर से पाँव तक खोखला हो चुका हूँ।

"या ख़ुदा, मेरे मालिक और पिता!" मैंने पीड़ा से गुहार लगायी, और इस

विनती को मैंने कई बार दोहराया, बिना एक भी अतिरिक्त शब्द जोड़े।

हवा पत्तों में सरसराने लगी थी, बारिश शुरू होने वाली थी। मैं फिर भी कुछ देर वहीं बैठा रहा और अपने काग़ज़ों को निराश घूरता रहा, फिर मैंने उन्हें तहा कर धीमे से जेब में रख लिया। हवा में ठण्डक आ चुकी थी और मेरे पास अब वास्कट भी नहीं थी; मैंने अपना कॉलर गर्दन तक उठाया, हाथ जेबों में ठूँस लिये, खड़ा हुआ और चल दिया।

बस इस बार, इसी बार अगर बात बन गयी होती! मेरी मकान-मालकिन दो बार अपनी आँखों से किराया माँग चुकी थी, और मुझे अपना सर छिपाये उसके पास से चुपके से निकल जाना पड़ा था, निहायत खिसियाना दुआ-सलाम करते हुए। अब मैं ऐसा नहीं कर पाऊँगा; अगली बार इन आँखों का सामना करना पड़ा तो मुझे कमरा ख़ाली कर अपने लिए एक ईमानदार घोंसला ढूँढ़ना पड़ेगा। जैसा चल रहा था, वह घड़ी अब ज़्यादा दूर नहीं थी।

जब मैं पार्क के फाटक पर पहुँचा, वह ठिगना पिशाच जिसे मैं गुस्से में भगा चुका था, फिर दिखायी दिया। वह रहस्यमयी पैकेट उसके पास बेञ्च पर धरा था; उसमें कई क़िस्म की चीज़ें थीं जिन्हें वह खाने में जुटा था। मुझे लगा मुझे उसके पास जाकर उससे माफ़ी माँगनी चाहिए, अपने किये क़े लिए शर्मसार होना चाहिए, लेकिन उसके खाने को देखकर मेरा मन उखड़ गया। उसकी प्राचीन उँगलियों ने जो दस मुड़े हुए पंजों जैसी जान पड़ती थीं, सैंडविचों को घिनौने तरह से थाम रखा था। मेरा जी ख़राब हो गया और मैं बिना बात किये चला आया। उसने मुझे पहचाना नहीं था; उसकी आँखों ने मुझे सूखे सींगों की तरह घूरा और उसका चेहरा बिलकुल ख़ाली दीख पड़ा।

मैं चलता रहा।

किसी अख़बार की बिल्डिंग के सामने जैसे मैं हमेशा रुका करता था, अब भी रुका, ताकि बाहर लगे लेट एडिशन में नौकरियों के विज्ञापन देख सकूँ, और इस बार ग्रॅनलाँड स्ट्रीट पर पंसारी की दुकान में कुछ घण्टे बही खाता रखने के लिए उन्हें कोई चाहिए था; तनख्वाह तय होना थी। मैंने पता लिख लिया और मन ही मन इस काम के लिए ख़ुदा से दुआ की—मैं इस काम के लिए औरों से कहीं कम पैसा लूँगा, आधा क्रोनर शाही पगार होती या इससे भी कम; पैसा तो दीगर बात थी।

जब मैं घर पहुँचा तो मेज़ पर मकान-मालकिन का रुक्का पड़ा था जिसमें उसने पेशगी किराया देने की बात लिखी थी, नहीं तो जल्द-से-जल्द चले जाने को कहा था। मुझे नाराज़ नहीं होना चाहिए, उसे यह निवेदन करना पड़ रहा था। शुभ कामनाओं सहित, श्रीमती गुन्र्देसेन।

मैंने पंसारी के नाम अर्ज़ी लिखी, उस आदमी का नाम था क्रिस्टी, 31 ग्रॅनलाँड

स्ट्रीट, लिफ़ाफ़े को बन्द किया और कोने के लैटर-बॉक्स में डाल आया। फिर मैं कमरे में वापस चला आया और सोचने के लिए अपनी रॉकिंग चेयर में बैठ गया। इस बीच अँधेरा बढ़ने लगा था। देर तक जागना अब कठिन लगने लगा था।

अगले दिन मैं काफ़ी सुबह उठ बैठा। जब मैंने अपनी आँखें खोलीं, आधा अँधेरा था और नीचे के अपार्टमेंट की घड़ी में पाँच काफ़ी देर बाद बजते सुनायी पड़े। मैं दोबारा सोना चाहता था, लेकिन ऐसा कर नहीं पाया; मैं और-से-और चौकन्ना होता गया और लेटे-लेटे हज़ार चीजें सोचता रहा।

अचानक, एक या दो कमाल के वाक्य मुझे सूझे, किसी कहानी या स्केच के लिए, भाषा में एक बेमिसाल हासिल जो अभी तक मेरे गढ़े हुए बेहतरीन वाक्यों में शुमार किये जा सकते थे। मैं लेटे-लेटे अपने को यह शब्द बार-बार सुनाता रहा और इस फ़ैसले पर पहुँचा कि वे श्रेष्ठ थे। शीघ्र ही और कई वाक्य इन दो के साथ जुड़ने लगे; मैं फ़ौरन पूरा चेत गया, उठ खड़ा हुआ, पायताने से काग़ज़ और पेंसिल उठाये। जैसे कोई नस खुल गयी थी, एक के बाद दूसरा शब्द चला आ रहा था, ख़ुद-ब-ख़ुद ठीक क्रम में, स्थितियाँ बनती जा रही थीं; दृश्य-पर-दृश्य उभर रहा था, बातचीत और घटनाएँ मेरे मस्तिष्क में उमड़ने लगीं, और सुख का एक विचित्र एहसास मुझे होने लगा। मैं ऐसे लिखने लगा जैसे किसी ने वश में कर लिया हो मुझे, मैं बिना एक क्षण रुके एक-के-बाद एक पन्ना भरता चला गया। विचार सनसनाते चले आ रहे थे और इतने धाराप्रवाह थे कि तेज़ी से न लिख पाने के कारण उनमें से कई छूटे चले जा रहे थे, हालाँकि मैं अपनी पूरी ताक़त से काम कर रहा था। वे मुझ पर हावी होते चले गये; मैं विषय में बहुत गहरा धँस चुका था और हर शब्द जो मैं पन्ने पर लिख रहा था, कहीं और ही से आया हुआ जान पड़ता था।

यह सत्र ख़त्म होने से पहले काफ़ी लम्बा चलता रहा! मेरे घुटनों पर पंद्रह-बीस पन्ने पड़े थे, जिस वक्त मैंने रुक कर पेंसिल नीचे रखी। अब अगर उन पन्नों का कोई अर्थ था तो मैं बच निकला था। मैं बिस्तर से उछलकर बाहर निकला और कपड़े पहनने लगा। दिन की रोशनी बढ़ रही थी, और लाइटहाउस के चीफ़ का सन्देश मुझे दरवाज़े के पास थोड़ा-बहुत दिखायी देने लगा था, खिड़की के पास अभी से इतनी रोशनी थी कि ज़रूरत पड़ने पर लिखा जा सकता था। मैंने फ़ौरन लेख को साफ़-साफ़ लिखना शुरू कर दिया।

एक अजीब सा कोहरा, रोशनियों और रंगों के साथ, इन फ़न्तासियों से उभरने लगा; मैं चौंक गया और एक-के बाद एक अच्छी चीज़ नज़र आने लगी और मैंने ख़ुद से कहा कि इतना बढ़िया लेख मैंने अपने जीवन में पहले कभी नहीं देखा। मैं इतना संतुष्ट था कि मेरा सर चकराने लगा, ख़ुशी की लहर दौड़ गयी मेरे भीतर,

भव्य महसूस करने लगा मैं। मैंने लेख को अपने हाथ में तौल कर देखा और मोटा-मोटा अनुमान लगाया कि पाँच क्रोनर तो मिल ही जायेंगे। कोई भी इससे कम देने की बात नहीं करेगा। क़तई नहीं। इससे बिलकुल उलट होगा। अगर इस लेख के गुण देखे जायें, तो दस क्रोनर देकर इसे ले लेना चोरी कहलायेगा। इतना लाजवाब काम मैं मुफ़्त में दे दूँ, ऐसा मैं बिलकुल नहीं सोच रहा था। मेरा अपना अनुभव था कि ऐसी कहानियाँ सड़क पर पड़ी नहीं मिलतीं। मैंने दस क्रोनर पर बात पक्की की।

कमरे में उजाला बढ़ रहा था; मैंने बाहर नीचे दरवाज़े की ओर देखा तो कफ़न-सम्बन्धी मिस एंडर्सन की पेशकश के महीन पिंजर जैसे अक्षर बिना किसी कठिनाई के पढ़ सकता था—*मुख्य द्वार, दाईं ओर*; घड़ी ने कुछ देर पहले सात बजाये थे।

मैं उठकर खड़ा हो गया और कमरे के बीचोंबीच यूँ ही खड़ा रहा। कुल मिलाकर श्रीमती गुन्देर्सेन का नोटिस सही समय पर आया था। यह कमरा मेरे लायक नहीं था, खिड़कियों के पर्दों का रंग मामूली हरा था, और वॉर्डरोब लटकाने के लिए पर्याप्त किल्लियाँ भी नहीं थीं। कोने में रखी मायूस-सी रॉकिंग चेयर कुर्सी के नाम पर एक चुटकुला थी : अगर उस पर हँसना शुरू करो तो कोई हँसते-हँसते मर सकता था। किसी अच्छे ख़ासे आदमी के लिए यह कुर्सी बहुत नीची थी और इतनी तंग भी कि शू-हॉर्न के बिना कोई उठ भी नहीं सकता था। कुल मिलाकर यह कमरा ज़हनी मशक़्क़त के लिए ठीक नहीं था और इसे रखे रहने का मेरा कोई इरादा नहीं था। मैं किसी भी हाल में इसे नहीं रखने वाला था। मैं इस सूराख में चुपचाप पड़ा रहा था, इसे बर्दाश्त करता रहा था और काफ़ी लम्बा समय मैं गुजार चुका था यहाँ।

उम्मीद बँध गयी थी और चैन महसूस हो रहा था, लिहाज़ा मैं अपनी चमत्कारी कहानी के बारे में लगातार सोचता चला जा रहा था, जिसे मैं हर दूसरे मिनट अपनी जेब से निकालकर देख लेता था। मैंने फ़ैसला किया कि अभी बात ख़त्म हो जानी चाहिए, मुझे चले जाना चाहिए। मैंने अपना गट्ठर निकाला, एक लाल रूमाल जिसमें दो साफ़ कॉलर थे, और एक मुड़ा-तुड़ा अख़बार जिसमें मैं अपनी डबल-रोटी लपेट कर लाया था, इस सबको मैंने अपने कम्बल में लपेटा और सफेद काग़ज़ों का अपना जखीरा भी। फिर हर कोने में झाँककर देखा कि कुछ छूट तो नहीं गया, और जब कुछ दिखायी नहीं दिया, तो मैं खिड़की तक आया और बाहर देखने लगा। सुबह अँधेरी थी और धुँध अभी छायी हुई थी; जल चुकी भट्टी पर अभी तक कोई नहीं पहुँचा था और आँगन में कपड़े सुखाने वाली डोरी दीवार से दीवार तक तनी थी, और धुंध से सिकुड़ गयी थी। कुछ भी नया नहीं था, सो मैं खिड़की से हट गया, कम्बल बगल में दबाया, लाइटहाऊस के चीफ़ को झुककर सलाम किया, मिस एंडर्सन के कफ़न को झुककर सलाम किया और दरवाज़ा खोला।

अचानक मुझे मकान-मालकिन की स्मृति हो आयी, उसे ज़रूर सूचित कर देना चाहिए कि मैं जा रहा हूँ ताकि वह समझ जाये कि वह किसी खुद्दार आदमी से

पेश आ रही है। मैं लिखित में इस बात के लिए उसका शुक्रिया अदा करना चाहता था कि मैंने कमरे का दो-एक दिन ज़्यादा इस्तेमाल किया है। यह विश्वास कि अब मैं बहुत लम्बे समय तक बच गया हूँ, मुझ पर इस क़दर हावी था कि मैंने उसे पाँच क्रोनर देने का वादा भी कर लिया, जैसे ही यह पैसा मुझे मिल जाता; मैं शक की गुंजाइश पैदा हुए बिना यह साबित करके दिखाना चाहता था कि उसने किसी निहायत इज़्ज़तदार आदमी को अपनी छत के नीचे पनाह दी थी।

मैंने वह रुक्का मेज़ पर छोड़ दिया।

मैं दरवाज़े के पास रुका और एक बार फिर मैंने पीछे मुड़कर देखा। आख़िरकार सफलता की सुखद अनुभूति से मैं ख़ुशी से भर उठा था और ख़ुदा और पूरी कायनात का शुक्रिया अदा करना चाहता था। पलंग के पास नीचे झुककर मैंने ऊँचे स्वर में उस सुबह मुझ पर मेहरबान होने के लिए ख़ुदा का शुक्र किया। मैं जानता था, अच्छे से जानता था, कि वह पावन श्वास जिसका मैंने अनुभव किया था और जिसे मैंने लिख लिया था मेरी रूह में ख़ुदा की हैरतअंगेज़ जुम्बिश थी, जो मैंने मदद की फ़रियाद कल की थी, उसी के जवाब में। यह ख़ुदा है। यह ख़ुदा है। मैं ख़ुद से मुख़ातिब था, और मैं अपने शब्दों से इतना द्रवित हो उठा कि मैंने सुबकना शुरू कर दिया; बीच-बीच में एक क्षण रुककर मैं सुनने की कोशिश करता था कि सीढ़ियों से कोई ऊपर तो नहीं आ रहा। अन्ततः मैं उठा और चल दिया; पूरी सीढ़ियाँ मैं ख़ामोशी से उतर गया और इससे पहले कि कोई मुझे देख पाता मैं फाटक तक पहुँच चुका था।

सुबह-सुबह की बारिश से गलियाँ अभी चमक रही थीं, आसमान शहर पर नीचे झुका चला आया था और एकदम गाढ़ा था, कहीं एक भी किरण नहीं थी सूर्य की। क्या होगा इस दिन? हमेशा की तरह मैं सिटी हॉल की तरफ़ चलने लगा और मैंने देखा कि घड़ी साढ़े आठ का समय दिखा रही थी। इसलिए गँवाने के लिए मेरे पास दो-एक घण्टे अभी बाक़ी थे; दस या शायद ग्यारह बजे से पहले अख़बार के दफ़्तर जाने में कोई तुक नहीं थी; मैं तब तक आराम से घूम सकता था और इस बीच ऐसी किसी गली के बारे में सोच सकता था जो मुझे नाश्ते तक ले जाती। सबसे अच्छी बात तो यह थी कि आज रात भूखे पेट सोना पड़ेगा, इस बात की कोई आशंका नहीं थी; वे समय, ख़ुदा का शुक्र है, बीत चुके थे! वह दौर मेरे पीछे था, एक दुःस्वप्न, अब से बस बुलन्दी को ही छूना है।

लेकिन इस बीच मेरा हरा कम्बल समस्या पैदा कर रहा था; मैं दिन-दिहाड़े इस तरह की चीज़ बगल में दबाये तमाशा नहीं बन जाना चाहता था। लोग मेरे बारे में क्या सोचेंगे? सो मैं चल-फिर कर कोई ऐसी जगह तलाशने लगा जहाँ मैं इसे कुछ समय के लिए सुरक्षित छोड़ सकता था। मुझे अचानक सूझा कि सेम्ब के पास जाकर मैं इसे पैक करवा सकता था। मेरा गट्ठर फिर ठीक-ठाक दिखने लगेगा

और उसे ढोते हुए मुझे कोई शर्म नहीं आयेगी। मैं उसे दुकान में ले आया और एक क्लर्क को मैंने अपने आने का प्रयोजन बताया।

उसने पहले कम्बल को देखा, फिर मुझे; मुझे ऐसा लगा जैसे उसने अपने कन्धे उचकाये हों, नामालूम ढंग से, एक तरह की हिक़ारत से, पार्सल लेते समय। इससे मुझे चोट पहुँची।

''ख़ुदा के लिए, सम्भल के!'' मैं चिल्लाया। ''इसके अन्दर दो नाज़ुक फूलदान हैं। इस पैकेट को स्मिरना तक पहुँचाना है।''

इससे बहुत मदद मिली। अपने हाथों और शरीर की हर हरक़त के साथ क्लर्क मुझे इस बात को न समझ पाने के लिए माफ़ी माँगता रहा कि कम्बल के अन्दर दो बहुमूल्य नग थे। जब उसने लपेटना बन्द किया, तो मैंने ऐसे आदमी की हैसियत से उसका शुक्रिया अदा किया जो कीमती चीज़ें अक्सर स्मिरना भेजा करता है। जब मैं निकला तो उसने मेरे लिए दरवाज़ा भी खोला।

मैं मार्किट स्क्वेयर में लोगों के बीच घूमने-फिरने लगा, ख़ास-तौर से उन औरतों के आसपास जो गमलों में उगे पौधे बेच रही थीं। भरे-भरे सुर्ख गुलाब जो धुंध-भरी सुबह में सुलग रहे थे, मुझे ललचा रहे थे और उन्हें देख मुझे एकाध फूल को चुराने का मन होने लगा। मैंने कीमतें सिर्फ़ इसीलिए पूछीं ताकि उनके क़रीब जा सकूँ। अगर मुझे ज़रूरत से ज़्यादा पैसा मिल गया तो मैं एक ज़रूर खरीद लूँगा, फिर जो भी होगा, देखा जायेगा; मैं अपने रोज़ाना खर्चे में हाथ खींच कर रखूँगा तो कमी पूरी हो जायेगी।

दस बज चुके थे, और मैं अख़बार के दफ़्तर की ओर निकल पड़ा। सिज़र्ज़ जो पूरा दिन दूसरे अख़बारों से कतरनें काटता रहता है, खोया-खोया सा पुराने अंकों को देख रहा था, सम्पादक अभी आया नहीं था। जब सिज़र्ज़ ने मुझसे पूछताछ शुरू की तो मैंने अपनी महान पाण्डुलिपि उसे सौंप दी, उसे समझाया कि यह कोई मामूली बात नहीं है, और उसके मन में अच्छी तरह बिठाने की कोशिश की कि जैसे ही सम्पादक आये वह इस लेख को व्यक्तिगत तौर पर स्वीकार करे। मैं दिन में फिर किसी वक्त आऊँगा सम्पादक की प्रतिक्रिया जानने के लिए।

''बहुत अच्छे।'' सिज़र्ज़ बोला और फिर अपना अख़बार देखने लगा।

मुझे लगा उसने मेरी बात को कुछ ज़्यादा ही शान्त-भाव से लिया है, लेकिन मैंने कुछ नहीं कहा, बस यूँ ही उसकी ओर हाँ में सिंर हिलाकर मैं चल दिया।

अब मेरे पास बहुत समय था। काश मौसम साफ़ हो जाता! बहुत ही मरा हुआ दिन था, कोई ताज़गी नहीं, हवा नहीं; औरतें बचांव के लिए छतरियाँ लिये घूम रही थीं और आदमियों के ऊनी टोप हास्यास्पद लग रहे थे। मैं मार्किट में से एक बार और गुज़रा, सब्ज़ियों और गुलाबों को देखने के लिए। कन्धे पर किसी के हाथ रखने का एहसास मुझे हुआ, मैंने पलटकर देखा : 'क्वीनी' गुड-मॉर्निंग कह

रहा था।

"गुड-मार्निंग, हाँ बोलो?" मैंने सवालिया लहजे में जवाब दिया ताकि जल्द-से-जल्द पता लगा सकूँ उसे क्या चाहिए। क्वीनी मुझे कुछ ख़ास पसन्द नहीं था।

उसने मेरे नये-नकोर पैकेट की ओर देखा जो मैं बगल में दबाये था और पूछा, "यह क्या है तुम्हारे पास?"

"मैंने सेम्ब से एक सूट का कपड़ा खरीदा है," मैंने बेपरवाही से जवाब दिया। "मुझे नहीं मालूम मैं इतने घिसे हुए कपड़ों में क्यों घूमता फिर रहा हूँ; शरीर की ज़रूरत कीं चीजें में कभी-कभी बहुत कंजूसी हो जाया करती है।" उसने मुझे ग़ौर से देखा।

"तो फिर कैसा चल रहा है?" उसने आहिस्ता से पूछा।

"बढ़िया, जितना सोचा था मैंने, उससे बेहतर।"

"तो तुम्हें कुछ काम मिल गया है?"

"कुछ काम?" मैंने जवाब दिया और बहुत हैरान दिखायी देने लगा। "क्रिस्टी की दुकान का हिसाब-किताब देखता हूँ।"

"ऐसा" उसने कहा, और थोड़ा पीछे हट गया। "तुम्हें नहीं मालूम यह सुनकर मुझे कितनी ख़ुशी हुई। ताकि दोस्त लोग तुमसे सब कुछ ले न उड़ें—मैं चलता हूँ, अलविदा।"

कुछ क्षण बाद वह पलटकर फिर मेरे पास आ गया। उसने अपनी लाठी से मेरे पार्सल की तरफ़ इशारा करते हुए कहा, "सूट सिलवाने के लिए मैं तुम्हें अपने दर्ज़ी के पास जाने की सलाह दूँगा। तुम्हें कभी आइज़ैक्सन से बेहतर दर्ज़ी नहीं मिल सकता। कहना मैंने तुम्हें भेजा है।"

वह मेरे काम में टाँग क्यों अड़ा रहा था? उसे क्या पड़ी थी मैं किस दर्ज़ी के पास जाता हूँ? मुझे गुस्सा आ गया। इस आवारा, लिपे-पुते जीव से मैं बुरी तरह चिढ़ गया था और मैंने उसे कठोर स्वर में वह दस क्रोनर लौटाने के लिए कहा जो उसने मुझसे उधार लिये थे। इससे पहले कि वह जवाब देता, मैं यह पैसा उससे माँग कर पछताने लगा; मैं शर्मिन्दा हो गया और उससे नज़र मिलाने से कतराने लगा। उसी क्षण एक औरत वहाँ चली आयी, और मैं उसे रास्ता देने के लिए पीछे हटा, और इसी बहाने वहाँ से खिसक लिया।

मैं प्रतीक्षा करते-करते क्या करता? न मैं ख़ाली बटुआ लिये किसी कैफ़े में बैठ सकता था, न दिन के इस वक्त जान-पहचान के किसी आदमी के पास ही जा सकता था। मैं सहज ही शहर के ऊपरी इलाक़े की ओर चल दिया, कुछ वक्त मार्किट और ग्रेनसेन स्ट्रीट के बीच मटरगश्ती करते हुए गुज़ार दिया, *आफ़्टरनून टाइम्ज़* को पढ़ा जो कि दफ़्तर के बाहर लगा दिया गया था, कार्ल योहान का एक चक्कर काटा, फिर मुड़ा और सीधे गिरजाघर की ओर चल दिया, जिसके पास बाहर की

ढलान पर एक खाली बेञ्च मिल गया। मैं अकेला था और वहाँ बैठकर सीलन-भरी हवा में ऊँघने लगा, ओर सपने देखने लगा, आधी नींद में था और ठिठुर रहा था। समय बीत रहा था। क्या यह पक्की बात थी कि मेरा लिखा स्केच एक छोटा-सा अचम्भा था, एक श्रेष्ठ-कृति, प्रेरणा से ओत-प्रोत? ख़ुदा गवाह है कि ज़रूर उसमें यहाँ-वहाँ कुछ कमियाँ रह गयी थीं। कुल मिलाकर यह हो सकता था कि वह रद्द कर दिया जाये, नहीं, नहीं बड़ी मामूली-सी बात थी कि उसे क़तई मंजूर न किया जाये! हो सकता है उसमें कुछ भी असाधारण न हो, हो सकता है बहुत बुरा लिखा गया हो—मुझे क्या पता वह ठीक इस क्षण रद्दी की टोकरी में फेंक दिया गया हो? मेरे मन की शान्ति जाती रही थी; मैं उठा और क्रबिस्तान से बाहर की ओर भागा।

आकेर्स स्ट्रीट पर फिर से आ जाने के बाद, मैंने एक दुकान की खिड़की में देखा तो अभी बारह बज के कुछ मिनट ही हुए थे। इससे मैं और मायूस हो गया। मुझे पूरा यकीन था कि बारह के बहुत बाद का वक्त था; चार से पहले सम्पादक से मिलने में कोई तुक नहीं थी। मुझे अपने लिखे स्केच को लेकर मनहूस ख़याल आने लगे। मैं जितना सोचता, उतना ही अटपटा मुझे लगने लगा कि इतने थोड़े समय में मैं इतनी बढ़िया चीज़ भला कैसे लिख सकता था, तिस पर आधी नींद में, और फिर मेरा दिमाग़ भी पगलाया हुआ और ज्वर-ग्रस्त-सा था। मैंने अपने आप से छल किया था, बस पूरी सुबह बिना किसी बात के बे-तरह ख़ुश रहा था! ऐसा ही था, बस!. . . .मैं उल्लेवॉल्स स्ट्रीट पर लम्बे-लम्बे पग चलता रहा, सेंट हाँसहाउगेन डिस्ट्रिक्ट से गुज़रकर, शहर के छोर पर आन पहुँचा, बनती हुई इमारतों और खेतों के बीच से गुज़रते हुए मैंने ख़ुद को एक ग्रामीण पथ पर पाया जो मेरी नज़र की हद से भी आगे जाता जान पड़ता था।

मैं वहाँ रुककर लौट जाने की सोचने लगा। चलते-चलते मेरे शरीर में गर्मी आ गयी थी, और मैं बेहद मायूस हो चुका था। मुझे भूसा ले जाते हुए दो गाड़ीवान मिले, जो अपने ढेरों पर पीठ के बल लेटे-लेटे गा रहे थे। दोनों के सिर नंगे थे और चेहरे एकदम गोल, जिन्हें दुख ने छुआ तक नहीं था। चलते-चलते मैं मन-ही-मन सोच रहा था कि वे ज़रूर कुछ फ़ब्ती कसेंगे, टाँग खींचेंगे मेरी। जब मैं पास पहुँचा तो एक ने चिल्लाकर पूछा कि मेरी बगल में क्या है।

"कम्बल," मैं बोला।

"कितने बजे हैं?" उसने पूछा।

"ठीक से नहीं कह सकता, तीन के आसपास, शायद।"

दोनों हँस दिये और चलते बने। जैसे ही वे आगे बढ़े चाबुक का एक वार मेरे कान पर पड़ा और मेरी टोपी उछलकर गिर पड़ी। वे मुझे छेड़े बिना जा नहीं सकते थे। गुस्से से मैंने अपने कान को छुआ, गड्ढे में से अपनी टोपी उठायी और चलता रहा। आगे चलकर सेंट हाँसहाउगेन में मुझे एक आदमी मिला जिसने मुझे

बताया कि चार बज भी चुके थे।

चार बज चुके थे। चार बज भी चुके थे! मैं शहर और अख़बार के दफ़्तर की ओर कूच करने को हुआ। हो सकता है सम्पादक आकर जा भी चुका हो! मैं हर व्यक्ति के दाएँ-बाएँ होते हुए सरपट भागा, घोड़ा-गाड़ियों से टकराया, पैदल चलने वाले सभी लोगों को पछाड़ते हुए, घोड़ों तक के साथ भागा, किसी पागल आदमी की तरह भगदड़ मचाता आगे बढ़ता रहा ताकि समय रहते वहाँ पहुँच जाऊँ। फाटक से बल खाते हुए घुसा, चार छलाँगों में सीढ़ियाँ चढ़ गया और किवाड़ खटखटाया।

कोई जवाब नहीं।

वह चला गया है! चला गया है! मैंने सोचा। मैंने दरवाज़ा खोलने की कोशिश की। खुला था वह। एक बार और खटखटाकर मैं प्रविष्ट हुआ।

सम्पादक मेज़ पर बैठा था, उसका चेहरा खिड़की की तरफ़ था, कलम हाथ में थी और वह कुछ लिखने को था : जब उसने मेरा हाँफता हुआ अभिवादन सुना, वह आधा मुड़ा, उसने मेरी ओर देखा, सिर हिलाया और बोला : "तुम्हारा लेख पढ़ने का समय नहीं मिला मुझे।"

मैं इतना ख़ुश था कि मेरा लेख रद्द नहीं कर दिया गया था कि मैं बोला, "नहीं. . . .नहीं, मैं समझ सकता हूँ। कोई जल्दी नहीं है। दो-एक दिन, या शायद. . . .?"

"देखेंगे। आपका पता तो है न मेरे पास।"

और मैं उसे बताना भूल गया कि अब मेरा कोई पता था ही नहीं।

बातचीत समाप्त हो चुकी थी; मैं पीछे हटा, सम्मानपूर्वक झुकते हुए, और चल दिया। मेरे भीतर उम्मीद फिर भड़क उठी थी, अभी खेल ख़त्म नहीं हुआ था, बात इससे उलट थी, मैं अब भी जीत सकता था, मोर्चा पूरी तरह फ़तह कर सकता था, असल बात तो यह थी। और मैंने तुरन्त जन्नत में एक बड़ी-सी मजलिस की कल्पना की जहाँ इसी पल यह फैसला लिया गया था कि मेरी जीत होगी और सीधे दस क्रोनर मुझे अपनी कहानी के लिए मिल जायेंगे. . . .

बस अगर मेरे पास रात रहने भर को कोई जगह होती। मैंने ख़ुद को कहीं घुसेड़ देने की बेहतरीन जगह के बारे में सोचना शुरू किया और मैं इस सवाल में इतना डूब गया कि सड़क के बीचोंबीच रुक गया। मैं भूल गया कि मैं कहाँ हूँ और समुद्र में तैरते हुए किसी खोखले पीपे की तरह खड़ा रह गया जिसके इर्द-गिर्द पानी गरज के साथ बह रहा हो। अख़बार बेचने वाला एक लड़का सान्ध्य अख़बार *वाइकिंग* मेरी ओर बढ़ाते हुए बोला, "ले लो, खूब मसाला है!" मैंने नज़र उठाकर देखा और चौंक गया—मैं एक बार फिर सेम्ब के बाहर खड़ा था।

मैंने तुरन्त पीठ उस ओर फेर ली, पार्सल अपने सामने कर लिया और शिर्के स्ट्रीट पर तेज़ी से डग भरने लगा, इस बात से शर्मसार कि उन्होंने खिड़की से मुझे देख लिया होगा। मैं इन्ग्रेब्रेट और थियेटर के सामने से होता हुआ टिकट कार्यालय

के पास से बन्दरगाह और किले की ओर मुड़ गया।

ख़ुदा के नाम पर आज की रात मुझे कमरा कहाँ से मिलेगा? शायद कोई सूराख मिल जाये जिसमें मैं चुपके से घुस कर सुबह तक सर छिपा सकता हूँ? मेरा आत्म-सम्मान मुझे अपने पुराने कमरे में वापस जाने से रोकेगा : किसी भी कीमत पर मैं अपना वादा तोड़ने वाला नहीं था। मैंने इस विचार को गुस्से से हटाया और छोटी-सी उस लाल रॉकिंग चेयर की सोच कर बड़े घमण्ड से मन-ही-मन मुस्कराया। विचारों की शृंखला में, मैंने खुद को हैगूदहाउगेन स्ट्रीट पर दो खिड़की वाले एक कमरे में पाया, जो किसी समय मेरे पास था, मेज़ मोटे स्लाइस की ब्रेड और मक्खन से लदा था। उसके नक़ूश बदलने लगे, अब वहाँ बीफ़ का एक टुकड़ा था, लज़ीज़ टुकड़ा, बर्फ़-सा सफ़ेद एक नैपकिन, तरह-तरह की ब्रेड, चाँदी का एक काँटा। दरवाज़ा खुला : मेरी मकान-मालकिन मेरे लिए कुछ और चाय लिए अन्दर चली आ रही थी. . . .

छल और स्वप्न! मैंने ख़ुद को सुझाया कि अगर मैं इस वक्त खाना खाऊँगा तो मेरा दिमाग़ दोबारा फिर जायेगा, वैसा ही ज्वर-ग्रस्त मस्तिष्क और वही के वही ऊल-जुलूल विचार। मैं खाना खा ही नहीं सकता था, बस मैं ऐसा बना ही नहीं था; यह मेरी एक विशेषता थी, मेरी एक विचित्र आदत थी यह।

क्या पता शाम होने तक कहीं एक बिस्तर की सम्भावना बन जाये! कोई जल्दी नहीं थी; बुरी से बुरी स्थिति भी क्या होगी—मुझे जंगल में अपने लिए कोई जगह ढूँढ़नी पड़ जायेगी, यही न! शहर का पूरा परिवेश मेरे लिए खुला था और मौसम अभी ठण्डा कहलाने लायक नहीं था।

मेरे सामने समुद्र अपनी भारी ऊँघ में हिलोरें ले रहा था; जहाज़ और चौड़ी नाक की माल-कश्तियाँ सिक्के-रंगी सपाट सतह पर अपनी कब्रें खोद रही थीं, चमकती लहरें दायें और बायें से भागती थीं और यूँ ही चली जाती थीं; पूरा समय ढेरियों से पंखों वाली रज़ाइयों जैसा धुआँ उफ़न रहा था और गाढ़ी नम हवा को पिस्टन की ध्वनियाँ लगातार भेद रही थीं। धूप नहीं थी और हवा नहीं थी, मेरे पीछे के दरख़्त भीगे हुए थे, और जिस बेञ्च पर मैं बैठा था, वह ठण्डा और सीलन-भरा था। समय बीत रहा था; मैं आराम से बैठकर ऊँघने लगा: मुझे नींद आ रही थी और पीठ में थोड़ी ठण्ड महसूस हो रही थी। जल्दी ही, मुझे अपनी आँखें बन्द होती महसूस हुईं। मैंने उन्हें बन्द हो जाने दिया।

जब मेरी नींद खुली मेरे चहुँओर अँधेरा था। मैं घबराकर और ठण्ड से आधा सुन्न उछलकर उठ खड़ा हुआ; अपने पार्सल को उठाया और चलने लगा। मैं और-से-और तेज़ चल रहा था ताकि शरीर में कुछ गर्मी आ जाये, बाँहों को थपथपाता, सुन्न पड़ चुकी पिंडलियों को रगड़ता, मैं फ़ायरहाउस तक आन पहुँचा; मैं काफ़ी घण्टे सो चुका था।

अब मैं क्या करता? मुझे कहीं तो जाना था। मैं मुँह बाए फ़ायरहाउस को देखता रहा, यह सोचता हुआ कि घुसने का कोई रास्ता मिल जाये, तो संतरी की पीठ फिरते ही मैं अन्दर चला जाऊँगा। मैंने सीढ़ियाँ चढ़कर संतरी को बातों में लगाने की कोशिश की; उसने अपनी कुल्हाड़ी ऐसे उठायी कि मैं जान जाऊँ वह शस्त्रों से लैस है, और मेरे कुछ बोलने की प्रतीक्षा करने लगा। यह कुल्हाड़ी, जिसका सिरा मेरी ओर था, मेरी नसों को एक ठण्डे घूंसे की तरह पड़ती महसूस हुई। इस सशस्त्र आदमी के सामने मेरी बोलती बन्द हो गयी और मैं वहाँ से न चाहते हुए भी पीछे हटने लगा था। मैं एक शब्द भी नहीं बोला, बस पीछे सरकता रहा। लाज बचाने के लिये मैंने माथे पर यूँ हाथ फेरा जैसे मुझे कुछ याद आ गया हो, और मैं खिसक लिया। फ़ुटपाथ पर वापस पहुँचकर मुझे लगा जैसे मैं बच निकला था, किसी भारी जोखिम से जैसे नजात पा ली हो मैंने। मैं तेज़-तेज़ चलने लगा।

ठण्ड और भूख का मारा, और से और दुखी होता हुआ, मैं कार्ल योहान स्ट्रीट पर आ निकला। मैं गाली बकने लगा, बिना इस बात की परवाह किये कि कोई सुन रहा है या नहीं। संसद भवन के पास, जहाँ दरख़्त शुरू होते हैं, विचारों के रेले में एक चित्रकार मेरे ज़हन में चला आया जिसे मैंने मेले के मैदान में एक बार किसी घातक झगड़े से बचाया था, और जिससे मिलने मैं बाद में गया भी था। मैंने अपनी उँगलियाँ चटखाईं और तूरदेनशॉल्द स्ट्रीट की ओर मुड़ गया, वहाँ एक दरवाज़े पर एक कार्ड पर लिखा था सी. साकारियास बार्तेल, और मैंने दस्तक दी।

उसने ख़ुद दरवाज़ा खोला; उसके मुँह से बीयर और तम्बाकू की ज़बरदस्त बास आ रही थी।

"गुड-ईवनिंग!" मैं बोला।

"गुड-ईवनिंग! क्या यह तुम हो? यह कोई आने का वक्त है, भाई? कृत्रिम रोशनी में देखी नहीं जा सकती वह। पिछली बार तुम्हारे देखने के बाद मैंने पुआल की एक ढेरी और बना दी है उसमें, और कुछ चीज़ें बदल दी हैं। दिन की रोशनी में देखनी चाहिए तुम्हें, अभी देखने से कोई फ़ायदा नहीं।"

"फिर भी मुझे इसी वक्त देख लेने दो न!" मैं बोला। असल में मुझे इस बात की कोई ख़बर नहीं थी कि वह खड़ा-खड़ा किस चित्र की बात कर रहा है।

"बिलकुल, बिलकुल नामुमकिन!" उसने जवाब दिया। "इस वक्त पूरी-की-पूरी वह पीली दिखायी देगी! अलावा इसके, एक बात और है।" वह मेरी तरफ़ झुककर खुसफुसाया, "आज रात एक लड़की आयी हुई है मुझसे मिलने, इसलिए फिर कभी सही।"

"ओह, फिर तो, हाँ-हाँ, तुम ठीक कहते हो, सवाल ही नहीं है।"

मैं नीचे उतरा और शुभ-रात्रि कहकर चला आया।

तो फिर जंगल में जगह ढूँढ़ने के अलावा कोई चारा नहीं था। अगर ज़मीन

इतनी सीली न होती तो! मैंने अपने कम्बल को थपथपाया और बाहर सोने के ख़्याल से राहत महसूस करने लगा। शहर में कमरा ढूँढ़ने के लिए मैं इतना वक्त बरबाद कर चुका था कि मैं तंग आ गया था। इस सबको छोड़-छाड़ कर मुझे बेहद मज़ा आने लगा था, अब रत्ती भर भी फ़िक्र किये बिना, सड़कों पर आराम से स्वच्छन्द घूम-फिर सकता था मैं। यूनिवर्सिटी की दीवार-घड़ी तक मैं चलता चला गया, देखा कि दस बज चुके थे, वहाँ से मैंने उत्तर की दिशा पकड़ ली। एक बार हैग्दहाउगेन स्ट्रीट पर खाने की दुकान के सामने रुका, जिसकी खिड़की में खाने की कई चीज़ें सजी थीं। फ्रेंच डबलरोटी के पास एक बिल्ली सोयी पड़ी थी, ठीक पीछे चर्बी का एक कटोरा था और खाने के कई मर्तबान थे। मैं इन चीज़ों को कुछ देर खड़ा देखता रहा, पर क्योंकि इन्हें ख़रीदने के लिए मेरे पास कुछ नहीं था, मैं हट गया और फिर से चलने लगा। मैं बहुत धीरे-धीरे चल रहा था, आखिरकार मयूरस्तुएन के पास से होते हुए, फिर चलता गया, कई घण्टे तक चलता रहा, और अन्त में बॉगस्टाड वन पहुँच गया।

सड़क छोड़ मैं कुछ देर के लिए सुस्ताने बैठ गया। फिर मैं कोई ठीक-ठाक जगह ढूँढ़ने लगा, लिंग और जूनिपर की टहनियों से मैंने एक पहाड़ी पर बिस्तर बनाया जहाँ ज़मीन कुछ-कुछ सूखी थी। मैंने अपना पार्सल खोला और कम्बल निकाला। इतनी लम्बी सैर से मैं निढाल हो चुका था और तुरन्त लेट गया। ठीक से लेटने की कोशिश में मैंने कई करवटें बदलीं : मेरा कान कुछ-कुछ दर्द कर रहा था, उस किसान की चाबुक से जरा सूजा हुआ भी था, और मैं उस तरफ़ सो नहीं पा रहा था। मैंने अपने जूते निकाल उन्हें पैकेट वाले काग़ज़ में लपेट सर के नीचे रख लिया।

मेरे आसपास अँधेरा मँडरा रहा था। कहीं कोई हरक़त नहीं थी। लेकिन मेरे सिर के बहुत ऊपर अन्तहीन संगीत सरसरा रहा था; हवा, वह दूर से आती हुई बिना धुन की गुनगुनाहट जो कभी शान्त नहीं होती थी। मैं इस अनन्त क्षीण ध्वनि को इतनी देर सुनता रहा कि मैं बौखला गया : परिक्रमा करती हुई सृष्टियों से आती हुई सिम्फ़नियाँ, वे गीत जो सितारे गा रहे थे. . . .

"हो न हो, यह शैतान की आवाज़ है!" मैं बोला और हौंसला बढ़ाने के लिए जोर से हँसने लगा। "कानान के रात्रि-उल्लू सीटी बजा रहे हैं!"

मैं उठ बैठा, फिर से लेट गया, जूते पहन लिए, अँधेरे में इधर-उधर डोलता रहा, फिर लेट गया, क्रोध और भय से सुबह हो जाने तक लड़ता-झगड़ता रहा और आखिरकार मेरी आँख लग गयी।

जब मैं उठा दिन काफ़ी चढ़ चुका था और मुझे लगा कि क़रीब-क़रीब बारह का वक्त होगा। मैंने जूते पहने, कम्बल को लपेटा और शहर की ओर चल दिया। आज भी धूप नहीं थी और मैं ठण्ड में किसी कुत्ते की तरह काँप रहा था। मेरे पाँव सुन्न पड़ चुके थे, आँखों में से पानी बहने लगा था जैसे वे रोशनी को सह न पा रही हों।

दोपहर के तीन बज चुके थे। भूख से कष्ट होने लगा था। मैं कमज़ोरी महसूस कर रहा था, और चलते-चलते चुपके से इधर-उधर उलटी करता फिर रहा था। स्टीम किचन का रुख़ कर, मैंने देखा कि खाने में क्या-क्या था और साथ ही कन्धे उचका दिये, यह सोचकर कि अगर कोई देख रहा हो तो उसे यही लगेगा कि मक्का युक्त गोश्त और सूअर का मांस मेरे खाने लायक चीजें नहीं थीं; इसके बाद मैं रेलवे स्टेशन से होता हुआ चलने लगा।

अचानक एक विचित्र-सी बौखलाहट सरककर मेरे सिर में दाख़िल होती महसूस हुई; मैं चलता रहा, मैं उसकी ओर कोई ध्यान नहीं देना चाहता था, लेकिन वह बढ़ती चली गयी। अन्ततः मुझे एक देहरी पर बैठ जाना पड़ा। मेरी पूरी चेतना बदल रही थी, मेरे दिमाग़ में एक रेशा फट गया था। मुझे होश तो थी, कान में कल की वजह से ज़रा-सा दर्द भी साफ़-साफ़ महसूस हो रहा था और जब मेरा एक वाक़िफ़ आदमी मेरे पास से गुज़रा, तो मैंने उसे तुरन्त पहचान लिया और मैंने उठकर सिर हिलाते हुए, हल्का-सा झुककर उसका अभिवादन किया।

यह नयी और दर्दनाक अनुभूति किस क़िस्म की थी, जो बाक़ी चीजों में शरीक़ हो रही थी? क्या ज़मीन पर सोने से आयी थी यह? या फिर नाश्ता न करने की वजह से? कुला मिलाकर इस तरह ज़िन्दा रहने में कोई तुक नहीं थी; और ख़ुदा कसम मुझे नहीं मालूम मेरे किस कर्म के लिए यह यातना मुझे दी जा रही थी! अचानक मुझे सूझा कि मैं लगे हाथ ख़ुद को चूहा क्यों न बना लूँ और यह कम्बल 'अंकल' के अनन्त-कुएँ के हवाले कर दूँ। मैं एक क्रोनर में इसे गिरवी रख सकता था और तीन समय का ठीक-ठाक खाना खा सकता था, इस तरह कुछ काम मिल जाने तक मैं बचा रह सकता था—हाँस पाउली के बारे में बाद में सोचूँगा। मैं कुएँ की ओर चल पड़ा था जब मैंने ख़ुद को फाटक पर ही रोक लिया, शक ज़ाहिर करते हुए सिर हिलाया, फिर वापस हो लिया।

कुछ फ़ासला तय करने के बाद मुझे और भी ख़ुशी होने लगी कि मैं इस कड़े इम्तिहान में खरा उतरा हूँ। मलबे से अटे हुए किसी गन्दे मानवीय समुद्र में मैं श्वेत रोशनी के बुर्ज की तरह खड़ा था। एक जून भोजन के लिए किसी और की सम्पत्ति को गिरवी रखना, खाते और पीते हुए जहन्नुम का रुख करना, अपने ही चेहरे का सामना करते हुए ख़ुद को चूहा कहकर बुलाना और नज़रें झुकाने को मजबूर होना—कभी नहीं! मैंने इस विचार को गम्भीरता से लिया ही नहीं था; मुझे बस यूँ ही सूझा था; इन फ़ौरी, हल्की-फुल्की धारणाओं के लिए इनसान ज़िम्मेदार नहीं है, ख़ास तौर से जब वह भयानक सिर-दर्द से पीड़ित हो और किसी और का कम्बल ढोते-ढोते लगभग मर ही गया हो।

समय आने पर ज़रूर कोई रास्ता निकल आयेगा मदद का। मिसाल के तौर पर ग्रॅनलाँड स्ट्रीट पर जो पंसारी था, उसके विज्ञापन का जवाब देने के बाद क्या

मैं उसे घड़ी-घड़ी परेशान करता रहा था? क्या मैंने सुबह-सवेरे या गयी रात उसकी घण्टी बजायी थी, और भगा दिया गया था? मैं तो एक बार भी वहाँ पता करने नहीं गया! हो सकता है मेरी यह कोशिश नाकाम न हो—हो सकता है किस्मत इस बार मेरा साथ दे। किस्मत आदतन अजीब से ही रास्ते अख़्तियार कर गुज़रती है। मैं ग्रॅनलॉड स्ट्रीट की ओर चल पड़ा।

अभी-अभी जो ख़लल मेरे दिमाग़ में पैदा हुआ था, उससे मैं जरा कमज़ोर महसूस कर रहा था, और मैं आहिस्ता-आहिस्ता चल रहा था, यह सोचते हुए कि पंसारी से क्या कहना है। हो सकता है वह नेक आदमी हो। अगर उस पर कोई सनक सवार हो जाये तो हो सकता है वह मुझे बिना माँगे एक क्रोन बतौर पेशगी ही दे दे : ऐसे लोगों को कभी-कभार ग़ज़ब की सूझ जाया करती है।

मैंने दरवाज़े की ओट में जाकर थूक से अपनी पतलून का रंग ज़रा गहरा किया ताकि मैं ठीक-ठाक दिख सकूँ, एक अँधेरे से कोने में किसी बक्से के पीछे अपना कम्बल ठूँस दिया, मुड़ा, और एक छोटी-सी दुकान में दाख़िल हुआ।

एक आदमी वहाँ खड़े-खड़े अख़बारों को चिपकाकर लिफ़ाफ़े बना रहा था।

मैंने कहा, "मैं श्रीमान क्रिस्टी से बात करना चाहता हूँ।"

"मैं ही हूँ," उस आदमी ने जवाब दिया।

तो जनाब मेरा नाम यह है, मैंने ही हिम्मत कर उनके विज्ञापन का जवाब दिया था, और मैं सोच रहा था कि क्या मैं उनके किसी काम आ सकता हूँ।

उसने मेरे नाम को कई बार दोहराया और हँसने लगा। "ख़ैर, अभी देख लेते हैं!" वह बोला, और उसने अपनी जेब से मेरी अर्ज़ी को निकाला। "भलेमानस, आप ज़रा ग़ौर फ़रमाएँगे कि आप संख्याओं से कैसे पेश आते हैं? आपने इस अर्ज़ी पर 1848 की तारीख़ डाली है।" और वह अपने सीने की गहराइयों में से हँस दिया।

"हाँ, बड़े शर्म की बात है," मैं हताश होते हुए बोला, "क्षण-भर की लापरवाही, बेध्यानी, मैं मानता हूँ।"

"कुछ भी हो, मुझे कोई ऐसा आदमी चाहिए जो संख्याओं में ग़लतियाँ न करता हो," वह बोला।

"मुझे अफ़सोस है—आपकी लिखाई बड़ी साफ़ है, मुझे आपकी अर्ज़ी भी बहुत पसन्द आयी थी, लेकिन. . . ."

मैं कुछ देर चुप रहा; यह कल्पना करना कठिन था कि वह अपनी आख़िरी बात कह चुका था। वह फिर से लिफ़ाफ़े बनाने में जुट गया।

"हाँ, बड़े शर्म की बात है," मैं बोला। "भयानक शर्म की, लेकिन ऐसा दोबारा तो नहीं ही होगा न, और फिर कलम चूक जाने का मतलब यह तो नहीं है कि मैं हिसाब-किताब रखने के लायक नहीं रह गया हूँ?"

"नहीं, मैंने यह नहीं कहा," उसने जवाब दिया। "लेकिन उस समय इस बात

की इतनी अहमियत मैंने ज़रूर समझी कि मैंने इस काम के लिए किसी दूसरे आदमी को रख लिया।''

''तो यह जगह भर चुकी है?'' मैंने पूछा।

''हाँ।''

''हे भगवान, फिर तो कुछ नहीं हो सकता!''

''नहीं! मुझे अफसोस है, लेकिन. . . .''

''अलविदा।''

अब वहशियों-सा गुस्सा मेरे अन्दर भड़क उठा। मैंने प्रवेश-द्वार से अपना पार्सल उठाया, दाँत पीसे, फुटपाथ पर शान्ति से चलते हुए लोगों से टकराता रहा, बिना उनसे माफ़ी माँगे। जब किसी आदमी ने मुझे रोक कर तल्ख़ी से मेरी बदसलूकी के लिए डाँट लगायी, तो मैंने पलटकर एक बेतुका शब्द उसके कान में चिल्लाकर बोल दिया और उसकी नाक के नीचे घूँसा लहराने लगा। मैं अपने अन्धे गुस्से से डरा हुआ चलता चला गया। उस आदमी ने एक पुलिस वाले व ा इशारा किया। उस घड़ी अपने दो हाथों के बीच क्षण-भर के लिए मुझे एक पुलिस वाले के सिवा कुछ नहीं चाहिए था, इसलिए मैंने अपनी चाल जान-बूझकर धीमी कर ली ताकि वह मुझे पकड़ सके, लेकिन कोई नहीं आया। क्या कोई ख़ास वजह थी कि किसी आदमी की गम्भीर से गम्भीर और तहे-दिल से की गयी कोशिशें नाकाम हो जाती हैं? मैंने भला 1848 क्यों लिख दिया था? इस साल की मेरे लिए क्या अहमियत थी? अब मैं भूख से मरता हुआ पैदल चला जा रहा था और मेरी अन्तड़ियाँ मेरे अन्दर साँपों की तरह बल खा रही थीं, और फिर इस बात की भी कोई गारंटी नहीं थी कि दिन ख़त्म होने तक मुझे कहीं से खाना मिल जाने वाला है। वक्त बीतने के साथ-साथ मैं आत्मिक और शारीरिक रूप से और-से-और खोखला होता चला जा रहा था, और ख़ुद को ग़लीज़ से ग़लीज़ हरक़तों में गिर जाने दे रहा था। बिना किसी शर्म के मैं कोरे झूठ बोलने लगा था, ग़रीब लोगों को किराये से वंचित करने से बाज़ नहीं आता था, और किसी और के कम्बल के साथ चम्पत हो जाने के कमीने ख़यालों से जूझता फिर रहा था—इन सब बातों से न तो मुझे कोई पछतावा महसूस होता, न मेरी अन्तरात्मा को कोई ठेस ही पहुँचती। मेरे भीतर सड़े-गले दाग़ उभर रहे थे, स्पंज जैसी काली जगहें जो फैलती जा रही थीं। और वहाँ ऊपर जन्नत में ख़ुदा बैठा था, मुझ पर एक आँख खोल रखी थी उसने, और वह इस बात का ख़याल रख रहा था कि मेरी हार बाक़ायदा इस कला के अनुसार हो, एकसार और धीरे-धीरे, लय-ताल में कोई ख़लल भी न आने पाये। लेकिन जहन्नुम की खाई में दुष्ट शैतान घूमते फिर रहे थे। गुस्से से फटते हुए क्योंकि कोई ऐसा खौफ़नाक गुनाह, माफ़ न किया जाने वाला गुनाह करने में मैं इतनी देरी कर रहा था, ऐसा गुनाह जिसके लिए इनसाफ़-पसंद ख़ुदा मुझे नीचे फेंक देने को मजबूर हो जाये. . . .

मैंने अपनी चाल तेज़ कर ली, ख़ुद को जल्दी-जल्दी धकियाते हुए, मैं अचानक बायीं ओर घूम गया, और गुस्से और जोश में एक हल्के और शानदार प्रवेश-द्वार से अन्दर घुस गया। मैं रुका नहीं, एक पल के लिए भी नहीं ठिठका—लेकिन मेरी चेतना ने उस गलियारे की पूरी साज-सज्जा को उस आधे सेकेण्ड में पूरा जज़्ब कर लिया : दरवाज़ों की मामूली से मामूली डिटेल, उसका नमूना, फ़र्श की टाइलें, सब सीढ़ियाँ चढ़ते-चढ़ते मेरे भीतर स्पष्ट हो चुके थे। तीसरी मंज़िल पर मैंने एक घण्टी को बुरी तरह दबा दिया। मैं तीसरी मंज़िल पर ही क्यों रुका था? और इसी घण्टी को क्यों चुना था मैंने जो सीढ़ियों से सबसे ज़्यादा परे थी?

काली किनार वाली स्लेटी पोशाक पहने एक युवती ने दरवाज़ा खोला। उसने कुछ देर बड़े अवरज से मुझे देखा, फिर सिर हिलाते हुए बोली, ''नहीं, हमारे पास तुम्हारे लिए आज कुछ नहीं है।'' और वह दरवाज़ा बन्द करने को हुई।

मैंने ख़ुद को इस शख़्स की राह में क्यों फेंक दिया था? ज़ाहिर था कि उसने मुझे भिखमंगा समझ लिया था; मैं अचानक एकदम शान्त और ठण्डा पड़ गया। अपना हैट उतारकर मैंने बाक़ायदा झुककर अभिवादन किया; फिर यूँ कि जैसे मैंने उसका वाक्य सुना ही न हो, मैं बेहद शालीनता से बोला, ''मुआफ़ कीजिए, मुहतरमा, मैंने बहुत ज़ोर से घण्टी बजायी। मैं आपकी घण्टी से वाक़िफ़ नहीं था। मुझे लगता है शायद इसी घर से किसी अपाहिज सज्जन ने कुर्सी में सैर करने के लिए अख़बार में विज्ञापन भेजा है?''

''नहीं,'' उसने बात ख़त्म करते हुए कहा, ''यहाँ कोई अपाहिज आदमी नहीं है।''

''क्या आपको पक्का पता है? कोई वृद्ध आदमी, रोज़ाना दो घण्टे की सैर, एक घण्टे का आधा क्रोन?''

''नहीं।''

''तब तो मुझे आपसे दोबारा मुआफ़ी माँगना होगी,'' मैं बोला।

''हो सकता है दूसरी मंज़िल पर कोई हो। कुछ भी हो, मैं सिर्फ़ इस नौकरी के लिए एक ऐसे आदमी की सिफ़ारिश करना चाहता हूँ, जिसमें मेरी रुचि है। मेरा अपना परिवार है वेयदेल यार्लसबेर्ग।'' फिर झुककर सलाम करते हुए मैं चलने को हुआ। शर्म के मारे वह नवयुवती लाल-सुर्ख़ हो गयी और अपनी झेंप में जड़ होकर मुझे सीढ़ियाँ उतरते एकटक देखती रह गयी।

मेरे मन की शान्ति लौट आयी थी, और दिमाग़ ठीक हो चुका था। उस औरत के इन शब्दों का कि उसके पास मुझे देने के लिए आज कुछ नहीं था मुझ पर बारिश की ठण्डी फुहार जैसा असर हुआ था। बात अब इतनी बढ़ चुकी थी कि दुनिया में कोई भी मुझे देखकर मन-ही-मन सोच सकता था : देखो भिखमंगा चला जा रहा है, ऐसे लोगों को लोग दरवाज़ा खोल कर खाना दिया करते हैं।

म्यलर स्ट्रीट पर मैं एक रेस्तराँ के सामने रुककर पकते गोश्त की ज़बरदस्त ख़ुशबू लेने लगा; मैं दरवाज़े की मुट्ठी पर हाथ रखकर अन्दर जाने के लिए तैयार

था, जब मैंने समय रहते ख़ुद को रोक लिया और वहाँ से खिसक लिया। मार्किट स्क्वेयर पर पहुँचकर मैंने बैठने की जगह ढूँढ़ने की कोशिश की तो देखा कि कोई बेञ्च खाली नहीं था। गिरजाघर के चारों ओर घूमकर मैं नीचे बैठने की कोई शान्त-सी जगह ढूँढ़ने लगा। "स्वाभाविक है!" मैं कटुता से भरकर बोला, स्वाभाविक ही तो है, और क्या! मैंने फिर से चलना शुरू कर दिया। कोने के फव्वारे की ओर घूम कर मैंने पानी का एक घूँट पिया, फिर चल पड़ा, एक पाँव के बाद दूसरे को घसीटता, ख़ुद को किसी तरह खींचता रहा, हर दुकान की खिड़की के सामने देर तक रुकता, मुड़-मुड़ कर हर घोड़ागाड़ी को गुज़रते हुए देखता रहा। मुझे अपने सिर में एक चमकती हुई गर्मी महसूस हुई और मेरी कनपटियों की फड़फड़ाहट भी बड़ी अजीब सी थी। जो पानी मैंने पिया था मेरे लिए ठीक नहीं था, और मैं नाली में यहाँ-वहाँ थोड़ी-थोड़ी उलटी करता रहा। अन्ततः मैं ख्रीष्ट के कब्रिस्तान आन पहुँचा। मैं अपने घुटनों पर कोहनियाँ टिकाये बैठ गया, अपना सिर हाथों में थामे। इस तरह झुककर मैं बेहतर महसूस करने लगा और छाती में वह छोटी-सी चुभन शान्त हो गयी।

एक पत्थर काटने वाला ग्रेनिट की सिल्ली पर पेट के बल लेटा, पत्थर पर एक इबारत खोद रहा था; उसने नीला चश्मा पहन रखा था और उसे देख एक व्यक्ति की याद मुझे हो आयी जिसे मैं क़रीब-क़रीब भूल चुका था, और जो बैंक में काम करता था; मैं उसे कुछ समय पहले उप्पलाँदूस्के कैफ़े में मिला था।

अगर मैं अपनी शर्म छोड़ एक बार उसके पास चला जाता! उसे सच-सच बता देता कि मेरी हालत अब काफ़ी पतली हो चुकी है, ज़िन्दा रहना मुश्किल होता जा रहा है। मैं उसे अपने नाई के कूपन दे सकता था. . . .या ख़ुदा, नाई के कूपन! एक क्रोन तक के होंगे वे कूपन! मैंने घबराकर इस कीमती खज़ाने को टटोलना शुरू किया . जब मुझे वे तुरन्त नहीं मिले, मैं उछलकर उठ खड़ा हुआ, डर से पसीना-पसीना होते हुए उन्हें ढूँढ़ने लगा, और आख़िरकार वे छाती वाली जेब की तह में पड़े हुए मुझे मिले, दूसरे काग़ज़ों के साथ, कुछ ख़ाली, कुछ गुदे हुए, जिनमें से किसी की कोई कीमत नहीं थी। मैंने उन छः कूपनों को कई बार आगे-पीछे गिना। मेरे लिए वे किसी काम के नहीं थे—कोई इसे मेरी सनक समझ सकता था, कि अब मुझे हजामत बनवाने की परवाह नहीं थी। मेरे पास अब आधा क्रोन की मदद जेब में धरी थी, कुँग्ज़बेरी खदान की चाँदी का खनकता आधा क्रोन! बैंक छह बजे बन्द होते थे, मुझे अपना बन्दा उप्पलाँदूस्के कैफ़े में शायद सात या आठ बजे के क़रीब मिल सकता था।

इस विचार से मैंने अच्छे-से बैठकर ख़ुद को काफ़ी समय गरमाया। समय गुज़रता रहा, मेरे आसपास शाहबलूत के पत्ते हवा में भारी-भारी हिलने लगे, दिन समाप्त हो रहा था। क्या यह ओछापन नहीं था कि हजामत के छः कूपन लेकर मैं बैंक में अच्छी ख़ासी नौकरी करते किसी भलेमानस को चुपके से मिलने जाऊँगा? शायद उसकी जेब में हजामत की साफ़-सुथरी दो कड़क कापियाँ रखी हों, इस बात की

काफ़ी सम्भावना थी। मैंने अपनी सभी जेबों को टटोलकर देखा कि उसे देने के लिए और मेरे पास क्या हो सकता है, लेकिन कुछ नहीं मिला। मान लो, मैं अपनी टाई उसे दे दूँ तो? यह चीज़ आसानी से उसे दे सकता था अगर मैं अपने कोट के बटन ज़रा कस कर बन्द कर लेता और ऐसा तो मुझे करना ही पड़ रहा था, अब मेरे पास वास्कट जो नहीं थी। मैंने अपनी टाई उतारी—जो काफ़ी बड़ी थी, औपचारिक क़िस्म की और मेरी छाती को आधा ढाँप लेती थी—उसे एहतियात से झाड़कर, मैंने उसे लिखने के सफ़ेद कागज़ में नाई के कूपनों के साथ लपेट लिया। फिर मैं कब्रिस्तान से निकला और क़ैफे की ओर चल दिया।

शहर की जेल पर लगी घड़ी सात का समय दिखा रही थी। मैं कैफ़े के आसपास मँडराने लगा, लोहे के जंगले के साथ-साथ सरकते हुए, और सब आने जाने वालों को ग़ौर से देख रहा था। आख़िरक़ार आठ बजे के क़रीब मैंने उसे पहाड़ी पर आते हुए देखा, ताज़ा-तरीन और सुन्दर कपड़े पहन रखे थे उसने। वह गली पार कर कैफ़े की ओर बढ़ रहा था। उसे देखते ही मेरा दिल मेरे सीने में छोटी-सी चिड़िया की तरह ज़ोर से धड़क उठा, और बिना दुआ सलाम किये यूँ ही कुछ बड़बड़ा दिया मैंने।

''आधा क्रोन, मेरे दोस्त!'' मैं बेसब्री से बोला। ''यह लो—सौदा बुरा नहीं है।'' और मैंने वह पैकेट उसके हाथ में धकेल दिया।

''कुछ नहीं है मेरे पास।'' वह बोला। ''ख़ुदा कसम!'' और अपने सिक्कों के बटुए को उसने उलटाकर मुझे दिखा दिया। ''मैं कल रात बाहर था, और अब मैं कंगाल हूँ; यकीन करो, बिलकुल सच कह रहा हूँ।''

''नहीं. . . .नहीं, मुझे यकीन है तुम ठीक कह रहे हो, भाई!'' यूँ भी इतने कम पैसे के लिए वह झूठ क्यों बोलता; मेरा इस बात पर भी ध्यान गया कि जेबें टटोलते हुए जब उसे कुछ नहीं मिला तो उसकी नीली आँखें कुछ-कुछ नम हो आयीं थीं।

''मुआफ़ करना इस सब के लिए!'' मैं बोला। ''मैं यूँ भी ज़्यादा मुश्किल में नहीं था।''

मैं कुछ इमारतें पार कर चुका था जब उसने मुझे पैकेट के सिलसिले में आवाज़ लगायी।

''रख लो, रख लो!'' मैं बोला। ''दो-एक मामूली चीज़ें ही तो हैं, कुछ कीमत नहीं है इनकी—इस दुनिया में बस यही तो बचा था मेरे पास।'' मैं अपने शब्दों से इतना द्रवित हो उठा, ढलती साँझ के झुटपुटे में वे सुनने में इस क़दर दयनीय लगे मुझे कि मैंने रोना शुरू कर दिया।

हवा बहने लगी, बादल आसमान में तेज़ी से चलने लगे, और अँधेरा होते-होते ठण्ड बढ़ने लगी। मैं गली के आख़िर तक रोता चला गया, अपने हाल पर और-से-और दया आ रही थी मुझे, और मैं कई शब्द बार-बार दोहरा रहा था, और जैसे ही आँसू थमने को होते, दिल से निकली इन आहों से फिर बहने लगते : ''या ख़ुदा, मेरे

मालिक, मैं कितनी मुसीबत में हूँ।"

इस तरह बहुत धीरे-धीरे, सुस्त चाल से, कभी ख़त्म न होने पर आता हुआ एक घण्टा बीत गया। मैं तॉर्व स्ट्रीट पर बहुत देर मंडराता हुआ कभी सीढ़ियों पर बैठ जाता, कभी किसी की आमद पर किसी दरवाज़े की ओट में चला जाता, या उन दुकानों के अन्दर सूनी आँखों से घूरता रहता जहाँ लोग पैसे और माल-असबाब से लैस जोश में घूम-फिर रहे थे; आख़िरकार गिरजाघर और मार्किट के तम्बुओं के बीच एक लकड़ी की ढेरी के पीछे मुझे एक आरामदेह जगह मिल गयी।

इतना तो ज़ाहिर था कि मैं रात जंगल में बिताने नहीं जा रहा था, मुझमें हिम्मत नहीं थी और वह जगह बहुत दूर भी थी। जैसे-तैसे मुझे रात वहीं गुज़ारनी थी जहाँ मैं था—अगर ठण्ड बहुत बढ़ जाती तो मैं गिरजे के आसपास कुछ चक्कर लगा सकता था। इसके लिए लम्बी-चौड़ी योजनाएँ बनाने की ज़रूरत नहीं थी। लिहाज़ा मैं पिट्ठा लगाकर ऊँघने लगा।

आसपास का शोर कम होता जा रहा था, दुकानें बन्द थीं। आने-जाने वालों के कदमों की आहट भी कम होती चली गयी; अन्त में मेरे आसपास की सारी खिड़कियों में अँधेरा छा गया. . . .

मैंने आँखें खोलीं और मुझे लगा एक आकृति मेरे सामने खड़ी है; मेरी दिशा में चमकने वाले बटनों से मैंने अनुमान लगाया कि कोई पुलिस वाला है। मुझे उसका चेहरा दिखायी नहीं दे रहा था।

"गुड-ईवनिंग!" वह बोला।

"गुड-ईवनिंग!" मैंने जवाब दिया और मुझे डर लगने लगा। मैं ज़रा-सा झेंपते हुए उठ खड़ा हुआ। वह कुछ देर बिना हिले-डुले खड़ा रहा।

"क्या तुम यहीं कहीं रहते हो?" उसने पूछा।

बिना सोचे-समझे जैसा जवाब देने की आदत थी मुझे, मैंने अपना पुराना पता बोल दिया, उस अटारी का जिसे मैं छोड़ आया था।

वह कुछ देर चुप खड़ा रहा।

"क्या मुझसे कुछ ग़लती हो गयी है?"

"नहीं, नहीं, ऐसा नहीं है!" उसने जवाब दिया। "लेकिन मुझे लगता है तुम्हारे घर जाने का वक्त हो गया है, यहाँ लेटे-लेटे ठण्ड लग जायेगी तुम्हें।"

"हाँ, ठण्ड तो है, मुझे लग भी रही है।"

लिहाज़ा मैंने गुड-नाइट कहा और सहज ही अपनी पुरानी जगह की ओर चलने लगा। अगर मैं बहुत सावधानी से काम लेता तो मैं बिना शोर किये ऊपर पहुँच सकता था। सीढ़ियों की आठ पंक्तियाँ थीं और सिर्फ़ ऊपर की दो ही ऐसी थीं जो चरमराती थीं।

मैंने जूते नीचे ही उतार लिये और ऊपर जाने लगा। घर बिलकुल शान्त था। तीसरी मंज़िल पर मुझे घड़ी की हल्की टिक-टिक सुनायी दी और एक बच्चे के रोने

की हल्की-सी आवाज़; उसके बाद कुछ नहीं। मैंने अपना दरवाज़ा ढूँढ़ा, कब्ज़ों पर हल्के से उठाया उसे और बिना चाबी लगाये दरवाज़ा खोल दिया जैसे मैं अक्सर किया करता था; मैं अन्दर चला आया और अपने पीछे दरवाज़ा ख़ामोशी से बन्द कर दिया।

सब कुछ ठीक वैसा था, जैसा मैंने छोड़ा था—पर्दे हटे हुए थे, और बिस्तर ख़ाली था। मेज़ पर मुझे किसी कागज़ की झलक दिखायी दी, शायद मकान-मालकिन को लिखा मेरा रुक्का था। इस बात की काफ़ी सम्भावना थी कि मेरे जाने के बाद वह ऊपर नहीं आयी थी।

मैंने उस सफ़ेद निशान पर हाथ फेरा तो मुझे इस बात पर आश्चर्य हुआ कि वह एक ख़त था। ख़त? मैं उसे खिड़की के पास ले आया और अँधेरे में जितना देख सकता था, देखकर पता लगाया कि ख़त पर मेरा नाम था। आहा! मैंने सोचा, मकान-मालकिन का जवाब था, मुझे सावधान करने के लिए कि मैं उस कमरे में दोबारा पाँव न रखूँ, अगर मेरा ऐसा कोई विचार था!

फिर मैं धीमे से, बहुत धीमे से कमरे से बाहर निकल आया, एक हाथ में जूते और दूसरे में ख़त को थामे, और अपना कम्बल बगल में दबाये। मैं दबे-पाँव चल रहा था और चरमराती सीढ़ियों पर दाँत पीस रहा था और इस तरह मैं हिफ़ाजत से पूरी सीढ़ियाँ उतर आया और बाहर के दरवाज़े तक पहुँच गया।

मैंने अपने जूते फिर पहन लिये, फीते बाँधने में काफ़ी वक्त लेते हुए मैं क्षण-भर के लिए निश्चल बैठा रहा, अपने सामने सूनी निगाह से घूरता रहा, ख़त को अपने हाथों में लिये।

फिर मैं उठा और चल पड़ा। गली में एक लैम्प की रोशनी टिमटिमा रही थी। मैं उसके ठीक नीचे चला आया, अपने पार्सल को खम्भे से टिका मैंने चिट्ठी को खोला।

वह चिट्ठी मेरे भीतर रोशनी के झरने सी कौंध गयी, और मैंने ख़ुद को एक हल्की-सी गुहार लगाते हुए सुना, ख़ुशी की एक बेतुकी ध्वनि : सम्पादक का ख़त था वह, मेरा स्केच ले लिया गया था, तुरन्त, "कुछ मामूली संशोधन, वर्तनी की कुछ ग़लतियाँ इत्यादि। आपकी योग्यता का सच्चा परिचय. . . .कल छप जायेगा. . . .दस क्रोनर।"

मैं हँसा और रोया, हवा में उछल पड़ा और गली में भाग निकला, रुककर मैंने अपनी टाँगों को थपथपाया, किसी को भी नहीं और किसी भी वजह से नहीं, ख्वामखाह गालियाँ बकता रहा। और समय गुज़रता रहा।

रात-भर मैं सुबह होने तक गलियों में मटरगश्ती करता रहा, ख़ुशी से होशो-हवास खोकर और बार-बार ये शब्द दोहराता रहा : योग्यता का सच्चा परिचय, एक छोटा-सा चमत्कार, जीनियस की झलक। और दस क्रोनर!

भाग–२

दो हफ़्ते बाद मैंने ख़ुद को बाहर की हवा खाते हुए पाया। मैं एक कब्रिस्तान के बाहर बैठा था, अख़बार के लिए एक लेख पर काम कर रहा था; मेरे लिखते-लिखते रात के दस बजने वाले थे, अँधेरा घिर आया था, और फाटक बन्द हो जानेवाला था। मुझे भूख लगी थी, भयानक भूख; बदकिस्मती से दस क्रोनर ज़्यादा देर नहीं चल पाये थे। अब दो, क़रीब-क़रीब तीन दिन से मैंने फिर कुछ नहीं खाया था और कमज़ोरी महसूस कर रहा था—पेंसिल चलाने के लिए भी बड़ी कोशिश करनी पड़ रही थी। मेरी जेब में बिना मूठ का चाकू था और चाबियों का एक गुच्छा, लेकिन पैसे का नामो-निशान नहीं था।

कब्रिस्तान का फाटक बन्द होते ही मुझे सीधे घर चले जाना चाहिए था, लेकिन मैं अपने ख़ाली और घुप्प अँधेरे कमरे से सहज ही सहमा बैठा था—यह एक लोहार की छोड़ी हुई वर्कशॉप थी जिसमें मुझे फ़ौरी तौर पर रहने की इजाज़त मिल गयी थी। इसलिए मैं उखड़े कदमों से गली में चलते हुए शहर की जेल के पास से होता हुआ बन्दरगाह तक चला आया और वहाँ से रेल की पटरी के पास पड़े हुए एक ख़ाली बेञ्च तक, जहाँ मैं बैठ गया।

कुछ पल के लिए मेरे मन में एक भी उदास करने वाला विचार नहीं आया। मैं अपनी मुसीबतें भूल गया और साँझ में सामने दिखती शान्त बन्दरगाह की ओर देखते हुए मुझे बहुत सुकून महसूस होने लगा। मेरी आदत थी कि अपने ताज़ा लेख को पढ़कर अपना जी खुश कर लेता था, जो मेरे दर्द-भरे मन को मेरा अब तक का बेहतरीन लेख जान पड़ता। मैंने अपनी पाण्डुलिपि जेब से निकाली, उसे अपनी आँखों के बिलकुल पास ले आया, और एक-के-बाद दूसरा पन्ना पढ़ने में मशगूल हो गया। अन्त में मैं थक गया और मैंने कागज़ों को जेब में डाल लिया। सभी कुछ बिलकुल शान्त था; समुद्र नीलाभ मोती की सीपी-सा दूर-दूर तक फैला था, और ख़ामोश पक्षी मेरे पास से उड़ रहे थे, एक से दूसरी जगह जाते हुए। एक पुलिस वाला कुछ दूरी पर गश्त लगा रहा था। अलावा उसके, एक भी व्यक्ति नज़र नहीं आता था, और पूरी बन्दरगाह चुप थी।

मैंने एक बार फिर अपना ख़ज़ाना गिना : आधा चाकू, चाबी की चेन, लेकिन

एक भी ओरे नहीं। अचानक मैंने जेब में हाथ डालकर काग़ज़ फिर निकाल लिये। यह चीज़ अपने आप ही हो रही थी, अचेतन सहज क्रिया। मुझे उन काग़ज़ों में एक कोरा पन्ना मिला और खुदा ही जानता है मेरे मन में यह ख़याल कैसे पैदा हुआ—मैंने उस काग़ज़ को एक कोन की शक्ल में तहाकर ऐसे बन्द कर दिया जैसे वह भरा हुआ हो, और फिर जितनी दूर तक अपने सामने उसे फेंक सकता था, फेंक दिया। हवा उसे उड़ाकर कुछ और आगे ले गयी, फिर वह वहीं पड़ा रहा।

अब भूख मुझ पर धावा बोलने लगी थी। मैं उस सफ़ेद काग़ज़ के बाहुल्य को घूरता बैठा रहा, जो चाँदी के सिक्कों से ठुँसे होने का भ्रम पैदा कर रहा था और मैंने ख़ुद को इस बात पर यकीन करने के लिए प्रेरित कर लिया कि उसमें वाक़ई कुछ था। मैं ख़ुद को बिलकुल सन्तुलित आवाज़ में यह बूझने के लिए आमन्त्रित कर रहा था कि उसमें कितना पैसा है—अगर मैंने सही-सही बूझ लिया तो पैसा मेरा। मैंने कल्पना की कि दस ओरे के बेहद खूबसूरत सिक्के बिलकुल नीचे होंगे और मोटे, बाँसुरी वाले एक क्रोन के ऊपर—एक पूरा काग़ज़ी-कोन सिक्कों से भरा हुआ! मैं बड़ी-बड़ी आँखों से उसे बैठा निहारता रहा और ख़ुद को उठ कर उसे चुराने के लिए उकसाता रहा।

फिर मैंने पुलिस वाले को खाँसते हुए सुना—और मुझे ऐन उसी वक्त ठीक यही करने की क्यों सूझी? मैं उठ खड़ा हुआ और खाँसने लगा, तीन बार खाँसा ताकि वह ज़रूर सुन ले। अब वह काग़ज़ के उस कोन के लिए उछल नहीं पड़ेगा? मैं बैठा इस मज़ाक़ का लुत्फ़ उठाता रहा, खुशी से अपने हाथ मलने लगा और शानदार गालियाँ बकने लगा। उसकी नाक लम्बी खिंच जायेगी उसे देख कर! इस करतब के बाद वह जहन्नुम के सबसे गरम कीचड़ के गड्ढे में धंस जाना चाहेगा! भूख से मुझे नशा हो गया था, भूख मुझे शराब-सी चढ़ गयी थी।

कुछ क्षण बाद वह पुलिस वाला आया अपनी लोहे की एड़ियाँ पत्थरों पर खटखटाता और चहुँओर चौकसी से नज़र रखता हुआ। ये सब वह इत्मीनान से कर रहा था, उसके पास पूरी रात थी : जब तक वह बहुत क़रीब नहीं आन पहुँचा, उसने इस काग़ज़ के कोन को नहीं देखा था। तब वह रुक गया और उसे घूरने लगा। वहाँ पड़ा वह इस क़दर सफ़ेद और कीमती दिख रहा था, शायद पैसे से भरा हुआ बटुआ, नहीं? चाँदी का नन्हा-सा ख़ज़ाना?. . . .उसने उठा लिया उसे। हम्म्म्म! बहुत हल्का है, बहुत ही हल्का। शायद कोई महँगा पंख, हैट की सजावट के लिए. . . .उसने बड़े एहतियात से अपने बड़े-बड़े हाथों से उसे खोला और झाँककर उसके अन्दर देखने लगा। मैं हँसा और अपने घुटनों को पीटने लगा, मैं किसी पागल आदमी की तरह हँसने लगा। और मेरे मुँह से एक भी आवाज़ नहीं निकली, मेरी हँसी ज्वरित थी और एकदम ख़ामोश, वह एक सुबकी-सी घनी थी. . . .

तब पत्थर एक बार फिर तड़तड़ाने लगे, और पुलिस वाला एक बार फिर घाट

की ओर मुड़ गया। मैं वहाँ आँखों में आँसू लिये बैठा रहा, साँस फूलने से मेरी हिचकी बँध गयी थी, मैं ज्वरित हँसी से होशो-हवास खो बैठा था। मैं ऊँचा-ऊँचा बोलने लगा, ख़ुद को काग़ज़ के कोन की कहानी सुनाने लगा, बेचारे पुलिस वाले की अंग-भंगिमाओं की नकल उतारते हुए ख़ुद के ख़ाली हाथ को देखता और बार-बार बोलता रहा : उसे फेंकते हुए वह खाँस रहा था! उसे फेंकते हुए वह खाँस रहा था! मैं इन वाक्यों में नये-नये वाक्य जोड़ता रहा, गुदगुदाहट पैदा करने वाले वाक्य, पूरी कहानी को मैंने दोहरा कर सुधारा और उसे एक बिन्दु पर ले आया : वह एक ही बार खाँसा था—खाँ, खाँ?

मैंने फेर-बदल कर जो कुछ भी बोला इन्हीं शब्दों के इर्द-गिर्द खप गया और मेरी ज़िन्दादिली में शाम होने से पहले कोई कमी नहीं आयी। एक उनींदी-सी शान्ति मुझे महसूस हुई, प्यारी सी थकान जिस पर मेरा कोई बस नहीं था। अँधेरा और गाढ़ा हो चुका था, हल्की-सी हवा मोती जैसे धुँधले समुद्र में रेखाएँ खींच रही थी। वे जहाज़ जिनके मस्तूल मैं आसमान में तने हुए देख रहा था, अपने काले जिस्मों के साथ, ख़ामोश खड़े हुए पिशाचों जैसे जान पड़ते थे जो अपने कड़े बाल उठाये मेरे लिए घात लगाये बैठे थे। कोई पीड़ा भी महसूस नहीं हो रही थी मुझे, भूख ने सब बराबर कर दिया था। बजाय इसके मैं एक सुखद ख़ालीपन महसूस कर रहा था, मेरे आसपास की कोई भी चीज़ मुझे छू नहीं रही थी, और मैं ख़ुश था कि कोई मुझे देख नहीं रहा था। मैंने अपनी टाँगे बेञ्च पर रख लीं और पिट्ठा लगाकर बैठ गया—इस मुद्रा में मैं अकेलेपन के अच्छे-से एहसास का ज़्यादा से ज़्यादा लुत्फ़ उठा सकता था। मेरे मन में कोई धुँधलका नहीं था, बे-आरामी का नामो-निशान तक नहीं था; जहाँ तक मेरी सोच की पहुँच थी मेरी कोई भी ऐसी इच्छा या कामना नहीं थी जो पूरी न हुई हो। मेरी आँखें खुली थीं और मैं वहाँ पड़े-पड़े ख़ुद से दूर जा चुका था। यह ग़ज़ब का एहसास था कि मैं ख़ुद से बाहर सरक आया था।

एक भी आवाज़ नहीं आ रही थी मुझे परेशान करने—नर्म अँधेरे ने पूरी दुनिया को मुझसे छिपा लिया था, और मुझे ग़ज़ब के सुकून में दफ़्न कर दिया था—सिर्फ़ सन्नाटे की सूनी आहट एकरस मेरे कानों में गूँज रही थी। वहाँ दूर खड़े सियाह पिशाच रात के आते ही मुझे खींच लेना चाहते थे, वे मुझे दूर, बहुत दूर कई समुद्रों और कई अजीबो-ग़रीब ज़मीनी इलाकों में से ले जाना चाहते थे जहाँ इनसानों की कोई बस्ती न हो। और वे मुझे यीलायाली के दुर्ग तक पहुँचा देना चाहते थे, जहाँ एक ऐसी खुशी मेरे इन्तजार में थी जो किसी को स्वप्न में भी नसीब नहीं होती, जो किसी और को न मिलने वाली हो! और वह ख़ुद एक जगमगाते हुए कक्ष में, जिसकी दीवारें नीलमणि की थीं, पीले गुलाबों के सिंहासन पर आसीन थी, और मेरे प्रवेश करते ही वह मेरा अभिवादन करेगी, और कह उठेगी, ''स्वागत है!'' जब मैं उसके क़रीब जाकर उसे झुककर सलाम करूँगा : ''तुम्हारा स्वागत है, ओ बहादुर

सूरमे, कि तुम मेरे पास मेरे देश आये हो! बीस ग्रीष्म मैंने तुम्हारी राह देखते गुज़ार दिये हैं, और गर्मी की हर चमकती रात में तुम्हारा नाम पुकारती रही हूँ, और जब-जब तुम व्यथित थे मैं यहाँ रोया करती थी, और जब तुम नींद में होते थे, मैं फूँक मार कर विचित्र से विचित्र सपनों से तुम्हारे सिर को भर दिया करती थी. . . .'' और मैं जैसे ही उठा, उस खूबसूरत जान ने मेरा हाथ थाम लिया, और मुझे लम्बे गलियारों में से ले गयी जहाँ लोगों के हुजूम जय-जयकार कर रहे थे, फलों के धूप-भरे उन बागीचों में से हम चलते गये जहाँ तीन सौ नवयौवनाएँ हँस-खेल रही थीं और अन्त में एक कक्ष था जो जगमगाती हरि-मणियों का बना था। उस कक्ष में सूर्य चमक रहा था, गलियारों और सभागारों में से छनता हुआ समवेत गायन मुझे सुनायी पड़ रहा था, और सुगन्धित हवा मुझ पर बह रही थी। उसका हाथ मैंने अपने हाथ में ले लिया और एक जादुई उल्लास मेरे खून में सनसना उठा; मैंने उसे अपनी बाँहों में भर लिया और वह हौले से बोली : ''यहाँ नहीं, कुछ और भीतर चलते हैं!'' तो हम लाल कक्ष में प्रविष्ट हुए जिसकी दीवारें माणिक की थीं—असह्य आह्लाद जिससे मैं बेहोश हुआ जा रहा था। फिर उसकी बाँहों का स्पर्श मुझे महसूस हुआ, वह मेरे चेहरे पर साँस ले रही थी, और बहुत मद्धिम स्वर में कह रही थी : ''अब स्वागत है तुम्हारा, प्रिय मेरे! लो चूमो मुझे! एक बार फिर. . . .फिर. . . .''

बेञ्च पर मुझे अपने सामने सितारे दिखायी देने लगे और मेरे विचार रोशनी के एक अन्धड़ में खिंचे चले जाने लगे. . . .

मैं बैठा-बैठा सो गया था और एक पुलिस वाला मुझे जगा रहा था। मैं उठ बैठा, जीवन और दुख में वापस बुला लिया गया था मुझे। पहले मुझे ख़ुद को खुली हवा में पड़े देखकर बेवक़ूफ़ाना हैरानी हुई, लेकिन फिर एकदम मेरा मन कड़ुवे अवसाद से भर गया; मैं अब तक ज़िन्दा बचे रहने के दुख में रो देने को था। मेरे सोते-सोते पानी गिरने लगा था, मेरे कपड़े पूरे भीग गये थे, और टाँगों में सीलन-भरी ठण्डक महसूस हो रही थी मुझे। अँधेरा और भी गाढ़ा हो चला था, और अपने सामने खड़े पुलिस वाले के चेहरे को ठीक से देख पाने के लिए मुझे कोशिश करनी पड़ रही थी।

''सही है,'' वह बोला। ''अब उठो!''

मैं तुरन्त उठ खड़ा हुआ। अगर वह मुझे दोबारा लेट जाने का आदेश देता मैं यह भी मान लेता। मैं एकदम हताश और बेजान महसूस कर रहा था; तिस पर लगभग तुरन्त ही मुझे ।फेर भूख महसूस होना शुरू हो गयी थी।

''एक मिनट ठहरो, मूरख,'' वह ज़ोर से बोला। ''तुम अपना हैट छोड़े जा रहे हो! ठीक है, अब जाओ!''

''मुझे पता था मैं कुछ, मैं—कुछ भूल गया हूँ'', मैंने बिलकुल खोये-खोये से जवाब दिया। ''धन्यवाद। शुभ-रात्रि।''

और मैं लड़खड़ाता हुआ चल दिया।

अगर आदमी के पास खाने के लिए एक कौर ही होता! राई की वह ज़बरदस्त ब्रेड जिसे आदमी चलते-चलते चबा सकता है। मैं चलता गया यह सोचते हुए कि राई की कैसी ब्रेड इस वक्त सबसे बढ़िया रहेगी। मुझे अविश्वसनीय भूख सता रही थी, मैं मर कर दफ़ा हो जाना चाहता था, भावुक होकर रोने लगा था। मेरे दुख की डगर का कोई अन्त नहीं था! मैं अचानक सड़क पर रुक गया, पनपत्थरों पर पाँव पटकने लगा, और गाली बकने लगा। क्या बोला था उसने मुझे? मूरख? मैं दिखाता हूँ पुलिसिए को कि मुझे मूरख कहने का क्या मतलब है। फिर मैं मुड़ा और वापस भागने लगा। मैं गुस्से से तमतमा उठा था। गली के छोर पर मैं ठोकर खाकर गिर पड़ा, लेकिन मैंने ध्यान नहीं दिया, उछल कर फिर उठ खड़ा हुआ और भागता रहा। रेलवे-स्टेशन पहुँचते-पहुँचते मैं इतना थक चुका था कि मुझे नहीं लगा मैं घाट तक का फ़ासला तय कर पाऊँगा; और फिर भागते-भागते मेरा गुस्सा थोड़ा शान्त भी हो गया था। मैं साँस लेने के लिए रुका। इससे क्या फ़र्क पड़ता है कि कोई पुलिस वाला क्या कहता है?—"हाँ, लेकिन कुछ चीज़ें हैं, जिन्हें मैं बर्दाश्त नहीं करूँगा!" "तुम ठीक कहते हो!" मैंने ख़ुद को टोका। "लेकिन वह नहीं जानता।" यह बहाना लगाकर मैं शान्त हो गया; मैंने कई बार ख़ुद से यह कहा, कि वह नहीं जानता था। लिहाज़ा मैं एक बार फिर पीछे मुड़ा।

या ख़ुदा, किन वाहियात बातों में तुम घुसे चले जाते हो। मैंने ख़ुद को डाँटते हुए कहा—किसी पागल की तरह बेतहाशा भीगी सड़कों पर भागते चले जाना डामर से गाढ़े अँधेरे में! भूख की पीड़ा असह्य थी और मेरा पीछा छोड़ ही नहीं रही थी। भूख की मार कम करने के लिए मैं बार-बार थूक निगल रहा था, और मुझे लगा कि इससे फ़ायदा हो रहा है। यूँ भी इस मौजूदा संकट से कई हफ़्ते पहले भी मैं बहुत कम खाना खाता रहा था, और अब मेरी ताक़त ज़ाहिरा तौर पर कम होती जा रही थी। जब भी ख़ुशकिस्मती से मैं कोई तिकड़म भिड़ा कर कहीं से पाँच-एक क्रोनर बटोर लेता था, मुझे पैरों पर खड़ा करने से पहले ही पैसा ख़त्म हो जाता और मुझे एक नये अकाल का सामना करना पड़ता। मेरी पीठ और मेरे कन्धे मुझे सबसे ज़्यादा तकलीफ़ दे रहे थे; मेरी छाती में जो नन्हा-सा दर्द था मैं क्षण-भर के लिए उसे जोर से खाँस कर या सावधानी से जरा आगे झुककर चलने से रोक सकता था, लेकिन मैं पीठ और कन्धों का कुछ नहीं कर सकता था। यह कैसे हो सकता था कि कुछ भी मेरे हाथ नहीं लगता, कभी नहीं! क्या मुझे जीने का वही हक़ नहीं था जो दूसरों को था, मिसाल के तौर पर दुर्लभ किताबों के विक्रेता पाशा को ही लो, या फिर हेनेशेन, स्टीमशिप का क्लर्क? और क्या मेरे कन्धे किसी दानव जैसे नहीं थे और मेरी मजबूत बाँहें काम करने के लिए नहीं बनी थीं? क्या मैंने रोज़ी-रोटी के लिए म्यलर स्ट्रीट पर लकड़ी काटने का काम ढूँढ़ने की कोशिश नहीं की थी?

क्या मैं आलस का मारा था? क्या मैंने नौकरियों के लिए अर्ज़ियाँ नहीं भेजी थीं, भाषण नहीं सुने, लेख नहीं लिखे, और पागलों की तरह रात-दिन पढ़ता और काम नहीं करता रहा था? और क्या मैं एक कंजूस की तरह नहीं रहता था, अमीरी में दूध और ब्रेड, ग़रीबी में सिर्फ़ ब्रेड और कंगाली में फाके नहीं करता रहा था? क्या मैं किसी होटल में रहता था, जिसकी दूसरी मंज़िल पर एक पूरा सेट ले रखा था मैंने? मैं रहता था झुग्गी में, अटारी में और लोहार और ख़ुदा की इस वजह से छोड़ी हुई वर्कशाप में क्योंकि पिछली सर्दियों में उसके अन्दर बर्फ़ गिरने लगी थी। इस मामले में ख़ुद को फटकारने का कोई सबब नहीं था।

मैं यह सब सोचता हुआ चला जा रहा था, और मेरे ज़हन में वैर भाव, जलन या कड़ुवाहट की एक चिनगारी तक नहीं थी।

पेंट की एक दुकान के सामने मैं रुक गया और खिड़की का मुआयना करने लगा; मैंने एक-दो डिब्बों पर लगे लेबलों को पढ़ने की कोशिश की लेकिन बहुत अँधेरा था। इस नयी सनक से मुझे ख़ुद पर गुस्सा आ गया और साथ ही इस बात से खीझ कर कि मैं लेबल पढ़ नहीं पाया था, मैं एक बार खिड़की को ज़ोर से पीटकर आगे बढ़ गया। कुछ दूर जाकर एक पुलिस वाला दिखायी दिया, मैं तेज़-तेज़ चलते हुए उसके साथ हो लिया और बिना किसी भूमिका के उससे बोला : "दस बज गये हैं।"

"नहीं, दो बजे हैं," उसने हैरानी से कहा।

"नहीं, दस बजे हैं," मैंने कहा। "दस बजे हैं।" गुस्से से गुर्राता मैं दो कदम उसके क़रीब और सरक आया और मुट्ठी भींचकर उससे बोला, "सुनो, मेरी बात मानो, दस बजे हैं।"

वह इस बात पर विचार करते हुए कुछ देर खड़ा रहा, मुझे ऊपर से नीचे तक देखते हुए, वह कुछ बौखला गया। अन्त में बहुत नर्मी से वह बोला, "कुछ भी हो, तुम्हारे घर जाने का वक्त तो यक़ीनन हो गया है। क्या तुम चाहते हो मैं कुछ दूर तुम्हारे साथ चलूँ?"

दोस्ताने के इस अन्दाज़ से मेरा ज़हर एकदम उतर गया। मेरी आँखों में आँसू आ गये, और मैंने तुरन्त कहा, "नहीं, शुक्रिया! मुझे एक क्लब से निकलते-निकलते बहुत देर हो गयी। मैं आपका बहुत शुक्रगुज़ार हूँ।"

मैं जैसे ही जाने को हुआ उसने हाथ उठाकर अपने हैट को छुआ। उसके मैत्रीभाव से मैं बिलकुल हिल गया था और रोने लगा था क्योंकि उसे देने के लिए मेरे पास पाँच क्रोनर का सिक्का तक नहीं था। मैं उसे धीरे-धीरे जाते हुए पीछे से देखता रहा, अपना माथा पीट लिया और जैसे-जैसे वह दूर होता जा रहा था, मैं और भी ज़ोर से सुबक रहा था। मैंने ख़ुद को अपनी ग़रीबी के लिए गालियाँ दीं, तरह-तरह के अपशब्द ख़ुद से कहे, ख़ुद को आहत करने वाले मुहावरे गढ़े, गाली-गलौज

के बहुमूल्य और भरपूर ख़जानों से ख़ुद को लाद लिया। यह सब मैं कर-गुज़रता रहा जब तक मैं घर नहीं पहुँच गया। दरवाज़े पर पहुँचा तो पाया मैंने अपनी चाबियाँ खो दी हैं।

हाँ, ज़ाहिर है, मैंने कड़ुवाहट से ख़ुद को मुख़ातिब किया, आखिर क्यों नहीं, मैं क्यों नहीं खो देता चाबियाँ? यह घर है मेरा, ऐसी जगह जो नीचे अस्तबल है और ऊपर लोहार की दुकान; रात को दरवाज़ा बन्द रहता है, यहाँ कोई नहीं जो दरवाज़ा खोलेगा, तो मैं क्यों न खो देता अपनी चाबियाँ? मैं कुत्ते की तरह भीगा हुआ हूँ, ज़रा-सी भूख लगी है मुझे, बस ज़रा-सी भूख, और घुटनों में कुछ बेवकूफ़ाना सी थकान है–मैं क्यों न खो दूँ अपनी चाबियाँ? असल में मेरे आने पर पूरा घर ही उठकर आकेर क्यों न चला गया, ऐन उस वक्त जब मैं अन्दर जाना चाहता था?..और मैंने खुद को हँसकर दिखाया, भूख और थकान से पथराकर। मैंने घोड़ों को अस्तबल में पाँव पटकते देखा, और ऊपर अपनी खिड़की को, लेकिन न मैं दरवाज़ा खोल सकता था और न अन्दर जा सकता था। थकान और गुस्से से भरे, मैंने दोबारा घाट पर जाकर चाबियाँ ढूँढ़ने का फ़ैसला किया।

बारिश फिर होने लगी थी और पानी मेरे कन्धों तक रिस आया था। जेल के पास पहुँचकर मुझे एक ग़ज़ब का विचार आया : मैं पुलिस से जाकर कहूँगा कि वे मेरे लिए दरवाज़ा खोल दें। मैंने पहरा देते एक सिपाही से जाकर गम्भीरता से निवेदन किया कि अगर हो सके तो वह मेरे साथ चलकर मुझे घर के अन्दर कर दे।

''हाँ, अगर मैं कर सकता, तो ज़रूर करता!'' लेकिन वह नहीं कर सकता था क्योंकि उसके पास कोई चाबी नहीं थी.। पुलिस की चाबियाँ यहाँ नहीं रखी जातीं, वे डिटेक्टिव ब्यूरो में होती हैं।

''तो मैं क्या करूँ?''

''अगर मैं होता तो किसी होटल में कमरा ले लेता।''

''लेकिन मैं होटल-वोटल जाने की स्थिति में नहीं हूँ–मेरे पास एक भी ओरे नहीं है। मैं आज रात क्लब में था आप समझ सकते हैं. . . .''

हम जेल की सीढ़ियों पर कुछ देर खड़े रहे। उसने इस बात पर अच्छे से ग़ौर किया और मुझे ऊपर से नीचे तक देखा। गली में पानी गिर रहा था।

''तो जो अफ़सर इस वक्त ड्यूटी पर है उसके पास चले जाओ और यह कहकर कि तुम बेघर हो, अपना नाम वहाँ दर्ज करवा लो।''

बेघर? यह विचार मुझे कभी नहीं आया था। ख़ुदा-क़सम क्या विचार था यह! मैंने तुरन्त पुलिस वाले का इस बढ़िया सुझाव के लिए शुक्रिया अदा किया।

''क्या मैं जाकर बस इतना ही कहूँ कि मैं बेघर हूँ?''

''बस इतना!. . . .''

"नाम?" अफ़सर ने सवाल किया।

"तांगेन–आंद्रियास तांगेन।"

मुझे नहीं मालूम मैंने झूठ क्यों बोला। मेरे मन में तरह-तरह के विचार घूम रहे थे और मेरा दिमाग़ मुझे मेरी ज़रूरत से कहीं ज़्यादा चीज़ें सुझा रहा था; मैंने पलक झपकते ही यह विचित्र-सा नाम गढ़ लिया था और निस्संकोच उछाल फेंका था। मैं झूठ बोल रहा था जबकि ऐसा करने की कोई ज़रूरत नहीं थी।

"पेशा?"

अब मेरे पीछे हटने की कोई गुंजाइश नहीं थी। हम्म्म, पहले मैंने सोचा मैं लोहार बन जाता हूँ, लेकिन हिम्मत नहीं हुई–इतना अनोखा नाम जो मैं उन्हें बता चुका था, शायद ही किसी लोहार का रहा हो; और फिर मैं चश्मा पहने था। मैं एक कदम आगे बढ़ा और बोला : "पत्रकार।"

यह लिखने से पहले अफ़सर थोड़ा चौंका और मैं काउंटर के सामने इस शान से खड़ा था जैसे बिना विभाग का कोई मिनिस्टर। उसे कोई शक नहीं हुआ : अफ़सर जवाब देने में मेरे संकोच को समझ सकता था और क्या गुल खिलेगा इसके बाद–शहर की जेल में खड़ा पत्रकार, सर छिपाने की कोई जगह नहीं।

"किस अख़बार में काम करते हैं आप–मिस्टर तांगेन?"

"*मॉर्निंग टाइम्ज़,*" मैं बोला। "दुर्भाग्य से आज रात मैं काफ़ी देर बाहर रहा, मुझे लगता है. . . ."

"जाने दीजिए, हम इस बात का ज़िक्र नहीं करेंगे!" वह मेरी बात काटते हुए बोला और मुस्कराते हुए उसने अपनी बात जारी रखी : "जब नौजवान लोग बाहर निकलते हैं. . . .हम समझते हैं इस बात को।" वह उठा और शालीनता से मुझे विदा करते हुए एक सिपाही से बोला, "जनाब को आरक्षित सेक्शन में ले जाओ। शुभ-रात्रि।"

मेरे दुस्साहस से मेरी पीठ में एक ठण्डी लहर दौड़ गयी और मैंने अपनी मुट्ठियाँ जोर से भींच लीं, ताकि थोड़ा तन कर चल सकूँ।

"गैस की बत्ती दस मिनट जलेगी," सिपाही दरवाज़े से बोला।

"और फिर बुझ जायेगी?"

"फिर बुझ जायेगी।"

मैंने बिस्तर पर बैठ चाबी को घूमते हुए सुना। रोशनी-भरी उस कोठरी में गुनगुना-सा माहौल था; मैं ख़ुशकिस्मत था, शीत से सुरक्षित महसूस कर रहा था, और मज़े से बाहर गिरते हुए पानी को सुन रहा था। इस स्निग्ध कुठरिया से बेहतर मुझे और क्या चाहिए था? मैं और-से-और आश्वस्त होता जा रहा था–अपना सर हाथों में थामे और दीवार पर गैस की रोशनी को एकटक देखते हुए, मैं पुलिस के साथ अपनी पहली मुलाक़ात की घटनाओं को मन-ही-मन दोहरा रहा था। मेरे साथ

यह पहली बार हो रहा था, और मैंने बाज़ी मार ली थी! मिस्टर तांगेन, पत्रकार, मुआफ़ करना. . . .और फिर *मॉर्निंग टाइम्ज़!* मैंने उसके दिल पर हल्ला बोल दिया था *मॉर्निंग टाइम्ज़* का नाम लेकर। जाने दीजिए, हम इस बात का ज़िक्र नहीं करेंगे, आहा? औपचारिक सान्ध्य-पोशाक में किसी महँगे क्लब में सुबह दो बजे तक बैठे रहे थे जनाब, चाबियाँ और अपना पर्स (जिसमें कई हज़ार थे) घर भूल आये थे! जनाब को आरक्षित सेक्शन ले जाओ. . . .

बत्ती एकदम से गुल हो गयी, यूँ भक्क से गुल हो गयी, अजीब बात थी—रोशनी न कम हुई, न टिमटिमायी। मैं गहन अँधेरे में बैठा था। मैं अपने हाथ तक को नहीं देख सकता था, न अपने आसपास की सफ़ेद दीवारों को, कुछ भी नहीं। करने को कुछ नहीं था, सिवाय बिस्तर में घुसने के, मैंने कपड़े उतार दिये।

मुझे अब भी नींद नहीं आ रही थी, और मैं सो नहीं पा रहा था। मैं कुछ देर तक अँधेरे में ताकता रहा—अन्धकार के इस गाढ़े पदार्थ को जिसका कोई अन्त नहीं था, जो मेरी समझ से बाहर था। मेरी सोच ऐसी चीज़ की पार नहीं पा सकती थी। पैमाइश से परे था अँधेरा और उसकी उपस्थिति मुझे दबाय दे रही थी। मैंने आँखें मूँद ली और आधी ऊँची आवाज़ में ख़ुद को पलंग पर झूला झुलाते हुए गीत गाने लगा, लेकिन कोई फ़ायदा नहीं हुआ, अँधेरे ने मेरे दिमाग़ को धर-दबोचा था और मुझे एक मिनट का चैन नहीं था। अगर मैं इस अँधेरे में घुल जाऊँ, अँधेरे में तब्दील हो जाऊँ तो? मैं बिस्तर में सीधे बैठ अपनी बाँहों से हवा में वार करने लगा।

मेरी मानसिक अवस्था मुझ पर पूरी तरह हावी हो चुकी थी और उससे जूझने का कोई ख़ास फायदा नहीं हो रहा था। मैं ऊल-जलूल फंतासियों की गिरफ़्त में, ख़ुद से गर-गर बोलता हुआ, लोरियाँ गुनगुनाता वहाँ बैठा था और शान्त रहने का यत्न करते हुए पसीने छूट रहे थे मेरे। मैंने बाहर अँधेरे में देखा, और इतनी कालिमा मैंने जीवन में कभी नहीं देखी थी, इसमें कोई शक नहीं था कि मैं एक ख़ास क़िस्म के कालेपन का सामना कर रहा था, जिसमें ऐसी अति थी जिसकी ओर पहले किसी का ध्यान नहीं गया था। निहायत बेहूदा ख़याल मुझे घेरे हुए थे, और हर शय मुझे डरा रही थी। मेरे पलंग के पास की दीवार में एक छोटा-सा छेद मुझे बेहद परेशान कर रहा था—कील का छेद, दीवार में सूराख। मैंने उसे टोह कर देखा, फूँक मार कर उसकी गहराई का अंदाज़ा लगाने की कोशिश की। यह कोई मासूम सूराख नहीं था, इतना तो स्पष्ट था—यह भी ज़ाहिर था कि यह एक जटिल और गुप्त छिद्र था, जिससे मुझे बचकर रहना था। इस छेद से पूरी तरह दबकर, कौतूहल और भय से पागल मुझे बिस्तर से निकलकर जैसे-तैसे अपना बिना मूठ का चाकू ढूँढ़ निकालना पड़ा ताकि मैं इसकी गहराई नाप कर आश्वस्त हो सकूँ कि यह कहीं साथ की कोठरी तक गहरा तो नहीं है।

मैं बिस्तर में घुसकर फिर से सोने की कोशिश करने लगा लेकिन असल में मैं दोबारा अँधेरे से जूझने लगा था। बाहर बारिश थम गयी थी और मुझे कोई आवाज़ नहीं सुन रही थी। काफ़ी देर मैं गली में कदमों की आहट पर कान लगाये बैठा रहा और बड़े ध्यान से सुनने पर एक राहगीर की आहट सुनायी पड़ी, जो किसी पुलिस वाले की लगती थी। मैंने फ़ौरन दो-एक बार अपनी उँगलियाँ चटकायीं और हँस पड़ा। जहन्नुम में जाये सब! मुझे अचानक ख़याल आया कि मैंने एक नया शब्द ईजाद किया है। मैं बिस्तर में उठकर बैठ गया और बोला : यह शब्द भाषा में नहीं है, मैंने ईजाद किया है इसे—*कुबोआ*। किसी भी असली शब्द जैसे हिज्जे हैं इसके, प्यारे यीशु की कसम, तुमने तो भाई एक नया शब्द खोज लिया है!. . . .*कुबोआ*. . . .भाषा-विज्ञान में ज़बरदस्त अहमियत होगी इस शब्द की।

अँधेरे में यह शब्द मेरे सामने साफ़ और स्पष्ट तन गया था।

मैं आँखें फाड़े अपनी खोज से चकित मारे ख़ुशी के हँस रहा था। फिर मैं खुसफुसाने लगा : हो सकता है वे लोग मुझ पर नज़र रखे हों, और इस ईजाद को मुझे गुप्त रखना पड़े। मैंने भूख की पागल ख़ुशी को पा लिया था : मैं पीड़ा से ख़ाली और मुक्त था, और मेरे विचार अब मेरे वश में नहीं थे। मैं ख़ामोशी से हर चीज़ पर ख़ुद से विचार-विमर्श करता रहा। मेरे विचार अद्भुत झटके खा रहे थे, जब मैं अपने नये शब्द का अर्थ स्थापित करने की कोशिश कर रहा था। कोई ज़रूरत नहीं थी कि इस शब्द का अर्थ *ख़ुदा* या *टिवोली गार्डन्ज़* होता और कौन कहता है कि इसका अर्थ *पशु-मेला* ही होना चाहिए? मैंने अपनी मुट्ठियाँ ज़ोर से भींच लीं और दोहराया : कौन कहता है कि इसका अर्थ *पशु-मेला* ही होना चाहिए ? मैंने फिर सोच कर देखा तो यह भी ज़रूरी नहीं लगा कि इसका अर्थ *ताला* या *सूर्योदय* ही हो। ऐसे शब्द में अर्थ ढूँढ़ना बड़ा आसान था। मैं इंतज़ार करूँगा और देखूँगा। इस बीच, इस सिलसिले में चुप रहना ही बेहतर होगा।

मैं पलंग पर दोबारा लेटकर मन-ही-मन हँसा, लेकिन बोला कुछ नहीं, न इस बात पर राज़ी न उस बात पर। कुछ वक्त और बीत गया और मेरी उत्तेजना वैसी ही बनी रही। यह नया शब्द मुझे लगातार सताता रहा, बार-बार लौट आता रहा, और आख़िरकार इस क़दर मेरी सोच पर हावी हो गया कि मैं शान्त हो गया। मैं इस विषय में तो अपने विचार अभिव्यक्त कर चुका था कि इस शब्द का अर्थ क्या न हो, लेकिन मैंने यह फ़ैसला अभी नहीं किया था कि इसका अर्थ है क्या। "यह दीगर बात है!" मैंने ख़ुद से ऊँचे स्वर में कहा और अपनी बाज़ू को कसकर पकड़ कर फिर कहा कि यह दीगर बात है। यह शब्द, ख़ुदा का शुक्र है, कि ईजाद कर लिया गया है और यही बात अहम है। लेकिन मेरे ज़हन में लगातार कई क़िस्म के ख़याल बन-बिगड़ रहे थे और मुझे सोने से रोक रहे थे : इस शानदार शब्द जैसा और कुछ था ही नहीं। अन्त में मैं दूसरी बार बिस्तर में उठ बैठा, दोनों हाथों में

सिर को थाम लिया, और बोला, ''नहीं, नहीं, यही एक बात है जो बिलकुल सम्भव नहीं है–कि इसका अर्थ प्रवास हो या तम्बाकू की फ़ैक्टरी हो! अगर इसका यही मतलब था, तो मैंने यह फ़ैसला कब का कर लिया होता और इसका अन्जाम भी भुगत चुका होता।'' नहीं, इस शब्द की नियति यही रही होगी कि इसका अर्थ आध्यात्मिक हो, कोई अनुभूति, मनःस्थिति–अगर मैं इसे समझ सकूँ तो? और मैं सोचता रहा, सोचता रहा कि मुझे कुछ आध्यात्मिक चीज़ सूझ जाये। मुझे ख़याल आया कि कोई बात कर रहा था, मेरी बात को टोक रहा था और मैंने गुस्से से कहा : ''माफ़ करना? मूर्खता के क्षेत्र में तुम निपट अकेले हो! *रेशा*? जहन्नुम में जाओ!'' मैं इसे रेशे के अर्थ में लेने को बाध्य क्यों था जबकि इसका अर्थ *रेशा* स्थापित करने से मुझे सख़्त नफ़रत थी? यह शब्द मैंने खोजा था, और मेरा हक था कि मैं इसे जो चाहे अर्थ दे सकता था, असली बात तो यह थी। जहाँ तक मुझे मालूम है, मैंने अभी तक इस सिलसिले में कोई अन्तिम निर्णय नहीं लिया था. . . .

लेकिन मेरा दिमाग़ और भी गहराई में धँसता चला जा रहा था। अन्त में पानी का नल ढूँढ़ने मैं बिस्तर से उछलकर बाहर निकल आया। मुझे प्यास नहीं लगी थी, लेकिन मेरा सिर तप रहा था और मुझे सहज ही पानी की ज़रूरत महसूस हुई। पानी पीने के बाद, मैं दोबारा लेट गया और मैंने फ़ैसला किया कि दुनिया इधर-की-उधर क्यों न हो जाये मुझे सो जाना चाहिए। मैंने आँखें मूँद लीं और ज़बरदस्ती शान्त रहने की कोशिश करने लगा। मैं कई मिनट बिना एक भी मांसपेशी हिलाये यूँ ही पड़ा रहा। मुझे पसीना आने लगा और मेरी रगों में ख़ून तेज़ी से खड़खड़ाने लगा। नहीं, क्या खूब था यह, ग़ज़ब, कि काग़ज़ के कोन में वह सिक्के ढूँढ़ रहा था! वह खाँसा था, जानते हैं आप, सिर्फ़ एक बार। क्या यह सम्भव है कि वह अब भी वहीं-कहीं घूम रहा हो! मेरे बेञ्च पर बैठा हो. . . .नीलाभ मोती-की-सीपी-सा. . . .जहाज़. . . .

मैंने आँखें खोल लीं। जब मुझे नींद ही नहीं आ रही थी तो मैं कैसे उन्हें बन्द किये रहता! मेरे आसपास वही अँधेरा घिरा हुआ था, वही लाफ़ानी और बेपायाँ कालापन जिससे मेरी अक्ल लड़ रही थी और जिसे वह समझ नहीं पाती थी। मैं उसकी तुलना किस चीज़ से करता? मैं पूरा ज़ोर लगाकर भयंकर कोशिश करने लगा कि उस अन्धकार जैसा काला-सियाह कोई ऐसा शब्द मिल जाये, जो इतना घिनौना काला हो कि उसे बोलते हुए मेरा मुँह तक काला पड़ जाये। या ख़ुदा, कितना काला था वह! और मैं फिर से बन्दरगाह, जहाज़ों और सियाह पिशाचों के बारे में सोचने लगा जो मेरी राह देख रहे थे। वे मुझे खींच ले जाना चाहते थे और मुझे कसकर पकड़े हुए कई ज़मीनी और समुद्री इलाकों का भ्रमण करना चाहते थे, उन अँधेरे राज्यों में से जो किसी मनुष्य के देखे हुए नहीं हैं। मुझे यूँ महसूस हुआ जैसे मैं जहाज़ पर सवार हूँ, पानियों में से खिंचता चला जा रहा हूँ, बादलों में तैर रहा हूँ,

नीचे और नीचे जा रहा हूँ. . . .मैंने डर से बैठे गले से चीख मारी और पलंग को बाँहों से थाम लिया; मैं इतनी ख़तरनाक यात्रा पर था, आसमान से किसी गोली की तरह गिर रहा था। पलंग की सख़्त तख़्तियों को पकड़कर मैं कितना अच्छा और सुरक्षित महसूस कर रहा था! ऐसा होता है मरना, मैंने मन-ही-मन कहा, अब मैं मरूँगा। फिर मैं बिस्तर में उठ बैठा और शिद्दत से ख़ुद से पूछने लगा, "कौन कहता है मैं मरूँगा? क्या मैंने ही नहीं ढूँढ़ निकाला है यह शब्द, और मेरा हक़ नहीं है कि मैं ही यह फ़ैसला करूँ कि इसका अर्थ क्या हो?. . . ." मैं ख़ुद को बड़बड़ाते हुए सुन सकता था, बात करते हुए भी सुन सकता था। मेरा पागलपन कमज़ोरी और थकान से पैदा हुआ मतिभ्रम था, लेकिन मेरी अक्ल अभी मारी नहीं गयी थी। तभी एक विचार मेरे ज़हन में कौंध गया—मैं पागल हो चुका हूँ। भय से आक्रान्त, मैं बिस्तर से निकल आया। मैं डगमगाते कदमों से दरवाज़े तक पहुँचा और उसे खोलने की कोशिश करने लगा, ख़ुद को दरवाज़े पर दो-एक बार यूँ फेंका कि वह टूट जाये, मेरा सिर दीवार से जा टकराया, मैं ज़ोर से कराहने लगा, अपनी उँगलियों को काट खाया, रो पड़ा और गाली बकने लगा. . . .

सब शान्त था; मेरी ही आवाज़ दीवारों से टकराकर लौट-लौट आ रही थी। मैं फ़र्श पर गिर पड़ा था, और अब लड़खड़ाते हुए कोठरी में चक्कर नहीं लगा सकता था। वहीं लेटे-लेटे, बहुत ऊपर, ठीक मेरी आँखों के सामने मुझे कुछ दिख गया, दीवार पर एक धुँधला-सा आयताकार, सफ़ेद की एक झलक लिए एक स्पर्श—दिन का उजाला। उस क्षण क्या ग़ज़ब की साँस ली थी मैंने! फर्श पर चित लेटकर रोशनी की इस शुभ झलक के स्वागत में मारे ख़ुशी के मैं रोने लगा, कृतज्ञतावश सुबकियाँ भरने लगा, खिड़की को चूम लिया मैंने, और पागलों की-सी हरकतें करने लगा। और उस क्षण मैं अच्छे से जानता था मैं क्या कर रहा हूँ। मेरा सारा ग़म दूर हो गया, नैराश्य और पीड़ा ख़त्म हो गयी, और जहाँ तक मेरी सोच की पहुँच थी, मेरी एक भी ऐसी ख़्वाहिश नहीं थी जो पूरी न हुई हो। मैं फ़र्श पर तनकर बैठ गया, हाथ जोड़ लिए, और धीरज से पौ फटने की प्रतीक्षा करने लगा।

कैसी रात थी यह! किसी ने शोर नहीं सुना, मैं हैरान था। लेकिन मैं रिजर्व्ड सेक्शन में था, कैदियों से कहीं ऊपर। मंत्रिमंडल का एक बेघर मंत्री, अगर मैं ऐसा कहने की जुर्रत करूँ। एकदम ऊँची उड़ान में, मैंने अपनी आँखें उस खिड़की की ओर घुमायीं जो लगातार रौशन होती जा रही थीं, और मंत्रिमंडल के किसी मंत्री की नकल उतारते हुए मैं अपना जी बहलाने लगा—मैंने अपना नाम वॉन तांगेन रख लिया और किसी मंत्री की तरह भाषण देने लगा। मैंने ख़याली पुलाव पकाना बन्द नहीं किया था, सिर्फ़ मेरे जोश में कमी आ गयी थी। अपना बटुआ अपार्टमेंट में छोड़ आने की वजह से मैं बड़ी गम्भीरता से अफ़सोस कर रहा था। क्या मुझे मंत्री महोदय को उनके बिस्तर का रास्ता दिखाने का सुअवसर प्राप्त हो सकता है? फिर

घनघोर गाम्भीर्य से कई रस्मों का पालन करते हुए, मैं पलंग तक पहुँचा और लेट गया।

अब इतना उजाला हो चुका था कि मुझे कोठरी की रूपरेखा कुछ हद तक दिखने लगी थी, और कुछ देर बाद दरवाज़े का भारी-भरकम हैण्डल भी मुझे दिखायी देने लगा। इससे मेरा मन बहलने लगा; वह एकरस अँधेरा, पागल कर देने की हद तक गाढ़ा, कि मैं ख़ुद को भी देख नहीं सकता था, अब टूट चुका था। मेरा ख़ून अब ज़्यादा शान्त था, मेरी आँखें मुँद रही थीं।

दो-तीन बार दरवाज़े पर होती धम्म-धम्म से मेरी नींद खुल गयी। मैं उछल कर उठ खड़ा हुआ और जल्दी-जल्दी कपड़े पहनने लगा; वे अभी तक गीले थे।

"नीचे जाकर आज के अफ़सर को रिपोर्ट करो", सिपाही बोला।

या ख़ुदा, अब भी कोई लालफीता बचा रह गया है! मैंने डरते हुए सोचा।

मैं नीचे आकर एक बड़े कमरे में दाखिल हुआ जहाँ तीस या चालीस आदमी बैठे थे, जो सभी बेघर थे। क्लर्क बारी-बारी से उन्हें बुला रहा था, और बारी-बारी सबको खाने की एक-एक टिकट मिल रही थी। अफ़सर पास खड़े सिपाही से बार-बार पूछ रहा था, "क्या इस आदमी को टिकट मिली? किसी को भूल मत जाना। देखने में सभी ऐसे लगते हैं जैसे एक वक्त का खाना मिलने से फ़ायदा होगा इन्हें।"

मैं खड़ा टिकटों को देखता रहा, और मुझे भी अपने लिए एक चाहिए थी।

"आंद्रियास तांगेन, पत्रकार!"

मैंने आगे झुककर सलाम किया।

"भले मानस, तुम यहाँ क्या कर रहे हो?"

मैंने पूरा घटना-क्रम बताया, रात वाली कहानी दोहराई, बेशर्मी से कोरे झूठ बकता गया, सरेआम अपनी झूठी पोल खोलता रहा : देर रात तक बाहर रहा, चाबियाँ गुम. . . .

"अच्छा, यह बात है," उसने कहा और मुस्करा दिया। "तो यह है! ठीक से नींद आयी?"

"किसी मिनिस्टर की तरह!" मैं बोला। "किसी मिनिस्टर की तरह सोया मैं!"

"मुझे ख़ुशी है!" वह खड़े-खड़े बोला। "अलविदा।"

मैं मुड़ा और चल दिया।

एक टिकट, मुझे भी एक टिकट की ज़रूरत है। तीन दिन और तीन रात से मैंने कुछ नहीं खाया। एक अदद डबल-रोटी! लेकिन किसी ने मुझे टिकट नहीं दी और माँगने की हिम्मत भी नहीं हुई मेरी। ऐसा करता तो वे तुरन्त मुझ पर शक करने लगते। वे मेरे व्यक्तिगत मामलों में टाँग अड़ाने लगते और पता लगा लेते

मैं असल में कौन हूँ—फिर वे मुझे झूठी जानकारी देने के जुर्म में अन्दर कर देते। सिर ऊँचा किये, कई लाख के शेयर और बॉण्ड का मालिक और कोट के पुछल्ले के नीचे हाथ जोड़े, मैंने शहर की जेल से प्रस्थान किया।

गुनगुनी धूप निकल आयी थी, दस बज चुके थे और युँगस्तुर्वेत स्ट्रीट पर ट्रैफ़िक की मारा-मारी शुरू थी। अब मैं कहाँ जाऊँ? अपनी जेब को थपथपाकर मैंने सुनिश्चित कर लिया कि मेरी पाण्डुलिपि सही-सलामत थी—ग्यारह बजे मुझे सम्पादक से मिलना था। मैं कुछ देर सीढ़ियों पर खड़े-खड़े गली में जीवन की हलचल देखता रहा; इस बीच मेरे कपड़े सूखना शुरू हो चुके थे। भूख छाती को कुतरती हुई लौट आयी थी, शरीर में हल्की-हल्की सुइयों की चुभन और टीसें उठने लगी थीं। क्या एक भी ऐसा दोस्त नहीं था, मेरी पहचान का एक भी शख़्स, जिसके पास मैं जा सकता था? मैंने अपनी स्मृति में दस ओरे दे सकने की औकात का कोई आदमी ढूँढ़ने की कोशिश की और मुझे कोई नहीं मिला। कुछ भी हो, कुल मिलाकर दिन काफ़ी सुहाना था; मेरे आसपास धूप और रोशनी का तारल्य था; किसी शान्त समुद्र सा निरभ्र आकाश सुदूर लिएर हिल्ज़ पर बहता चला जा रहा था. . . .

मुझे एहसास नहीं हुआ, लेकिन मैं घर की ओर जा रहा था।

मैं सच में भूख से मर रहा था, और सड़क पर मुझे चबाने के लिए लकड़ी की एक छिपटी मिल गयी। उससे कुछ राहत मिली। अजीब है कि पहले यह कभी सूझा ही नहीं था।

दरवाज़ा खुला था, अस्तबल में काम करने वाले लड़के ने हमेशा की तरह गुड-मॉर्निंग कहा।

''मौसम अच्छा है!'' वह बोला।

''हाँ,'' मैंने जवाब दिया। बस यही मिला था मुझे कहने को। क्या मैं उससे एक क्रोन माँग सकता था? अगर उसके पास होता, तो वह ज़रूर दे देता। उसके लिए मैंने एक बार एक ख़त भी तो लिखा था।

वह कुछ कहने की सोचता हुआ खड़ा रहा।

''मौसम वाक़ई अच्छा है। हम्म्म। मुझे आज मकान-मालकिन को पैसा देना है। मैं सोच रहा हूँ क्या आप मुझे पाँच क्रोनर दे सकते हैं? सिर्फ़ कुछ दिन के लिए? एक बार पहले भी आपने मेरी मदद की थी।''

''नहीं, येन्स, मैं सच में नहीं दे सकता। अभी नहीं। शायद बाद में, शायद आज ही कभी दिन में।'' और मैं लड़खड़ाते हुए सीढ़ियाँ चढ़ अपने कमरे में चला आया।

मैं बिस्तर पर ढह गया और हँसने लगा। कितना खुशकिस्मत था मैं कि पहल उसने की। मेरी इज्ज़त बच गयी थी। पाँच क्रोनर। ख़ुदा ख़ैर करे। तुम स्टीम-किचन में पाँच शेयर या आकेर में कोई जागीर भी तो माँग सकते थे, भाई।

पाँच क्रोनर की सोच कर मैं ज़ोर-ज़ोर से हँसने लगा। क्या दम-ख़म वाला आदमी था मैं! पाँच क्रोनर! सही आदमी था मैं, भाई! बेहूदगी का मेरा एहसास और भी तीखा होता चला जा रहा था और मैंने होने दिया : उफ़—पकते हुए खाने की गन्ध आ रही है! दोपहर के भोजन के बाद हैमबर्गर स्टेक की तीखी गंध, छिः छिः! और मैंने खिड़की खोलकर इस ख़तरनाक गन्ध को निकाल बाहर करने की कोशिश की। वेटर बीफ़ लाओ भूनकर। जिस डाँवाडोल मेज़ को लिखते समय मैं अपने घुटनों से सहारा देता हूँ, उसके सामने खड़े हो मैं काफ़ी झुककर सलाम बजाता हूँ और पूछता हूँ, "क्या आप एक गिलास वाईन लेना पसंद करेंगे?" "नहीं?" "मैं हूँ तागेन, कैबिनेट मिनिस्टर। बदकिस्मती से मैं देर रात तक बाहर. . . ..चाबियाँ. . . ."

मेरे विचार एक बार फिर बे-लगाम होकर भाग निकले थे। पूरा समय मुझे इस बात का एहसास था कि मैं बकवास कर रहा हूँ, और एक भी शब्द ऐसा नहीं था जिसे मैं सुन या समझ नहीं पा रहा था। मैंने मन-ही-मन कहा : अब तुम फिर बकवास कर रहे हो! और यह मेरे बस की बात नहीं थी। जैसे नींद में बड़बड़ाते समय आप जगे हुए हों। मेरा दिमाग़ शान्त था, न कोई पीड़ा थी, न दबाव, और मेरा मूड एकदम साफ़ और शफ़्फ़ाफ़ था। मैं उड़ निकला था, और ख़ुद पर रोक लगाने की ज़रा भी कोशिश नहीं कर रहा था।

आइए! हाँ, अन्दर आइए न! आप देख सकते हैं, पूरा मणियों का बना है! यीलायाली! यीलायाली! यीलायाली! रेशम का नरम, लाल सोफ़ा! कैसी तेज़ चल रही है इसकी साँस! अब चूम लो न मुझे मेरी जान, और एक बार और। तुम्हारी बाँहें कहरुबा हैं, तुम्हारा मुँह जल रहा है. . . .वेटर, मैंने कहा था बीफ़ भूनकर लाओ. . . .

सूरज मेरी खिड़की में चमक रहा था, नीचे घोड़े अपनी जई चबाते मुझे सुनायी पड़ रहे थे। मैं बैठा अपनी लकड़ी की छिपटी चूस रहा था, मज़े में था, किसी बच्चे सा प्रसन्न। मैं लगातार अपनी पाण्डुलिपि टोह-टोह कर देख रहा था। मैं उसे लेकर सचेत तो नहीं था, लेकिन मेरा अन्तस मुझे उसकी ख़बर दे रहा था, मेरा खून याद दिला रहा था मुझे। अन्त में मैंने उसे अपनी जेब से निकाल लिया।

वह भीग गयी थी, इसलिए मैंने उसे धूप में फैलाकर रख दिया। फिर मैं कमरे में गश्त लगाने लगा। मन इस सब से किस क़दर बैठ रहा था! टिन की छोटी-छोटी कतरनें फ़र्श पर बिखरी पड़ी थीं, लेकिन बैठने को कोई कुर्सी नहीं थी, सूनी दीवारों पर एक कील तक नहीं था। सभी कुछ 'अंकल' के पास पहुँचकर खप चुका था। मेज़ पर कुछेक दर्जन कागज़ जिन पर धूल की एक मोटी पर्त जम चुकी थी, बस यही सामान था मेरा; बिस्तर पर जो पुराना-सा हरा कम्बल था दो माह पहले मुझे हाँस पाउली ने उधार दिया था. . . .हाँस पाउली! मैंने अपनी उँगलियाँ चटकायीं। हाँस पाउली पेत्तर्सेन मदद करेगा मेरी! मैंने उसका पता याद करने की कोशिश की। मैं कैसे भूल गया था उसे! उसे गुस्सा आयेगा यह सुनकर कि मैं सबसे पहले उसी

के पास क्यों नहीं चला आया था। मैंने झट से अपना हैट उठाया, अपनी पाण्डुलिपि सँभाली और तेज़ी से सीढ़ियाँ उतर गया।

"येन्स," मैंने नीचे अस्तबल में आवाज़ लगाते हुए कहा, "मुझे पक्का यक़ीन है मैं दोपहर तक तुम्हारे लिए कुछ कर पाऊँगा।"

मैंने जेल की घड़ी में देखा तो ग्यारह से ऊपर का समय था, लिहाज़ा मैंने तुरन्त अख़बार के दफ़्तर जाने की सोची। सम्पादक के दफ़्तर के बाहर मैंने रुक कर यह सुनिश्चित करने की कोशिश की कि मेरे पन्ने सही क्रम में लगे हैं; मैंने सावधानी से सल निकाल उन्हें सीधा किया, वापस जेब में रख लिया और किवाड़ खटखटाया। मैं अपने दिल को ज़ोरों से धड़कते हुए सुन रहा था।

सिज़र्ज़ हमेशा की तरह काम में मसरूफ़ था। मैंने डरते-डरते सम्पादक के बारे में पूछा। कोई जवाब नहीं। सिज़र्ज़ एक लम्बी कैंची लिए ग्रामीण अख़बारों से छोटी-छोटी ख़बरें काट रहा था।

मैंने अपना सवाल दोहराया और उसके और क़रीब सरक आया।

"सम्पादक अभी नहीं है," आख़िरकार सिज़र्ज़ बिना ऊपर देखे बोला।

"कब तक आयेंगे?"

"कह नहीं सकता, बिलकुल नहीं बता सकता।"

"आफ़िस कब तक खुला रहेगा?"

इसका मुझे कोई जवाब नहीं मिला और मुझे वहाँ से चले आना पड़ा। सिज़र्ज़ ने पूरा समय मुझे आँख उठाकर देखा नहीं था; उसने मेरी आवाज़ सुन रखी थी और इसी से मुझे पहचान गया था। तो तुम्हें इतना जान गये हैं सब यहाँ कि कोई जवाब देने की ज़हमत तक नहीं उठाता। क्या पता सम्पादक ने हिदायत दे रखी हो उसे? यह सच था कि जब से उसने मेरा दस क्रोनर का मशहूर लेख लिया था मैंने काम की झड़ी लगा दी थी, लगभग हर रोज़ ऐसे लेख लेकर उसके दरवाज़े पर आ धमकता था, जो उनके किसी काम के नहीं थे। क्या पता वह इस सिलसिले को बन्द करना चाहता था और मुझे संकेत दे रहा था कि मैं दूर ही रहूँ. . . .मैं होमान डिस्ट्रिक्ट की ओर चलने लगा जहाँ पेत्तर्सेन रहता था।

हाँस पाउली पेत्तर्सेन एक किसान का बेटा था, और एक पाँच-मंज़िला घर की अटारी में रहता था, हाँस पाउली पेत्तर्सेन ग़रीब आदमी था। लेकिन उसके पास अगर एक 'क्रोन भी होता था, तो भी वह कंजूसी नहीं करता था। वह एक क्रोन मुझे मिल जायेगा, जैसे मेरे हाथ ही में आ चुका हो। तो मैं पूरा रास्ता इस एक क्रोन की ख़ुशी मनाता चला जा रहा यह मानकर चलते हुए कि अब जल्दी ही वह मुझे मिल जाने वाला है। जब मैं पहुँचा तो गली का दरवाज़ा बन्द था और मुझे घण्टी बजानी पड़ी।

"मैं मिस्टर पेत्तर्सेन से मिलना चाहता हूँ, वही जो विद्यार्थी है," मैंने कहा और

मैं अन्दर जाने लगा। "मुझे मालूम है उसका कमरा कहाँ है।"

"पेत्तर्सेन?" लड़की ने दोहराया। "क्या वही है यह जो अटारी में रहता था? उसने घर बदल लिया है।" उसे ठीक से नहीं पता था, लेकिन अपनी डाक के लिए उसने तॉलबूद स्ट्रीट पर हेर्मानसेन का नाम दिया था, और लड़की ने वह नम्बर मुझे दे दिया।

मैं तॉलबूद स्ट्रीट तक चलता चला गया इस उम्मीद से और पूरे विश्वास से कि वहाँ जाकर हाँस पाउली का पता पूछ लूँगा। यह मेरा आख़िरी मौका था, मुझे पहुँचना ही था वहाँ। रास्ते में मैं एक घर के सामने से गुज़रा जहाँ दो बढ़ई रंदे से काम कर रहे थे। ढेरी से मैंने दो छीलने उठाईं और उनमें से एक मुँह में रख ली और दूसरी बचाकर जेब में। मैं चलता चला गया। मैं भूख से कराहने लगा था। एक बेकरी वाले की खिड़की में मैंने दस ओरे की एक इतनी बड़ी ब्रेड देखी थी कि यकीन नहीं होता था, इतने पैसे से ख़रीदी जा सकने वाली बड़ी-से-बड़ी ब्रेड. . . .

"मैं यह पता लगाने आया हूँ कि विद्यार्थी पेत्तर्सेन कहाँ रहता है।"

"बेन्ट्ट आँकेर्श स्ट्रीट, नम्बर दस, अटारी।" क्या मैं वहीं जा रहा था? अगर हाँ, तो क्या मैं यहाँ पड़े दो-एक ख़त ले जा सकता हूँ?

मैं शहर के केन्द्र तक वापस चला आया था, उसी सड़क से जो मैंने पहले ली थी, और एक बार फिर मैं बढ़ई लोगों के पास से गुज़रा जो घुटनों के बीच स्टीम-किचन से आये गरम-गरम खाने के डिब्बे लिए बैठे थे। मैं बेकरी के सामने से भी गुज़रा जहाँ वह ब्रेड अब भी पड़ी थी और थकान से अधमरा, आख़िरकार बेन्ट आँकेर्श स्ट्रीट आन पहुँचा। दरवाज़ा खुला था, और भारी-भरकम सीढ़ियाँ चढ़कर मैं अटारी तक पहुँचा। मैंने वे पत्र जेब से निकाल लिये ताकि घुसते ही हाँस पाउली को थमा दूँ, और उसे एकदम से ख़ुश कर दूँ। जब मैं उसे अपना हाल सुनाऊँगा तो वह कभी मुझे मना नहीं करेगा, हाँस ऐसा नहीं करेगा, कभी नहीं, उसका दिल इतना बड़ा था, जैसा कि मैं हमेशा उसके बारे में कहता आया था. . . .दरवाज़े पर उसका कार्ड मिला मुझे : "ह. प. पेत्तर्सेन। धर्म-दर्शन का अध्येता—छुट्टी बिताने घर जा रहा हूँ।"

मैं धप्प से वहीं बैठ गया, नंगे फ़र्श पर, इस क़दर थक-हार कर कि यकीन नहीं होता था। दो-तीन बार किसी मशीन की तरह मैंने दोहराया : "घर जा रहा हूँ!" "घर जा रहा हूँ।" इसके बाद मैं एकदम ख़ामोश हो गया। कोई आँसू नहीं था मेरी आँख में, न कोई सोच, न जज़्बात। आँखें फाड़े मैं ख़तों को देख रहा था, एकदम निश्चल। दस मिनट बीत गये, या फिर बीस या इससे भी ज़्यादा। मैं वहीं-का-वहीं बैठा रहा, उँगली तक हिलाये बिना। यह तन्द्रा लगभग नींद जैसी थी। आख़िरकार मैंने किसी को सीढ़ियों से ऊपर आते सुना; मैं उठ खड़ा हुआ और बोला, "मैं पेत्तर्सेन को ढूँढ़ रहा हूँ, स्टूडेंट—मैं ये खत लाया हूँ उसके लिये।"

"वह घर चला गया है," औरत ने जवाब दिया। "लेकिन छुट्टियों के बाद लौट आयेगा। अगर आप चाहें तो ख़त मेरे पास छोड़ सकते हैं।"

"ओह, मदद के लिए शुक्रिया," मैं बोला। "वह आयेगा तो मिल जायेंगे उसे। हो सकता है ज़रूरी ख़त हों। गुड-मॉर्निंग।"

जब मैं बाहर आ गया, मैं गली के बीचोंबीच रुककर, मुट्ठियाँ भींचे, ऊँचे स्वर में कहने लगा : "मैं एक बात बता दूँ, मेरे प्यारे ख़ुदा, मेरे मालिक : तुम एक तुम-जानते-हो-क्या हो!" फिर गुस्से से सर हिलाते हुए, दाँत पीसते हुए बादलों की दिशा में मैंने दोहराया : "ख़ुदा क़सम तुम एक तुम-जानते-हो-क्या-हो !"

मैं काफ़ी कदम चल लेने के बाद फिर रुका। अचानक अपनी पूरी भंगिमा बदलते हुए मैंने हाथ जोड़ लिये, मुण्डी थोड़ी एक ओर को मोड़कर, नरम और पाखण्ड-भरी आवाज़ में बोला : "क्या तुम अपना कष्ट उसके पास लेकर गये हो, मेरे बच्चे?"

यह ठीक नहीं लगा।

"कैपिटल H", मैं बोला, "कथीड्रल जितने बड़े H।" एक बार और। "क्या तुमने फ़रियाद की है उससे, मेरे बच्चे?" फिर अपना सर नीचे झुकाकर मैंने अपनी आवाज़ में अफ़्सुर्दगी लाते हुए जवाब दिया, "नहीं।"

यह भी ठीक नहीं लगा।

तुम झूठ नहीं बोल सकते, मूरख! हाँ, तुम्हें कहना चाहिए था, हाँ, मैंने अपने ख़ुदा और पिता से फ़रियाद की है। और फिर तुम्हारा लहजा एकदम सही होना चाहिए, शोरबे सी एकदम ऐसी शोकाकुल धुन जिसका कोई जवाब न हो। एकदम सही, शाबाश, एक बार और! आह, यह पहले से बेहतर थी। लेकिन तुम्हें आहें भरना चाहिएँ, पेट-दर्द से पीड़ित घोड़े की तरह। बात ही सारी यह है।

लिहाजा मैं ख़ुद को एक-से-एक नसीहत देता चलता रहा और जब कोई एक मुझे मंज़ूर नहीं होती थी, तो मैं बेसब्री से पैर पटकने लगता और ख़ुद को काठ का उल्लू कहकर डाँटता-फटकारता, जबकि राह चलने वाले चकित हो मुझे मुड़-मुड़ कर देखते।

मैंने बिना रुके अपनी लकड़ी की छीलन को चूसा और लड़खड़ाता हुआ, जितनी तेज़ी से सम्भव था, गली पार करता रहा। मुझे पता ही नहीं चला मैं कब रेलवे स्टेशन के पास के मार्किट स्कवेयर तक पहुँच गया।

गिरजे की घड़ी डेढ़ बजा रही थी। मैं कुछ देर खड़ा सोचता रहा। चेहरे पर हल्के से पसीने का आभास था, जो मेरी आँखों में रिस रहा था। क्या तुम घाट की सैर करना चाहोगे? मैंने ख़ुद से कहा। मेरा मतलब है, सिर्फ़, अगर तुम्हारे पास समय है तो? मैंने झुककर न्यौता स्वीकार किया और रेलवे-स्टेशन के घाट की ओर चल पड़ा।

जहाज़ भरण-तट से हटे हुए थे, समुद्र धूप में हिलोरें ले रहा था। हर तरफ़

व्यस्तता थी, भाप की सीटियाँ, कन्धों पर डिब्बे ढोते मज़दूर, नावों पर सामान चढ़ाने के उत्सवी गीत। एक केक बेचने वाली मेरे क़रीब बैठी थी, उसकी भूरी नाक बिकने वाले माल पर छायी हुई थी : उसके सामने का नन्हा बोर्ड दुष्ट केकों से भरा था, और मैंने बड़े जतन से ख़ुद को वहाँ से हटाया। उसके सामान की गन्ध पूरे जहाज़-घाट पर हावी थी—छिः! खिड़कियाँ खोल दो। मैं अपने पास बैठे आदमी की ओर मुड़ा और मैं जबरन यह मामला उसके हलक़ उतारने लगा कि यहाँ आसपास इस जगह की ज़रूरत से ज़्यादा केक बेचने वाले चले आते हैं, यहाँ केक बेचने वाला, वहाँ, हर जगह—नहीं? कुछ भी हो उसे मानना ही पड़ेगा. . . .लेकिन उस भलेमानस को लगा कुछ गड़बड़ है और इससे पहले कि मैं अपनी बात ख़त्म करता, वह उठ खड़ा हुआ और वहाँ से खिसकता बना। मैं भी उठ गया, और उसके पीछे हो लिया, उसे समझाने कि वह मुझे ग़लत समझ रहा है।

"सिर्फ़ यहाँ सफ़ाई की हालत को मद्देनज़र रखते हुए भी देखा जाये," मैं बोला, और मैंने अपना हाथ उसके कन्धे पर रख दिया।

"माफ़ कीजिए, मैं अजनबी आदमी हूँ और यहाँ की सफ़ाई की हालत के बारे में कुछ नहीं जानता," उसने जवाब दिया और मेरी तरफ़ ख़ौफ़ से देखने लगा।

"अगर आप अजनबी आदमी हैं, तो बात बिलकुल अलग है. . . .क्या मैं आपकी मदद कर सकता हूँ? क्या मैं आपको घुमा सकता हूँ? वाक़ई नहीं? मेरे लिए यह ख़ुशी की बात होगी, आपको कुछ देना-वेना नहीं पड़ेगा मुझे. . . ."

फिर भी वह बुरी तरह मुझसे पीछा छुड़ाना चाहता था और गली क्रॉस कर, वह दूसरी ओर के फुटपाथ पर चला गया।

मैं अपने बेञ्च की ओर लौट आया और बैठ गया। मेरी ज़हनी हालत खस्ता थी और गली में बजने वाले विराट ऑर्गन से और भी बिगड़ रही थी। तेज़ मशीनी-सा संगीत था, वेबर का कोई अंश और जिसकी संगत में एक छोटी-सी लड़की एक रंजीदा गीत गा रही थी। आर्गन की दुखभरी, बाँसुरी-सरीखी ध्वनि मुझमें काँप रही थी, मेरी नसें किसी साउडिंग बोर्ड की तरह थरथरा रही थीं और एक क्षण बाद मैं बेञ्च पर पीछे की ओर लुढ़क गया और संगीत के साथ कराहने और गुनगुनाने लगा। भूख में कितनी ऊट-पटांग चीज़ों से मन के भाव चिपट जाते हैं! मैं बजते हुए सुरों में खिंचता और घुलता चला गया, मैं हवा में बहना शुरू हो गया और मैं अच्छे से देख सकता था मैं किन चीज़ों के ऊपर से बह रहा हूँ, पर्वतों के बहुत ऊपर से, झिलमिलाते क्षेत्रों पर से लहरदार नृत्य में. . . .

"एक ओरे!" संगीतकार की बेटी बोली, और उसने अपनी छोटी-सी टीन की प्लेट बढ़ा दी, "सिर्फ़ एक ओरे!"

"हाँ!" मैंने यंत्रवत् उत्तर दिया, जेबें टटोलते हुए उछलकर खड़ा हो गया। बच्ची, हालाँकि यह सोचती रही कि मैं उसका मज़ाक उड़ा रहा हूँ और वह बिना

एक शब्द बोले पीछे हट गयी। उसकी मूक निरीहता मेरे लिए असह्य थी; अगर वह मुझे डाँट देती, तो मैं बेहतर महसूस करता। "मेरे पास एक भी ओरे नहीं है," मैं बोला। "लेकिन मैं बाद में तुम्हें ज़रूर कुछ दूँगा, शायद सुबह। क्या नाम है तुम्हारा? बड़ा अच्छा नाम है, मैं भूलूँगा नहीं। कल मिलते हैं. . . ."

मुझे मालूम था उसने मेरी बात का विश्वास नहीं किया, हालाँकि वह एक भी शब्द नहीं बोली थी, और मैं दुख से कराह उठा क्योंकि इस नन्ही बेघर जान ने मेरा विश्वास नहीं किया था। आख़िर में मैंने उसे वापस बुला लिया, अपने कोट को हड़बड़ी में उतारा, और उसे अपनी वास्कट देने लगा।

"सब ठीक किये देता हूँ मैं," मैं बोला। "एक मिनट रुको तो सही. . . ."

वास्कट नहीं थी!

मैं ढूँढ़ कैसे रहा था उसे! कई हफ़्ते से वह मेरे पास नहीं थी! मुझे हो क्या गया था? वह हैरान लड़की और नहीं रुकी, वह सावधानी से पीछे हटी और चली गयी। मैंने उसे जाने दिया, और कर भी क्या सकता था? मेरे आसपास लोग इकट्ठा हो गये थे, ठहाके लगा रहे थे, एक पुलिस वाला जबरन भीड़ में से रास्ता बनाते हुए मेरे पास आया और पूछने लगा कि क्या चल रहा है।

"कुछ नहीं," मैंने जवाब दिया, "कुछ भी तो नहीं। मैं सिर्फ़ उसे अपनी वास्कट देना चाहता था. . . .उसके पिता के लिए. . . .आप लोगों को खड़े-खड़े इस बात पर हँसना थोड़े ही चाहिए। मुझे सिर्फ़ घर जाकर दूसरी ही तो पहननी पड़ती न।"

"शान्ति भंग मत करो!" पुलिस वाला बोला।

"चलो, चलो यहाँ से!" और वह मुझे धकियानी लगा, "क्या ये तुम्हारा सामान है?" वह पीछे से चिल्लाया।

"हाँ, हे भगवान, मेरा लेख, मेरे ज़रूरी काग़ज़! मैं इतना लापरवाह कैसे हो सकता हूँ?"

मैंने लपककर अपनी पाण्डुलिपि वापस ले ली, देखा कि पन्ने सही क्रम में लगे थे, और फिर बिना रुके या इधर-उधर नज़र घुमाये मैं अख़बार के दफ़्तर की ओर चल दिया। गिरजे की घड़ी चार का समय बता रही थी।

दफ़्तर बन्द था। मैं चुपके से सीढ़ियाँ उतर आया, किसी चोर की तरह डरा हुआ, और असमंजस में बाहर आकर गली में खड़ा हो गया। अब मुझे क्या करना चाहिए? मैं इमारत का सहारा लेकर खड़ा हो गया, पटरी की तरफ़ देखा मैंने और सोचने लगा। मेरे पाँव के पास एक बक्सुआ पड़ा चमक रहा था; मैं झुका और मैंने उसे उठा लिया। अगर मैं अपने कोट के बटन उतार लूँ, तो मुझे क्या मिलेगा उनके बदले? शायद ऐसा करने में कोई तुक नहीं है। बटन तो बटन हैं, हालाँकि हर तरफ़ से उन्हें देखने पर लगता था कि वे बिलकुल नये बटनों जैसे हैं। कुछ भी हो, ऐसा किया जा सकता था, मैं अपने चाकू के ब्लेड से उन्हें काट सकता था और गिरवी

रखने जा सकता था। इन पाँच बटनों को बेचने की उम्मीद में मैं एकदम ख़ुश हो उठा और बोला : "देखा, सब ठीक हो जाने वाला है!" मेरी ख़ुशी मुझ पर हावी हो गयी, और मैं तुरन्त एक-एक कर सब बटन उतारने लगा। इस दौरान मैं अपने साथ ख़ामोश गपशप करता रहा।

"देखो ऐसा है, कभी-कभी ऐसा दौर भी आता है कि आदमी को पैसे की दिक़्कत पेश आती है, घड़ी-दो-घड़ी के लिए ही तो. . . .बुरी तरह थक गये हो? इतने अन्धाधुंध बयान मत देते फिरो भाई। कोई ऐसा आदमी दिखाओ जो मुझसे कम बटन घिसाता हो। मैं हर समय अपना कोट खुला रखता हूँ, सच बात तो यह है; यह मेरी सनक बन गयी है, आदत कह लो. . . .नहीं, नहीं, अगर तुम नहीं चाहते तो न सही। लेकिन मुझे कम-से-कम दस ओरे तो मिलने चाहिए न. . . .या ख़ुदा, यह किसने कह दिया तुम्हें यह करना *ही* पड़ेगा? बस बकवास बन्द करो और मुझे अकेला छोड़ दो. . . .ठीक है, ठीक है, जाओ, *बुला लाओ* जाकर पुलिस को। जब तक तुम किसी पुलिस वाले को ढूँढ़ रहे हो, मैं बैठा हूँ न यहाँ। और मैं एक चीज़ भी चुरा नहीं ले जाऊँगा यहाँ से. . . .हाँ, गुड-डे! गुड-डे! मेरा नाम असल में तांगेन है, मैं देर रात तक. . . ."

कोई सीढ़ियाँ उतर रहा था। मैं एकदम हक़ीकत में लौट आया, सिज़र्ज़ को पहचान लिया मैंने और सावधानी से बटन अपनी जेब में रख लिये। वह चुपके से निकल जाने की कोशिश कर रहा था, मेरे सलाम का कोई जवाब नहीं दिया उसने और अचानक बड़े ग़ौर से अपने नाखूनों को देखने लगा। मैंने उसे रोक कर सम्पादक के बारे में पूछा।

"वे बाहर गये हैं।"

"तुम झूठ बोल रहे हो!" मैं बोला। फिर ऐसी धृष्टता से जिससे मैं ख़ुद चकित था, मैं बोलता रहा : "मुझे बात करनी है उनसे; एकदम ज़रूरी। गवर्नर-निवास से मुझे कुछ जानकारी मिली है।"

"क्या तुम मुझे नहीं बता सकते?"

"तुम्हें?" मैं बोला और उस पर एक मुरझा देने वाली निगाह डाली। इससे मदद मिली। वह वापस सीढ़ियाँ चढ़ गया और दरवाज़ा खोल दिया उसने। मेरा कलेजा मुँह को आ गया। मैंने दाँत भींच कर ज़रा हिम्मत बटोरने की कोशिश की, दस्तक दी और सम्पादक के दफ़्तर में प्रविष्ट हो गया।

"तुम हो! गुड-डे!" वे ख़ुशी-ख़ुशी बोले। "बैठो।"

अगर वे मुझे तुरन्त बाहर निकाल देते तो मेरे लिए ज़्यादा आसान होता; मैं रोने को हुआ जा रहा था, और बोला, "मुझे क्षमा करें. . . ."

"बैठो न," उन्होंने फिर कहा।

तो मैं बैठ गया और समझाने लगा कि मेरे पास एक लेख है जिसे मैं तहे-दिल

से उनके अख़बार में छपा देखना चाहता था। मैंने कड़ी मेहनत से लिखा था उसे, बहुत काम किया है उस पर मैंने।

"मैं पढ़ूँगा," वे उसे लेते हुए बोले। "यह सही है कि तुम जो कुछ भी लिखोगे मेहनत तो करनी पड़ेगी; तुम्हारे साथ सिर्फ़ एक ही दिक़्क़त है कि तुम बहुत उत्तेजना में काम करते हो। काश तुम ज़रा-सा सन्तुलित रहने की कोशिश करते! बुखार हरदम तेज़ ही रहता है तुम्हारा। खैर, मैं पढ़ूँगा।" फिर वे अपने डेस्क पर रखा काम देखने लगे।

वहाँ बैठा रह गया मैं। क्या मेरी हिम्मत थी उनसे एक क्रोन माँगने की? क्या मैं बता दूँ उन्हें कि मेरा बुखार तेज़ क्यों रहता है हरदम? वे यकीनन मेरी मदद करेंगे; पहले भी कर चुके हैं।

मैं उठ खड़ा हुआ। हम्म्म! जब मैं पिछली बार यहाँ आया था तो वे पैसे की कमी को लेकर शिकायत कर रहे थे और उन्होंने एक संदेशवाहक को बाहर भेजा था ताकि वह मेरे लिए कुछ पैसा ढूँढ़ निकाले। क्या पता अब भी ऐसा हो। यह तो बुरी बात होगी। क्या मैंने पहले से ही देख नहीं लिया था कि वे काम कर रहे थे?

"और कुछ था?" उन्होंने पूछा।

"नहीं!" मैंने कहा, और अपनी आवाज़ में दम लाने की कोशिश की। "अब मैं कब आऊँ आपके पास?"

"जब भी सुविधा हो," वे बोले। "दो-एक दिन में।"

जो अनुरोध मैं करना चाहता था, ओठों तक ला ही नहीं पाया। इस आदमी की आत्मीयता का बयान ही नहीं किया जा सकता था, और मुझे पता होना चाहिए इसकी कद्र कैसे करनी है। भूख से मर जाना बेहतर है। लिहाज़ा मैं चला आया।

मुझे एक बार भी, तब भी नहीं जब मैं बाहर निकल आया और मेरी भूख लौट आयी, इस बात का ज़रा भी अफ़सोस नहीं हुआ मुझे कि मैंने वह एक क्रोन क्यों नहीं माँग लिया। मैंने लकड़ी की दूसरी छीलन जेब से निकालकर मुँह में रख ली। एक बार फिर राहत महसूस हुई। मैंने पहले कभी ऐसा क्यों नहीं कर देखा था? लानत है तुम पर! मैंने ऊँचे स्वर में कहा। क्या तुम वाक़ई इस आदमी से एक क्रोन माँगकर उसे एक बार फिर शर्मिंदा करने की सोच रहे थे? और मैं ख़ुद से इस बात पर सख़्त नाराज़ हो गया कि मैं क़रीब-क़रीब इस बेहयायी पर उतर आया था। "या ख़ुदा, इससे कमीनी बात क्या हो सकती है!" मैं बोला। "किसी आदमी को पड़ जाओ और लगभग आँखें ही नोच डालो उसकी सिर्फ़ इसलिए कि तुम्हें एक क्रोन की ज़रूरत है, निकम्मे कुत्ते! चल अब, कर मार्च! तेज़! तेज़ चल, भडुए! मैं बताता हूँ तुझे!"

मैंने ख़ुद को सजा देने के लिए भागना शुरू कर दिया, अपने पीछे एक से

दूसरी गली छोड़ता हुआ, अन्दर-ही-अन्दर ताने मारते हुए मैं ख़ुद को धकिया रहा था, और जैसे ही रुकने का मन होता मैं ख़ुद पर ख़ामोशी और गुस्से से चिल्लाने लगता। इतनी मशक़्क़त कर मैं पाइल स्ट्रीट तक आन पहुँचा। जब मैं अन्त में रुक ही गया, गुस्से से लगभग रोता हुआ कि मैं और नहीं भाग सकता था, मेरा पूरा जिस्म काँपने लगा, और मैंने ख़ुद को एक घर के चबूतरे पर ढेर कर लिया। "इतना तेज़ नहीं।" मैं बोला। और ख़ुद को ठीक से यातना देने के लिए मैं उठ खड़ा हुआ और जबरन खड़े रहने की कोशिश करने लगा, ख़ुद पर हँसता और अपनी थकान की शेखी बघारता हुआ। अन्त में, कुछ मिनट बाद, मैंने सिर हिलाया और ख़ुद को बैठ जाने की अनुमति दे दी। हालाँकि मैंने चबूतरे पर सबसे कष्टकारी जगह ही चुनी।

ख़ुदाया, मेरे मालिक, कितना सुख था आराम करने में! मैंने अपने चेहरे का पसीना सुखाया और हवा के बड़े-बड़े और स्वच्छ साँस खींचने लगा। कैसे भागा था मैं! लेकिन मुझे कोई अफ़सोस नहीं था, अच्छा मज़ा चखाया था मैंने ख़ुद को। आखिर क्यों मैंने एक क्रोन माँगना चाहा था? देखा, अब ले लिया मज़ा! तो अब मैं ख़ुद से नरमी से बात करने लगा, माँ की तरह सलाहें देने लगा। मैं और-से-और भावुक होने लगा; थका और कमज़ोर, मैं रोने लगा—ख़ामोश अंदरूनी रुदन, भीतरी सुबकियाँ, एक भी आँसू के बिना।

क़रीब पंद्रह मिनट मैं वहाँ बैठा रहा। लोग आ-जा रहे थे, और कोई मुझे परेशान नहीं कर रहा था। छोटे बच्चे मेरे आसपास खेल रहे थे, गली के दूसरी ओर किसी पेड़ में एक छोटी-सी चिड़िया गाना गा रही थी।

एक पुलिस वाला मेरे क़रीब आया और बोला, "तुम यहाँ क्यों बैठे हो?"

"मैं यहाँ क्यों बैठा हूँ?" मैंने पूछा। "मज़े के लिए।"

"मैं आधे घण्टे से तुम्हें देख रहा हूँ," वह बोला। "आधे घण्टे से यहीं बैठे हुए हो न तुम?"

"लगभग," मैंने जवाब दिया। "तो?" मैं गुस्से में उठ खड़ा हुआ और वहाँ से खिसक गया।

मार्किट वापस पहुँचने पर, मैं रुका और मैंने गली को देखा। मज़े के लिए! यह किस क़िस्म का जवाब था? थकान के मारे, तुम्हें कहना चाहिए था, और फिर तुम्हें अपनी आवाज़ रुँधा लेनी चाहिए थी—मूरख, तुम सही मायनों में कभी पाखण्ड नहीं कर सकते! थकान से निढाल होकर! और तुम्हारे घोड़े की तरह ठण्डी साँसें भरना चाहिए थीं।

आग के महक़मे के सामने से गुज़रते हुए मैं फिर ठहर गया, एक नया भूत सवार हो गया था मुझ पर। मैंने अपनी उँगलियाँ चटकायीं, ज़ोर का ठहाका लगाया जिसे सुन आने-जाने वाले लोग हैरान रह गये और बोला, "तुम्हें करना यह चाहिए

कि पास्तर लेविसन के यहाँ जाना चाहिए! खुदा कसम ठीक यही करोगे तुम। ख़ैर, कोशिश करने में कोई हर्ज नहीं। तुम्हारा क्या बिगड़ेगा? फिर मौसम भी तो इतना बढ़िया है।''

मैंने पाशा के पुस्तक-भण्डार जाकर, किसी डायरेक्टरी में पता ढूँढ़ निकाला और उस ओर चल दिया। ''अब यह गम्भीर मामला है।'' मैं बोला। ''कोई मसखरापन नहीं अब! अन्तरात्मा, तुम कहते हो! बकवास—अन्तरात्मा जैसी किसी चीज़ के लिए तुम बहुत ग़रीब आदमी हो! तुम भूखे हो, भूखे, यह अब एक गम्भीर मामला है, फ़ौरन हल करना होगा! लेकिन तुम्हें अपना सिर टेढ़ा किये अपनी आवाज़ में कुछ लय लानी होगी। तुम ऐसा नहीं करना चाहते? ठीक है, तब तो मैं एक भी कदम तुम्हारे साथ नहीं चलूँगा और यह बात ठीक से समझ लो अब : तुम भंयकर कष्ट में हो, तुम अन्धकार की ताकत से जूझते रहे हो, अँधेरे में मौन पिशाचों से, इतना विराट अन्धकार कि सोच कर ही दहशत पैदा होती है, तुम शराब और दूध के भूखे और प्यासे हो, और उन्हें ग्रहण नहीं करते। यह तो हालत है तुम्हारी। अब तुम यहाँ खड़े हो, कोई टाँकेवाला तक तुम्हारी परवाह नहीं करेगा। फिर भी ख़ुदा की रहमत पर तुम्हें यकीन है, शुक्र है ख़ुदा का, तुम्हारी आस्था अभी बरक़रार है! अब आगे यह करो कि अपने हाथ जोड़ो और दिखा दो कि ख़ुदा की रहमदिली पर भरोसा करने में तुम तीसमारखाँ हो! जहाँ तक धनदेवता का सवाल है, तुम उसके सारे किये-धरे और उसके तौर-तरीक़े से नफ़रत करते हो, स्तोत्र-संग्रह की बात और है—दो क्रोनर, बतौर निशानी इसे याद रखने के लिए।'' मैं रुक गया और पास्तर के दरवाज़े पर मैंने पढ़ा : ''दफ़्तर का समय : 12-4''

''अब बकबक नहीं।'' मैं बोला।

''गम्भीरता से काम लो! तो अच्छा, सिर झुकाओ, थोड़ा और. . . .'' मैंने घण्टी बजा दी।

''मैं पास्तर से मिलने आया हूँ,'' मैंने उस लड़की से कहा जिसने दरवाज़ा खोला था। मैं इस प्रश्न में ख़ुदा का नाम जोड़ नहीं पा रहा था।

''वे यहाँ नहीं हैं,'' वह बोली।

यहाँ नहीं है। यहाँ नहीं हैं! मेरी योजना धरी की धरी रह गयी थी, मैं जो कुछ भी कहना चाहता था, सब तहस-नहस हो चुका था इतनी दूर चलकर आने का क्या लाभ हुआ मुझे? मैं खड़ा रहा।

''कोई ख़ास बात थी?'' लड़की ने पूछा।

''नहीं, नहीं!'' मैंने जवाब दिया। ''बिलकुल नहीं! सिर्फ़ यही कि इतना ग़ज़ब का मौसम ख़ुदा ने भेजा है और मैं बाहर निकलकर सलाम कहना चाहता था।''

मैं वहीं खड़ा रहा और वह वहीं खड़ी रही। मैंने एहतियात से अपने सीने को तान लिया ताकि वह देख सके कि मेरे कोट पर बक्सुए लगे हैं; मैंने आँखों से उसे

याचना की ताकि वह देख सके मैं क्यों आया था वहाँ; लेकिन वह बेचारी जान, कुछ भी समझ नहीं पायी।

"हाँ, ग़ज़ब का मौसम है। क्या पास्तर की पत्नी घर पर हैं?"

"हैं वे, लेकिन वे गठिया से पीड़ित हैं और सोफ़े पर लेटे रहना पड़ता है उन्हें और वे चल-फिर नहीं सकतीं. . . ." क्या मैं संदेश छोड़ना चाहूँगा?

"नहीं, धन्यावाद। मैं यूँ ही बीच-बीच में सैर के लिए निकल पड़ता हूँ, कसरत हो जाती है दोपहर के भोजन के बाद हवा एकदम स्वच्छ थी।"

मैं वापस चल दिया। बकबक करने का क्या फ़ायदा था? और फिर मेरा सर चकराने लगा था : सवाल ही नहीं था, मैं अब ढह जाने वाला था, वास्तव में दफ़्तर का समय : 12-4। एक घण्टा देर से दस्तक दी थी मैंने : अनुकम्पा का समय ख़त्म हो चुका था!

मेन मार्किट में चर्च के क़रीब जाकर मैं एक बेञ्च पर बैठ गया। कितना सियाह नज़र आ रहा था मेरे आसपास का दृश्य, या ख़ुदा! मैं इतना थका था कि रो भी नहीं सकता था, मेरी ताक़त का आखिरी अंश भी ख़त्म हो चुका था, मैं किसी भी ख़याल या मनसूबे से ख़ाली वहाँ बैठा था, निश्चल बैठा था और भूख से मर रहा था। सबसे ज़्यादा जलन मेरी छाती में हो रही थी, एक दुष्ट-सी चुभन जो हर समय भीतर चलती रहती थी। लकड़ी की छीलन को चबाने से अब कोई राहत महसूस नहीं होती थी; मेरे दाँत निष्फल श्रम से थक चुके थे और मैं उन्हें आराम करने दे रहा था। मैं हार चुका था। इस सब के अलावा एक भूरे-से सन्तरे के छिलके से जो मुझे सड़क पर पड़ा मिला था और जिसे तुरन्त चबा डाला था मैंने, अब मेरा जी मितलाने लगा था। मैं बीमार था; मेरी कलाई पर मेरी नब्ज की नाड़ी नीली सूजन में उभर आयी थी।

मैं किस चीज़ का इन्तजार कर रहा था? पूरा दिन मैं ख़ुद को ज़िन्दा रखने के लिए एक क्रोन का जुगाड़ करने इधर से उधर भागता रहा था। इस बात से क्या फ़र्क पड़ता है, सच में, जो होना ही है वह एक दिन पहले हो या बाद में? अगर मेरे होश ठिकाने होते तो मैं काफ़ी पहले ही घर जाकर आराम से लेट गया होता और सब छोड़ चुका होता। एक क्षण के लिए मेरा दिमाग़ एकदम साफ़ सोचने लगा था। मैं मर जाने वाला था; पतझड़ आ चुका था और हर चीज़ नींद में डूब जाने वाली थी। मैंने सब कुछ कर देखा था, एक भी सम्भावना नहीं छोड़ी थी। मैंने इस विचार को भावुकतावश अपना लिया और जैसे ही मुझे फिर उम्मीद की कोई किरण नज़र आती, मैं इनकार के स्वर में खुसफुसाने लगता : "मूरख, तुम, तुम्हारा पूरा-का-पूरा शरीर मरना शुरू हो चुका है!" मुझे करना यह चाहिए कि मैं कुछ ख़त वग़ैरह लिखकर रख लूँ, हर चीज़ की तैयारी करूँ और ख़ुद को भी तैयार रखूँ। मैं अच्छे से साफ़ कर लूँगा ख़ुद को, बिस्तर ठीक से बना लूँगा; लिखने के

काग़ज़ की ढेरी पर अपना सिर टिका लूँगा, और हरे कम्बल को. . . .

हरा कम्बल! मैं सहसा जाग उठा था, ख़ून मेरे सर तक चढ़ आया था और मेरा दिल उछल पड़ा था। मैं उठा और चलने लगा, एक बार फिर प्राण लौट आये थे मेरे, और मैं बार-बार इन टूटे-फूटे शब्दों को दोहरा रहा था : हरा कम्बल! हरा कम्बल! मैं तेज़-तेज़ चलने लगा जैसे कुछ भूल आया होऊँ, और कुछ मिनट के बाद मैं घर पहुँच चुका था, लोहार की दुकान में।

एक क्षण भी रुक कर, अपने इरादे को कमज़ोर किये बिना, मैं पलंग के पास गया और हाँस पाउली के कम्बल को समेट लिया। अगर यह कमाल का विचार भी मुझे बचा नहीं सकता, तो यह विचित्र बात होगी! जो मूर्खतापूर्ण शंकाएँ मुझे हुई थीं उनसे कहीं ऊपर उठ चुका था मैं; मैं उन सबको विदा कर चुका था। न मैं कोई हीरो था, न मति मारी गयी थी मेरी, मेरे होशो-हवास कायम थे. . . .

फिर मैंने कम्बल बगल में दबाया और स्टेनेर्ज़ स्ट्रीट पहुँच गया।

मैंने दरवाज़ा खटखटाया और पहली बार एक बड़े-से कमरे में दाखिल हुआ; दरवाज़े पर लगी घण्टियाँ एक साथ बुरी तरह भीषण रूप से बज उठीं। बाजू के कमरे से एक आदमी कुछ चबाता हुआ हाज़िर हुआ, उसका मुँह खाने से भरा हुआ था और वह काउंटर के पीछे आकर खड़ा हो गया।

''क्या आप मेरे चश्मे के लिए मुझे आधा क्रोन दे सकते हैं?'' मैंने कहा। ''दो-एक दिन में पक्का छुड़वा लूँगा।''

''क्या? लेकिन क्या फ्रेम स्टील का नहीं है?''

''हाँ।''

''नहीं, मैं नहीं लूँगा।''

''ख़ैर, जाने दीजिए, आप शायद ठीक कहते हैं। मैं मज़ाक कर रहा था। लेकिन यह रहा एक कम्बल जिसकी मुझे ख़ास ज़रूरत नहीं है, और मैंने सोचा शायद आप इसे ले सकते हैं।''

''दुर्भाग्य से मेरा एक पूरा स्टोर बिस्तरों से अटा पड़ा है,'' उसने जवाब दिया। जब मैंने कम्बल खोला, वह उस पर नज़र दौड़ाते हुए ऊँचे स्वर में बोला, ''आप माफ़ करें मुझे, यह मेरे किसी काम का भी नहीं है!''

''मैं पहले ख़राब हिस्सा दिखा देना चाहता था,'' मैं बोला। ''दूसरी तरफ़ से काफ़ी अच्छा है।''

''नहीं, नहीं, इससे कोई फ़र्क नहीं पड़ता, मुझे नहीं चाहिए यह और आपको कोई इसके बदले में दस ओरे भी देने वाला नहीं है।''

''मुझे मालूम है इसका कुछ नहीं मिलेगा,'' मैं बोला, ''लेकिन मैंने सोचा कि अगर इसे किसी दूसरे पुराने कम्बल के साथ नीलाम किया जाये, तो शायद यह भी चला जायेगा।''

"नहीं, नहीं, यह नहीं जायेगा।"

"पच्चीस ओरे?" मैंने कहा।

"सुनिए, मैं नहीं लूँगा इसे, मुझे अपनी दुकान में नहीं रखना है इसे!" तो मैं कम्बल को बगल में लिये घर वापस चला आया। मैंने ऐसा दिखाने की कोशिश की जैसे कुछ न हुआ हो, हमेशा की तरह सल निकाले और जो कुछ मैं कर गुज़रा था, उसका हर संकेत मिटा डाला मैंने। जब मैंने यह करतूत करने का फ़ैसला किया तो हो ही नहीं सकता कि उस वक्त मेरा दिमाग़ ठीक रहा हो। मैं एकाएक ज़रूर कमज़ोर पड़ गया होऊँगा, भीतर, कहीं गहरे में, मेरी ताकत जाती रही होगी, लिहाज़ा मैं सम्भल नहीं पाया। ऐसा भी नहीं है कि मैं आँखें मूँदकर गड्ढे में जा गिरा था, मैं उसी समय ताड़ गया था कि कुछ ग़लत हो रहा है, और मेरी पहली कोशिश तो ज़ाहिरा तौर पे अपने चश्मे को लेकर थी और मैं बेहद ख़ुश था कि यह पाप मैं नहीं कर पाया था, जिससे मेरी अन्तिम घड़ी पर कलंक लग जाता।

मैं टहलकर फिर सड़क पर निकल आया।

एक बार फिर मैं गिरजे के पास किसी बेञ्च पर आ बैठा, अपना सिर छाती पर झुकाये ऊँघने लगा, हाल की उत्तेजना के बाद शिथिल पड़ा हुआ, भूख से पीड़ित और निढाल। समय गुज़रता रहा।

मैंने एक घण्टा बाहर गुज़ार लिया, घर की बनिस्बत बाहर थोड़ी ज़्यादा रोशनी थी; मुझे यह भी सूझ गया कि बाहर निकलकर मेरी छाती का दर्द इतना तेज़ नहीं था। फिर भी मैं जल्दी ही अपने कमरे में चला जाऊँगा।

लिहाज़ा मैं ऊँघता और सोचता और तल्ख़ दर्द महसूस करता बैठा रहा। मुझे एक छोटा-सा पत्थर मिल गया था, जिसे पॉलिश कर मैंने अपने मुँह में रख लिया था ताकि चूसने को कुछ हो जाये; अलावा इसके मैं बदन में एक रेशा तक नहीं हिला रहा था, आँखें भी नहीं। लोग आते और जाते रहे। घोड़ा-गाड़ियों के शोर, घोड़ों के शोर और बातचीत से हवा भरी हुई थी।

मैं बटन देकर तो देख सकता था न? इससे फ़ायदा तो, ज़ाहिर है, नहीं होने वाला था, और फिर मैं वास्तव में काफ़ी बीमार था। लेकिन मैंने सोचकर देखा, तो क्या मैं लगभग 'अंकल'—मेरे अपने 'अंकल'—से होता हुए घर नहीं जा रहा था?

आखिर मैं उठ खड़ा हुआ और गली में चलने और लड़खड़ाने लगा। मेरी भवों के ऊपर ज़लन-सी महसूस होने लगी मुझे, बुखार आने वाला था, और मैं जितनी तेज़ी से चल सकता था, चलने लगा। मैं बेकरी के पास से गुज़रा जहाँ खिड़की में ब्रेड रखी हुई थी। अब, मैंने सविस्तार निर्णयात्मकता से कहा, हम यहाँ नहीं रुकेंगे! लेकिन मान लो मैं अन्दर जाकर ब्रेड का एक टुकड़ा माँग लूँ तो? यह सिर्फ़ एक विचार था, भागता हुआ-सा एक विचार। उफ़्फ़! मैं सिर हिलाते हुए खुसफ़ुसाया।

मैं ख़ुद को व्यंग्यपूर्वक देखता चला जा रहा था। मैं अच्छे से जानता था कि उस दुकान से कुछ मुफ़्त पा जाने की उम्मीद करना बेकार है। रेपस्लागेर स्ट्रीट पर दो प्रेमी एक दरवाज़े पर खड़े खुसफुसा रहे थे; कुछ और आगे एक लड़की खिड़की से अपना सिर बाहर किये खड़ी थी। मैं इतना धीमे-धीमे और सोच में डूबा हुआ चल रहा था कि ऐसा मालूम पड़ता था कि मेरे ज़हन में तरह-तरह की चीज़ें एक साथ चल रही हैं—तो लड़की घर से बाहर निकल आयी।

"कहो क्या हाल हैं तुम्हारे आज, प्यारे? ओह, हे भगवान, तुम बीमार हो क्या? तुम्हारे चेहरे को क्या हुआ है?" वह फ़ौरन घर में वापस घुस गयी।

मैं रुक गया। आख़िर हुआ क्या था मेरे चेहरे को? क्या मैंने वाक़ई मरना शुरू कर दिया था; मैंने अपने गालों को छूकर देखा : दुबले थे, स्वाभाविक था मैं दुबला हो गया था; मेरे गाल दो कटोरियों की तरह खोखले थे—ख़ुदाया! मैं चलता रहा।

लेकिन मैं एक बार फिर रुक गया। मैं अविश्वसनीय रूप से दुबला हो चुका होऊँगा। मेरी आँखें शीघ्र ही पूरी-की-पूरी सिर में धँस कर पीछे चली जायेंगी। मैं असल में कैसा लगता हूँ? यह आखिर हो क्या रहा है कि कोई आदमी भूख के मारे एक अजूबे में तब्दील हो चुका है? मुझे फिर क्रोध का एहसास हुआ, एक अन्तिम भड़क, मांसपेशीय ऐंठन। "क्या हुआ है तुम्हारे चेहरे को, हैं?" यह चला जा रहा था मैं, देश का बेहतरीन भेजा लिए घूम रहा था, और दो भिंची हुई मुट्ठियाँ जो, ख़ुदा मदद करे मेरी, समुद्री जहाज़ को लादने वाले किसी मज़दूर की धज्जियाँ उड़ा सकती थीं, चूरण बना सकती थीं उसका, और मैं क्रिस्तिआनिया नाम के शहर के बीचोंबीच एक अजूबे में तब्दील हो चुका हूँ! इसमें कोई तर्क या तुक थी? मैं सोते-जागते किसी पादरी की घोड़ी की तरह काम में जुता रहा हूँ; पढ़ते-पढ़ते मेरी आँखें खोलों में से फूट निकली हैं, और मेरे सर के बाल भी भूख से मरकर झड़ गिरे हैं—है कोई जहन्नुम में जो बताये, आख़िर किसलिए? गली में चलती वेश्याएँ तक मुझे देख भाग खड़ी होती हैं ताकि उन्हें मेरी ओर देखना न पड़े। लेकिन अब इस सबका अन्त हो जाने वाला है—सुन रहे हो तुम—अन्त और जहन्नुम लील जाये इस सबको!. . . .भड़कते हुए क्रोध से, मैं हताश होकर दाँत पीसता रहा, सुबकता और श्राप देता, भीषण गर्जना करता चलता रहा, राहगीरों की परवाह किये बगैर। मैं फिर से अपने माँस के पुतले को यातना देने लगा, खम्भे पर सर पटकता, नाखूनों को हाथों के पिछली ओर गहरा गाढ़ता, स्पष्ट उच्चारण न करने पर ज़बान को पागलों की तरह काट खाता और ख़ुद को अच्छी-ख़ासी पीड़ा देने में बुरी तरह हँसने लगता।

हाँ, लेकिन मैं करूँ क्या? मैंने आखिरकार ख़ुद से कहा। फिर पटरी पर बार-बार पाँव पटककर दोहराता रहा, मैं क्या करूँ?

पास से गुज़रता एक आदमी मुस्कराकर बोला : "तुम जाकर उनसे कह सकते

हो वे तुम्हें बन्द कर लें।"

मैं उसे जाते हुए देखने लगा। वह एक प्रख्यात लेडी-किलर था जिसे सब 'द ड्यूक' कहकर बुलाते थे। वह भी मेरी हालत नहीं समझता था, जिसे मैं जानता था, जिसके साथ हाथ मिला चुका था मैं। मैं एकदम निश्चल खड़ा रहा। बन्द कर लें? इसका मतलब, मैं पागल था, और यह सच था। मुझे अपने खून में पागलपन महसूस हो रहा था, अपने मस्तिष्क में दौड़ते हुए मैं महसूस कर सकता था उसे। तो मेरी यह नियति होने वाली है? हाँ, हाँ! मैं फिर अपनी धीमी, ग़मगीन चाल से चलने लगा। वहीं मेरी कश्ती किनारे लगेगी।

सहसा मैं एक बार फिर रुक गया। लेकिन बन्द नहीं होना है मुझे! मैं बोला, यह तो नही। और डर से मेरा गला लगभग बैठ गया। मैं ख़ुद अपनी पैरवी करने लगा, हवा और आसमान से फ़रियाद करने लगा कि मुझे बन्द न किया जाये। तब तो वे मुझे फिर से जेल ले जायेंगे, और मैं एक अँधेरी कोठरी में बन्द कर दिया जाऊँगा जहाँ रोशनी की एक झलक तक नहीं होगी। यह तो नहीं ही! और कई उपाय होंगे जिन्हें मैंने अभी तक आज़माकर नहीं देखा है। और मैं अब ऐसा करूँगा; मैं ज़्यादा मशक़्क़त करूँगा, ज़्यादा समय लगाऊँगा, और ढीठ बनकर घर-घर जाऊँगा। मिसाल के तौर पर संगीत बेचने वाला सिस्लर भी तो था। मैं उसके पास नहीं गया था। कोई रास्ता तो ज़रूर होगा. . . ..मैं चलता रहा, इस तरह से बातें करते जब तक कि भावुकतावश मैं फिर से रोने नहीं लगा। हवालात में बन्द न होने के लिए।

सिस्लर? क्या मुझे रूहानी ताकतों ने संकेत दिया है? उसका नाम मुझे यकायक सूझा था, कोई वजह नहीं थी इसकी और वह वास्तव में यहीं-कहीं रहता था : कुछ भी हो मैं उससे मिलने जाऊँगा। धीरे-धीरे, थोड़ा आराम करते हुए। मुझे उसकी दुकान का पता था, मैं अक्सर वहाँ जाया करता था, और पुराने दिनों में थोड़ा-बहुत संगीत भी ख़रीद लिया करता था। क्या मैं उससे आधा क्रोन माँग लूँ? हो सकता है वह झेंप जायें, बेहतर होगा पूरा क्रोन ही माँगूँ।

मैं दुकान में दाख़िल हुआ और मैनेजर के बारे में पूछने लगा; उन्होंने मुझे उसके दफ़्तर का रास्ता दिखा दिया। वह बैठा था वहाँ, ख़ूबसूरत आदमी, नये फ़ैशन के कपड़े पहने, कुछ काग़ज़ देखता हुआ।

मैं हक़लाकर बोलने लगा, माफ़ कीजिये, और मैंने अपने आने का मक़सद बताया। उनकी मदद माँगने को मजबूर था. . . .कुछ ही देर में लौटा दूँगा. . . .जैसे ही मेरे लेख के लिए अख़बार से पैसा मिलेगा. . . .अगर वे कृपा करें तो. . . .

मेरे बात करते-करते ही वह डेस्क की ओर मुड़कर अपना काम करता रहा। जब मैंने अपनी बात ख़त्म की, उसने तिरछी नज़र से मेरी ओर देखा, अपना सुन्दर-सा सिर हिलाया और बोला, नहीं! बस नहीं, एक शब्द भी और नहीं।

मेरे घुटने बुरी तरह काँप रहे थे और मैं पॉलिश की हुई नन्ही-सी रेलिंग के

सहारे खड़ा था। एक बार फिर कोशिश करनी चाहिए मुझे। आख़िर वातेरलाँड स्ट्रीट में खड़े-खड़े उसी का नाम क्यों सूझा था मुझे? मेरे बायीं ओर कुछ टीसता हुआ महसूस होने लगा था मुझे, और मुझे पसीना आने लगा। हम्म्म। "मैं वाक़ई बहुत कमज़ोर हो चुका हूँ," मैं बोला। "बदकिस्मती से थोड़ा बीमार भी हूँ; लेकिन आप यकीन मानिये मैं दो-तीन दिन में ही लौटा दूँगा। क्या मैं बहुत ज़्यादा माँग रहा हूँ. . . ?"

"भले मानस, तुम मेरे पास क्यों चले आये हो?" वह बोला। "मैं तुम्हें बिलकुल नहीं जानता, ऐसे तो राह-चलता कोई भी अन्दर आ जाये। अख़बार वालों के पास जाओ, वहाँ वे तुम्हें जानते हैं।"

"लेकिन सिर्फ़ रात-भर के लिए!" मैं बोला। "ऑफ़िस बन्द हो चुका है और मुझे बहुत भूख लगी है।" वह हठपूर्वक सिर हिलाता रहा और तब भी हिलाता रहा जब मैं अपना हाथ दरवाज़े की मूठ पर रख चुका था।

"अलविदा!" मैं बोला।

यह कोई संकेत-वंकेत नहीं था रूहानी ताक़तों से, मैंने सोचा और कड़वाहट से भरकर मुस्करा दिया; अगर ऐसा करना पड़े तो मैं ही न किसी ऊँची जगह से संकेत देता फिरूँ। मैं कठिनाई से चलता रहा, एक से दूसरे ब्लॉक तक, बीच-बीच में किसी चबूतरे पर रुककर आराम करते हुए। बन्द भर न कर लिया जाये मुझे! कोठरी की दहशत हर घड़ी मेरे साथ थी और मुझे चैन नहीं लेने दे रही थी : जैसे ही कोई पुलिस वाला दिखता मैं पास की किसी गली में दुबक जाता। अब हम सौ कदम गिनेंगे, मैं बोला, और अपनी किस्मत एक बार फिर आज़माएँगे। एक दफ़ा तो काम करेगी यह चाल।

धागों की एक दुकान थी, मैं वहाँ पहले कभी नहीं गया था। काउंटर के पीछे एक आदमी अकेला खड़ा था; काफ़ी पीछे एक ऑफिस था जिस पर चीनी मिट्टी की नेम-प्लेट लगी थी और एक लम्बी कतार में शेल्फ और मेज़ लगे थे। मैं आख़िरी ग्राहक के निकल जाने की प्रतीक्षा करता रहा, एक युवती जिसके गालों में गड्ढे थे। कितनी ख़ुश नज़र आ रही थी वह! मैंने उसे अपने बक्सुओं से प्रभावित करने की कोशिश नहीं की, बल्कि उसके सामने से हट गया।

"क्या मैं आपकी मदद कर सकता हूँ?" क्लर्क ने पूछा।

"क्या मैनेजर साहब हैं?" मैंने पूछा।

"वे पहाड़ी इलाक़े में घूमने गये हैं," उसने जवाब दिया। "कोई खास बात थी?"

"खाना खाने के लिए कुछ ओरे की बात थी," मैं मुस्कराने की कोशिश करते हुए बोला। "मुझे भूख लगी है और एक ओरे तक नहीं है मेरे पास।"

"तब तो तुम उतने ही अमीर हो, जितना कि मैं," वह बोला और ऊन के

पैकेट तरतीब से सजाने लगा।

"ओह, न मत करो—इस वक्त नहीं!" मैं अचानक पूरे शरीर में ठण्डक महसूस करते हुए बोला। "सच, मैं भूख से लगभग मर चुका हूँ, मैंने कई दिन से कुछ नहीं खाया है।"

बिना एक शब्द कहे, या अपनी शारीरिक क्रियाओं में ज़रा भी खिलंदड़ीपन दिखाये, वह एक-एक कर अपनी जेबें उलटने लगा। क्या अब मैं उसकी बात का यकीन करूँगा?

"सिर्फ़ पाँच ओरे," मैं बोला, "दो-एक दिन में मैं तुम्हें दस वापस करूँगा।"

"भले आदमी, तुम मुझसे क्या करवाना चाहते हो, तिजोरी में से पैसा निकाल कर दे दूँ तुम्हें?" वह बेसब्री से बोला।

"हाँ!" मैंने जवाब दिया। "हाँ, पाँच ओरे निकाल लो तिजोरी में से!"

"मैं तो वह आदमी नहीं हूँ जो यह कर गुज़रेगा," उसने फ़ैसला सुनाते हुए कहा, और फिर बोला, "और जब हम बात कर ही रहे हैं, मैं तुम्हें बता दूँ कि मुझे लगता है अब बहुत हो गया।"

कुबड़ाता, भूख से मितलाता और शर्म से जलता हुआ मैं बाहर निकल आया। अब इस सबका अन्त होना ही चाहिए। यह मामला बहुत लम्बा खिंच चुका था। मैंने ख़ुद को कितने बरस बिलकुल ठीक-ठाक रखा था, कड़ी मुसीबत में भी ईमान ख़राब नहीं किया था मैंने और अब अचानक इतने वाहियात भिखमंगेपन पर उतर आया था। इस एक दिन में मेरा ज़हन वहशत से भर गया था, बेहयायी ने दाग़ दिया था मुझे। और तो और मैं छोटे-मोटे दुकानदारों के सामने खड़े होकर रिरियानी और रोने से भी बाज़ नहीं आया था। और फ़ायदा क्या हुआ था इस सबका? क्या मुँह में रखने को ब्रेड का एक टुकड़ा भर भी अब है मेरे पास? अपने आप से घिन आयी मुझे, यह कर दिखाने में मैंने बाज़ी मार ली थी। हाँ, हाँ, अब इस बात का अन्त होना ही है! लेकिन वे घर बन्द कर रहे होंगे, और अगर मुझे जेल में एक रात और नहीं बिताना तो मुझे जल्दी ही घर पहुँच जाना होगा. . . .

इस हद बन्दी से मुझे कुछ बल मिला—जेल में तो मैं सोना नहीं चाहता था। शरीर को दोहरा किये बायीं, ओर उठती टीस को कुछ कम करने के लिए पसलियों को हाथों से दबाये मैं अपने बेकाबू अंग लिए चलता रहा, पटरी पर नज़रें गड़ाये ताकि किसी जान-पहचान वाले से नज़रें न मिल जायें, और इस तरह मैं फ़ायर-हाउस आन पहुँचा। शुक्र है ख़ुदा का। गिरजे की घड़ी में सात बजे थे, दरवाज़ा बन्द होने से पहले तीन घण्टे का वक्त मेरे पास था। कितना डर गया था मैं।

कुछ भी हो, ऐसा कुछ नहीं था जो मैंने कर नहीं देखा था। सोचो कि पूरे दिन में एक बार भी किस्मत ने मेरा साथ नहीं दिया था। अगर मैं किसी से यह कहूँ तो कोई मेरी बात का विश्वास नहीं करेगा; अगर मैं इसे लिखूँ, तो हर कोई

कहेगा यह सब मैंने मन से गढ़ा है। किसी एक भी जगह नहीं। अच्छा, अच्छा, तो अब कुछ नहीं किया जा सकता—कम-से-कम अब कहीं जाकर रोने-धोने मत लगना। कितना घिनौना था वह सब! मैं तुम्हें यकीन दिलाता हूँ कि तुम मेरी नज़रों में ज़रूरत से ज़्यादा गिर गये हो! अगर उम्मीद ख़त्म हो चुकी है, तो हो चुकी है। मैं सोचता हूँ क्या मैं अस्तबल से मुट्ठी भर जई नहीं चुरा सकता? रोशनी की एक झलक, एक विचार—मुझे पता था कि अस्तबल पर ताला लगा है।

मैं आराम से, घोंघे की चाल से रेंगता रहा। मुझे प्यास लगी थी, सौभाग्य से, दिन में पहली बार। मैं चलता रहा, ऐसी जगह को ढूँढ़ता हुआ जहाँ मैं एक घूँट पानी पी सकूँ। मैं मार्किट स्कवेयर से काफ़ी दूर निकल आया था और मैं किसी घर से पानी नहीं माँगना चाहता था; घर पहुँचने तक मैं प्रतीक्षा तो कर ही सकता था—पंद्रह मिनट ही तो लगेंगे। फिर यह भी तय नहीं था कि मैं पानी के कुछ घूँट पचा सकता था; मेरा पेट हर चीज़ को लेकर संवदेनशील हो चुका था—चलते-चलते थूक तक निगलने से अब मेरा जी मितलाने लगा था।

बटन! अभी तक मैंने बटनों को लेकर कुछ नहीं किया? मैं एकदम निश्चल खड़ा हो गया, और मुस्कराने लगा। शायद कोई हल निकल आये! मैं अभी पूरी तरह से ख़त्म नहीं हुआ था? सवाल ही नहीं था, दस ओरे तो मिल ही जायेंगे उनके बदले में, कल तक किसी दूसरी जगह से भी दस ओरे का इंतज़ाम हो जायेगा और गुरुवार मुझे अख़बार के लेख के लिए पैसा मिल जायेगा। मैं देख लूँगा, सब ठीक होते हुए! सोचो, बटनों को भूल गया था मैं! चलते-चलते मैं जेब से निकालकर उन्हें कुछ देर देखता रहा; ख़ुशी से मेरी आँखों में अँधेरा छा गया, जिस गली में मैं चल रहा था, उसको बमुश्किल ही देख पा रहा था मैं।

बेसमेंट की उस दुकान को कितने अच्छे से जानता था मैं, मेरी अँधेरी शामों की पनाहगार, मेरा खून चूसने वाला दोस्त! एक-एक कर मेरी सारी चीज़ें वहाँ लील ली गयी थीं, जो छोटी-छोटी चीज़ें मैं घर से लाया था, मेरी आख़री किताब। नीलामी के दिन मैं वहाँ अपना जी बहलाने चला जाया करता था, और जब मेरी किसी किताब को अच्छा घर मिल जाता तो मैं इस बात की ख़ुशी मनाता। अभिनेता मागेलसेन के पास मेरी घड़ी थी और इस बात पर मुझे नाज़ था; जिस डायरी में मैंने अपनी पहली-पहली कविताएँ-सी गूद रखी थीं, मेरी पहचान के एक आदमी ने ख़रीद ली थीं, मेरे ओवरकोट को एक फ़ोटोग्राफ़र की अलमारी में पनाह मिली थी। लिहाज़ा मेरे पास शिकायत का कोई मौका नहीं था।

अपने बटनों को अपने हाथ में तैयार रख मैं अन्दर चला गया। 'अंकल' डेस्क पर बैठे कुछ लिख रहे थे।

''मुझे कोई जल्दी नहीं है,'' मैं बोला, इस बात से डरकर कि कहीं मैं उसे परेशान न कर दूँ। मेरी आवाज़ इतनी अजीब तरह से खोखली लग रही थी कि

मैं बड़ी मुश्किल से ही उसे पहचान पा रहा था, और मेरा दिल हथौड़ी की तरह बज रहा था।

वह मेरी ओर मुस्कराते हुआ आया, हमेशा की तरह, अपनी हथेलियाँ काउंटर पर रख दीं उसने और बिना एक भी शब्द के सीधे मेरी आँखों में देखने लगा।

"देखिये मैं कुछ लेकर आया हूँ, और मैं आपसे पूछना चाहता था कि क्या ये आपके काम के हैं—मेरे घर में बेकार ही पड़े थे, आप समझ सकते हैं, जगह नहीं थी उनके लिए, कुछ बटन।"

"क्या, क्या, बटनों के बारे में कुछ कहा तुमने?" और वह अपना सर लगभग मेरी हथेली तक झुका लाया।

क्या वे मुझे इनके बदले कुछ ओरे देंगे?. . . .जितने भी वे उचित समझें. . . .वे ख़ुद ही फैसला करें. . . .

"बटनों के बदले में?" और 'अंकल' मुझे घूरने लगे, चकित। "इन बटनों के बदले में?"

"एक सिगार लायक पैसा या जो भी वे ठीक समझें। मैं तो यूँ ही इधर से गुज़र रहा था और मैंने सोचा यहाँ होता चलूँ।"

बूढ़ा गिरवीदार हँसा और बिना कुछ कहे अपने डेस्क पर वापिस चला गया। मैं वहीं खड़ा रहा। मैंने कुछ ज़्यादा उम्मीद नहीं की थी, पर फिर भी मैंने सोचा था कि कुछ मिल जायेगा। उसकी हँसी मौत की सज़ा थी। चश्मे का भी कोई फ़ायदा नहीं होगा, मुझे लगा।

"ज़ाहिर है, मैं अपना चश्मा भी दे दूँगा। इनके साथ," मैं बोला। "कहने की बात नहीं है।" मैंने चश्मा उतार लिया। "सिर्फ़ दस ओरे या आप पाँच देना चाहें?"

"तुम्हें अच्छे से मालूम है कि मैं तुम्हारे चश्मे के बदले तुम्हें कुछ नहीं दे सकता," 'अंकल' बोला। "मैं पहले भी बता चुका हूँ तुम्हें।"

"लेकिन मुझे एक डाक-टिकट की ज़रूरत है," मैं ढीली आवाज़ में बोला। "मैं अपनी एक चिट्ठी पोस्ट नहीं कर सकता जो मुझे ज़रूर करनी है। दस या पाँच ओरे की टिकट, या जो भी आप ठीक समझें।"

"ख़ुदा तुम्हारा भला करे, अब तुम जाओ!" उसने जवाब दिया और हाथ से इशारा कर मुझे निकाल बाहर किया।

"ठीक है फिर, तो ऐसा ही सही!" मैंने ख़ुद से कहा। मैंने यंत्रवत् अपना चश्मा वापस लगा लिया, बटन उठाये और चल पड़ा। मैंने गुडनाइट कहा और अपने पीछे दरवाज़ा बन्द कर दिया, हमेशा की तरह। तुम देख सकते हो, कुछ भी करने को नहीं रह गया है! पटरी पर वापस आकर मैं रुका और एक बार फिर मैंने बटनों को देखा।

"उसने ये भी नहीं लिए!" मैं बोला। "लगभग नये ही तो हैं—मैं बिलकुल समझ नहीं पा रहा हूँ!"

जब मैं ख़ुद से यह बातें करते चला जा रहा था, एक आदमी मुझसे हल्का-सा टकराते हुए नीचे जाने लगा। ऐसे में मुझे ज़रा-सा धकिया दिया था उसने, हम दोनों ने एक दूसरे से क्षमा माँगी, और मैंने पीछे मुड़कर उसकी ओर देखा।

"क्या यह तुम हो?" वह सीढ़ियों से बोला। वह ऊपर आ गया और मैंने उसे पहचान लिया। "ख़ुदा ख़ैर करे, क्या शक्ल निकल आयी है तुम्हारी!" वह बोला। "नीचे क्या कर रहे थे?"

"ओह—कुछ काम था। तुम भी तो नीचे जा रहे हो न!"

"हाँ। तुम क्या लेकर आये थे?"

मेरे घुटने काँप रहे थे, मैंने ख़ुद को दीवार के सहारे खड़ा किया, और हथेली उसके सामने खोल दी, जिसमें बटन थे।

"होली क्राइस्ट!" वह चिल्लाया। "यह क्या कर रहे हो तुम। हद ही कर दी तुमने तो।"

"अलविदा!" मैंने कहा, और मैं जाने लगा। मेरे अन्दर उठती हुईं सुबकियाँ महसूस हो रही थीं मुझे।

"नहीं, एक मिनट रुको तो!" वह बोला।

किस चीज़ के लिए रुकूँ मैं? वह ख़ुद भी 'अंकल' के पास जा रहा था, शायद अपनी मंगनी की अँगूठी लाया था, कई दिन से भूखा मर रहा था, अपनी मकान-मालकिन से नज़रें चुराता फिर रहा था।

"ठीक है," मैंने जवाब दिया। "अगर तुम ज़्यादा समय. . . ."

"बिलकुल नहीं," वह मेरी बाँह पकड़ते हुए बोला। "लेकिन सच तो यह है कि मुझे तुम्हारा भरोसा नहीं है, तुम एकदम बुद्धू हो। चलो, तुम मेरे साथ नीचे चलो।"

मैं समझ गया उसके मन में क्या था, और एकाएक मेरे स्वाभिमान में एक टीस-सी उठती महसूस हुई मुझे और मैंने जवाब दिया : "नहीं चल सकता! मुझे साढ़े आठ बजे बेन्ट्ट आँक़ेर्श स्ट्रीट पहुँचना है और. . . ."

"साढ़े आठ, ठीक है! अभी तो आठ ही बजे हैं, इस घड़ी को देखो, मेरे हाथ में धरी है—यही मैं नीचे ले जाने वाला हूँ। चलो मेरे साथ, भूख से मर रहे शैतान के बच्चे! मैं तुम्हारे लिए कम-से-कम पाँच क्रोनर तो ले ही आऊँगा।"

और उसने मुझे अन्दर धकेल दिया।

भाग – ३

एक हफ़्ता ख़ुशी और मज़े में बीता।

सबसे बुरा समय बीत चुका था, मैं रोज़ खाना खा रहा था, मैं तीन-चार निबन्धों पर काम कर रहा था, जिससे मेरे बेचारे दिमाग़ की हर चिनगारी खप जाया करती थी, हर विचार जो मुझे सूझता था; मेरा लेखन मुझे पहले की बनिस्बत कहीं बेहतर लगने लगा था। अन्तिम लेख, जिसमें बहुत दम लगाया था मैंने, जिससे मुझे पूरी उम्मीद थी, सम्पादक मुझे वापस कर चुका था। मैंने उसे तुरन्त फाड़कर फेंक दिया, क्रुद्ध और अपमानित, बिना उसे दोबारा पढ़े। मेरा इरादा था कि मैं आइंदा किसी और अख़बार में भी कोशिश कर देखूँगा, ताकि और रास्ते खुल जायें।

अगर और कहीं काम नहीं बनता तो मैं जहाज़ों में तो कोशिश कर सकता था। 'द नन' नाम का जहाज़ रवाना होने के लिए तैयार खड़ा था, और आर्चेंजल या जहाँ कहीं भी वह जा रहा था, मैं निकल सकता था। तो मेरी ओर से तो सम्भावनाओं का कोई अन्त नहीं था।

पिछली बार के संकट का मुझ पर काफ़ी बुरा असर रहा था : मेरे बाल बहुत ज़्यादा गिरने लगे थे, सरदर्द भी मुझे बेहद तंग करने लगा था, ख़ास तौर पर सुबह के समय, और मेरी मानसिक हालत भी अभी तक वैसी ही बनी हुई थी। दिन के समय मैं अपने हाथों पर चीथड़े बाँध कर लिखा करता था क्योंकि वे इतने संवेदनशील हो चुके थे कि मेरी साँस तक उन्हें लगती थी। जब येन्स ओलायी नीचे अस्तबल के दरवाज़े को धड़ाम से बन्द करता था, या जब पीछे आँगन में आकर कोई कुत्ता भूँकने लगता था तो ये आवाज़ें मेरी अस्थि-मज्जा के भीतर से सुइयों की तरह निकल जाती थीं और मुझे हर जगह तकलीफ़ होती थी। मेरी हालत ख़राब थी।

मैं रोज़-रोज़ अपने लेखों पर मेहनत करता था, मुश्किल से खाना निगलने का समय निकाल, मैं फिर बैठ जाया करता था। उन दिनों बिस्तर और मेरी चरमराती मेज़ दोनों तरह-तरह के नोट्स और गुदे हुए काग़ज़ों से अटे रहते थे और मैं एक-साथ बारी-बारी उन पर काम किया करता था। दिन के दौरान आये हुए विचार क्रमशः उनमें जोड़ता रहता था, कुछ चीज़ें काट दिया करता या बेजान अंशों को दो-एक

चमकते शब्दों से ताज़गी देने की कोशिश करता, या एक से दूसरे वाक्य तक जाने में कड़ी मशक़्क़त करता। अन्त में एक दोपहर मैंने एक निबन्ध पर काम पूरा कर लिया; उत्साहपूर्वक उसे अपनी जेब में रख अपने सम्पादक से मिलने निकल पड़ा, जिन्हें मैं 'चीफ़' कहा करता था। अब और पैसा कमाने का समय हो चुका था, मेरे पास बहुत ओरे नहीं बचे रह गये थे।

चीफ़ ने मुझे कुछ देर रुकने को कहा, मुझे बिठाया, मेरे साथ एक मिनट में बात करेंगे....वे लिखते रहे।

मैं इस छोटे से दफ़्तर का मुआयना करने लगा : मूर्तियाँ, लिथोग्राफ, कतरनें और एक इतनी बड़ी रद्दी की टोकरी कि ऐसा लगता था मानो एक पूरे आदमी को निगल जाये, हड्डी-पसली समेत। मैं इसे देख उदास हो गया, इस ड्रैगन को जो मुँह बाए रद्द किये जा चुके लेखों को स्वीकारने के लिए हरदम तैयार था, नयी-नयी कुचल दी गयी उम्मीदों को।

''आज क्या तारीख़ है?'' चीफ़ ने अचानक अपने डेस्क से पूछा।

''अट्ठाइस'', मैंने जवाब दिया, ख़ुश कि मैं उनके किसी काम आया था।

''अट्ठाइस''। वे लिखते रहे। आख़िरकार उन्होंने दो-एक ख़तों के लिए लिफ़ाफ़े ढूँढ़े, कुछ काग़ज़ों को टोकरी में फेंका, और मेरी तरफ़ देखा। जब उन्होंने देखा कि मैं अब भी दरवाज़े के पास खड़ा था, उन्होंने हाथ से आधा गम्भीर, आधा मज़ाकिया इशारा किया, मुझे कुर्सी दिखाते हुए।

मैं कुछ ऐसे मुड़-सा गया ताकि जब मैं अपना कोट खोलूँ उन्हें यह दिखायी न दे कि मैंने वास्कट नहीं पहन रखी थी और अपनी पाण्डुलिपि जेब से निकाल ली मैंने।

''कोर्रेगियो का छोटा-सा स्केच है। मुझे डर है कि गलत शैली में लिखा है मैंने. . .''

उन्होंने पन्ने मेरे हाथ से ले लिए और उन्हें बाँचने लगे। फिर वे मेरी ओर मुड़े।

तो दिखने में ऐसे थे वे, क़रीब से, जिनका नाम मैंने बचपन से सुन रखा था और जिनके अख़बार से मैं पूरी ज़िन्दगी इतना प्रभावित रहा था। उनके बाल घुँघराले थे, और उनकी खूबसूरत भूरी आँखें कुछ बेचैन-सी थीं; उनकी एक सनक तो यह थी कि वे बीच-बीच में अपने अँगूठे से अपनी नाक को हल्के-से सहलाते रहते थें। कोई ग्रामीण-पादरी भी इन जैसे दिग्गज लेखक से ज़्यादा माधुर्य और करुणा से सराबोर नहीं होगा, जिनके शब्द जहाँ भी गिरते वहाँ खून के लम्बे धब्बे छोड़ जाते थे। भय और श्रद्धाभाव के एक विचित्र-से एहसास ने मुझे घेर लिया, मेरी आँखों में आँसू आ गये, और मुझे पता नहीं चला मैं कब सरककर एक कदम उनके क़रीब चला आया। उन्हें यह बतलाने कि मैंने कितना सीखा है उनसे, उनकी क्या

अहमियत है मेरे लिए, उनसे यह प्रार्थना भी करने कि वे मेरे काम को सख़्ती से न देखें—मैं पहले ही मुसीबत का मारा छूँछा आदमी था जिसके जीवन में कष्ट ही कष्ट थे।

उन्होंने ऊपर देखा, मेरी पाण्डुलिपि को धीरे-धीरे सहेजते हुए, और कुछ देर बैठे सोचते रहे। ताकि वे मुझसे और आसानी से छुटकारा पा सकें, मैंने हाथ आगे बढ़ाया और कहा, ''जाने दीजिये न, शायद किसी काम की नहीं है।'' फिर मैं मुस्करा दिया, यह दिखाने के लिए कि यह मेरे लिए गम्भीर मामला नहीं है।

''हम जो कुछ भी छापते हैं, लोकप्रिय शैली में लिखा होना चाहिए। आप जानते हैं हमारी पब्लिक कैसी है। क्या ऐसा नहीं हो सकता कि आप इसे ले जायें और कुछ अधिक सरल शैली में लिख देखें? या फिर किसी ऐसे विषय पर लिखें जो लोगों के लिए ज़्यादा सहज हो?''

उनकी चिन्तन-शीलता से मैं दंग रह गया। मैं समझ गया था कि मेरा लेख रद्द कर दिया गया है, हालाँकि इससे सुन्दर अस्वीकृति मुझे नहीं मिल सकती थी। ताकि मैं उन्हें और परेशान न करूँ, मैंने कहा, ''जी, मुझे लगता है, मैं ऐसा कर सकता हूँ।''

मैं दरवाज़े की ओर बढ़ा। हम्म्म! वे मुझे क्षमा करेंगे कि मैंने इस सबसे उनका इतना समय बर्बाद. . . .मैंने झुककर उनसे जाने की इजाज़त ली और दरवाज़े की मूठ की ओर हाथ बढ़ाया।

''अगर आपको ज़रूरत हो,'' वे बोले, ''तो मैं कुछ एडवांस आपको दे सकता हूँ। काम करके आप चुका तो सकते ही हैं।''

क्योंकि उन्होंने अभी-अभी मेरे लेखन का एक नमूना देखा था और वह उनके लायक नहीं था, उनकी इस पेशकश से मैंने कुछ छोटा महसूस किया और मैंने जवाब दिया, ''नहीं धन्यवाद, अभी कुछ समय गुज़ारा चल जायेगा मेरा। लेकिन आपका बहुत बहुत शुक्रिया। अलविदा!''

''अलविदा!'' चीफ़ ने जवाब दिया, और तुरन्त अपने काम में दोबारा जुट गये।

कुछ भी हो, वे मुझसे इतनी शालीनता से पेश आये थे, कि मैं ख़ुद को इस लायक नहीं समझता था और मैं इसके लिए उनका आभारी था : मुझे क़द्र करनी चाहिए इस बात की। मैंने फ़ैसला किया कि मैं तब तक यहाँ लौटकर नहीं आऊँगा जब तक मैं एक ऐसा लेख नहीं लिख लेता जो मुझे संतोषजनक लगे, जो चीफ़ को भी चकित कर दे और जिसके लिए वे अपने आप निस्संकोच मुझे दस क्रोनर दे दें। लिहाज़ा मैं घर चला आया और काम में जुट गया।

इसके बाद कई रोज़ गली में लैम्पों के जलने के बाद हर शाम एक विचित्र घटना घटने लगी।

दिन की मेहनत और मुसीबत के बाद जब मैं थोड़ी सैर करने बिल्डिंग से निकलता तो काले कपड़े पहने एक औरत दरवाज़े के बाहर लैम्प-पोस्ट के नीचे खड़ी हुई मिलती थी; वह मुड़कर मेरी ओर देखती और जब मैं उसके पास से गुज़रता वह अपनी आँखों से मेरा पीछा करती रहती। मैंने गौर किया कि वह हमेशा एक ही पोशाक में होती थी, और वैसी ही भारी चूनर ओढ़े रहती थी जो उसके चेहरे को छिपा लेती और उसके सीने को ढाँप लेती थी और वह एक छोटी-सी छतरी भी लिये रहती थी जिसके हैण्डल में हाथी दाँत का एक छल्ला था।

मैं तीन शामों से उसे देख रहा था, हर बार ठीक उसी जगह; जैसे ही मैं चला जाता वह मुड़ती और मुझसे विपरीत दिशा में निकल पड़ती।

मेरे ग़ज़बनाक दिमाग़ के एरियल उठ खड़े हुए और मैं फ़ौरन ताड़ गया कि उसके आने का मुझसे कुछ लेना-देना ज़रूर था। कई बार ऐसा भी हुआ कि मैं उससे बात करने ही वाला था, क्या वह किसी को ढूँढ रही थी या मदद की ज़रूरत थी उसे, या मैं उसे घर तक छोड़ सकता था, इसी बुरी पोशाक में जो मैं पहने था, मैं इन अँधेरी गलियों में से उसे हिफ़ाज़त से ले जा सकता था; लेकिन मुझे हल्का-सा अंदेशा था कि शायद मुझे इसकी कुछ कीमत अदा करनी पड़े, वाइन का एक गिलास, या फिर घोड़ा गाड़ी का भाड़ा, और मेरे पास फूटी कौड़ी तक न थी। मेरी खाली जेबों की वजह से मेरा मन काफ़ी बैठा रहता था, और उसके पास से गुज़रते हुए मेरी हिम्मत नहीं होती थी कि मैं उसकी ओर सवालिया निगाह से देख भर लूँ। भूख मुझ पर फिर से हावी होना शुरू हो चुकी थी, मैंने पिछली रात से कुछ नहीं खाया था—ज़्यादा समय तो नहीं हुआ था, लेकिन साफ़ दिखने लगा था कि मैं काफ़ी कमज़ोर हो चुका हूँ। पहले की तरह अब मैं भूखों मरते रहने की हालत में नहीं था। अब एक भी दिन खाने के बिना रहने से मेरी घबराहट बढ़ जाती थी, और ज़रा-सा पानी पीने से भी उबकाई आती थी, रात में भी मैं पूरे कपड़े पहने सो जाता था, बुरी तरह ठिठुरता रहता था, और सोते-सोते मेरा शरीर अकड़ भी जाता था। पुराने कम्बल से ठण्डी हवा के झोंके रुकते नहीं थे, और हर सुबह जब मैं उठता था तो बाहर से आती हुई बर्फ़ीली हवा की वजह से मेरी नाक बन्द होती थी।

मैं सड़कों पर घूमता रहता था, इस बात पर सोचते हुए कि अगला लेख पूरा होने तक मेरा गुज़ारा कैसे होगा। अगर मेरे पास एक मोमबत्ती भर होती तो मैं पूरी रात काम करता रह सकता था। एक बार शुरू हो जाये तो दो-एक घण्टे से ज़्यादा वक्त नहीं लगेगा और कल सुबह मैं चीफ़ से मिलने चला जाऊँगा।

मैं सीधे उप्पलाँद्स्के कैफ़े के भीतर चला आया, अपने नौजवान बैंकर दोस्त को ढूँढ़ने ताकि वह किसी तरह मुझे मोमबत्ती के लिए दस ओरे उधार दे दे। उन्होंने मुझे बिना परेशान किये एक से दूसरे कमरे में घूम-फिर कर देख लेने दिया; मैं दर्जन भर मेज़ों के पास से होता हुआ गया, जिन पर बातें करते हुए ग्राहक खाने-पीने

में लगे थे। मैं रेस्तराँ के पीछे तक हो आया, लाल कमरे तक में देख लिया, लेकिन मेरा बन्दा मुझे नहीं मिला। निराश और चिढ़ा हुआ, मैं निकलकर गली में वापस आ गया और किले की दिशा में चल दिया।

ग़ज़ब नहीं था कि मेरी मुसीबतों का कोई अन्त नहीं था! लम्बे-लम्बे डग भरते हुए, कोट का कॉलर ख़तरनाक ढंग से ठुड्डी तक तानकर, पतलून की जेब में अपनी मुट्ठियाँ कसे, मैं चलता रहा, अपने बदकिस्मत सितारों को कोसता हुआ। पिछले सात-आठ महीने से घण्टा-भर भी चैन नहीं मिला था मुझे और इससे पहले कि अपनी ग़रीबी के कारण मुझे एक बार फिर घुटने टेक देने पड़ते, कोई एक हफ़्ता भी ऐसा नहीं बीता था जिसके दौरान मुझे भर-पेट खाना मिल पाया हो। उस पर तुर्रा यह कि इतनी तकलीफ़ में रहते हुए भी मुझे अपने ईमान को बचाकर रखना था--क्या मज़ाक था, ज़रा भी चूकना नहीं था मुझे! ख़ुदा ख़ैर करे हम सबकी, कितना बेवकूफ़ बना रहा था मैं। मैंने ख़ुद को सुनाना शुरू किया कि एक बार हाँस पाउली के कम्बल को गिरवी रखने की मंशा से कितनी चोट पहुँची थी मेरी अन्तरात्मा को। मैं अपने अधकचरे खरेपन का मज़ाक उड़ाने लगा, हिक़ारत से मैंने गली में थूक दिया और अपनी मूर्खता को बयान करने के लिए पर्याप्त कठोर शब्दों की कमी महसूस हुई मुझे। अब अगर मौका मिले तो! इस क्षण अगर किसी स्कूल जाती बच्ची की सारी जमा पूँजी मुझे सड़क पर पड़ी मिल जाये या किसी ग़रीब विधवा का आख़िरी ओरे, तो मैं लपककर उसे उठाकर जेब में रख लूँगा, बड़े आराम से चुपचाप उसे चुरा लूँगा और पूरी रात चैन की नींद सोया रहूँगा। इतनी यातना यूँ ही तो नहीं झेल गया था मैं, मेरा धीरज अब जाता रहा था, मैं अब कुछ भी कर गुज़रने को तैयार था।

मैंने किले के तीन-चार चक्कर और लगाये, घर जाने का फैसला किया, दो-एक बार पार्क की हवा खाते हुए इधर-उधर डोलता फिरा और अन्त में कार्ल योहान स्ट्रीट की ओर निकल आया।

क़रीब ग्यारह का समय था। गली में काफ़ी अँधेरा था, लोग हर ओर घूम-फिर रहे थे, चुपचाप चलते हुए जोड़े और शोर मचाते लोगों के झुण्ड। शानदार वक्त आ चुका था, रास रचाने की घड़ियाँ, छिप-छिप कर बातें करने और गुल खिलाने का आलम शुरू था। सरसर करते हुए पेटीकोट, खनकती हुई कामुक हँसी की दो-एक खिलखिलाहटें, सीनों के उभार, उखड़ी हुई भारी साँसें, ग्रांड होटल के पास एक आवाज़ ने "ऐमा!" को पुकारा। पूरी गली एक गरम दलदल थी और धुंध उठ रही थी।

मैंने अनजाने में अपनी जेब में दो क्रोनर ढूँढ़ने की कोशिश की। राह चलते लोगों के पूरे हाव-भाव में जो कामुकता झलक रही थी, गैस-लैम्पों की मद्धिम रौशनी में और रात की निस्पन्द वाष्पीयता—इस सबका असर होने लगा था मुझ पर—खुसफुसाहटों से भरी हुई हवा, आलिंगन, झिझकते हुए प्यार का इज़ूहार, अधकहे अल्फ़ाज़, हल्की कराहटें। बिल्लियाँ तक ब्लॉमक्विस्ट कैफ़े के द्वार में तेज़ चीत्कार करती प्रेम में लगी

थीं। और मेरे पास दो क्रोनर भी नहीं थे। ऐसी तकलीफ़ किसने देखी होगी, इस हद की कंगाली! कितना शर्मनाक था यह, कितना अपमानजनक! मैं फिर किसी गरीब विधवा की आख़िरी कौड़ी के बारे में सोचने लगा जिसे मैं चुराना चाहता था, किसी स्कूल जाते लड़के की टोपी या रूमाल, किसी भिखमंगे की बोरी जो मैं किसी चीथड़ों के व्यापारी के पास ले जाता और फ़ौरन पी जाता। ख़ुद को धीरज बँधाने, और अपने लिए एक छोटी-सी ढाल बनाने की गर्ज़ से मैंने अपने पास से गुज़रते हुए ख़ुश लोगों में नुक्स निकालना शुरू किया : मैं एक-एक जोड़े को देख घिन से कन्धे उचकाता और हिक़ारत भरी नज़र से उन्हें जाते हुए देखता। ये बचकाने, बे-मक़सद, टॉफ़ियाँ खाते विद्यार्थी जो सोचते हैं कि किसी लड़की के सीने को ज़रा-सा सहला क्या दिया, तो बस हो गये बाँके जवान और महाद्वीप के बाशिंदें! कुंवारे, बैंक क्लर्क, कसाई, ये आशिक मिजाज़ लोग जो नाविकों की बीवियों तक को नहीं छोड़ते, या फिर पशु-बाज़ार से आये मोटे सूअर जो सबसे पास के दरवाज़े पर बियर के गिलास के लिए ढह जाते हैं! हैलन-सी सूरतें! उनके पास की जगह रात के किसी चौकीदार या घोड़ों के दलाल से पिछली रात गरमायी हुई : सिंहासन हमेशा ख़ाली था, खुला था, घबराओ नहीं, चढ़ जाओ!. . . .मैंने पटरी पर लम्बी थूक मारी, बिना यह सोचे कि किसी पर गिर जायेगी, गुस्सा आ गया मुझे, एक-दूसरे से रगड़ खाते लोगों पर घिन आ रही थी मुझे जो ठीक मेरी नाक के नीचे जोड़े बन-बन निकलते फिर रहे थे। मैंने अपना चेहरा ऊपर उठाया और महसूस किया कि मैं कितना ख़ुशकिस्मत था कि मैं अपने रास्ते को साफ़-पाक रख पाया था।

सैनेट हाउस के पास मुझे एक लड़की मिली जिसने पास से गुज़रते हुए सीधे मेरी ओर देखा।

"गुड-ईवनिंग!" मैं बोला।

"गुड-ईवनिंग!" वह रुक गयी।

हम्म्म! वह देर रात तक बाहर घूम रही थी? कार्ल योहान पर इस समय घूमना किसी युवती के लिए थोड़ा खतरनाक नहीं था? नहीं? क्या किसी ने उससे बात करने की कोशिश नहीं की थी, छेड़खानी, मेरा मतलब है क्या किसी ने उसे अपने साथ घर चलने को नहीं कहा था?

उसने हैरान होकर मेरी ओर देखा और उसने मेरे चेहरे का मुआयना करके यह जानने की कोशिश की कि मैं दरअसल कह क्या रहा था। फिर उसने मेरी बाँह के नीचे अपना हाथ डाल दिया और बोली, "ठीक है, तो चलें फिर!"

मैं उसके साथ चलने लगा। टैक्सी-स्टैंड से थोड़ा आगे निकल आने पर, मैं रुक गया, अपनी बाजू छुड़ाई और बोला, "सुनो, मेरे पास एक भी ओरे नहीं है।" और मैं चलने लगा।

पहले तो उसे विश्वास नहीं हुआ, लेकिन मेरी सारी जेबें टटोल लेने के बाद जब उसे कुछ नहीं मिला, तो वह ग़ुस्से में आ गयी और सिर हिलाते हुए उसने कहा कि मैं एक सूख चुकी डण्डी हूँ।

"गुड-नाइट!" मैंने कहा।

"रुको," वह बोली। "तुम्हारे चश्मे का फ़्रेम सोने का नहीं है।"

"नहीं।"

"ठीक है, तो फिर जहन्नुम में जाओ!"

मैं चल दिया।

कुछ क्षण बाद वह मेरे पीछे भागी-भागी आयी और मुझे फिर से पुकारने लगी।

"कोई बात नहीं, तुम फिर भी मेरे साथ घर चल सकतो हो," वह बोली।

गली की इस दयनीय छोकरी की ओर से इस मुफ़्त की पेशकश से मैंने अपमानित महसूस किया और मैंने यह बता दिया उसे। फिर देर भी हो रही थी और मुझे कहीं पहुँचना भी था; और वह इस तरह का त्याग-भाव रखने की आर्थिक स्थिति में भी नहीं थी।

"अब मैं सचमुच चाहती हूँ कि तुम मेरे साथ चलो।"

"लेकिन मैं इन स्थितियों में तुम्हारे संग चलने को तैयार नहीं हूँ।"

"तुम किसी और लड़की से मिलने जा रहे हो," वह बोली।

"नहीं," मैंने जवाब दिया।

सच तो यह था कि मुझमें ज़्यादा जोश नहीं बचा था। औरतें मेरे लिए लगभग मर्दों-सी हो गयी थीं। भूख और कष्ट से मैं सूख चुका था। फिर भी मैं इस असामान्य वेश्या के सामने ज़लील नहीं होना चाहता था, और मैंने अपनी शर्म छिपाने की सोची।

"तुम्हारा नाम क्या है?" मैंने पूछा। "मरी?"

"तो! सुनो मरी, मेरी बात सुनो।" और मैंने अपने व्यवहार का खुलासा करना शुरू किया। लड़की और से और हैरान होने लगी। क्या वह यह सोचती थी कि मैं उन लोगों में से हूँ जो गलियों में रात के समय जवान लड़कियों का पीछा करते फिरते हैं? क्या वह इतनी बुरी बातें सोचती थी मेरे बारे में? क्या मैंने उससे अभी तक एक भी अनुचित बात कही थी? जिन लोगों के इरादे नेक नहीं होते क्या वे वही करते जो मैंने किया है? असल बात तो यह है कि मैंने कुछ कदम उसके साथ इसलिए चल कर देखा था ताकि देख सकूँ कि वह क्या करने वाली है। वैसे मेरा नाम फ़लाँ फ़लाँ है, पास्तर फ़लाँ फ़लाँ। गुड-नाइट! जाओ, अब और पाप में मत पड़ना!

यह कहकर मैं चल दिया।

मैंने अपने हाथों को मला, अपनी उम्दा कहानी से खुश और अपने से ऊँची आवाज़ में बातें करने लगा। नेक काम करने में क्या सुख था! उस पतिता को धकिया

कर शायद मैंने उसे ज़िन्दगी भर के लिए नेकी की राह दिखा दी थी! और बाद में इस बात को याद करके शायद वह मेरी शुक्रगुज़ार होगी, शायद अपनी मृत्यु-शय्या पर भी वह मुझे कृतज्ञतावश याद करेगी। ओह, नेकी का फल अब भी मिलता है, नेकी और सही आचरण का! मेरा मनोबल चरम पर था, मैं कुछ भी कर पाने में सक्षम और तत्पर महसूस कर रहा था। अगर मेरे पास एक मोमबत्ती भर होती तो मैं अपना लेख ख़त्म कर लेता! अपनी नयी चाबी हाथ में खनखनाता, मैं गुनगुना रहा था, सीटी बजा रहा था और सोच रहा था कि मोमबत्ती का जुगाड़ कैसे किया जाये। और कोई चारा नहीं था, मुझे अपने लिखने की सामग्री लेकर नीचे जाना पड़ेगा, गली में लगे लैम्प के नीचे। मैंने गली का दरवाज़ा खोला और अपने काग़ज़ लेने ऊपर चला आया।

जब मैं वापस नीचे आया, मैंने गली का दरवाज़ा बाहर से बन्द किया और जाकर लैम्प के नीचे बैठ गया। सब शान्त था, सिर्फ़ तवैर स्ट्रीट से एक पुलिस वाले के कदमों की आहट आ रही थी और दूर सेंट हाँसहाउगेन से कुत्तों के भौंकने की आवाज़ें आ रही थीं। कुछ भी मुझे परेशान नहीं कर रहा था, मैं अपने कोट का कॉलर उठाकर आँखों तक ले आया और पूरा ज़ोर लगाकर सोचने लगा। कितनी मदद मिलेगी अगर इस लेख का अन्तिम भाग ठीक-ठाक लिखा जाये। मैं एक कठिन बिन्दु पर अटक गया था, और अगले बिन्दु तक एक नामालूम-सा मोड़ मिल जाने की ज़रूरत थी और उसके बाद धीरे-धीरे निर्विघ्न समापन, शान्त-स्वर में एक लम्बा अंश जिसका अन्त एक ऐसे चरम-बिन्दु पर हो जिसमें यकायक गोली दागने का झटका लगे या फिर पहाड़ के फट गिरने का। अन्त।

शब्द सूझ ही नहीं रहे थे। मैंने पूरा लेख शुरू से पढ़ा, हर वाक्य को ऊँचा पढ़ा और अपने विचारों को इस शानदार चरम पर ले आने में असमर्थ रहा। मैं वहाँ खड़ा-खड़ा काम कर रहा था तो भला कौन आ निकला वहाँ, एक पुलिस वाला; वह कुछ दूरी पर गली के बीचोंबीच रुक गया और मेरे मूड का सत्यानाश कर दिया उसने। उसे इस बात से क्या लेना-देना था कि मैं यहाँ पल भर के लिए खड़ा चीफ़ के लिए लिखे जा रहे लेख का चमत्कारी क्लाइमैक्स रच रहा था? हे भगवान, मेरे लिए बिलकुल असम्भव था कि मैं जान बचाने लायक कुछ जुगाड़ कर पाता, मैं कुछ भी क्यों न कर गुज़रता! मैं वहाँ घण्टा-भर खड़ा रहा। पुलिस वाला अपने रास्ते चला गया। इतनी ठण्ड में निश्चल खड़े रहना सम्भव नहीं था। इस नयी कोशिश की नाकामयाबी से हताश और उदास, मैंने गली का दरवाज़ा खोला और अन्दर चला आया।

मेरा कमरा ठण्डा था और अँधेरा इतना घना कि खिड़की तक दिखायी नहीं दे रही थी। मैं रास्ता टटोलता बिस्तर तक गया, जूते उतारे और हाथों से अपने पाँव गर्माने लगा। अन्त में मैं सोने के लिए लेट गया, पूरे कपड़े पहने, जैसे कि

लम्बे समय से करता आ रहा था।

सुबह जैसे ही रोशनी हुई मैंने फिर लेख पर काम करना शुरू कर दिया। दोपहर तक बिना हिले-डुले मैं लगा रहा; तब तक मैं दस या बीस पंक्तियाँ लिख चुका था। और तब भी मैं समापन तक नहीं पहुँच पाया।

मैं उठा, जूते पहने, और कमरे में टहलने लगा ताकि शरीर में कुछ गर्मी आ जाये। खिड़कियों पर कोहरा था; मैंने बाहर देखा, बर्फ़ गिर रही थी; आँगन में पनपत्थरों और पम्प पर बर्फ़ का एक मोटा-सा कम्बल बिछ चुका था।

मैं कमरे में डोलता-फिरता रहा, मशीन की तरह आगे-पीछे घूमता, दीवारों को नाखूनों से खुरचता। फिर सावधानी से मैंने अपना सिर दरवाज़े से टिकाया और ग़ौर से सुनने लगा; मैं कुछ भी सुन नहीं रहा था, लेकिन बिलकुल चुपचाप और विचार-मग्न होकर सुन रहा था जैसे किसी संजीदा मामले को सुलझाने में मशगूल हूँ। पूरा समय मैं बार-बार ऊँचे स्वर में बोलता भी रहा, ऐसे कि मुझे ख़ुद भी सुन रहा था : लेकिन जन्नत के खुदा, यह पागलपन है! मैं फिर भी जारी रहा, इसी तरह जुनून में। बहुत देर बाद मैंने ज़बरदस्ती अपने को ठीक किया, ओंठों को काट खाया और किसी भी तरह अपने को सँभालने की भरपूर कोशिश की। ऐसे तो नहीं चलने वाला था! चीथने के लिए मुझे एक छीलन मिल गयी और मैं बैठ गया, लिखने के दृढ़ संकल्प से।

दो-एक छोटे-छोटे वाक्य कड़ी मेहनत के बाद वुजूद में आये, कुछ मरियल-से शब्द जिन्हें मैं जबरन खींच लाया ताकि कोई रास्ता निकल आये। फिर मैं रुक गया, मेरा सिर ख़ाली था, और नहीं हो पा रहा था मुझसे। जब यह बात साफ़ हो गयी कि और नहीं होने वाला था मुझसे, मैं इन आख़िरी शब्दों को आँखें फाड़े घूरने लगा, इस अधूरे पन्ने को, इन विचित्र कँपकँपाए अक्षरों को मुँह बाए देखने लगा जो काग़ज़ से नन्हे झबरे जीवों की तरह मुझे ताक रहे थे, और अन्त में मुझे समझ में नहीं आया कि क्या हो रहा है, मैं विचारों से एकदम ख़ाली था।

समय गुज़रता रहा। मुझे बाहर ट्रैफ़िक का शोर सुनायी दे रहा था। गाड़ियों और घोड़ों का शोर, अस्तबल से येन्स ओलायी की आवाज़ आ रही थी, जो घोड़ों से बातें कर रहा था। मैं वाक़ई पूरी तरह जड़ था। मैंने सिर्फ़ अपने ओठों को दो-एक बार चटकाया लेकिन और कोई ज़हमत नहीं उठायी। मेरी छाती मुझे तकलीफ़ दे रही थी।

शाम ढलने को थी, मैं ख़ुद में और-से-और धँसता चला गया, थक गया और वापस बिस्तर में लेट गया। हाथों को गर्माने के लिए मैं उँगलियों को बालों में से धकेलने लगा, आगे-पीछे, आर-पार और दायें-बायें; कई मुट्ठी-भर बाल उखड़ गये, कई लटें मेरी उँगलियों में आ गयीं और तकिये पर फैल गयीं। मैंने कोई चिन्ता नहीं की, ऐसा था मानो मुझ पर यह गुज़र ही न रही हो; यूँ भी मेरे बाल ख़ूब थे। कुछ

समय बाद मैंने ख़ुद को इस अजीब-से उनींदेपन से झिंझोड़कर उठाने की कोशिश की जो मेरे सभी अंगों में धुंध की तरह फैल गया था; मैं उठ बैठा, जितना मेरी छाती झेल सकती थी, मैं उतने ज़ोर से खाँसा और फिर पीछे की ओर गिर गया। कुछ भी करने को नहीं था, मैं आँखें खोले मर रहा था, असहाय, ऊपर छत को घूरता हुआ। आख़िर में मैंने अपनी एक उँगली मुँह में डाली और उसे चूसना शुरू कर दिया। मेरे दिमाग़ में कुछ टिमटिमाना शुरू किया, एक विचार जो वहाँ खुल गया था, एक विक्षिप्त धारणा। अगर मैं अपनी उँगली काट खाऊँ तो? बिना एक पल संकोच किये, मैंने अपनी आँखें बन्द कीं और अपने दाँतों को ज़ोर से भींच लिया।

मैं उछल पड़ा। आख़िरकार मैं जग चुका था। उँगली से थोड़ा ख़ून बहने लगा और मैंने उसे चाट लिया। ज़्यादा दर्द नहीं हुआ था, ज़ख़्म भी कुछ ख़ास नहीं था, लेकिन मैं होश में आ गया था। मैंने अपना सिर हिलाया, खिड़की तक गया और उँगली के लिए एक चिथड़ा ढूँढ़ा। जब मैं उसके साथ खटर-पटर कर रहा था, मेरी आँखें अचानक भर आयीं, मैं हौले-से अपने आप में रोने लगा। मेरी बेचारी काट-खायी दुबली-सी उँगली कितनी दयनीय मालूम पड़ रही थी। हे ईश्वर, मैं कितना गिर चुका था।

अँधेरा और भी घिर आया था—शायद आज अन्तिम हिस्सा लिखना सम्भव होता अगर आज रात एक मोमबत्ती मेरे पास होती। मेरे दिमाग़ में सब एक बार फिर पूरी तरह स्पष्ट था। विचार हमेशा की तरह आ-जा रहे थे और मैं इतनी यातना में भी नहीं था; भूख मुझे इतना परेशान नहीं कर रही थी जितना कुछ घण्टे पहले, मैं निश्चित ही एक दिन और सब्र कर सकता था। हो सकता है कि पंसारी की दुकान से मुझे एक मोमबत्ती उधार मिल ही जाये, अगर मैं पूरी स्थिति खोल कर बता दूँ तो। मैं वहाँ जाना-माना शख़्स था—अच्छे दिनों में जब मेरे पास पैसा अभी था मैं कितनी ही डबल-रोटियाँ ख़रीदा करता था। इस बात में कोई शक नहीं था कि अपने अच्छे नाम की बदौलत मुझे एक मोमबत्ती तो मिल ही सकती थी। तो कई हफ़्तों में पहली बार मैंने अपने कपड़ों को जरा बुहारा, कोट कॉलर पर झड़े हुए बाल हटाये, जितना अँधेरे में सम्भव था। फिर मैं रास्ता टटोलता सीढ़ियाँ उतर आया।

गली में पहुँचने पर मुझे यह लगा कि मुझे ब्रेड उधार माँगनी चाहिए। मैं असमंजस में पड़ गया, थोड़ा रुका और सोचने लगा। "नहीं, बिलकुल नहीं!" मैंने ख़ुद को जवाब दिया। बदकिस्मती से मेरी ऐसी हालत नहीं थी कि मैं खाना बर्दाश्त कर पाता—वही की वही कहानी दोबारा शुरू हो जायेगी : दृश्य और 'अनुभूतियाँ' और पागल विचार। इस तरह मेरा लेख कभी ख़त्म नहीं हो पायेगा और यह ज़रूरी था कि इससे पहले कि मैं भूल जाऊँ कि मैं कौन हूँ मुझे चीफ़ से मिलने चले जाना

चाहिए। बिलकुल नहीं! अन्त में मैंने मोमबत्ती ही माँगने का फ़ैसला किया। मैं पंसारी की दुकान में घुस गया।

एक औरत काउंटर के पास खड़ी सामान खरीद रही थी; मेरी तरफ़ काफ़ी छोटे-छोटे पार्सल रखे थे, अलग-अलग क़िस्म के कागज़ों में लिपटे हुए। उस क्लर्क ने जो मुझे पहचानता था और जिसे मालूम था मैं क्या ख़रीदा करता था, औरत से एक क्षण हटकर, मेरे लिए अख़बार में एक ब्रेड लपेटकर मेरे सामने रख दी।

"नहीं, दरअसल आज रात मुझे एक मोमबत्ती की ज़रूरत है," मैं बोला। मैं बहुत नरमी और विनम्रता से बोला ताकि वह चिढ़ न जाये और मोमबत्ती मिलने की सम्भावना जाती न रहे।

वह इस जवाब की उम्मीद नहीं कर रहा था; ऐसा पहली बार हुआ था कि मैं ब्रेड की जगह कुछ और माँग रहा था।

"ठीक है, आपको थोड़ा रुकना पड़ेगा," वह बोला। और उस महिला का सामान बाँधने लगा।

उसने अपना सामान उठाया और पाँच क्रोनर का नोट देकर, बाकी पैसा वापस लिया और चली गयी।

क्लर्क और मैं अब अकेले थे।

वह बोला, "ओह, हाँ, मोमबत्ती।" उसने मोमबत्ती का एक पैकेट फाड़कर खोला और एक निकालकर मुझे दे दी।

उसने मेरी ओर देखा और मैंने उसकी ओर देखा; मैं बोल नहीं पा रहा था कि मैं क्या चाहता था।

"ओह हाँ, आप मुझे पैसा दे चुके हैं," वह अचानक बोला। उसने स्पष्ट कहा था कि मैं पैसा दे चुका हूँ; मैंने एक-एक शब्द सुना था। वह तिजोरी में से चाँदी के सिक्के निकालने लगा, एक-एक क्रोन करके, चमकते, मोटे-मोटे सिक्के—उसने मुझे बाकी पैसा दिया—जो पाँच क्रोनर के नोट से बचा था, औरत के नोट से।

"यह लीजिए!" वह बोला।

मैं एक सैकेण्ड खड़ा रहा, पैसे को देखता हुआ, मुझे होश थी कि कहीं कुछ ग़लत हुआ है, लेकिन मैंने ध्यान नहीं दिया, मैंने कुछ भी नहीं सोचा; मैं उस ख़ज़ाने से चकाचौंध था जो मेरी आँखों के सामने चमक रहा था। मैंने यंत्रवत् सिक्के समेटे और उठा लिये।

मैं काउंटर के पास खड़ा रहा, बोलती बन्द हो गयी थी मेरी, मैं हार गया था, बेइज़्ज़त हो चुका था। मैं दरवाज़े की ओर एक कदम बढ़ा और फिर रुक गया। मैंने दीवार पर एक जगह नज़र गढ़ा दी जहाँ एक छोटी-सी घण्टी वाला एक ट्रेनिंग कॉलर लटका था, और उसके नीचे जूते के फीतों का एक पैकेट था। मैं इन चीज़ों को ताकता खड़ा रहा।

क्लर्क ने सोचा मैं कुछ बात करना चाहता हूँ, मुझे वहाँ से निकलने में इतना समय जो लग रहा था, और काउंटर पर बिखरे पैकिंग वाले काग़ज़ को समेटता हुआ वह बोला : "अब सर्दी शुरू है, ऐसा लगता है।"

"हम्म्म। हाँ," मैंने जवाब दिया। "अब सर्दी शुरू है, ऐसा लगता है। ऐसा ही लगता है।"

एक सेकेण्ड बाद मैंने जोड़ा, "समय आने वाला है, मुझे लगता है। लेकिन लगता ऐसा ही है जैसे अभी से शुरू है। वैसे भी समय तो आने ही वाला है।"

मैंने ख़ुद को यह बक-बक करते हुए सुना लेकिन एक-एक शब्द पर ग़ौर किया मैंने जैसे कोई और बोल रहा हो।

"ओह, आपको लगता है?" क्लर्क बोला।

मैंने पैसों वाला हाथ जेब में डाल लिया, हैंण्डल घुमाया और बाहर आ गया; मैंने ख़ुद को गुड-नाइट कहते हुए सुना और क्लर्क को जवाब देते।

मैं गली में कुछ आगे निकल आया था जब दुकान का दरवाज़ा भड़भड़ा कर खुला और क्लर्क मुझे चिल्लाकर बुलाने लगा। मैं मुड़ा, ज़रा भी हैरान हुए बिना, ज़रा-सा भी डरे बिना; मैंने सिक्कों को अपने हाथ में इकट्ठा कर लिया और वापस देने के लिए तैयार हो गया।

"आप ही को बुला रहा हूँ, आप मोमबत्ती भूल गये," क्लर्क बोला।

"ओह, शक्रिया," मैंने जवाब दिया। "बहुत-बहुत शुक्रिया।"

मैं गली में चलता गया, मोमबत्ती हाथ में लिये।

मेरी पहली तार्किक सोच, पैसे को लेकर थी। मैं एक लैम्प के नीचे चला आया और पैसा गिनने लगा, अपने हाथ में तौल कर देखा उसे और मुस्करा दिया। कुछ भी हो, यह शानदार मदद थी, अविश्वसनीय, लम्बे समय के लिए ग़ज़ब की राहत मिल गयी थी मुझे! मैंने पैसे वाला हाथ जेब में वापस डाल लिया और चलता रहा।

स्टॉर स्ट्रीट के एक बेसमेंट कैफ़े के सामने मैं रुक गया, ठण्डे और सुलझे दिमाग़ से सोचने लगा कि मैं थोड़ा-सा खाना खाने का जोखिम उठा सकता था कि नहीं। मुझे अन्दर से प्लेटों और छुरियों की खनखनाहट सुनायी पड़ रही थी, और गोश्त की धम्म धम्म बजती आवाज़। मन बहुत मचल रहा था, मैं अन्दर चला आया।

"एक प्लेट भुना हुआ बीफ़!" मैंने कहा।

"एक प्लेट भुना हुआ बीफ़!" लड़की ने दीवार में एक छोटी-सी खुली खिड़की के भीतर से कहा।

मैं भीतर दरवाज़े के ठीक पास एक छोटी-सी मेज़ पर बैठ गया और प्रतीक्षा करने की तैयारी करने लगा। थोड़ा अँधेरा था, मैं अच्छे-से छिपा बैठा था, और सोचना

शुरू करने लगा। बीच-बीच में लड़की मेरी ओर कुछ जिज्ञासा से देखती रही।

मेरी पहली सचमुच की बेईमानी अब हो चुकी थी, मेरी पहली चोरी, जिसकी तुलना में पहले की सभी हरक़तें फीकी पड़ गयी थीं; मेरा पहला छोटा-सा महान पतन. . . .तो ऐसा ही सही! अब करने को कुछ नहीं बचा था। फिर भी मेरे पास अब भी कुछ कर गुज़रने की आज़ादी तो थी ही। मैं कभी बाद में क्लर्क के पास जा सकता था, सही समय आने पर। मेरा बेईमान बने रहना क़तई ज़रूरी नहीं था, लेकिन फिर भी मैंने यह वादा तो कभी नहीं किया था कि मैं दूसरों के मुक़ाबले ज़्यादा ईमान की ज़िन्दगी जिऊँगा, किसी राज़ीनामे पर दस्तख़त तो नहीं किये थे मैंने. . . .

''क्या आपको लगता है मेरा आर्डर जल्दी मिल जायेगा मुझे?''

''हाँ, बिलकुल अभी!'' लड़की ने छोटी-सी खिड़की सरकाते हुए रसोई के अन्दर झाँककर देखा।

लेकिन अगर यह राज़ किसी दिन खुल गया तो? अगर क्लर्क को शक हो गया तो, अगर वह ब्रेड वाले पूरे प्रसंग और उस महिला की पाँच क्रोनर की चेंज के बारे में दोबारा सोचे तो? यह नामुमकिन नहीं था कि किसी दिन उसे सारी बात समझ में आ जाये, हो सकता है जब मैं अगली बार वहाँ जाऊँ तो। हे भगवान क्या घोटाला है. . . .मैंने चुपके से कन्धे उचकाये।

''यह लीजिए!'' लड़की दोस्ताना अन्दाज़ में बोली, और उसने बीफ़ की प्लेट मेज़ पर रख दी। ''लेकिन क्या आप दूसरे कमरे में बैठना पसन्द नहीं करेंगे? यहाँ तो बहुत अँधेरा है।''

''नहीं, शुक्रिया। मुझे यहीं बैठे रहने दें'', मैंने जवाब दिया। मैंने बीफ़ के लिए तुरन्त पैसे दे दिये और जितने भी सिक्के जेब के अन्दर मेरे हाथ में आये, मैंने उसे टिप में दे दिये; ऐसा कर मैंने उसकी मुट्ठी बन्द कर दी। वह मुस्करा दी और मैंने मज़ाक़ करते हुए कहा, नम आँखों के साथ : ''इसे जमीन-जायदाद ख़रीदने के लिए रख लें, आप चाहें तो।''

मैंने खाना शुरू किया; धीरे-धीरे मेरी भूख ज़ोर पकड़ने लगी और मैं बिना चबाये बड़े-बड़े टुकड़े निगलने लगा। मैं किसी आदमखोर की तरह गोश्त फाड़ने लगा।

लड़की मेरे पास फिर चली आयी।

''कुछ पीना पसन्द करेंगे आप?'' वह बोली, और हल्के-से मुझ पर झुक गयी।

मैंने उसकी ओर देखा; वह बड़ी ख़ामोशी से बात कर रही थी, लगभग शर्माती हुई। उसने आँखें झुका लीं।

''मैं एक गिलास बियर के बारे में सोच रही थी, या जो भी आप चाहें. . . .मेरी

तरफ़ से. . . .कोई कीमत नहीं. . . .अगर आप चाहें तो. . . ."

"नहीं, बहुत-बहुत धन्यवाद!" मैंने जवाब दिया। "इस बार नहीं। मैं फिर किसी दिन आऊँगा।"

वह चली गयी और काउंटर के पीछे जाकर बैठ गयी। मुझे सिर्फ़ उसका सिर दिखायी दे रहा था। अजीब शख़्स थी वह।

जब मैंने खाना ख़त्म किया, मैं सीधा दरवाज़े की ओर चल दिया। मेरा जी अभी से मितलाने लगा था। लड़की उठकर खड़ी हो गयी। मैं रोशनी में आने से डर रहा था, इस बात से भयभीत था कि कहीं वह लड़की मेरी असली मुफ़लिसी को देख न ले, तो मैंने जल्दी से गुड-नाइट कहा, झुककर इजाज़त ली और चला आया।

भोजन ने मुझे परेशान करना शुरू कर दिया था, मेरा पेट गड़बड़ था और मैं बहुत देर तक खाना भीतर रखे रहने की स्थिति में नहीं था। मैं हर अँधेरे कोने में अपना मुँह ख़ाली करते हुए चलता रहा, जी मितलाने से महसूस होने वाला खोखलापन, जिससे मैं लगातार लड़ रहा था, फिर शुरू हो चुका था। मैंने मुट्ठियाँ भींच लीं, जी कड़ा किया, पटरी पर पाँव पटके, और क्रोध से जलते हुए उस भोजन को निगल गया जो ऊपर आने की कोशिश कर रहा था—कोई फ़ायदा नहीं था! अन्त में एक दरवाज़े की ओट में, पूरा झुक कर आँखों से झरते हुए आँसुओं से अन्धा होकर, मैंने सब-का-सब उगल दिया।

अब मैं कड़वाहट से भर चुका था; मैं गली पार करता रहा, सुबकियाँ लेता हुआ। मैंने क्रूर ख़ुदाओं को गाली दी, जो भी वे थे, जो इस क़दर सता रहे थे मुझे, उन्हें दोजख में हमेशा-हमेशा के लिए सड़ते रहने की बद्दुआ दी। ख़ुदाओं में बहुत कम दानवीरता थी, बहुत ही कम दानवीरता, मैं बता सकता हूँ. . . .किसी दुकान की खिड़कियाँ देखते हुए एक आदमी से जाकर जितनी जल्दी हो सकता था मैंने पूछा कि ऐसे आदमी को क्या खिलाना चाहिए जो बहुत देर से भूखा हो। ज़िन्दगी और मौत का सवाल है, मैंने कहा। वह आदमी बीफ़ नहीं पचा पा रहा था।

"मैंने सुना है कि इस हालत में दूध पिलाना ठीक है, उबला दूध," एकदम हैरान होकर उस आदमी ने जवाब दिया।

"बहुत शुक्रिया!" मैंने कहा। "उबला दूध पिलाना शायद बहुत बढ़िया सुझाव है।"

मैं चल दिया।

पहले ही कैफ़े में घुसकर मैंने कुछ उबला दूध माँगा। दूध मिल गया मुझे, और जैसा तेज़ गरम वह था, मैं गटागट एक-एक बूँद भुक्खड़ों की तरह निगल गया। फिर मैं बाहर आया और घर की ओर चल पड़ा।

अब फिर वही विचित्र चीज़ हुई। मेरे घर की गली के दरवाज़े के बाहर,

लैम्प-पोस्ट के सहारे, सीधी रोशनी में, कोई खड़ा था जिसे मैं दूर से देख सकता था—काली पोशाक पहने वह औरत। वही औरत जो पिछली कई रातों से वहाँ आ रही थी। कोई सवाल ही नहीं था : यह चौथी बार हो रहा था, वह ठीक उसी जगह खड़ी मिलती थी। वह वहाँ निश्चल खड़ी रहती थी।

यह मेरे लिए इतनी ग़ज़ब की बात थी कि मुझे पता ही नहीं चला मैंने कब अपनी चाल धीमी कर ली। उस क्षण मेरा दिमाग़ ठीक-ठाक चल रहा था, हालाँकि वह काफ़ी उत्तेजित-स्थिति में था, और हाल ही में खाये भोजन की वजह से मेरी नसों की हालत नाज़ुक थी। मैं हमेशा की तरह उसके पास से होकर गुज़रा, लगभग दरवाज़े तक पहुँच गया और अन्दर जाने ही वाला था। फिर मैं रुक गया। अचानक एक सनक मुझ पर सवार हुई। ख़ुद से कुछ भी सलाह-मशविरा किये बिना, मैं मुड़ा और उस औरत के पास चला आया, मैंने उसके चेहरे की ओर देखा और बोला, "गुड-ईवनिंग!"

"गुड-ईवनिंग!" उसने जवाब दिया।

"माफ़ कीजिए, लेकिन आप किसी को ढूँढ़ रही हैं? मैंने पहले भी आपको यहाँ देखा है। क्या मैं आपकी कोई मदद कर सकता हूँ? दख़लअंदाज़ी के लिए माफ़ी चाहता हूँ।"

उसने कहा उसे ठीक से मालूम नहीं था. . . .

"उस दरवाज़े के भीतर तीन-चार घोड़ों और मेरे अलावा कोई नहीं रहता—दरअसल यह बिल्डिंग अस्तबल और एक लोहार की वर्कशाप है। आप इतनी ज़हमत उठा रही हैं, लेकिन मुझे अफ़सोस है कि इसका कोई फ़ायदा नहीं है अगर आप यहाँ किसी को ढूँढ़ रही हैं।"

अपना चेहरा उस तरफ़ करते हुए उसने जवाब दिया, "मैं किसी को ढूँढ़ नहीं रही, मैं सिर्फ यहाँ खड़ी हूँ।"

वह खड़ी रहती थी वहाँ, एक से दूसरी रात, हर रोज़, सिर्फ़ इसलिए कि कोई सनक सवार थी उस पर! यह बात थोड़ी अजीब थी—मैं जितना इस पर सोचता, उतनी ही उलझन महसूस हो रही थी मुझे। लिहाज़ा मैंने हिम्मत दिखाने की ठान ली। मैंने अपनी जेब में सिक्कों को हल्का-सा खनखनाया और बिना किसी तकल्लुफ़ के उसे मेरे साथ कहीं चलकर वाईन पीने का सुझाव दिया. . . .हम लोग सर्दी की आमद का जश्न मनाएँगे, ही-ही. . . .ज़्यादा समय नहीं लगेगा. . . ..लेकिन हो सकता है बे न आना चाहें?

नहीं, शुक्रिया वे ऐसा नहीं करना चाहेंगी। वे नहीं कर सकती थीं। लेकिन क्या मैं मेहरबानी करके कुछ दूर तक उनका साथ दे सकता था। अँधेरा काफ़ी हो चुका था और कभी-कभी रात के समय कार्ल योहान स्ट्रीट पर अकेले घूमना अजीब लग सकता है।

बड़ी ख़ुशी से।

हम चल पड़े; वह मेरे दायीं ओर चल रही थी। एक ख़ास तरह का प्यारा-सा एहसास हुआ मुझे, किसी युवा लड़की के क़रीब होने का। मैं चलता रहा, पूरा रास्ता उसकी ओर देखते हुए। उसके बालों की महक, उसके जिस्म से आती हुई गरमी, उसकी स्त्री-गन्ध, जब वह मेरी तरफ़ मुड़ती उसकी साँस की ख़ुशबू—सब बहकर मेरे भीतर चला आ रहा था, मेरी इन्द्रियों पर पूरी तरह छा रहा था। पर्दे के पीछे मुझे एक हल्के-से ज़र्द और भरे-पूरे चेहरे का आभास मिल रहा था और उरोज़ों का भराव जिससे उसका केप पूरी तरह उभर आया था। उस तमाम खूबसूरती के आभास से, जो केप और पर्दे के पीछे छिपी थी, मैं बिलकुल बौखला उठा था और बिलावजह ख़ुशी से पागल हुआ जा रहा था। ख़ुद को अब और संयमित रख पाना मेरे लिए मुश्किल था, मैंने उसे अपने हाथ से छुआ, उसके कन्धे को उँगलियों से सहलाया और किसी उजड्ड आदमी की तरह मुस्करा दिया। मुझे अपना दिल जोर से धड़कता सुनायी पड़ रहा था।

''आप बहुत अजीब शख़्स हैं!'' मैंने कहा।

''सच? आपको ऐसा क्यों लगता है?''

''पहले तो इसलिए कि एक से दूसरी रात घोड़ों के अस्तबल के बाहर खड़े रहने की विचित्र आदत है आपको, जिसका कोई मतलब नहीं है, जी में आया और बस. . . .''

यह बात नहीं थी, कोई-न-कोई वजह तो रही होगी न; दरअसल वे देर रात तक जागना पसन्द करती थीं, उन्हें ऐसा करना बहुत अच्छा लगता था। क्या मैं बारह बजे से पहले सोना पसन्द करता हूँ?

''मैं? अगर दुनिया में मुझे किसी चीज़ से वाक़ई नफ़रत है, तो वह है रात बारह बजे से पहले सोना!''

ओह, तो यह बात है! तो अब समझ सकते हैं न आप कि वे इस तरह शाम को घूमने क्यों निकल जाया करती हैं, जब और कुछ भी नहीं चल रहा होता; वे सेंट उलाफ़्स प्लेस में रहती हैं. . . .

''यीलायाली!'' मैं झट से बोला।

''माफ़ कीजिए, मैंने सुना नहीं?''

''मैंने यीलायाली कहा था, बस. . . .ख़ैर आप कुछ कह रही थीं!''

वे सेंट उलाफ़्स प्लेस में रहती थीं, कई बार बहुत अकेलापन महसूस होता था उन्हें, माँ से बात करने का कुछ ख़ास फ़ायदा नहीं था क्योंकि वे बिलकुल बहरी थीं। घर से थोड़ा-बहुत बाहर निकलना अगर अच्छा लगे, तो क्या यह कोई अजीब बात थी?

''नहीं, बिलकुल नहीं!'' मैंने जवाब दिया।

"लगता है आपको पक्का पता है।" उसकी आवाज़ से मैं सुन सकता था कि वह मुस्करा रही थी।

क्या उनकी कोई बड़ी बहन भी है?

हाँ, बड़ी बहन है उनकी। लेकिन मुझे कैसे मालूम हुआ? वे हैमबर्ग गयी हुई थीं।

हाल ही में?

हाँ, पाँच सप्ताह हो गये इस बात को। मुझे कहाँ से पता चला उनकी कोई बड़ी बहन भी है।

पता-वता नहीं चला, मैंने बस यूँ ही पूछा था।

हम दोनों चुप हो गये। एक आदमी बगल में जूते दबाये हमारे क़रीब से गुज़रा। अलावा उसके, दूर तक देखने पर भी गली बिलकुल ख़ाली थी। सिर्फ़ टिवोली के पास रंगीन रोशनियों की एक लड़ी जगमगा रही थी। बर्फ़ गिरना बन्द हो चुकी थी, आसमान साफ़ था।

"हे भगवान, ओवरकोट के बिना ठण्ड नहीं लग रही आपको?" उसने अचानक मेरी ओर देखते हुए पूछा।

क्या मैं उसे बता दूँ कि मेरे पास ओवरकोट क्यों नहीं है? अपने हाल का खुल कर बयान कर दूँ और डरा कर उसे दूर भगा दूँ—बाद में क्यों, अभी क्यों नहीं? फिर भी इस जगह उसके साथ चलना कितना सुखद था और उसे कुछ देर के लिए अँधेरे में रखना। मैंने झूठ बोला, और जवाब दिया, "ओह नहीं, बिलकुल भी नहीं।" बात बदलने की गर्ज़ से मैंने पूछा, "आपने वो टिवोली वाला चिड़िया-घर देखा है?"

"नहीं," उसने जवाब दिया। "देखने लायक है क्या?"

अगर वह वहाँ जाने का मन बना बैठे तो? उन तेज़ रोशनियों में, सभी लोगों के बीच! उसके होश उड़ जायेंगे, वह डर कर भाग जायेगी वहाँ से जब वह मेरे भयानक कपड़ों को देखेगी, मेरे मरियल-से चेहरे को जिसे मैंने दो दिन से धोया तक नहीं था, उसे यह भी पता चल जायेगा कि मैंने वास्कट नहीं पहन रखी थी. . . .

"नहीं, मुझे नहीं लगता," मैं बोला। "कुछ ख़ास देखने लायक नहीं है वहाँ।" एक-दो साधारण से विचार मुझे आये, जिनका मैंने फ़ौरन इस्तेमाल कर लिया, मेरे लुटे-पिटे दिमाग़ का अंगड़-खंगड़ : "एक छोटे-से चिड़ियाघर से भला क्या उम्मीद की जा सकती है। और पिंजरे में बन्द जानवरों को देखना मुझे आम तौर पर यूँ भी पसंद नहीं है। उन्हें मालूम रहता है हम खड़े-खड़े उन्हें ताक रहे हैं—उन्हें सैकड़ों भेदती हुई निगाहों का एहसास हो जाता है और इसका असर होता है उन पर। मैं उन जानवरों को ज़्यादा पसन्द करता हूँ जिन्हें देखे जा रहे होने की कोई ख़बर नहीं रहती, अपनी माँदों में इतराते संकोची जीव-जन्तु, जो अधमुँदी पलकें लिये पड़े

रहते हैं, अपने पंजों को चाटा करते हैं, और सोच में डूबे रहते हैं। क्या आपको ऐसा नहीं लगता?''

हाँ, उन्हें लगता था मैं सही कह रहा हूँ।

जिन जानवरों में कुदरत की दी हुई दहशत और जंगलीपन अभी बरक़रार है, वही अहम हैं। रात के सन्नाटे में चुपके से पड़ते हुए ख़ामोश पग, पेड़ों की शाखाओं से उठती हुई आहें, चीड़ के जंगलों का भुतहापन, गुज़रते हुए परिन्दों की चहचहाहट, हवा, ख़ून की गन्ध, बादलों की गरज; कुल मिलाकर वनैले जीवों के भीतर अभी तक बसा हुआ कुदरत का जंगलीपन. . . .

लेकिन मुझे डर था कि इस सब से वह ऊब गयी होगी, और मेरी अन्तहीन ग़रीबी के एहसास ने एक बार फिर मुझे आ घेरा और मेरा मन बुझ गया। अगर मेरे कपड़े थोड़े-बहुत ठीक-ठाक होते, तो वह मेरे संग टिवोली की सैर का मज़ा तो ले ही सकती थी! मैं इस औरत को समझ नहीं पा रहा था जिसे एक अधनंगे भिखारी के साथ कार्ल योहान तक चलते चले जाने में मज़ा आ रहा था। भगवान के लिए, भला वह क्या सोच रही थी? और मैं भी भला क्यों चला जा रहा था, कई-कई स्वांग रचाता और मूर्खों की तरह बिना किसी बात पर मुस्कराता हुआ? कोई तुक थी, सच, कि मैं इस रेशमी फुलचुकी के सम्मोहन में मुँह उठाये इतनी लम्बी सैर के लिए निकल पड़ा था? क्या मैं इसकी कीमत नहीं चुकाऊँगा? हवा के एक हल्के-से झोंके भर से मेरे दिल में क्या मौत की ठण्डक उतरती हुई महसूस नहीं हो रही थी मुझे? और क्या मेरे दिमाग़ में महीनों-महीने सिर्फ़ खाना न खाने की वजह से पागलपन ने अपना घर नहीं बसा लिया था? वह वास्तव में मुझे घर जाकर दूध का एक घूँट पीने से रोक रही थी, चम्मच-भर और दूध जिसे मैं शायद पचा सकूँ। वह पलट कर वापस क्यों नहीं चली जाती और मुझे क्यों भाड़ में नहीं जाने देती?. . . .

मैं घबरा गया, मेरे अवसाद ने मुझे कगार से नीचे धकेल दिया, और मैं बोला, ''दरअसल, आपको मेरे साथ नहीं चलना चाहिए; मैं आपको लोगों की नज़रों से गिरा रहा हूँ अपने कपड़ों की वजह से। अब सच यही है; मेरी बात मानिए।''

वह स्तब्ध रह गयी। उसने झट-से मेरी तरफ़ देखा और कुछ नहीं कहा। आख़िरकार वह बोली, ''हे भगवान!'' वह और कुछ नहीं बोली।

''क्या मतलब?'' मैंने पूछा।

''ओह, कृपया ऐसी बातें मत कीजिए. . . .कोई ख़ास दूर तो नहीं जाना हमें।'' और वह पहले से कुछ तेज़ चलने लगी।

हम यूनिवर्सिटी स्ट्रीट आन पहुँचे, और सेंट उलाफ़्स प्लेस की रोशनियाँ हमें दिखायी देने लगीं। अब उसकी चाल फिर से धीमी हो गयी थी।

''हो सकता है मैं गुस्ताख़ी कर रहा हूँ,'' मैं बोला, ''लेकिन जाने से पहले क्या आप मुझे अपना नाम बता सकती हैं? और पल-भर के लिए क्या आप अपना

पर्दा हटाएँगी ताकि मैं आपको देख सकूँ? मैं आपका शुक्रगुज़ार होऊँगा।''

चुप्पी। हम चलते रहे। मैं प्रतीक्षा करता रहा।

''आप मुझे पहले देख चुके हैं,'' उसने जवाब दिया।

''यीलायाली!'' मैं फिर बोला।

''एक बार आप आधा दिन मेरा पीछा करते रहे थे और लगभग मेरे घर तक। क्या उस वक्त पी रखी थी आपने?'' मैं फिर सुन रहा था कि वह मुस्करा रही थी।

''हाँ,'' मैं बोला। ''हाँ, बदकिस्मती से उस समय मैं पिये हुए था।''

''बुरी बात है।''

और मैंने पछताते हुए मान लिया कि बहुत बुरी बात थी।

हम फव्वारे के पास पहुँच चुके थे; हम रुक गये और हमने 2 सेंट ऊलाफ़्स प्लेस की जगमगाती खिड़कियों की ओर देखा।

''बस अब और आगे मत चलिए मेरे साथ,'' वह बोली। ''आज की शाम बहुत अच्छी थी, शुक्रिया।''

मैंने सिर झुका लिया और कुछ भी कहने की हिम्मत नहीं हुई। मैंने अपना हैट उतारा और नंगे सिर खड़ा रहा। क्या मैं उनका हाथ अपने हाथ में ले सकता था?

''आप यह क्यों नहीं कहते मैं कुछ दूर आपके साथ वापस चलूँ?'' उसने मज़ाक़ करते हुए कहा। लेकिन वह अपने जूते के पंजों को देखती रही।

''हे ईश्वर'' मैं बोला, ''हाँ, अगर आप इजाज़त दें।''

''हाँ, लेकिन थोड़ी दूर।''

हम पलटकर वापस चलने लगे।

अब मैं बिलकुल चकरा गया था, मैं समझ नहीं पा रहा था कि सिरा किस ओर था; इस शख़्स ने तो मेरी सारी अपेक्षाओं को पलट दिया था। मैं ख़ुश हो गया था, ग़ज़ब की ख़ुशी थी यह; मुझे लगा कि मैं ख़ुशी के मारे गिर जाने वाला हूँ। वही चाहती थी कि हम लोग कुछ दूर वापस चलें, उसका सुझाव था यह, मेरा नहीं। मैं चलता रहा, अपनी आँखें उस पर जमाये, मुझ पर और भी मस्ती छा रही थी, और वह मुझे उकसा रही थी, एक-एक लफ़्ज़ के साथ मुझे और क़रीब खींच रही थी। पल-भर के लिए मैं अपनी ग़रीबी और तकलीफ़ को भूल बैठा, अपनी ख़ौफ़नाक हालत, मुझे अपने जिस्म में गरम खून दौड़ता हुआ महसूस हुआ, बिलकुल पुराने दिनों की तरह जब जिस्मानी तौर पर अभी मेरी टूट-फूट शुरू नहीं हुई थी, और मैंने आगे बढ़ने के लिए एक छोटी-सी चाल चल दी।

''दरअसल मैं उस समय आपका पीछा नहीं कर रहा था,'' मैं बोला। ''मैं आपकी बहन का पीछा कर रहा था।''

"मेरी बहन?" वह बोली, और इससे ज़्यादा उसे हैरान कर देने वाली और क्या बात होती! वह ठिठक गयी, उसने मेरी ओर देखा और मेरे जवाब की प्रतीक्षा करने लगी। वह बड़ी संजीदगी से पूछ रही थी।

"हाँ," मैं बोला। "हम्म्म। मेरा मतलब है अपने सामने चल रही औरतों में से जिसकी उम्र कम थी, उसी का पीछा कर रहा था मैं।"

"जिसकी उम्र कम थी? आह!" वह अचानक हँस दी, ऊँची, भरपूर किसी बच्चे की-सी हँसी। "कितने शातिर हैं आप! आपने ऐसा इसलिए कहा ताकि मैं अपना पर्दा हटा लूँ। मैं समझ गयी थी। ख़ैर, अब प्रतीक्षा करते-करते नीला पड़ जायेगा आपका चेहरा. . . .यही सज़ा है आपकी।"

हम हँसने और मज़ाक करने लगे, पूरा समय बिना रुके हम आपस में बातें करने लगे, मुझे होश नहीं था मैं कह क्या रहा था, मैं ख़ुश था। उसने मुझे बताया कि एक बार उसने मुझे थियेटर में देखा था, बहुत समय पहले। मैं तीन मित्रों के साथ था और पागलों का-सा व्यवहार कर रहा था, कोई सवाल ही नहीं था, उस समय भी मैं पिये हुए था, और शरारती मूड में था।

"आपको ऐसा क्यों लगा?"

"क्योंकि आप हँसते चले जा रहे थे।"

"यह बात है। हाँ, हाँ, उन दिनों मैं हँसा बहुत करता था।"

"लेकिन अब नहीं?"

"ओह हाँ, अब भी। जीना ग़ज़ब की चीज़ है!"

हम कार्ल योहान तक पहुँच गये थे।

वह बोली, "बस यहीं तक!" लिहाज़ा हम मुड़े और यूनिवर्सिटी स्ट्रीट से वापस हो लिए। फव्वारे तक पहुँचकर मैंने अपनी चाल धीमी कर ली, यह अच्छी तरह जानते हुए कि मैं अब उसके साथ और आगे नहीं जा पाऊँगा।

"अब आपको वापस मुड़ना पड़ेगा," वह रुककर बोली।

"हाँ, यही करना होगा मुझे", मैंने जवाब दिया।

लेकिन एक क्षण बाद उसे लगा कि मैं दरवाज़े तक छोड़ने तो जा ही सकता था। ऐसा करने में तो कोई हर्ज नहीं है न?

"नहीं," मैं बोला।

लेकिन जैसे ही मैं दरवाज़े पर जाकर खड़ा हुआ, मेरा समूचा दुख लौट आया। कोई आदमी हिम्मत कैसे बनाये रख सकता है जबकि उसके दो टुकड़े हो चुके हों? यह खड़ा था मैं, एक जवान औरत के सामने, गन्दा, चीथड़ों में लिपटा, भूख से विकृत, बिना नहाए, अधनंगा—जमीन में गड़ जाने के लिए काफ़ी था यह। मैं सिकुड़ गया, मुझे पता ही नहीं चला कब हल्का-सा कूबड़ निकल आया मेरा, और मैं बोला, "तो इसके बाद मैं कभी नहीं मिल सकता आपसे?"

मुझे उससे दोबारा मिलने की कोई उम्मीद नहीं थी, मैं लगभग एक तल्ख़ इनकार की चाहना करने लगा था जिससे मैं सीधा हो जाऊँ और कुछ भी महसूस न हो मुझे।

"मिल सकते हैं।"

"कब?"

"मालूम नहीं।"

चुप्पी।

"आप क्या क्षण भर अपना पर्दा हटा सकती हैं," मैं बोला, "ताकि मैं देख सकूँ मैं किससे मुख़ातिब हूँ? सिर्फ़ एक मिनट के लिए। मुझे देखना है मैं किससे बात कर रहा हूँ।"

चुप्पी।

"आप मुझे मंगल की शाम यहाँ मिल सकते हैं," वह बोली। "आप चाहेंगे?"

"ईश्वर के लिए, हाँ, अगर आप इजाज़त दें।"

"आठ बजे।"

"बढ़िया।"

मैंने बर्फ़ झाड़ने के लिए उसके केप पर हाथ फेरा ताकि मैं उसका स्पर्श पा सकूँ। उसके पास होने भर से मुझे बहुत ख़ुशी मिल रही थी।

"तो आप यह नहीं सोचेंगे न कि मैं एक बुरी लड़की हूँ," वह बोली। वह फिर मुस्करा रही थी।

"नहीं. . . ."

अचानक इरादा बदलने के अन्दाज़ से, उसने माथे तक पर्दा उठा लिया; हम एक दूसरे को देखते खड़े रह गये। "यीलायाली!" मैं बोला। उसने एड़ियाँ उठायीं, मेरी गर्दन अपनी बाँहों में ली और पूरा चूम लिया मुझे ओठों पर। मुझे उसका वक्ष उठता और गिरता महसूस हो रहा था, उसकी साँस उखड़ी हुई थी।

क्षण-भर में उसने ख़ुद को हटा लिया, दबे स्वरों में फुसफुसाती हुई आवाज़ से गुड-नाइट कहा और बिना कुछ कहे दौड़ती हुई ज़ीना चढ़ने लगी. . . .

गली वाला दरवाज़ा बन्द हो गया।

अगले दिन भी बर्फ़ गिरती रही, भारी भीगी हुई बर्फ़, बड़े-बड़े नीले फाहे जो गिरते ही कीचड़ करने लगते थे। हवा तल्ख़ और ठण्डी थी।

मैं काफ़ी देर से उठा, गयी रात की उत्तेजना से मेरा दिमाग़ अजीब तरह से चकराया हुआ था और उस हसीन मुलाक़ात से मेरा दिल झूम रहा था। ख़ुशी से मैं कुछ देर यूँ ही लेटा रहा, यह सोचते हुए कि यीलायाली मेरे साथ लेटी हुई थी :

मैंने बाँहें फैलाईं, ख़ुद को आगोश में लिया, और हवा को चूम लिया। अन्त में मैं उठा, बाहर निकला, और एक गिलास ताज़ा दूध खरीदा और इसके तुरन्त बाद, रोस्ट बीफ़। मुझे अब भूख नहीं लगी थी—लेकिन मेरी नसें अभी तक खनखना रही थीं।

मैं पुराने कपड़ों की तलाश में निकल पड़ा। मुझे ख़याल आया कि मैं एक पुरानी वास्कट सस्ते में खरीद सकता था, कोट के नीचे पहनने के लिए, कुछ भी चल सकता था। मैं सैकेंडहैंड स्टोर की सीढ़ियाँ चढ़कर अन्दर पहुँचा और एक वास्कट का मुआयना करने लगा। मैं अभी उसे उलट-पलट ही रहा था कि मेरी जान-पहचान का एक आदमी सिर हिलाकर मुझे अपने पास बुलाने लगा। मैंने वास्कट वहीं छोड़ दी और नीचे चला आया। वह इंजीनियर था और अपने दफ़्तर जा रहा था।

"चलो चलकर बियर पीते हैं," वह बोला। "तुरन्त चलना पड़ेगा, मेरे पास ज़्यादा समय नहीं है. . . .वह औरत कौन थी जिसके साथ तुम कल रात घूम रहे थे?"

"अगर मैं तुम्हें इस बात की जानकारी दूँ," मैं बोला, सिर्फ़ इसी बात से जलते हुए कि वह उसके बारे में सोच रहा था, "कि वह मेरी मंगेतर है?"

"ग़ज़ब!" वह बोला।

"हाँ, कल रात ही बात पक्की हुई है।"

मैंने उसे यह बतलाकर ढेर कर डाला था, वह मेरी बात को पूरी तरह मान बैठा था। मैं कोरी बकवास कर रहा था उससे पीछा छुड़ाने के लिए। हमारी बियर आ गयी, हमने पी और उठ खड़े हुए।

"गुड-मार्निंग!. . . .ज़रा रुको," वह अचानक बोला, "तुम्हें मालूम है न मैंने तुमसे काफ़ी क्रोनर उधार लिए थे, और यह मेरा क़सूर है कि मैंने इतनी देर से यह रकम चुकायी नहीं है। लेकिन मैं चुका दूँगा, जैसे ही पहला मौका मिलेगा मुझे।"

"अच्छी बात है, शुक्रिया," मैं बोला। लेकिन मैं जानता था वह नहीं चुकाएगा।

दुर्भाग्य से बियर मुझे चढ़ गयी। मुझे काफ़ी हरारत महसूस होने लगी। कल रात की मस्ती मुझ पर अभी तक छायी थी, अभी तक मैं लगभग पगलाया हुआ-सा था। अगर वह मंगल के रोज़ नहीं आयी तो? क्या पता वह पूरे किस्से पर सोचने लगी हो और शक हो गया हो उसे!. . . .लेकिन शक किस बात का?. . . .मेरा दिमाग़ पटरी से उतर गया था और पैसे की सोच में बुरी तरह फँस गया था। मैं ख़ुद से डर गया था, भयानक डर गया था। मेरी चोरी पूरे विवरणों के साथ मेरी सोच में उभर आयी थी : मैंने उस छोटी-सी दुकान को देखा, उस काउंटर से पैसे उठाते हुए अपने दुबले हाथ को, और मैं अपनी गिरफ्तारी के सिलसिले में पुलिस की कार्यवाही की कल्पना करने लगा। कलाइयों और टखनों पर लोहे की ज़ंजीरें—नहीं, सिर्फ़ कलाइयों पर, शायद सिर्फ़ एक ही कलाई पर; फिर क्लर्क को फ़ार्म भरते सुन कर, उसकी

कलम की किरकिराहट को, उसकी नज़र, उसकी ख़ौफ़नाक नज़र : अब श्रीमान् तांगेन : कोठरी, अन्तहीन अन्धकार।

हम्म्म! मैंने ख़ुद को हिम्मत बँधाने के लिए अपनी मुट्ठियों को भींच लिया, तेज़-तेज़ चलने लगा, और मेन मार्किट के स्क्वेयर तक आन पहुँचा। यहाँ आकर मैं बैठ गया।

अब कोई मज़ाक़ नहीं! इस बात को भला कौन साबित करेगा कि मैंने चोरी की है? और फिर किसी दिन अगर सारी बात को याद करते हुए वह क्लर्क समझ भी जाये कि क्या हुआ था, वह जाकर बताने की हिम्मत कहाँ करेगा—वह नौकरी से हाथ तो नहीं धोना चाहेगा न। अब ज़्यादा बनो मत, तमाशा मत करो, समझे।

लेकिन सिक्के मेरी जेब में भारी थे और मुझे चैन नहीं लेने दे रहे थे। मैंने अपने जज़्बात का ज़ायज़ा लेने की कोशिश की और मैंने पाया कि इस बात में शक की ज़रा भी गुंजाइश नहीं थी कि इतनी तकलीफ़ में भी इज़्ज़त से जीने में मैं ज़्यादा ख़ुश था। और यीलायाली! क्या उसे भी अपने गुनाहगार हाथों से मैंने गिरा नहीं दिया था! या ख़ुदा, मेरे मालिक! यीलायाली!

मैं किसी मूरख की तरह पिये था, मैं अचानक उछला और एलिफ़ेंट दवाखाने के पास बैठी केक बेचनेवाली की ओर चल दिया। मैं अब भी ख़ुद को नीचता से बचा सकता था, बहुत देर नहीं हुई थी, बिलकुल भी नहीं, मैं पूरी दुनिया को दिखा देने वाला था कि मैं क्या कर गुज़रने के क़ाबिल था! रास्ते में मैंने पैसा तैयार किया, एक-एक ओरे को अपनी मुट्ठी में कस लिया। मैं उस औरत के केक-बोर्ड पर झुका जैसे कुछ ख़रीदने वाला हूँ और अचानक सारे पैसे मैंने उसके हाथ में रख दिये। मैंने कुछ नहीं कहा, बस मुड़ा और चल दिया।

कितना ग़ज़ब का एहसास था कि अब मैं फिर से इज़्ज़तदार आदमी था। ख़ाली जेबों के भार से अब मैं दब नहीं रहा था, बहुत सुख था दोबारा कंगाल हो जाने में। सच में देखा जाये तो इन सिक्कों की बदौलत मैं अन्दर ही अन्दर कई बार कराह चुका था, कई बार उनके बारे में सोच कर सिहर उठा था। मेरा ईमान इस नीच हरक़त के खिलाफ़ बोल उठा था। ख़ुदा का शुक्र है, मैं अपनी नज़र में उठ गया था। "जाओ और वही करो जो मैंने किया है!" मैं लोगों से ठसाठस भरी मार्किट से मुख़ातिब था, बस वही करो जो मैंने किया है। मैंने एक ग़रीब वृद्धा को ख़ुशी की जन्नत बख़्श दी थी—इस वक्त उसे ख़बर नहीं थी कि उसके साथ हो क्या गया है। आज रात उसके बच्चे भूखे पेट नहीं सोयेंगे. . . .मैं इन विचारों से जोश में आ गया और मुझे पूरा यकीन हो चला था कि मैंने कमाल कर दिया है। ख़ुदा का शुक्र है कि पैसा मेरे हाथ से चला गया था।

जोश में और नशे में धुत, मैं गली में चलता रहा, महान कार्य पर तुला हुआ। यीलायाली से मैं पाक-साफ़ और ईमानदार आदमी की हैसियत से मिल रहा होऊँगा,

उससे सीधे रूबरू हो सकूँगा, इस बात की ख़ुशी में बहक गया था मैं, आधा तो नशे में मैं यूँ भी था ही। कोई पीड़ा नहीं थी मेरे जिस्म में, मेरा सिर एकदम साफ़ और ख़ाली था, ऐसा महसूस होता था जैसा निरी रोशनी का सिर हो जो मेरे कन्धों पर टिका चमक रहा था। मेरा मन हुआ मैं लोगों को उल्लू बनाऊँ, हैरतअंगेज़ हरक़तें करूँ, शहर को उलटा कर दूँ और दहाड़ूँ। पूरी ग्रैनसेन स्ट्रीट में मैं पागलों की-सी हरक़तें करता रहा; मेरे कानों में हल्की-हल्की घण्टियाँ बज रही थीं, और दिमाग़ में दारू ज़ोर मार रही थी। दुस्साहस से भरा हुआ, मुझे सूझा कि शहर के किसी संदेशवाहक के पास जाकर—जिसने मुझसे एक शब्द तक न बोला हो—मैं उसे अपनी उम्र बताऊँगा, और फिर बिना एक शब्द कहे बड़ी गहराई से उसके चेहरे की तरफ़ देखूँगा और फिर बिना कोई सफ़ाई दिये चल दूँगा।

राहगीरों की आवाज़ों के उतार-चढ़ाव मुझे पता चल रहे थे, उनकी हँसी के भी; मैंने अपने सामने फुदकती हुई कई छोटी-छोटी चिड़ियों की ओर भी ध्यान दिया, और पनपत्थरों पर झलकते हुए भाव भी ग़ौर से देखने लगा जिनमें मुझे तरह-तरह के शकुन और ग़ज़ब के संकेत मिल रहे थे। ऐसा करते-करते मैं संसद के पास के स्क्वेयर तक आन पहुँचा।

सहसा मैं रुका और किराये की घोड़ागाड़ियों को देखने लगा। कोचवान एक दूसरे से बतियाते चल-फिर रहे थे, बर्फ़ के सामने घोड़े झुके खड़े थे। "चल!" मैंने अपनी पसलियों में कोहनी मारते हुए कहा। मैं तेज़-तेज़ चलकर पहली गाड़ी तक पहुँचा और चढ़कर बैठ गया। "उल्लेवॉल्स स्ट्रीट, नम्बर 37।" मैं चिल्लाया। हम निकल पड़े।

चलते-चलते कोचवान पीछे मुड़ा और गाड़ी के अन्दर झाँकने लगा जहाँ मैं सिर पर मोमजामे का टोप पहने बैठा था। क्या उसे शक हो गया था? बेशक मेरे फटेहाल कपड़ों को देखकर उसका मन बदल गया था।

"मुझे इस आदमी से मिलना है," मैं उसके प्रश्न को भाँपते हुए बोला, और मैंने उसे जल्दी-जल्दी समझाया कि मुझे हर हाल में इस आदमी से मिलना है।

हम 37 नम्बर के बाहर रुक गये, मैं कूदकर बाहर आया, भागा-भागा तीसरी मंज़िल तक पहुँचा, घण्टी की मूठ मिली और मैंने खींच दी। अन्दर घण्टियों ने छः-सात बार खनखनाहट पैदा की।

एक लड़की ने आकर दरवाज़ा खोला; मैंने देखा कि उसने सोने की बूँद-सी बालियाँ पहन रखी थीं और उसके अँगवस्त्र पर काले कपड़े के बटन थे। उसने मेरी ओर देखा, डरते हुए।

"मैं शिएरुल्फ़ को ढूँढ़ रहा हूँ, यूआरिवम शिएरुल्फ़ को, वह ऊन ख़रीदता है, अगर मैं उसके बारे में कुछ कहूँ तो इतना कि वह ऐसा आदमी नहीं जिसे आप कभी भुला सकते हैं. . . ."

लड़की ने सिर हिलाया।

"यहाँ कोई शिएरुल्फ़ नहीं है," वह बोली।

वह मुझे घूर रही थी और उसने दरवाज़े को पकड़ लिया, दोबारा बन्द करने की तैयारी में। उसने मेरी मदद करने की ज़रा भी कोशिश नहीं की—उसे देखकर ऐसा लगता था जैसे वह इस शख़्स को जानती है जिसके बारे में मैं पूछ रहा था, वह कोशिश तो करके देखे, आलसी कहीं की। मुझे गुस्सा आ गया, मैं उसकी ओर पीठ फेरकर भागते हुए सीढ़ियाँ उतर आया। "वह नहीं है!" ड्राइवर को देखकर मैं चिल्लाया।

"नहीं था?"

"नहीं। तॉम्ते स्ट्रीट नम्बर 11 चलो।"

मैं आपे से बाहर हुआ जा रहा था और मैंने इसका थोड़ा-बहुत संकेत कोचवान को दे दिया था; उसे यकीन हो चुका था कि यह ज़िन्दगी और मौत का सवाल था और बिना कुछ कहे वह गाड़ी भगाने लगा। उसने घोड़ों पर चाबुक का इस्तेमाल भी किया।

"क्या नाम है इस आदमी का?" उसने अपनी सीट पर घूमते हुए पूछा।

"शिएरुल्फ़, ऊन ख़रीदने वाला, शिएरुल्फ़।"

कोचवान ने हामी भरी कि वाक़ई इस आदमी के बारे में कोई ग़लती नहीं कर सकता। क्या वह आम तौर पर हल्के रंग का कोट नहीं पहने रहता?

"क्या कहा तुमने?" मैं चिल्लाया। "हल्के रंग का कोट? दिमाग़ ख़राब है तुम्हारा? तुम्हारे हिसाब से मैं क्या ढूँढ़ने निकला हूँ, चाय की प्याली।" हल्के रंग के कोट से मैं नाखुश था और मेरे मन में इस आदमी की छवि बिगड़ गयी थी।

"क्या नाम बताया आपने—शिएरुल्फ़?"

"हाँ, यही तो," मैं बोला। "कुछ गड़बड़ है क्या? कोई शर्मनाक नाम तो नहीं है।"

"क्या उसके बालों का रंग लाल है?"

इस बात की काफ़ी सम्भावना थी कि उसके बाल लाल रंग के थे, और जैसे ही ड्राइवर ने यह कहा, मैं यकीन से कह सकता था कि वह सही था। मैं उस बेचारे बूढ़े कोचवान का आभारी था और मैंने उससे कहा कि उसने ऐन निशाने पर तीर मार दिखाया है—वह ठीक वैसा ही आदमी था जैसा कोचवान ने कहा था। दरहक़ीक़त, मैं बोला, यह बहुत ही विचित्र बात होती अगर ऐसे आदमी के बालों का रंग लाल न रहा हो।

"वह कई बार मेरी गाड़ी में बैठा है," कोचवान बोला। "मूठ वाली एक छड़ी भी रहती है उसके पास।"

इस कथन से वह आदमी मेरे सामने एकदम सजीव हो उठा और मैंने कहा,

"आ, हाँ, सच तो यह है कि इस आदमी को इस मूठ वाली छड़ी के *बिना* किसी ने *कभी* नहीं देखा, पक्की बात है।"

हाँ, कोई शक नहीं था, यह वही आदमी था जिसे कोचवान पहले भी अपनी गाड़ी में बिठा चुका था। वह पहचानता था उसे. . . .

हम लोग गाड़ी यूँ भगा रहे थे कि घोड़े चिंगारियाँ उड़ाने लगे।

मैं इतना उत्तेजित था, फिर भी मेरे होशो-हवास कायम थे। एक पुलिस वाले के पास से निकलते समय मैंने ग़ौर किया कि उसके बिल्ले का नम्बर 69 था। यह अंक मुझे भयंकर सटीक लगा, क्षण-भर में 69 का यह अंक मेरे भेजे में नश्तर की तरह उतर गया, ठीक 69, मैं कभी नहीं भूल पाऊँगा!

मैं गाड़ी में पिट्ठा लगाकर बैठ गया, बिलकुल पागल क़िस्म के विचारों की गिरफ़्त में, मोमजामे के हुड में छिप गया ताकि कोई मुझे मुँह हिलाते देख न पाये, और मैंने ख़ुद को बेकाबू हो जाने दिया, अपने आप से मूर्खतापूर्ण गुफ़्तगू करने लगा। पागलपन मेरे दिमाग़ में फिर उमड़ने लगा और जिसे मैंने आने दिया, हर घड़ी इस बात से वाक़िफ़ कि मैं उन ताक़तों की चपेट में था जिन पर मेरा कोई बस नहीं था। मैं हँसने लगा, खामोशी और शिद्दत से, बिलावजह, अभी तक दो गिलास बियर के नशे में चकराया और धुत। कुछ देर बाद मेरे जोश की चमक फीकी पड़ने लगी, मेरा चित्त धीरे-धीरे शान्त होने लगा। मेरी घायल उँगली में ठण्डक महसूस होने लगी, और मैंने उसे गरम करने के लिए अपनी गर्दन और कॉलर के बीच घुसा लिया। आखिरकार हम लोग तॉम्ते स्ट्रीट आन पहुँचे। गाड़ी रुक गयी।

मैं धीरे-धीरे बाहर निकला, खोया-खोया सा, उदास, भारी सिर। गली के दरवाज़े में से मैं भीतर घुसा, फिर एक दरवाज़े को धकेला, वह खुल गया। मैं अन्दर गया और ख़ुद को एक हॉल में पाया, एक तरह की ड्योढ़ी, दो खिड़कियों वाली। दो पेटियाँ रखी थीं, एक दूसरे के ऊपर, एक कोने में और लम्बी दीवार के साथ पेंट की हुई एक पुरानी सेट्टी थी जिस पर दरी बिछी थी। दायीं ओर, बाज़ू के कमरे में मुझे बच्चों की आवाज़ें और चिल्लाहटें सुन रही थीं और मेरे ऊपर दूसरी मंज़िल पर लोहे की प्लेट पर हथौड़ी पीटने की आवाज़ सुनायी पड़ रही थी। यह सब मैंने घुसते ही देख लिया।

मैंने शान्ति से कमरा पार किया, सामने की दीवार के दरवाज़े तक, मैं न जल्दी में था, न बच निकलने की सोच रहा था, मैंने उस दरवाज़े को भी खोला और ख़ुद को वॉग्नमाँद्स स्ट्रीट पर पाया। मैंने घर के दरवाज़े के ऊपर नज़र दौड़ायी और पढ़ा : *यात्री भवन एवं भोजनालय*।

मैं घर के भीतर से इसलिए नहीं गुज़रा था कि प्रतीक्षा में बैठे कोचवान से बच निकलूँ। बड़ी शान्ति से और बिना किसी डर या इस एहसास के कि मैं कुछ

ग़लत कर बैठा था, मैं वॉग्नमाँद्ज स्ट्रीट पर चलता रहा। शिएरुल्फ़, यह ऊन का व्यापारी जो मेरे दिलो-दिमाग़ पर हावी था, यह आदमी जिसके वुजूद में होने को लेकर मुझे पक्का यकीन था, जिसे ढूँढ़ना मेरे लिए निहायत ज़रूरी था, मेरे मन से निकल चुका था, उन दूसरी ऊल-जुलूल धारणाओं के साथ जिनकी आवाजाही लगी रहती थी। अब एक धुँधला एहसास भर रह गया था वह मेरे मन में, एक स्मृति।

चलते-चलते मेरा चित्त और भी शान्त होने लगा था, थकान और सुस्ती का एहसास भी था, और मैं पाँव घसीट-घसीट कर चल रहा था। बर्फ़ अभी तक बड़े-बड़े भीगे हुए फाहों में गिर रही थी। आखिर मैं ग्रॅनलाँड स्ट्रीट पर पहुँच गया, गिरजे के पास, जहाँ एक बेञ्च पर आराम करने के लिए मैं कुछ देर बैठ गया। आते-जाते लोग मुझे अचरज-भरी नज़रों से देखने लगे। मैं सोच रहा था।

या खुदा क्या बन आयी है मुझ पर! मैं अपनी बदहाल ज़िन्दगी से इस क़दर तंग आ चुका था कि अब और जिद्दोजहद करके उसे बचाने का कोई फ़ायदा नहीं था। हालात अब हावी हो चुके थे, बड़ी बेरहमी से। मैं पूरी तरह टूट चुका था, अपने वुजूद का साया-भर बच रहा था। मेरे कन्धे, मेरे एक हिस्से की तरफ़दारी में काफ़ी गहरे झुक गये थे, और ख़ुद भी अपने सीने पर ज़रा कम वज़न डालने की गर्ज़ से मैंने झुककर चलने की आदत-सी बना ली थी। दो-एक दिन पहले, दोपहर के समय अपने कमरे में, मैंने अपने जिस्म का मुआयना किया था, और मैं पूरा समय रोता रहा था। कई हफ़्ते से मैं एक ही कमीज़ पहने हुए था, जो पुराने पसीने से अकड़ गयी थी, और जिससे मेरी नाभि की जगह रगड़ खाकर घायल हो चुकी थी। घाव में से मामूली-सा पनीला खून रिसता था; हालाँकि दर्द नहीं था, फिर भी पेट के बीचोंबीच इस घाव का होना दयनीय था। न तो कुछ किया जा सकता था, और न अपने आप इस तरह यह घाव भरने वाला ही था; मैंने इस जगह को धोकर, सुखाकर, फिर वही कमीज़ पहन ली थी। कुछ और था ही नहीं करने को. . . .

मैं यह सब सोचते हुए बेञ्च पर बैठा रहा, उदास; मुझे ख़ुद से घिन महसूस हो रही थी; मुझे अपने हाथ तक भद्दे दिख रहे थे। औंधे हाथों के थुलथुले और बेहया हाव-भाव से कोफ़्त हो रही थी मुझे, नफ़रत होने लगी थी। अपनी मरियल उँगलियों को देखते हुए जी मितलाने लगा था, अपने समूचे ढुलमुल शरीर पर घिन आ रही थी, और उसे उठाये-उठाये घूमते रहने, अपने इर्द-गिर्द महसूस करते रहने से मैं काँप-काँप जाता था। ख़ुदाया, काश यह सब इसी पल ख़त्म हो जाता! मैं जी-जान से मर जाना चाहता था।

पूरी तरह पस्त, अपनी नज़रों में गिरा हुआ, कलंकित, मैं किसी मशीन की तरह उठा और घर की ओर चल दिया। रास्ते में एक इमारत के पास से गुज़रते हुए मुझे ये शब्द दिख गये : *क़फ़न उपलब्ध हैं, मिस एंडर्सन, मुख्य द्वार, दायीं ओर।*

"पुरानी यादें!" मैं बोला, हामेर्सबॉर्ग स्ट्रीट पर अपने उस कमरे को याद करते हुए, उस नन्ही-सी रॉकिंग चेयर, दरवाज़े के पास की दीवार पर चिपके अख़बारी प्रिंट, लाइटहाउस के चीफ़ की घोषणा और फ़ेबियन ऑल्सन की बेकरी की ताज़ा डबल रोटी को। हाँ, उन दिनों मेरी हालत अब से कहीं बेहतर हुआ करती थी–एक रात मैंने दस क्रोनर का एक लेख लिख लिया था, अब तो मैं कुछ भी नहीं लिख सकता। अब मैं एक भी चीज़ नहीं लिख सकता, जैसे ही मैं कोशिश करता हूँ, मेरा भेजा एकदम ख़ाली हो जाता है। अब यह पूरा कारोबार ठप्प करने की घड़ी आन पहुँची है! मैं चलता रहा।

जैसे-जैसे मैं किराने की दुकान के पास पहुँच रहा था, मुझे ख़तरे का धुँधला-सा एहसास होने लगा था, लेकिन मैंने अपना इरादा मजबूत बनाये रखा : मैं ख़ुद को उनके हवाले कर देने वाला था। मैं शान्त भाव से ज़ीना चढ़ने लगा, दरवाज़े में एक छोटी लड़की से मिला जिसके हाथ में एक कप था : मैंने उसे गुज़र जाने दिया और दरवाज़ा बन्द कर दिया। एक बार फिर मैं उस क्लर्क के ठीक सामने खड़ा था।

"आइए!" वह बोला, "कितना ख़राब मौसम है।"

वह क्या कहने की कोशिश कर रहा था? उसने मुझे फ़ौरन पकड़ क्यों नहीं लिया? मैं तैश में आ गया और बोला, "मैं यहाँ मौसम के बारे में गपशप करने नहीं आया हूँ।"

इस आक्रामकता से वह सकते में आ गया। उसका छोटा-सा किराना-दिमाग़ भसक गया; उसे कभी नहीं सूझा था कि मैंने उससे पाँच क्रोनर ऐंठ लिए होंगे।

"तो तुम नहीं जानते कि मैंने लूटा है तुम्हें?" मैं बेसब्री से बोला, गहरी साँस लेते, काँपते हुए, और पूरी तैयारी किये खड़ा था मैं कि अगर वह तुरन्त इस मुद्दे पर नहीं आता तो मैं ज़ोर-ज़बरदस्ती पर उतर आऊँगा।

लेकिन उस बेचारे को कुछ नहीं पता था।

हे भगवान, कितने मूरख लोगों से पाला पड़ता है! मैंने उसे कसकर डाँटा, उसे पूरी बारीक़ी से घटनाक्रम बताया, अभिनय कर दिखाया उसे कि कहाँ खड़ा था मैं। पैसा कहाँ धरा था, कैसे मैंने हाथ में कर लिया था उसे और मुट्ठी कैसे भींच ली थी–बात उसकी समझ में आ चुकी थी, लेकिन किया उसने कुछ भी नहीं। बस अपनी मुण्डी इधर-उधर हिलाई, दूसरे कमरे में कदमों की आहट को ग़ौर से सुना, अपने ओठों पर उँगली रख कर मुझे धीमी आवाज़ में बोलने का आग्रह किया और अन्त में बोला, "यह तो अच्छा नहीं किया तुमने!"

"नहीं, नहीं, एक मिनट रुको!" मैंने ज़ोर दिया, उसकी बात काटने और उसे उकसाने की भयंकर इच्छा हो उठी थी मुझे। अपने बेचारे-से किराना-दिमाग़ से सोच कर जितनी नीच और घटिया करतूत उसे यह मालूम पड़ रही थी, वैसी नहीं थी यह। मैंने वह पैसा रख नहीं लिया था, बेशक, यह कभी नहीं सूझा था मुझे। मुझे

अपने लिए क़तई कुछ नहीं चाहिए था, मेरी ईमानदार तबीयत उसकी इजाज़त नहीं देती मुझे. . . .

"क्या किया फिर आपने उस पैसे का?"

मैंने एक बूढ़ी और ग़रीब औरत को दे दिया था, आख़िरी ओरे तक, अगर वह जानना ही चाहता था; ऐसा शख़्स था मैं, ग़रीबों को कभी नज़र-अन्दाज़ नहीं करता था मैं, चाहे कुछ भी. . . .

वह इस बात पर ग़ौर करते कुछ देर खड़ा रहा और ज़ाहिर था कि वह फ़ैसला नहीं कर पा रहा था कि मैं ईमानदार आदमी था कि नहीं। आख़िरकार वह बोला, "तुम्हें नहीं लगता कि तुम्हें पैसा वापस कर देना चाहिए था?"

"ठीक है, तो सुनो फिर," मैं शेखी से बोला। "मैं नहीं चाहता था तुम्हें बुरा लगे, मैं तुम्हें ठेस नहीं पहुँचाना चाहता था। लेकिन यह सिला मिलता है आपको दरियादिली दिखाने का। मैं यहाँ खड़ा-खड़ा तुम्हें पूरी बात समझाता फिर रहा हूँ, और तुम हो कि एक कुत्ते से ज़्यादा शर्म महसूस नहीं हो रही तुम्हें, और इस बात का निपटारा करने की ज़रा भी ज़हमत नहीं उठा रहे तुम। लिहाज़ा मैं तो पीछा छुड़ा रहा हूँ तुमसे। जहन्नुम में जाओ तुम। अलविदा!"

मैं धड़ाम से दरवाज़ा बन्द कर बाहर चला आया।

लेकिन जब मैं कमरे में वापस पहुँचा, अपने दयनीय गड्ढे में, पनीली बर्फ़ में पूरी तरह भीगा हुआ, दिन की मशक़्क़त से घुटने काँप रहे थे मेरे, मेरी सारी शेखी हवा हो गयी, और फिर से अफ़्सुर्दगी छा गयी मुझ पर। उस बेचारे क्लर्क पर हमला बोलने की पशेमानी महसूस होने लगी मुझे, मैं रोने लगा, अपना गला घोंटने लगा मैं इस कमीनगी की सज़ा में, और खूब हल्ला करने लगा। स्वाभाविक था कि क्लर्क को अपनी नौकरी को लेकर दहशत महसूस होने लगी थी और दुकान को हुए पाँच क्रोनर के नुकसान को वह तूल नहीं देना चाहता था। और मैंने उसके डर का फ़ायदा उठाने की कोशिश की थी, ऊँचे स्वर में बोल-बोल कर उसे सता रहा था; हर ऊँचे बोल के साथ मेख गाड़ रहा था उसमें। शायद मैनेजर उस समय पिछले कमरे में बैठा होगा और किसी भी क्षण निकलकर पड़ताल करने आ सकता था कि क्या चल रहा है। न, किस क़दर घिनौनी हरक़तें करने के क़ाबिल था मैं, हद हो गयी थी।

लेकिन फिर मुझे हिरासत में क्यों नहीं ले लिया गया था? पूरा मामला ही निबट जाता। मैं अपनी क़लाइयाँ क़रीब-क़रीब हथकड़ियों की ओर बढ़ा चुका था। मैं ज़रा भी विरोध न करता। उलटे मैं अफ़सर की मदद ही करता। ऐ दो जहाँ के मालिक, एक पल की खुशी के लिए मैं अपनी ज़िन्दगी का एक पूरा दिन क़ुर्बान कर सकता हूँ! अपनी पूरी ज़िन्दगी दे सकता हूँ. . . .तू बस अबकी बार सुन के तो देख!. . . .

मैं भीगे कपड़ों में ही बिस्तर पर लेट गया। मुझे हल्का-सा एहसास हुआ कि मैं शायद रात ही में ख़त्म हो जाऊँगा, और मैंने अपनी बची-खुची ताक़त बिस्तर के कुछ सल निकालने में खर्च कर दी ताकि मेरे इर्द-गिर्द की जगह सुबह कुछ ठीक-ठीक दिखायी दे। मैंने अपने हाथ जोड़ लिए और एक अच्छी मुद्रा अख़्तियार कर ली।

यकायक मुझे यीलायाली की याद हो आयी। मैं उसे पूरी रात भूला रहा था! मेरी चेतना में एक रोशनी हल्के-से दाख़िल हुई, सूरज की एक नन्हीं-सी शुआ, बेपनाह सुख की गुनगुनाहट-सी महसूस हुई मुझे। सूर्य की कुछ और रोशनी बह आयी अन्दर, एक नर्म-ओ-नाज़ुक रेशमी रोशनी, जो मीठा-सा सहला गयी मुझे। फिर सूरज तेज़ से और तेज़ होता चला गया, मेरी कनपटियों पर भभक कर जलने लगा, मेरे सूख चुके दिमाग़ को भारी और सुलगती हुई गर्मी से चीर देने लगा। अन्त में एक पागल खुली आग मेरी आँखों के सामने भड़क उठी, आसमान और ज़मीन जल उठे, आग के इनसान और हैवान, आग के परबत, शैतान आग के, तबाही, बीहड़, जलती हुई सृष्टि, धुएँ में लिपटा आख़री एक दिन।

अब कुछ दिख और सुन नहीं रहा था मुझे. . . .

अगली सुबह मैं पसीने में भीगा हुआ उठा, मेरा पूरा शरीर नम था—बुखार काफ़ी तेज़ हो चुका था। शुरू-शुरू में मेरे मन में इस बात की कोई साफ़ छवि नहीं थी कि मुझे हो क्या रहा था, मैंने अपने आसपास अचरज भरी निगाहों से देखा, महसूस किया कि मेरा वुजूद एकदम बदल चुका है, मैं पहचान में ही नहीं आ रहा था। मैंने अपनी बाँहों और टाँगों को छू कर देखा, और इस बात से उबर नहीं पाया कि खिड़की एक दीवार पर थी, ठीक सामने वाली दीवार पर नहीं, नीचे घोड़ों की धम्म-धम्म सुन रही थी, यूँ जैसे मेरे सिर के ऊपर बज रही हो। मेरा जी भी काफ़ी मितला रहा था।

मेरे बाल मेरे माथे पर पड़े थे भीगे और ठण्डे; मैं अपनी कोहनी के बल बैठ गया और तकिये को देखने लगा; भीगे बाल वहाँ भी गुच्छों में पड़े थे। मेरे पाँव भी जूतों में पड़े-पड़े रात भर में फूल गये थे; दर्द नहीं था, लेकिन मैं अपने पञ्जों को शायद ही हिला पा रहा था।

दोपहर ढलने के बाद, जब क़रीब-क़रीब शाम होने को आयी, तो मैं उठा और कमरे में यहाँ-वहाँ डोलने लगा। मैं छोटे कदम बहुत सोच-समझ कर उठा रहा था, सावधानी से संतुलन बनाने और पाँवों पर कम-से-कम वज़न डालने की पूरी कोशिश कर रहा था। ज़्यादा तकलीफ़ नहीं थी मुझे, और मैं रो नहीं दिया; कुल मिलाकर ख़ास उदासी भी नहीं थी; बल्कि ग़ज़ब की शान्ति छायी हुई थी मुझ पर—एक बार भी ऐसा ख़याल नहीं आया कि जो जैसा था उससे कुछ अलग होना चाहिए था।

अन्त में मैं बाहर चला आया।

सिर्फ़ मेरी भूख सता रही थी मुझे, और जी मितलाने के बावजूद लगी हुई

थी। एक बार फिर निर्लज्ज क़िस्म की भूख का एहसास था, इस बात पर ध्यान गया मेरा, खाने की भुक्खड़ इच्छा जो बद से बदतर होती चली जा रही थी। यह इच्छा बेरहमी से मेरी छाती को कुतर रही थी, अन्दर-ही-अन्दर एक अजीब और ख़ामोश मेहनत-सी चल रही थी। जैसे दो दर्जन भर नन्हें से ज़न्तु अपनी मुण्डियाँ एक ओर किये कुछ देर कुतर-कुतर कर रहे हों, फिर अपनी मुण्डियाँ दूसरी ओर फेर कुछ देर कुतर-कुतर कर रहे हों, एक क्षण के लिए बिलकुल शान्त, और फिर शुरू हो जाते हों, बिना कोई आहट या जल्दबाज़ी किये खोद-खोद कर अन्दर घुसते चले आते हों, और अपने पीछे की जगह को क्रमशः खाली छोड़ते चले जाते हों. . . .

मैं बीमार नहीं था, सिर्फ़ कमज़ोर था, और मुझे फिर से पसीना आने लगा। मैंने मार्किट में जाकर आराम करने की सोची, लेकिन रास्ता लम्बा और थका देने वाला था। जब मैं वहाँ पहुँचने ही वाला था, मैं मार्किट और तॉर्वेत स्ट्रीट के कोने में रुक गया। पसीना बहकर मेरी आँखों में चला आ रहा था, मेरा चश्मा धुँधला पड़ रहा था, और मुझे अन्धा किये दे रहा था—मैंने रुककर ख़ुद को ज़रा सुखाने की कोशिश की। इस बात पर ज़रा भी ध्यान नहीं दिया कि मैं कहाँ खड़ा था। इस बात की कोई फ़िक्र नहीं थी मुझे : मेरे चहुँओर भयंकर शोर था।

यकायक मुझे एक पुकार-सी सुनायी दी, एक ठण्डी, तीखी "बच के!" मुझे यह चिल्लाहट सुनायी दी थी, अच्छे से सुनी थी मैंने, और मैं एक ओर को उछल पड़ा था, जितनी तेज़ी से मेरी कमज़ोर टाँगें चल सकती थीं। डबल-रोटी की एक गाड़ी मेरे पास से सनसनाती हुई गुज़री, अपने पहिए से मेरे कोट को छूती हुई; अगर मैं थोड़ी और फुर्ती दिखाता तो मैं पूरी तरह बच निकलता, बस ज़रा-सी और तेज़ी होती, बिलकुल ज़रा-सी, अगर मैंने कुछ और ज़ोर लगाया होता—लेकिन अब कुछ नहीं हो सकता था, एक पाँव में दर्द होने लगा था, पाँव की दो उँगलियाँ कुचली गयी थीं। मुझे ऐसा महसूस हुआ कि वे मेरे जूतों के भीतर मुड़ गयी हों।

कोचवान ने पूरी ताकत लगाकर घोड़ों को रोक लिया; वह अपनी सीट पर बैठा-बैठा मुड़ा और सहमी आवाज़ में मेरा हाल पूछने लगा। ओह, इससे ज़्यादा बुरा हो सकता था. . . .शायद बहुत नहीं लगी थी. . . .मुझे नहीं लगता कि कुछ टूटा है. . . .न ही टूटा हो. . . .

जितनी फुर्ती से हो सकता था, मैं लँगड़ाकर एक बेञ्च की ओर बढ़ा; जो लोग रुक गये थे, और अब घूर रहे थे मुझे, उनसे अचकचाहट महसूस हो रही थी मुझे। जानलेवा टक्कर नहीं हुई थी दरअसल, मैं खुशकिस्मत भी था, कोई हादसा ज़रूर मेरी फ़िराक़ में रहा होगा। सबसे बुरी बात तो यह थी कि मेरा जूता फट गया था; तलुवा ऊपर से नीचे तक उखड़ गया था। मैंने पाँव उठाकर देखा तो बीच की जगह ख़ून से भरी थी। ख़ैर, दोनों में से कसूर किसी का नहीं था, कोचवान मेरी हालत और खस्ता तो नहीं करना चाहता था; वह बेहद डरा हुआ भी दिख रहा था।

अगर मैंने उससे थोड़ी डबल-रोटी माँग ली होती, तो शायद मुझे मिल भी जाती। वह मुझे ख़ुशी-ख़ुशी कुछ तो दे ही देता। भगवान उसे इस बात का अच्छा फल दे, जहाँ-कहीं भी वह हो!

मैं बुरी तरह भूखा था और समझ नहीं पा रहा था अपनी इस अपार भूख का क्या करूँ। मैं बेञ्च पर लोटने लगा और अपने घुटने उठाकर छाती से पूरे ज़ोर से सटा लिये। जब अँधेरा हो गया, तो मैं नगर-जेल जा पहुँचा–ईश्वर ही जानता है मैं वहाँ कैसे पहुँचा–और जाकर जंगले पर बैठ गया। अपने कोट की एक जेब उधेड़कर मैं उसे चीथने लगा, किसी मक़सद से नहीं, और एकदम निराश, मेरी आँखें बिना देखे हुए ठीक सामने की ओर घूमती हुईं। मुझे अपने आसपास खेलते हुए कुछ छोटे बच्चों की आवाज़ें सुनायी दीं और आने-जाने वाले लोगों से सहज ही चौकन्ना नहीं तो दुनिया से बेख़बर यूँ ही बैठा रहा।

यकायक मुझे नीचे की खुली गुमटियों से जाकर कच्चे मांस का एक टुकड़ा पा जाने की सूझी। मैं उठ खड़ा हुआ, जंगले को पार किया, गुमटियों के दूसरे छोर पर पहुँचा और सीढ़ियाँ उतरने लगा। जब मैं मांस के स्टॉलों तक पहुँचा, तो मैं सीढ़ियों की गोलाई के भीतर से चिल्लाया और गुस्से में बाँहें हिलाकर पीछे हटने का आदेश देने लगा, जैसे ऊपर कोई कुत्ता खड़ा हो, और फिर निडर होकर एक कसाई से बात करने लगा।

''मेहरबानी से आप मेरे कुत्ते के लिए एक हड्डी मुझे देंगे?'' मैं बोला। ''सिर्फ़ एक हड्डी–मांस ज़रूरी नहीं है, बस मुँह में उठाकर घूमने के लिए एक हड्डी।''

मुझे हड्डी मिल गयी, छोटी-सी एक शानदार हड्डी जिस पर थोड़ा-सा मांस अभी लगा हुआ था, और मैंने उसे कोट के नीचे रख लिया। मैंने उस आदमी का इतनी गर्म-जोशी से शुक्रिया अदा किया कि वह मुझे हैरान होकर देखने लगा।

''इसमें शुक्रिया की क्या बात है,'' वह बोला।

''बिलकुल है,'' मैं बोला। ''आपने बड़ी कृपा की।''

मैं वापस चल दिया। मेरा दिल अन्दर ज़ोरों से धड़क रहा था।

मैं चुपके-से एक लोहार के अहाते में घुस गया, जितना भीतर तक हो सकता था, और पिछले ओर के एक गिरे हुए फाटक के पास जकर रुक गया। कहीं कोई रोशनी दिखायी नहीं देती थी, मेरे चहुँओर गाढ़ा और सुखद अँधेरा छाया था; मैं अपनी हड्डी को चीथने लगा।

कोई स्वाद नहीं था : सूखे खून की जी मितलाने वाली गन्ध हड्डी से आ रही थी और मुझे फ़ौरन उलटी होने लगी, मैं रोक नहीं पा रहा था ख़ुद को–अगर मैं रोक सकता, तो कुछ तो फ़ायदा होता, समस्या तो यही थी कि रोका कैसे जाये। लेकिन फिर कै होने लगी मुझे। मुझे गुस्सा आ गया, मैंने ज़बरदस्ती मांस में दाँत गड़ाये और एक छोटा-सा टुकड़ा उखाड़कर जबरन निगल गया। इसका भी कुछ लाभ

नहीं हुआ—जैसे ही छोटे-छोटे टुकड़े पेट में गर्म होना शुरू हुए, सब-के-सब ऊपर आ गये। मारे गुस्से के मैंने अपनी मुट्ठियाँ भींचीं, दीन-भाव से रोने लगा, और ऐसे चीखने लगा मानो कोई भूत सवार हो गया हो मुझ पर। मैं इतना रोया कि आँसुओं से हड्डी भीग कर गन्दी हो गयी। मैंने उलटी की, गाली बकी, फिर चीथा, ऐसे रोया जैसे मेरा दिल फटने को हो, और फिर से उलटी की। फिर मैंने ज़ोर-से गाली दी और सृष्टि की सभी ताक़तों को जहन्नुम में चले जाने दिया।

ख़ामोशी। आसपास कोई नहीं था, कोई रोशनी नहीं, कोई आहट नहीं। मैं आपे से बाहर था, गहरी साँसें भर रहा था, जो सुन भी रही थीं, और सुबक रहा था, दाँत पीसते हुए हर बार, जब मांस के उन टुकड़ों को फेंकना पड़ता था मुझे जिनसे मेरी भूख शान्त हो सकती थी। जब किसी चीज़ का कोई फ़ायदा नहीं हुआ, मैंने हड्डी उठाकर फाटक पर दे मारी, बेबस नफ़रत से एकदम पागल। गुस्से में सुध-बुध खोकर, मैं धमकियों से आसमान को फाड़ देने लगा, वहशत से खरखराती आवाज़ में खुदा का नाम चिल्लाने लगा और उँगलियों को पंजों की शक्ल में मोड़ने लगा. . . . मैं बताता हूँ तुम्हें, आसमान में बैठे मुकद्दस बाअल, तुम वुजूद में नहीं हो, और अगर हो भी, मैं शाप देता हूँ तुम्हें कि जाओ तुम्हारी जन्नत हिल उठे जहन्नुम की आग से! मैं बता रहा हूँ, तुम्हें अच्छे से मालूम है मैंने ख़ुद को तुम्हारी ख़िदमत में पेश किया था, और तुमने ठुकरा दिया है मुझे, धक्का मार कर निकाल दिया है मुझे, और अब मैं हमेशा-हमेशा के लिए तुम्हें छोड़ रहा हूँ क्योंकि तुम नहीं जानते तुम्हें किस घड़ी आना था! मैं बता रहा हूँ तुम्हें, मैं जानता हूँ मैं मर रहा हूँ, फिर भी मैं मज़ाक उड़ा रहा हूँ तुम्हारा, मौत से रूबरू होते हुए भी, आसमान में रहने वाले एपिस! तुम मुझ पर ज़ोर आज़मा रहे हो और तुम जानते नहीं कि ज़ोर मुझ पर काम नहीं करता। इतना नहीं देख सकते थे तुम? मेरा दिल और मेरी रूह बनाते समय तुम सोये पड़े थे क्या? मैं बता रहा हूँ तुम्हें, मेरी सारी ताक़त और मेरे भीतर ख़ून का एक-एक कतरा इस बात की ख़ुशी मना रहा है कि मैं खिल्ली उड़ा रहा हूँ तुम्हारी और तुम्हारी रहमदिली पर थूकता हूँ मैं। इस घड़ी के बाद, मैं तुम्हारा सब किया-धरा और तुम्हारे सभी रास्ते छोड़ दूँगा। मैं अपनी सोच को त्याग दूँगा, अगर वह तुम्हारी ओर गयी और अपने लबों को फाड़ लूँगा, अगर उन पर तुम्हारा नाम आयेगा। अगर तुम वुजूद में हो ही, मैं ज़िन्दगी और मौत में तुम्हें अपना आख़िरी लफ़्ज़ बताता हूँ, मैं अलविदा कहता हूँ तुम्हें। लो, मैं चुप हुआ जाता हूँ, तुम्हें पीठ दिखाकर जा रहा हूँ, अपने रास्ते. . . .

ख़ामोशी।

मैं उत्तेजना और थकान से काँप रहा था, और वहीं-का-वहीं जड़ हो चुका था, गालियाँ और उपाधियाँ खुसफुसाता हुआ, रोने के लम्बे दौरे के बाद हिचकी बँध गयी थी मेरी। पाग़ल गुस्से के विस्फोट के बाद निढाल और सुस्त पड़ चुका था मैं। हद

है! इतने गहरे दुख में भी मैं किस क़दर बनावटी तूल दे रहा था बात को, ललित-साहित्य, कोरी गप्प। मैं वहाँ शायद आधा-एक घण्टा खड़ा रहा, हिचकियाँ लेता और खुसफुसाता और फाटक को पकड़े। अन्त में मुझे आवाज़ें सुनायी दीं। आपस में बातें करते दो लोग अहाते में चले आ रहे थें। मैं अपनी जगह से खिसक गया, घरों की दीवारों के सहारे ख़ुद को खींचते हुए मैं गलियों में आ निकला जहाँ रोशनी थी। जब मैं युँगूज़बाक्केन स्ट्रीट पर गिरता-पड़ता चल रहा था, तो यकायक मेरे दिमाग़ में एक बहुत ही विचित्र विचार कौंधा। मुझे क्या सूझा कि मार्किट के कोने वाली पुरानी गुमटियाँ, वे स्टॉल जिनमें अंगड़-खंगड़ भरा रहता है, और वे प्राचीन स्टॉल जिनमें पुराने कपड़े बिकते हैं, ये सब शहर की शान को मटियामेट किये दे रहे हैं। मार्किट का दृश्य बिगड़ता है इनसे, शहर ख़ाक में मिल जाता है, छिः छिः इस सब गड्डमड्ड को गिरा डालना चाहिए। मैं चलता रहा, मन-ही-मन हिसाब लगाता कि भूगौलिक सोसायटी बिल्डिंग, जिसकी सुन्दर रेखाएँ मुझे हमेशा अच्छी लगती थीं, को वहाँ से हटाने में क्या खर्चा आयेगा। शायद जगह बदलने के इस काम में सत्तर से बहत्तर हज़ार क्रोनर लगेंगे, एक अच्छी-खासी रक़म खर्चने लायक होगी यह, कम-से-कम शुरुआती दौर में। मैंने अपना ख़ाली सिर हिलाया और इस बात से सहमति जतायी कि शुरू में खर्च करने के लिए यह एक अच्छी रकम होगी। मेरा पूरा शरीर काँप रहा था और लम्बे रुदन के बाद अब मेरी हिचकियाँ और भी गहरी हो गयी थीं।

मुझे महसूस हुआ कि मुझमें अब और अधिक जीवन नहीं बचा है, कि मैं अन्तिम राग अलाप रहा हूँ। अब कुछ फ़र्क नहीं पड़ता था, सर पर आयी मौत से मैं बिलकुल नहीं घबराया—बल्कि मैं और भी ख़ाक छानने लगा, शहर के अन्य हिस्सों में भी मारा-मारा फिरने लगा, अपने कमरे से और-से-और दूर। देखा जाये तो मैं बड़ी आसानी से गली में कहीं भी लेटकर मर सकता था। जो दर्द मुझे महसूस हो रहा था, उससे मेरा जी और भी कड़ा हो चुका था; हालाँकि दर्द असह्य नहीं था। मैं इससे भी बदतर हाल में रह चुका था।

आखिरकार मैं रेलवे के पास वाले घाट तक आन पहुँचा। ट्रैफ़िक नहीं था, कोई शोर भी नहीं था; इक्का-दुक्का कोई दिख जाता था, जहाज़ों का माल ढोने वाले या जेबों में हाथ डालकर घूमता हुआ कोई नाविक। मेरा ध्यान एक लँगड़े आदमी की ओर गया जो मुझे पैनी नज़र से देख रहा था। बिना एक क्षण की देरी किये, मैंने उसे रोका, अपना हाथ अपने हैट की ओर बढ़ाया और उससे पूछने लगा कि *द नन* नामक जहाज़ रवाना हो चुका है या नहीं। मैं उसके चेहरे के पास अपनी उँगलियों को चटकारते हुए "हाँ, ख़ुदा-कसम, *द नन*!" कहने से ख़ुद को रोक नहीं पाया। मैं *द नन* को बिल्कुल भूल चुका था। उसका विचार मेरे भीतर कहीं गहरे में सोया रहा होगा, मैं अनजाने में ही उसे लिये-लिये घूमता रहा था।

"सत्यानाश, *द नन* तो निकल चुका।"

क्या इस बात की कोई गुंजाइश थी कि वह मुझे बता सके वह कहाँ के लिए निकला होगा।

वह आदमी कुछ देर सोचता खड़ा रहा, अपनी लम्बी टाँग पर, और अपनी छोटी टाँग को हवा में लहराये; छोटी टाँग हल्का-हल्का झूमती लटक रही थी।

''नहीं,'' वह बोला। ''क्या आपको मालूम है यहाँ क्या लदा था उसमें?''

''नहीं,'' मैंने जवाब दिया।

बहरहाल, मैं *द नन* को भूल भी चुका था, और मैंने उस आदमी से पूछा कि पुराने भूगौलिक मीलों में होल्मेस्ट्राँड कितनी दूर पड़ेगा।

''होल्मेस्ट्राँड? मेरे ख़याल में. . . .''

''या फिर वेबलुँग्सनैस?''

''मैं जो कह रहा था, मुझे लगता है होल्मेस्ट्राँड यहाँ से. . . .''

''छोड़ो उसे, अचानक याद आ गया है मुझे,'' मैंने उसे फिर टोका। ''तुम मुझे एक चुटकी भर तम्बाकू देने की मेहरबानी कर सकते हो, बस ज़रा-सा?''

मुझे तम्बाकू मिल गया, मैंने गर्मजोशी से उसका शुक्रिया अदा किया, और चल दिया। तम्बाकू का मैंने सेवन नहीं किया, जेब में रख भर लिया। उस आदमी ने मुझ पर से अपनी नज़रें नहीं हटायी, शायद मुझे देखकर उसके मन में किसी-न-किसी तरह की शंका पैदा हो रही थी। खड़े-खड़े या चलते समय, मुझे वह शंकालु दृष्टि लगातार महसूस हो रही थी और इस क़िरदार से इस तरह पीछा करवाना मुझे अच्छा नहीं लग रहा था मैं मुड़ा और उसके पास जाकर मैंने उसे देखा और कहा, ''गोट लगाने वाला।''

सिर्फ इतना ही, ''गोट लगाने वाला'' और कुछ नहीं। यह कहते हुए मैंने उसे बड़ी रुखाई से देखा, और मुझे लगा मैं उसे बड़ी ख़ौफ़नाक नज़र से घूर रहा हूँ—मानो मैं किसी अन्य दुनिया से उसकी ओर देख रहा होऊँ। यह शब्द बोलकर मैं वहाँ क्षण-भर खड़ा रहा। फिर मैं रेलवे स्टोन के रास्ते दोबारा मार्किट स्क्वेयर की ओर आ निकला।

''गोट लगाने वाला?'' मैं ठिठक गया। जो मुझे पहले ही क्षण लगा था, वही सच था : मैं इस लँगड़े से पहले भी मिल चुका था। ग्रैनसन स्ट्रीट पर एक दिन जब अच्छी धूप थी, मैंने अपनी वास्कट गिरवी रखी थी, तब की बात है यह। उस दिन से अब तक अनन्त काल बीत चुका है, ऐसा लगा मुझे।

जब मैं खड़ा-खड़ा यह सोच रहा था—मैं तॉर्वेत और हाब्ने स्ट्रीट के कोने में बने घर से पिट्ठा लगाये था—मैं अचानक चौंक उठा और अपने हाथों-पाँवों पर रेंगने की इच्छा होने लगी मुझे। अन्त में मैं हताश हो बस सामने घूरने लगा, अपनी शर्म पी गया और कुछ था ही नहीं करने को—मैं चीफ़ के सामने खड़ा था। मैं बेहयायी पर उतर आया और दीवार की ओट से निकल आया ताकि वे मुझे देख सकें! मैंने

दया-भाव जगाने के लिए नहीं लेकिन ख़ुद को ज़लील करने की खातिर ऐसा किया था। ख़ुद को सज़ा देने के लिए। मैं बड़े आराम से गली में धड़ाम से गिर सकता था और चीफ़ को अपने ऊपर से गुज़र जाने की पेशकश कर सकता था, मेरे चेहरे पर पाँव रखने की। मैंने उनका अभिवादन तक नहीं किया।

चीफ़ को शायद समझ में आ गया कि मैं कोई संकेत दे रहा हूँ उन्हें; उन्होंने अपनी चाल ज़रा धीमी की, और उन्हें रोकने की ख़ातिर मैं बोला, "मुझे कुछ लेकर आना चाहिए था, लेकिन अभी तक ख़त्म नहीं हुआ।"

"ओह?" उन्होंने जवाब दिया, सवाल करते हुए। "अभी ख़त्म नहीं हुआ?"

"नहीं, अभी नहीं हुआ।"

लेकिन अब अचानक उनकी आत्मीयता से मेरी आँखों में आँसू उमड़ आये और मैं ख़ुद को कड़ा करने की गर्ज़ से खाँसकर गला साफ़ करने लगा। चीफ़ ने अपनी नाक को अपने अँगूठे से सहलाया; वे खड़े-खड़े मुझे देखते रहे।

"इस बीच तुम्हारे पास गुज़ारे लायक कुछ है?"

"नहीं," मैंने जवाब दिया, "नहीं है। आज अभी तक मैंने कुछ नहीं खाया है, लेकिन. . . ."

"भगवान भला करे, भलेमानस, यह नहीं चलेगा—तुम भूख से मरते हुए यूँ चल-फिर नहीं सकते!" वे बोले और इसके साथ ही वे अपना बटुआ निकालने लगे।

अब मुझे शर्मिंदगी महसूस होना शुरू हो गयी थी, मैं फिर घर की दीवार की ओर खिसक लिया, और वहीं खड़ा रहा। मैं देख रहा था कि चीफ़ अपने बटुए में कुछ ढूँढ़ रहे हैं, लेकिन मैं कुछ नहीं बोला। उसने आकर मुझे दस क्रोनर का नोट थमा दिया। कोई नखरा-वखरा नहीं दिखाया उन्होंने, बस नोट थमा दिया दस क्रोनर का। साथ ही दोहराया कि भूखे मरने से मेरा कुछ बनने वाला नहीं है।

मैंने हकलाते हुए मना किया और नोट को तुरन्त स्वीकार नहीं किया। "मेरे लिए शर्म की बात है. . . .यह तो बहुत ज़्यादा है. . . ."

"इस बात का कोई मतलब नहीं," वे बोले और अपनी घड़ी को देखने लगे। "मैं ट्रेन की प्रतीक्षा कर रहा हूँ, मुझे लगता है यह ट्रेन ही की आवाज़ है।"

मैंने पैसा ले लिया, मैं ख़ुशी के मारे जड़ हो चुका था, मैंने उनका शुक्रिया भी अदा नहीं किया।

"इसमें शर्मिन्दा होने जैसी तो कोई बात ही नहीं है," आख़िरकार चीफ़ ने कहा। "और फिर तुम हमेशा इसके बदले में कुछ लिख सकते हो, मुझे मालूम है।"

फिर वे चल दिये।

अभी वह कुछ कदम ही चले होंगे कि मुझे अचानक याद आया कि मैंने उनका शुक्रिया अदा नहीं किया। मैंने जल्दी से उनका पीछा करने की कोशिश की लेकिन इतनी तेज़ी से चल नहीं पा रहा था मैं, मेरी टाँगें ठीक-से काम नहीं कर रही थीं

और कई बार तो मैं अपने चेहरे के बल क़रीब-क़रीब गिर ही पड़ा। वे दूर होते जा रहे थे। मैंने पीछा करना छोड़ दिया, सोचा कि चिल्लाकर बात करता हूँ लेकिन हिम्मत नहीं हुई, और जब मैंने आख़िरकार मन बना लिया और एक बार आवाज़ लगायी, फिर दूसरी बार, तब तक वे काफ़ी दूर निकल चुके थे, मेरी आवाज़ काफ़ी कमज़ोर पड़ चुकी थी।

मैं फ़ुटपाथ पर खड़े उन्हें जाते हुए देखता रहा, चुपचाप रोते हुए। "ऐसा होते मैंने कभी नहीं देखा!" मैं ख़ुद से बोला। "उन्होंने मुझे दस क्रोनर दे दिये!" मैं वापस वहीं गया और उसी जगह खड़े होकर जहाँ वे खड़े थे, मैंने उनकी सारी भाव-भंगिमाएँ दोहरायीं। फिर मैं दस क्रोनर का नोट अपनी भीगी आँखों के पास ले आया, दोनों तरफ़ से उसका मुआयना किया और कसम खाने लगा–गगन-भेदी क़सम खाकर बोला कि सवाल ही नहीं था : मेरे हाथ में दस क्रोनर का नोट था।

कुछ देर के बाद–शायद काफ़ी समय के बाद, चूँकि शहर उस वक्त तक बहुत शान्त हो चुका था–हैरत की बात है, मैंने पाया कि मैं 11 तॉम्ते स्ट्रीट के बाहर खड़ा था। यह वही जगह थी जहाँ मैंने एक कोचवान को बेवकूफ़ बनाया था और जहाँ मैं एक घर के भीतर से बिना किसी का ध्यान खींचे निकल गया था। मैंने एक पल चित्त को शान्त किया और इस सब के बारे में सोचा, और फिर दूसरी बार दरवाज़े के भीतर घुसकर सीधे *यात्री भवन एवं भोजनालय* में चला आया। यहाँ मैंने रहने लायक एक कमरे के बारे में पूछताछ की और कमरा मुझे फ़ौरन मिल गया।

मंगलवार।

धूप थी, हवा नहीं थी, दिन ग़ज़ब का साफ़ था। बर्फ़ ख़त्म हो चुकी थी; हर तरफ़ ज़िन्दगी थी और ख़ुशी और प्रसन्न चेहरे, मुस्कराहट और हँसी। पानी के स्तम्भ फव्वारों के ऊपर गोल-गोल झूम रहे थे, धूप में सुनहले और नीले आसमान से गहरे नीले।

दोपहर दो बजे मैं तॉम्ते स्ट्रीट के अपने कमरे से निकला जहाँ मैं चीफ़ के दस क्रोनर के नोट पर अभी तक आराम से रह रहा था, और बाहर चला आया। मेरा चित्त एकदम प्रसन्न था और मैं पूरी दोपहर सबसे भीड़-भड़क्के वाली सड़कों पर घूमता रहा, लोगों को देखते हुए। इससे पहले कि घड़ी सात का वक्त दिखाती, मैं बल खाते हुए सेंट उलाफ़्स प्लेस की ओर निकल आया और चुपके से ऊपर नम्बर 2 की खिड़की पर नज़र डाली। एक घण्टे में मैं मिलने वाला हूँ उससे! पूरा समय मैं एक मीठी, सुखद बेचैनी में घूमता रहा। क्या होगा? जब वह सीढ़ियों से उतर कर नीचे आयेगी तो मेरे पास क्या होगा उससे कहने को? गुड-ईवनिंग? या मुझे मुस्करा भर देना चाहिए? मैंने फ़ैसला किया कि सिर्फ़ मुस्करा दूँगा और बेशक मैं

बहुत झुककर अभिवादन भी करूँगा।

मैं वहाँ से हट गया, इस बात से शर्मिंदा कि मैं इतनी जल्दी पहुँच गया हूँ, और कार्ल योहान पर घूमने लगा, विश्वविद्यालय की घड़ी पर आँख रखे हुए। जब आठ बजे, मैं यूनिवर्सिटी स्ट्रीट पर चला आया। रास्ते में मुझे सूझा कि मैं शायद एक या दो मिनट की देरी से पहुँचूँगा और मैं जितना तेज़ चल सकता था, चलने लगा। मेरे पाँव में कुछ ज़्यादा ही तकलीफ़ थी, लेकिन मन में ख़ुशी थी।

मैं फव्वारे के पास अपनी जगह पर जाकर रुक गया और साँस लेने लगा। मैं काफ़ी देर नम्बर 2 की खिड़कियों की ओर आँख उठाये देखता रहा, लेकिन वह नहीं आयी। ख़ैर, मैं कुछ देर तो प्रतीक्षा करता ही, मैं जल्दी में नहीं था; हो सकता है उसे कोई काम हो। मैं कुछ देर और खड़ा रहा। मैंने सपना तो नहीं देखा था? पहली मुलाक़ात—क्या वह सब मेरी कल्पना थी जब मैं बिस्तर में था, जैसे बुखार में? मैं बेचैनी से इधर-उधर डोलने लगा और दोनों में से कोई भी बात मुझे पूरी सच नहीं प्रतीत हो रही थी।

"हम्म्म!" पीछे से आवाज़ आयी।

मुझे गला साफ़ करने की हल्की-सी आवाज़ सुनायी दी, और पास ही में धीमे-धीमे कदमों की, लेकिन मैंने मुड़कर पीछे नहीं देखा, मैं मकान के भीतर की सीढ़ियों की ओर देखता रहा।

"गुड-ईवनिंग!" तब मुझे सुनायी पड़ा।

उसे उस दिशा से आते देख मैं इतना चकित रह गया कि मैं मुस्कराना भूल गया, मैंने तुरन्त अपना हैट भी नहीं उतारा।

"तुम काफ़ी देर से प्रतीक्षा कर रहे हो?" वह बोली, चलकर आने से साँस उखड़ गयी थी उसकी।

"नहीं, बिलकुल नहीं बस एक मिनट हुआ है मुझे आये हुए," मैंने जवाब दिया, "लेकिन अगर ज़्यादा देर भी खड़ा रहता तब भी क्या था। तुम्हें मालूम है, मुझे यकीन था तुम दूसरी तरफ़ से आओगी?"

"मैं ममा के साथ उनके किसी मित्र के यहाँ गयी थी—ममा उनसे आज शाम मिलने गयी हैं।"

"अच्छा!" मैं बोला।

हम लोग चलने लगे। एक पुलिस वाला गली के कोने में खड़ा-खड़ा हमें देख रहा था।

"लेकिन हम जा कहाँ रहे हैं?" वह रुककर बोली।

"जहाँ तुम चाहो, जहाँ मन हो तुम्हारा।"

"उफ़, ख़ुद मन बनाना कितना उबाऊ काम है?"

ख़ामोशी।

फिर सिर्फ़ कुछ कहने की गर्ज़ से मैं बोला, "तुम्हारी खिड़कियों में रोशनी नहीं है, अब समझ आयी।"

"हाँ!" वह ख़ुशी-ख़ुशी बोली। "नौकरानी भी आज रात कहीं गयी है। सो मैं घर पर अकेली हूँ।"

हम दोनों सर उठाकर नम्बर 2 की खिड़कियों को ताकने लगे जैसे हमने उन्हें पहले कभी न देखा हो।

"फिर क्या हम तुम्हारे घर चलें?" मैं बोला। "मैं चूहे की तरह चुपचाप दरवाज़े के पास बैठा रहूँगा, अगर तुम चाहोगी. . . ."

लेकिन फिर मैं काँप गया और इतनी बेबाकी पर उतर आने का बेहद पछतावा होने लगा मुझे। अगर वह नाराज़ होकर चली जाये तो? अगर वह मुझसे इसके बाद फिर कभी न मिली तो? और मेरे इतने फटेहाल कपड़े! मैं सहमा हुआ-सा उसके उत्तर की प्रतीक्षा करने लगा।

"तुम दरवाज़े के पास तो नहीं ही बैठे रहोगे," वह बोली।

हम ऊपर चले गये।

बाहर गलियारे में, जहाँ अँधेरा था, उसने मेरा हाथ थाम लिया और मुझे ले जाने लगी। इतना ख़ामोश रहने की ज़रूरत नहीं थी मुझे, वह मुझसे बोली, अगर मैं चाहूँ तो बात कर सकता हूँ। हम अन्दर चले आये। मोमबत्ती जलाते समय—उसने लैम्प नहीं, मोमबत्ती जलायी—उसने नन्ही-सी हँसी हँसते हुए कहा : "मुझे मत देखो, उफ़, कितनी शर्म आ रही है मुझे! लेकिन मैं फिर कभी ऐसा नहीं करूँगी।"

"क्या नहीं करोगी?"

"मैं फिर कभी. . . .नहीं, ऐसी बात. . . .मैं फिर कभी नहीं चूमूँगी तुम्हें।"

"ओहो, सच, कभी नहीं?" मैं बोला और हम दोनों हँस पड़े। मैं आगे बढ़ा और वह एक ओर सरक गयी, मेज़ के दूसरी ओर चली गयी वह। हम एक- दूसरे को कुछ देर देखते खड़े रह गये, बीच में मोमबत्ती खड़ी थी।

फिर उसने अपने चेहरे का पर्दा हटाना शुरू किया, और अपना हैट, लेकिन पूरा समय वह अपनी खिलंदड़ी आँखें मुझ पर टिकाये रही ताकि मैं उसे पकड़ न लूँ। मैंने एक बार फिर कोशिश की, मेरा पाँव गलीचे में उलझ गया और मैं गिर पड़ा : मेरा जख़्मी पाँव काम नहीं करना चाहता था। मैं बड़ा शर्मसार हो उठ खड़ा हुआ।

"हे भगवान् कैसा सुर्ख़ हो रहा है तुम्हारा चेहरा!" वह बोली। "इतने अनाड़ी हो?"

"हाँ।"

तब हम फिर शुरू हो गये, मेज़ के आसपास भागने लगे।

"तुम क्या लँगड़ा नहीं रहे?"

"थोड़ा-थोड़ा, लेकिन कुछ ख़ास नहीं।"

"पिछली बार तुम्हारी उँगली पर चोट लगी थी, आज तुम्हारा पाँव ज़ख्मी है, बुरी बात है, क्या-क्या कष्ट सहते हो तुम!"

"किसी की गाड़ी ने ज़रा-सा कुचल दिया था मुझे कुछ दिन पहले।"

"कुचल दिया था? तो फिर पी रखी थी तुमने? तुम्हारा जीने का ढंग शर्मनाक है, नौजवान!" उसने अपनी तर्जनी से मुझे डाँटा और काफ़ी गम्भीर मुद्रा में। "अब हम लोग बैठ जायेंगे!" वह बोली। "नहीं, वहाँ दरवाज़े के पास नहीं : तुम बहुत शर्मीले हो, यहाँ बैठो, तुम वहाँ, और मैं यहाँ, ऐसे. . . . उफ़ शर्मीले लोग कितने उबाऊ हुआ करते हैं। तुम, मिसाल के तौर पर, मेरी कुर्सी के पीछे हाथ तो रख सकते थे न, यह तो सूझ सकता था न तुम्हें, नहीं? क्योंकि अगर मैं कुछ ऐसा सुझाव दूँ, तुम अपनी दो बड़ी-बड़ी तश्तरी आँखों को तरेरकर मेरी ओर देखोगे जैसे कह रहे हो तुम्हें अपने कानों पर विश्वास नहीं हो रहा। हाँ, तुम ऐसा ही करते हो, मैं कई बार देख चुकी हूँ, अब भी तुम यही कर रहे हो। उस दिन जब तुम पिये हुए थे, तब तो तुम खूब चमक दिखा रहे थे और मुझे लगभग घर तक छोड़ने मेरे पीछे-पीछे चले आये थे, बार-बार यह मज़ाक करते मुझे तंग कर रहे थे : आपकी किताबें, मिस, सचमुच, ईमानदारी से, आप अपनी किताब खो देंगी। आ-हा-हा! कितना डरा दिया था तुमने मुझे!"

मैं मंत्रमुग्ध-सा बैठा उसकी ओर देखता रहा। मेरा दिल ज़ोरों से धड़क रहा था, नसों में खून दौड़ रहा था। कितना ग़ज़ब का एहसास था यह–किसी दूसरे इनसान के घर बैठे हुए होना और घड़ी की टिक-टिक सुनना और एक जोशीली युवती से बातें करना, अपने आप से नहीं।

"तुम कुछ बोलते क्यों नहीं?"

"ओह, कितनी प्यारी चीज़ हो तुम!" मैं बोला, "तुम्हारे प्रेम में बैठा हूँ मैं यहाँ, इस समय मैं एकदम गुलाम हूँ तुम्हारा। और किया ही क्या जा सकता है! कितने विचित्र शख़्स हो तुम. . . . कभी-कभी तुम्हारी आँखें ऐसी चमकती हैं, मैंने ऐसा कुछ नहीं देखा, फूलों-सी लगती हैं वे। नहीं? नहीं, नहीं, शायद फूलों-सी नहीं, लेकिन. . . .मैं डूब गया हूँ तुम्हारे प्रेम में, और मेरा क्या हाल होने वाला है! नाम क्या है तुम्हारा? सच, तुम्हें फ़ौरन बताना पड़ेगा क्या नाम है तुम्हारा. . . ."

"मेरा, नहीं, तुम्हारा नाम क्या है? हे ईश्वर, मैं फिर भूल गयी! कल पूरा दिन मैं सोचती रही कि मैं ज़रूर पूछूँगी तुमसे। या शायद मैं यह नहीं कह सकती कल *पूरा* दिन। निश्चित ही मैं *पूरा* दिन नहीं सोचती रही तुम्हारे बारे में।"

"तुम्हें मालूम है तुम्हारे लिए मैंने क्या नाम सोचा था? मैंने तुम्हें यीलायाली कहा था, तुम्हें क्या लगता है? एक ग़ज़ब की बहती हुई-सी ध्वनि. . . ."

"यीलायाली?"

"हाँ।"

"क्या कोई विदेशी भाषा है यह?"

"हम्म्म! नहीं, नहीं।"

"ख़ैर बुरा तो नहीं है।"

काफ़ी बारीकियों में जाने के बाद, हमने एक-दूसरे को अपना नाम बताया। वह सोफ़े पर मेरे साथ बैठ गयी और उसने कुर्सी को पाँव से दूर धकेल दिया। हम फिर बातें करने लगे।

"तुमने आज भी शेव किया है," वह बोली।

"कुल मिलाकर तुम पिछली बार से कुछ बेहतर दिखायी दे रहे हो, बस ज़रा सा ही बेहतर—मैं नहीं चाहती तुम सोचो. . . .नहीं, पिछली बार तो बहुत बुरी हालत में थे। और फिर उँगली पर एक पुराना चिथड़ा लपेटे घूम रहे थे। और उस हालत में तुम मुझे वाईन पिलाने का न्यौता देने पर तुले हुए थे। नहीं जी, शुक्रिया आपका!"

"तो फिर तुमने मेरे संग चलना इसलिए मंजूर नहीं किया न क्योंकि मैं दिखने में अच्छा नहीं लग रहा था?" मैं बोला।

"नहीं," निगाह नीची किये, उसने जवाब दिया। "न, ख़ुदा ख़ैर करे, यह बात नहीं है। उस समय तो मैंने इस विषय पर सोचा तक नहीं था।"

"बहरहाल," मैंने कहा, "मुझे लगता है यहाँ बैठे-बैठे तुम्हें यह ख़ुशफ़हमी हो रही है कि मैं जो पहनना चाहूँ, जैसा जीना चाहूँ, जी सकता हूँ, नहीं? लेकिन मैं ऐसा नहीं कर सकता, मैं ग़रीब आदमी हूँ, बेहद ग़रीब।"

वह मेरी ओर देखने लगी।

"ऐसा?" वह बोली।

"हाँ, मैं कहना नहीं चाहता, लेकिन सच यही है।"

ख़ामोशी।

"ओ-हो, ग़रीब तो मैं भी हूँ," वह बे-धड़क सर को हिलाती हुई बोली।

उसके हर शब्द का नशा हो रहा था मुझे, शराब के घूँटों की तरह चढ़ रहे थे मेरे सिर को, बावजूद इसके कि वह लगभग क्रिस्तिआनिया की किसी भी दूसरी लड़की जैसी ही लगती थी, अपनी ठेठ बोली, निधड़क फ़ब्तियों और फ़र्राटेदार बातचीत से। फिर वह जिस तरह-से अपना सिर एक ओर को गिराये मुझे बात करते सुन रही थी, मुझे बहुत अच्छा लग रहा था। मुझे उसकी साँस भी महसूस हो रही थी, अपने चेहरे के बहुत क़रीब।

"क्या तुम जानती हो?" मैं बोला। "तुम गुस्सा नहीं करना. . . .जब मैं रात में सोया तो मैंने अपनी बाज़ू कुछ इस तरह रखी. . . .ऐसे. . . .इस तरह. . . .जैसे तुम साथ हो मेरे। मैं सोया भी ऐसे ही।"

"सच! कितनी प्यारी बात है!" ख़ामोशी "लेकिन इससे पहले कि तुम ऐसा

करते हम दोनों के बीच काफ़ी फ़ासला तो रहा ही होगा, क्योंकि अगर ऐसा नहीं होता. . . .''

''नहीं तो तुम्हें लगता है मैं ऐसा न करता?''

''बिलकुल, मुझे नहीं लगता तुम करते।''

''तुम्हें तैयार रहना चाहिए मैं कुछ भी कर सकता हूँ,'' मैं बोला, ''और सब कुछ।'' मैंने ख़ुद को सीधा किया और उसकी कमर को बाँह में ले लिया।

''ओह, क्या यह करना चाहिए मुझे?'' उसने सिर्फ़ इतना ही कहा।

मैं चिढ़ रहा था कि वह मुझे बहुत शर्मीला और शालीन समझ बैठी थी। मैंने अपने सीने को ताना, हिम्मत दिखायी और उसका हाथ अपने हाथ में भींच लिया। उसने लेकिन, बिलकुल ख़ामोशी से उसे हटा लिया और कुछ दूर सरक गयी। मेरी हिम्मत जाती रही; मुझे शर्म आने लगी और मैं खिड़की की ओर ताकने लगा। मैं इतनी निरीह स्थिति में था कि मुझे इस बात का लगातार ध्यान रखना पड़ रहा था कि उसे ऐसा न लगे मैं ख़ुद को कुछ समझ रहा हूँ। बात बिलकुल ही कुछ और होती अगर मैं उससे तब मिला होता जब मैं अभी आदमी जान पड़ता था, उन ख़ुशहाल दिनों में जब मेरे पल्ले कुछ हुआ करता था। मैं एकदम हताश और उदास हो उठा।

''देखा तुमने।'' वह बोली, ''यह बिलकुल सही मिसाल है। कोई भी माथे पर हल्का-सा बल डालकर तुम्हें धराशायी कर सकता है, कुछ इंच परे सरककर तुम्हें ढेर कर सकता है. . . .'' वह शरारत से मुस्कराई, आँखें पूरी तरह मुँदी हुईं, मानो वह अपनी ओर देखे जाना सह न पा रही हो।

''लोमड़ी की बच्ची!'' मैं फूट पड़ा। ''ठीक है, अब ले मज़ा।'' और मैंनें अपनी बाँहों में उसके कन्धों को अच्छे-से कस लिया। दूर हट रही थी न लड़की, अब बचकर रहना! तो वह अनाड़ी समझती थी मुझे। खुदा कसम अब उसे विचार बदलने पड़ेंगे अपने. . .कोई मेरे बारे में कहकर तो देखे कि *इस* खेल में मैं पिछड़ गया हूँ। यीशु की क़सम अगर मुझे सिर्फ़ इसी खेल में रहना पड़ जाये तो. . . .

जैसे कुछ था इस दुनिया में जो मैं नहीं कर सकता था!

वह पूरा समय चुप बैठी रही, अपनी आँखें मूँदे : हममें से किसी ने बात नहीं की; मैंनें उसे कसकर भींच लिया, उसकी देह को अपने सीने में कस लिया और वह एक शब्द नहीं बोली। हमारी धड़कनें सुन रही थीं मुझे, उसकी और मेरी घोड़ों की टापों जैसी।

मैंने उसे चूम लिया।

अब मुझे कुछ मालूम नहीं था मैं क्या कर रहा था, मैं कुछ अनाप-शनाप बोला जिस पर वह हँसने लगी, उसके होंठों के पास कई मिठास-भरे नाम लेता रहा मैं, उसके कपोल को सहलाया, बार-बार चूमने लगा उसे। उसकी अंगिया के एक-दो बटन खोल दिये और एक झलक-भर उसके उरोज़ दिख गये मुझे, श्वेत, उभरते उरोज़ जो दो अचम्भों की तरह उसकी लेस के नीचे से झाँक रहे थे।

“देखने दो मुझे!” मैं बोला, और कई बटनों के साथ जूझने लगा, खुली जगह को और खोलने की कोशिश में। लेकिन मेरी सभी कोशिशें फूहड़ साबित हो रही थीं, उसकी कमर के पास के कुछ बटनों पर कोई ज़ोर नहीं चला मेरा, जो कि वैसे ही कुछ ज़्यादा कसकर बन्द थे। “लेकिन देखना है मुझे. . . .थोड़ा और. . . .”

उसने बहुत धीमे-धीमे से, बड़ी आत्मीयता से मेरे गले में बाँहें डाल दीं; उसके नथुनों से, जो गुलाबी थे और काँप रहे थे, मेरे चेहरे पर उसकी साँस महसूस हो रही थी। एक हाथ से वह ख़ुद ही बटन खोल देने लगी, एक के बाद एक। वह हँस रही थी, अचकचाहट में, नन्ही-सी हँसी, मेरी ओर कई बार देखा उसने, यह जानने के लिए कि क्या मुझे मालूम है वह किस क़दर डरी हुई है। उसने फीते खोल दिये, अपने उरोज़ों के ऊपर अंगिया के हुक भी, वह उत्तेजना में थी और डर रही थी। और मैं अपने खुरदुरे हाथों से इन हुकों और बटनों के बीच स्पर्श पाता अनाड़ी-सा बना रहा. . . .

ध्यान बँटाने की गर्ज़ से, उसने अपना बायाँ हाथ मेरे कन्धे पर फेरा और बोली, “देखो तो, कितने गुच्छे गिरे हैं तुम्हारे ऊपर।”

“हाँ,” मैं बोला, और अपना मुँह उसके एक उरोज़ के क़रीब ले आने की कोशिश करने लगा। उस वक्त उसकी पोशाक पूरी तरह खुली हुई थी। अचानक उसे लगा होगा कि यह सब ठीक नहीं है, उसे लगा होगा मामला हद से ज़्यादा बढ़ गया है। उसने अपने कपड़े ज़रा ठीक कर लिये और थोड़ा उठकर बैठ गयी। अपने खुले बटनों की शर्म छिपाने की गर्ज़ से वह फिर मेरे कन्धों पर गिरे हुए बालों की बात करने लगी।

“आख़िर क्यों गिरे होंगे इतने बाल?”

“मालूम नहीं।”

“तुम बहुत पीते हो, बेशक और शायद कुछ और भी. . . .नहीं, मैं कहूँगी भी नहीं! तुम्हें शर्म आनी चाहिए! मैंने तुम्हारे बारे में ऐसा कभी नहीं सोचा था! सोचो इतनी छोटी उम्र में ही बाल साफ़ हो रहे हैं तुम्हारे!. . . .देखो ऐसा है, कि मैं चाहती हूँ कि तुम मुझे बताओ तुम कैसा जीवन जी रहे हो—आख़िर करते क्या हो तुम? इस बात में कोई शक नहीं है कि तुम्हारी आदतें वाक़ई ख़राब हैं! लेकिन अब सच-सच बताओ, समझे, कोई हेराफेरी नहीं! वैसे भी अगर तुम कुछ छिपाने की कोशिश करोगे तो मुझे पता चल ही जायेगा। ठीक है, तो बोलो!”

उफ़, कितना थक चुका था मैं! कितना ख़ुश होता मैं अगर वहाँ बैठे चुपचाप उसे देखता रहता, बजाय ऐसी मशक़्क़त करने के। मैं किसी काम का नहीं था। लकड़ी का ठीहा-भर था मैं।

“ठीक है, तो शुरू करो फिर।”

मैंने मौका ताड़कर उसे सब कुछ बता दिया; सच के सिवा कुछ भी नहीं।

किसी बात को तूल नहीं दिया, मैं इस बात की कोशिश नहीं कर रहा था कि वह मुझ पर तरस खाये—मैंने उसे एक रात पाँच क्रोनर चुरा लेने वाली घटना भी बतायी।

वह मुँह बाए मुझे सुनती रही, रंग फक्क पड़ चुका था उसका और डर रही थी वह, उसकी स्वच्छ आँखों में गहरी चिन्ता झलक आयी थी। मैंने बात की संजीदगी ज़रा कम करने की कोशिश की, उस अवसाद को जो कमरे में घिर आया था। मैंने ख़ुद को सीधा किया और कहा, ''बहरहाल, यह सब तो अब ख़त्म हो चुका है! क्या फ़ायदा बात करने का, मैं उबर चुका हूँ, सुरक्षित हूँ. . . .''

लेकिन वह अब भी बुझी हुई थी। ''हे मेरे ईश्वर!'' बस इतना कहती, और फिर चुप हो जाती थी। एक क्षण रुकती और फिर यही कहती और एक बार फिर चुप लगा जाती थी। ''हे मेरे ईश्वर!''

मैं मज़ाक करने लगा, पकड़कर उसे गुदगुदी करने लगा, उठाकर अपने सीने से लगा लिया उसे। उसने अपनी पोशाक के बटन लगा लिये थे और इससे खीझ हो रही थी मुझे। बटन क्यों बन्द कर लिये थे उसने? अगर बुरा जीवन जीने से मेरे बाल गिर रहे होते तो क्या उसकी नज़रों में मेरा मूल्य इतना कम न होता? अगर मैं कोई नशाखोर अय्याश होता तो क्या वह मुझे ज़्यादा ठीक समझती?. . . .अब कोई बकवासबाज़ी नहीं! मुझे करना यही चाहिए कि मैं अपने इरादे पर टिका रहूँ—अगर यही करना चाहिए मुझे, तो मैं ही सही आदमी हूँ।

मुझे फिर शुरू करना था वह सब।

मैंने उसे अपनी ओर खींच लिया, सोफ़े पर लेटा लिया उसे। उसने हाथ-पाँव मारे, बहुत ज़्यादा नहीं और हैरान होकर मेरी ओर देखने लगी।

''नहीं. . . .क्या है?'' वह बोली।

''क्या है?''

''नहीं. . . .नहीं, नहीं. . . .?''

''हाँ, हाँ. . . .''

''नहीं, सुनो!'' वह चिल्लायी। फिर उसने चोट पहुँचाने वाला एक वाक्य जोड़ा, ''कभी-कभी मुझे लगता है तुम पागल हो।''

मुझे अचानक कुछ रोक-सा दिया गया था, और मैं बोला, ''ऐसा तो नहीं मानती न तुम!''

''हाँ, तुम बहुत अजीब लगते हो! और उस सुबह जब तुम मेरा पीछा कर रहे थे—तुम पिये हुए नहीं थे?''

''नहीं, लेकिन उस समय मैं भूख से मर भी तो नहीं रहा था—कुछ समय पहले ही भोजन किया था मैंने।''

''तब तो यह और भी बुरी बात है।''

''अगर मैं नशे में होता तो क्या ज़्यादा ठीक था?''

"हाँ. . . .उफ़, मुझे डर लगता है तुमसे! भगवान के लिए, क्या तुम मुझे छोड़ नहीं सकते!"

मैंने इस बात पर ग़ौर किया। नहीं, मैं नहीं छोड़ूँगा उसे, ऐसे तो बहुत कुछ छूट जायेगा मुझसे। रात के इस समय सोफ़े पर कोई आना-कानी नहीं चलेगी! या ख़ुदा, ऐसी घड़ी में औरतें क्या-क्या बहाने नहीं बनातीं! जैसे मुझे मालूम ही न हो कि यह शर्म का इज़हार है, लाज आ रही है उसे तो मुझे डटे रहना चाहिए! चलो, चलो ऐसा नहीं करते! अब और बेकार की बातें नहीं। वह बहुत ज़ोर-से ख़ुद को छुड़ाने की कोशिश करने लगी और सिर्फ़ लज्जावश तो यह सब नहीं कर रही हो सकती थी वह। ग़लती से मोमबत्ती गिर गयी मुझसे और बुझ गयी। वह भयंकर रूप से विरोध करने लगी, और एक हल्की-सी रिरियाहट भी उठी उसके हलक़ से।

"नहीं, मत करो! मत करो! इसके बदले मेरे उरोज़ को चूम लो। मेरे प्यारे दोस्त!"

मैं एकदम ठिठक गया। उसकी आवाज़ में इतनी हताशा थी, इतनी लाचारी कि मैं भीतर तक हिल उठा। वह मुझे मुआवज़े के तौर पर अपने उरोज़ को चूमने की इजाज़त दे रही थी! कितनी प्यारी, कितनी प्यारी और कितनी भोली थी वह! उसके सामने घुटनों के बल गिर सकता था मैं।

"यू डार्लिंग!" मैं घबराकर बोला। "मैं समझ नहीं पा रहा हूँ. . . . मैं बिलकुल समझ नहीं पा रहा कि यह क्या खेल हो रहा है. . . ."

वह उठी और काँपते हाथों से मोमबत्ती जलायी उसने। मैं सोफ़े पर बैठ गया, कोई विचार नहीं था मन में। अब क्या होने वाला है? मैं बहुत बेचैन था।

उसने दीवार की ओर देखा जहाँ घड़ी थी, और चौंक गयी।

"ओहो, लड़की तो अब आती ही होगी!" वह बोली। उठकर बैठने के बाद ये पहले शब्द थे जो उसने कहे।

मैंने संकेत समझ लिया और उठ खड़ा हुआ। वह अपना केप उठाने लगी, फिर कुछ सोच-समझकर उसने यह विचार छोड़ दिया और अलाव की ओर चली गयी। उसका चेहरा ज़र्द था और वह और से और घबरा रही थी। ताकि यह न लगे कि वह मुझे घर से निकाल रही है, मैं बोला, "क्या तुम्हारे पिता फ़ौज में थे?" और साथ ही मैं निकलने के लिए तैयार हो गया।

"हाँ थे। तुम्हें कैसे मालूम?"

"मालूम नहीं था, मुझे अभी-अभी ख़याल आया।"

"बड़ी अज़ीब बात है!"

"हा, शायद। कुछ ख़ास जगहों पर जाकर कुछ चीज़ें सहज ही ज़ाहिर हो जाती हैं। मुझ पर। यह सब मेरे पाग़लपन में शरीक़ है. . . ."

उसने उसी वक्त नज़र उठाकर देखा लेकिन बोला कुछ भी नहीं। मुझे लगा कि मेरी उपस्थिति उसके लिए तकलीफ़देह है, और मैं जल्दी-से-जल्दी रुख़्सत होना

चाहता था। मैं दरवाज़े तक चला आया। क्या वह फिर चूमना पसन्द करेगी मुझे? या अपना हाथ थामने देगी मुझे? मैं प्रतीक्षा करता रहा।

"तुम जा रहे हो?" वह अलाव के पास खड़ी-खड़ी बोली।

मैंने कोई जवाब नहीं दिया। मैं आहत महसूस कर रहा था और बौरा गया था और बिना कुछ कहे मैंने उसकी ओर देखा। ईश्वर, क्या कहर ढा दिया था मैंने! उसे शायद इस बात की कोई फ़िक्र ही नहीं थी कि मैं जा रहा था; वह मुझसे हमेशा के लिए अलग होने वाली थी, और मैंने अलविदा कहने के लिए कोई गहरे और भारी शब्द ढूँढ़ने की कोशिश की, जो उसे महसूस होते और शायद थोड़ा प्रभावित कर सकते। फिर मैंने अपनी मंशा से बिलकुल विपरीत काम किया : मैं आहत हुए व्यक्ति जैसा व्यवहार करने लगा, बजाय इसके कि मैं रूखेपन और ख़ुद्दारी से पेश आता; अपमानित और परेशान, मैं ग़ैर-ज़रूरी चीज़ों के बारे में बकबक करता रहा। ज़बरदस्त शब्द आने को राज़ी ही नहीं थे, मैं किसी औंधी खोपड़ीवाले की तरह गिटपिट करता रह गया। सब कुछ कोरी बकवास और जुमलेबाज़ी में बदल गया।

उसने मुझसे साफ़ और स्पष्ट रूप से चले जाने को कहा क्यों नहीं था? मैंने पूछा। आख़िर क्यों नहीं? इतनी शालीनता से पेश आने की कोई तुक ही नहीं थी। यह कहने के बजाय कि लड़की लौट आने वाली है, वह सीधे-सीधे यह कह सकती थी : अब तुम्हें चलना चाहिए, क्योंकि मैं अपनी माँ को लेने जा रही हूँ, और मैं नहीं चाहती कि तुम मेरे साथ गली में चलो। अब क्या वह ऐसा नहीं सोच रही थी? हाँ, यही तो सोच रही थी, मैं फ़ौरन ताड़ गया था। ज़्यादा संकेतों की ज़रूरत नहीं थी मुझे, बस जैसे वह अपना केप लेने बढ़ी थी और फिर वहीं पड़े रहने दिया था उसे, इसी से मैं तुरन्त समझ गया था। जैसा कि मैं कह चुका था, मैं बहुत-सी चीज़ें भाँप जाता हूँ। यह शायद पागलपन भी नहीं था, जैसा कि जान पड़ता था. . . .

"हे मेरे भगवान, इस शब्द के लिए मुझे क्षमा करना! ऐसे ही मेरे मुँह से निकल गया था।" उसने याचना की। लेकिन वह वहीं खड़ी रही और मेरे पास नहीं आयी।

मैं अड़ा रहा, और बात करता रहा। मैं वहाँ खड़ा-खड़ा बकबक कर रहा था, इस तकलीफ़देह एहसास के साथ कि वह मुझसे ऊब रही थी, कि मेरे एक शब्द ने भी उसे मुतासिर नहीं किया था। फिर भी मैं स्वयं को रोक नहीं पा रहा था। दरअसल, मेरी यह धारणा थी कि संवेदनशील होने के लिए किसी इनसान का पागल होना ज़रूरी नहीं है, ऐसे लोग भी होते हैं जो छोटी-छोटी बात पर आहत हो जाते हैं और एक सख़्त शब्द तक उनकी जान ले सकता है। मैंने उसे यह जताने की कोशिश की कि मैं भी एक ऐसा शख़्स था। मेरी मुफ़लिसी ने मेरी ज़हनी ताक़तों को काफ़ी महीन कर दिया था और इसलिए मेरी तक़लीफ भी बढ़ गयी थी, सच बात है, तकलीफ़ बढ़ गयी थी। बेशक, इस महीनी का एक अच्छा पहलू भी था,

कई स्थितियों में मदद भी मिलती थी इससे। एक बुद्धिमान ग़रीब बेशक किसी बुद्धिमान अमीर आदमी से चीज़ों को कहीं बेहतर देख-समझ सकता है। ग़रीब आदमी को हर कदम फूँक-फूँक कर रखना पड़ता है, वह बड़े एहतियात से दूसरों के कहे हर शब्द पर शक करता है; आसान-से-आसान चीज़ में उसे दिक़्क़त पेश आती है, रुकावट महसूस होती है। उसकी इन्द्रियाँ चुस्त होती हैं, वह भावुक क़िस्म का आदमी हुआ करता है, वह काफ़ी कष्ट उठा चुका होता है, उसकी रूह जली हुई और दाग़ी हुआ करती है।

और मैं लम्बे समय तक अपनी रूह पर लगे हुए इन दागों के बारे में जारी रहा। लेकिन मैं जितनी ज़्यादा बात कर रहा था, वह उतनी ही ज़्यादा परेशान होती चली जा रही थी। अन्त में वह हाथ मलते हुए घनघोर निराशा में, दो बार पुकार उठी "हे मेरे ईश्वर!" मैं देख रहा था कि मैं उसे यातना दे रहा हूँ; मैं यातना नहीं देना चाहता था उसे, लेकिन फिर भी टल नहीं रहा था। आख़िरकार मुझे लगा कि जो कुछ कहा जाना चाहिए था, कहा जा चुका था; उसके चेहरे पर छाये अवसाद को देख मेरा दिल पिघल गया, और मैं चिल्लाने लगा :

"अच्छा, मैं जा रहा हूँ, जा रहा हूँ! क्या तुम देख नहीं रहीं मेरा हाथ पहले से ही दरवाज़े की मूठ पर है? अलविदा! मैं कह रहा हूँ अलविदा! मेरे दो बार अलविदा कहने का तुम कम-से-कम जवाब तो दे ही सकती हो न, अब जबकि मैं जाने को तैयार खड़ा हूँ। मैं यह भी नहीं कहूँगा कि तुम मुझसे कभी दोबारा मिलो, क्योंकि मुझे मालूम है इससे तुम्हें कष्ट होगा, लेकिन इस बात का जवाब चाहता हूँ तुमसे : तुमने मुझे सहज व्यवहार करने से रोक क्यों दिया? मैंने क्या किया था तुम्हारे साथ? मैं तुम्हें तंग तो नहीं कर रहा था, क्यों? और तुम मुझसे अचानक इतनी बेरुखी से क्यों पेश आने लगी थीं जैसे मुझे जानती ही न हो? अब तुमने वह सब ले लिया है मुझसे जो मेरे पास बचा रह गया था, मैं पहले से ज़्यादा बुरी हालत में हूँ। इसलिए मदद करना मेरी, मेरे ईश्वर कि मैं पागल नहीं हूँ। अब अगर तुम सोचोगी, तो समझ जाओगी कि मुझे कुछ नहीं हुआ है। आओ न, अपना हाथ दो मुझे! या मुझे अपने पास आने दो! क्या मैं ऐसा कर सकता हूँ? मैं कुछ ग़लत नहीं करूँगा, तुम्हारे सामने झुक कर सिर्फ़ सलाम करूँगा तुम्हें, तुम्हारे सामने वहाँ फर्श पर, सिर्फ़ एक क्षण के लिए—क्या मैं ऐसा कर सकता हूँ? नहीं, नहीं, ठीक है, तो नहीं करूँगा मैं, मैं देख रहा हूँ कि तुम डर रही हो, मैं नहीं करूँगा, सुनो, मैं ऐसा *नहीं* करूँगा। लेकिन, हे मेरे भगवान, तुम इस क़दर डरी हुई क्यों हो? मैं एकदम शान्त खड़ा हूँ, एक भी मांसपेशी नहीं हिला रहा हूँ मैं। मैं क्षण-भर के लिए गलीचे पर, वहाँ उस जगह, तुम्हारे पाँव के पास की उस जगह पर झुकना चाहता था। लेकिन तुम डर गयी थीं, मैंने फ़ौरन तुम्हारी आँखों में देख लिया था कि तुम सहम गयी थीं, इसलिए मैं एकदम शान्त खड़ा हो गया था। जब मैं तुमसे पूछ रहा था मैं एक इंच भी इधर से उधर

नहीं हुआ, बोलो? मैं उस समय भी इतना ही निश्चल खड़ा था जितना कि अब, जब मैं गलीचे पर उस लाल गुलाब पर तुम्हारे सामने झुकना चाहता था। मैंने उँगली से इशारा तक नहीं किया था, बिलकुल नहीं किया था, ताकि तुम डर न जाओ मुझसे। मैंने उस दिशा में अपना सिर-भर हिला दिया था, ऐसे! और तुम अच्छे से समझ गयी थीं मैं किस गुलाब की बात कर रहा हूँ, लेकिन तुम मुझे वहाँ झुकने की इजाज़त नहीं दोगी क्योंकि तुम डर रही हो मुझसे, और मेरे पास आने की हिम्मत नहीं है तुममें। मैं समझ नहीं पा रहा हूँ, आख़िर तुमने स्वयं को मुझे पागल कैसे कहने दिया। यह सच नहीं है, और अब तुम भी यह नहीं मानतीं, बोलो? बहुत समय पहले, गर्मियों के मौसम में, मैं एक बार पागल हो गया था—मैं कड़ी मेहनत का काम कर रहा था और भोजन करना भूल गया था। मेरा दिमाग़ विचारों से भरा था। मैं एक के बाद दूसरे दिन और फिर अगले कई दिनों तक खाना खाना भूलता गया था—मुझे याद आना चाहिए था, लेकिन मैं हमेशा भूल जाता था। ख़ुदा गवाह है, यह सच है! ग़र्क कर दे मुझे ऐ ख़ुदा अगर मैं झूठ बोल रहा हूँ तो। देखो, देख लो तुम, कितन अन्याय कर रही हो तुम मुझसे। और यह मैंने इसलिए नहीं किया था कि मेरे पास पैसा नहीं था—मैं उधार ले सकता था, बड़ी आसानी से उधार मिलता था मुझे, *इन्गेब्रेट* और ग्रावेसेन दोनों दुकानों से। मेरे पास अक्सर जेबों में बहुत पैसा रहता था, और फिर भी मैं कभी खाने-पीने का सामान नहीं ख़रीदता था—भूल जाता था, बस। दरअसल यही सच है! तुम कुछ नहीं बोलतीं, न जवाब देती हो, अलाव के पास से सरकती तक नहीं, तुम सिर्फ़ मेरे जाने की प्रतीक्षा कर रही हो. . . .''

वह जल्दी से मेरे पास आयी और उसने अपना हाथ आगे बढ़ाया। मैंने उसे बड़े संशय से देखा। क्या वह सहज-भाव से ऐसा कर रही थी? या सिर्फ़ मुझसे पीछा छुड़ाने के लिए? उसने अपनी बाँहें मेरे गले में डाल दीं, उसकी आँखों में आँसू थे। मैं खड़ा-खड़ा उसे देखता रह गया। उसने अपने ओंठ मेरी ओर किये; मुझे उसका यकीन नहीं था, त्याग था यह, सब ख़त्म करने की एक तरक़ीब।

उसने कुछ कहा जो सुनने में मुझे ऐसा लगा, ''कुछ भी हो, तुमसे प्रेम करती हूँ मैं!'' यह उसने इतने धीमे से और इतने दबे स्वर में कहा कि शायद ठीक से सुना नहीं मैंने। हो सकता है उसने बिलकुल यही शब्द न भी कहे हों, लेकिन उसने प्रेम से अपनी बाँहें मेरे गले में डाल दीं, वैसे ही मेरे गले लगकर खड़ी रही, यहाँ तक कि ख़ुद को ऊँचा किये वह कुछ देर पंजों के बल खड़ी रही।

मुझे यह शंका थी कि उसे जबरन स्नेह जताना पड़ रहा है, और मैंने सिर्फ़ इतना कहा ''कितनी ख़ूबसूरत लग रही हो अब तुम।''

मैंने इतना ही कहा। मैं पीछे हटा, दरवाज़े को अपने कन्धे से धकेला, और उसकी ओर पीठ किये बिना पीछे की ओर चलने लगा। और वह वहीं-की-वहीं खड़ी रही।

भाग–४

सर्दी शुरू थी, भीगी कड़क सर्दी, क़रीब-क़रीब बर्फ़ के बिना, कुहासे-भरी और अँधेरी रात जो कभी ख़त्म नहीं होती थी; कभी-कभी तो हफ़्ता-भर कोहरा छँटने का नाम नहीं लेता था। सड़कों के लैम्प लगभग पूरा दिन जला करते थे, और फिर भी लोग एक-दूसरे से टकरा जाते थे। शहर का शोर, गिरजाघर के मीनारों से गूँजती हुई घड़ी की टनूटनू, लगामों की खनकती हुई घण्टियाँ, लोगों की आवाज़ें, खुरों की तड़तड़ाहट, सब भारी हवा में से छनकर मद्धिम पड़ जाया करता। कई हफ़्ते गुज़र जाते और मौसम जस-का-तस।

मेरे पास वॉतेरलॉड ड्रिस्ट्रिक्ट वाला कमरा अभी था।

मैं *यात्री भवन एवं भोजनालय* से और-से-और लगाव महसूस कर रहा था; मैं कंगाल होने के बावजूद अभी तक वहीं रहता था। पैसा तो कब का ख़त्म हो चुका था, लेकिन मैं वहाँ ऐसे आता-जाता रहता था मानो मेरा उस जगह पर कुछ हक़ हो और मैं वहीं का रहने वाला था। मकान-मालकिन ने अभी तक कुछ नहीं कहा था लेकिन पैसा न दे पाने की वजह से मैं चिन्तित था। ऐसे ही तीन सप्ताह बीत गये।

पिछले कई दिनों से मैंने दोबारा लिखना शुरू कर दिया था, लेकिन मैं ऐसा कुछ भी नहीं कर पाया था जिससे मुझे कुछ संतोष मिलता—दिन-रात कड़ा परिश्रम करने के बावजूद भी एक छाया-सी मँडरा रही थी मुझ पर। मैं चाहे जिस चीज़ पर काम करने की कोशिश करता, कुछ हाथ नहीं आता था। मेरा भाग्य चुक गया था।

दूसरी मंज़िल पर कमरा था मेरा, उस भवन का बेहतरीन गेस्ट-रूम, जिसमें मैं बैठा जमकर काम कर रहा था। मैं पहली रात से बिना किसी विघ्न के वहाँ काम कर रहा था। उस वक्त से जब मेरे पास अच्छा-ख़ासा पैसा था और मैं खर्चा उठा सकता था। बेशक, पूरा समय उम्मीद तो मैं यही कर रहा था कि मैं एकाध लेख लिख लूँगा और कमरे के किराये समेत बाकी उधार भी चुका पाऊँगा। इसलिए मैं इतना जमकर काम कर रहा था। ख़ास तौर पर एक लेख था जिस पर मैं काम

शुरू कर चुका था और जिससे मुझे बड़ी उम्मीद थी, किताबों की दुकान में लगी आग को लेकर एक रूपक, एक गहन विचार जिस पर मैं अपना पूरा ज़ोर लगा देना चाहता था, और जिसे मैं अन्तिम रूप देने के बाद चीफ़ को देना चाहता था, ताकि उधार चुका सकूँ। चीफ़ को पता चल जायेगा कि इस बार उन्होंने वाक़ई किसी प्रतिभाशाली व्यक्ति की मदद की है; मुझे इस बात में रत्ती-भर भी शक नहीं था; मुझे करना सिर्फ़ इतना था कि मैं प्रेरणा के क्षण की प्रतीक्षा करूँ। और आखिर यह सम्भव क्यों नहीं था कि प्रेरणा किसी भी क्षण आ सकती थी? मेरी सेहत पहले से अच्छी थी; मकान-मालकिन से मुझे रोज़ कुछ खाना मिल जाता था, सुबह-शाम थोड़ी ब्रेड और मक्खन, और मेरा स्नायविक विचलन लगभग ख़त्म हो चुका था। लिखते समय अब मैं अपने हाथों को ढाँपकर नहीं रखता था और दूसरी मंज़िल के अपने कमरे से जब मैं गली में झाँकता था, तो मेरा सर अब चकराता नहीं था। मेरी स्थिति हर दृष्टि से पहले से कहीं अच्छी थी, और इसलिए मैं थोड़ा हैरान था कि मैंने अपना रूपक अभी तक पूरा नहीं किया था। यह बात मेरी समझ से बाहर थी कि आख़िर समस्या क्या थी।

एक दिन मुझे इस बात की झलक मिली कि मैं वाक़ई कितना कमज़ोर हो चुका हूँ और मेरा दिमाग़ कितना सुस्त और अक्षम हो चुका है। मेरी मकान-मालकिन एक बिल लेकर ऊपर आयी जिसे वह मुझे दिखाने लगी—जोड़ करने में कहीं कोई गड़बड़ थी, वह बोली, उसके अपने हिसाब से संख्या कुछ और थी, लेकिन ग़लती उसकी पकड़ में नहीं आ रही थी।

मैं बैठकर जोड़ने लगा; मकान-मालकिन सामने बैठी देखती रही। मैंने उन बीस-एक संख्याओं को जोड़ा, नीचे जवाब वही था, फिर ऊपर की ओर जोड़ करने पर भी जवाब वही था। मैंने उसकी ओर देखा; वह मेरे निष्कर्ष की प्रतीक्षा कर रही थी। जैसे ही मैंने उसकी ओर देखा मुझे यकायक लगा कि वह गर्भवती है—यह बात साफ़ थी, हालाँकि मैंने क्षण-भर से ज़्यादा उसकी ओर नहीं देखा था।

"जोड़ तो ठीक है," मैं बोला।

"तो फिर संख्याएँ देखो," उसने जवाब दिया। "इतनी राशि नहीं हो सकती—मुझे पक्का पता है।"

फिर मैंने एक-एक संख्या को देखना शुरू किया; 25-25 ओरे की दो ब्रेड; लैम्प का काँच, 18; साबुन, 20; मक्खन, 32. . . .इन अंकों को जोड़ने के लिए किसी तेज़ दिमाग़ के आदमी की ज़रूरत नहीं थी, पंसारी का सरल-सा बिल था यह, और मैंने वह ग़लती ढूँढ़ने की कोशिश की जिसका ज़िक्र वह कर रही थी लेकिन मैं उसे ढूँढ़ नहीं पा रहा था। इन संख्यओं के साथ दो-मिनट जूझने के बाद, मुझे लगा कि वे मेरे दिमाग़ में नाचने लगी हैं—मैं जमा और खर्च में भेद नहीं कर पा रहा था। वे सब आपस में गड़बड़ा-सी गयीं। अन्त में इस संख्या के सामने आकर मैं खट्ट

से रुक गया : $3\frac{5}{16}$ पांउउ पनीर @ 16। मेरे सिर में क्लिक-सा कुछ हुआ और मैं मूर्खों की तरह पनीर को घूरने लगा, और कुछ भी कर नहीं पा रहा था मैं।

"कितनी टेढ़ी-मेढ़ी लिखायी है यह!" मैंने हिम्मत हारते हुए कहा। "और यहाँ किसी ने लिख रखा है, या ख़ुदा, पनीर का टुकड़ा पाँच बटा सोलह। किसने सुनी होगी ऐसी संख्या—देखिये आप खुद ही देख लें इसे।

"बिलकुल ठीक," मुझे जवाब मिला, यह हमेशा ऐसे ही लिखा जाता है। कोई अजवाइन वाला पनीर था यह। ठीक है यह! पाँच बटा सोलह का मतलब पाँच औंस. . . ."

"हाँ, हाँ, मालूम है मुझे!" मैंने टोका, हालाँकि अब मेरे पल्ले कुछ भी नहीं पड़ रहा था।

मैंने एक बार फिर जोड़ की इस छोटे से सवाल पर काम करने की कोशिश की जो कि दो-एक महीने पहले तक मैं एक मिनट में हल कर सकता था। मैंने इन रहस्यमयी आँकड़ों पर अपना पूरा ज़ोर लगाकर एकाग्र होने की कोशिश की, अपनी आँखों को सोचने की मुद्रा में झपकाया मानों मैं इस मामले का असल में अध्ययन कर रहा होऊँ, लेकिन मुझे फिर भी इसे छोड़ देना पड़ा। पाँच औंस पनीर ने मुझे मार ही डाला था—जैसे मेरे भीतर कुछ टूट गया हो।

फिर भी, ऐसा दिखाने के लिए कि मैं अब भी उस बिल पर काम कर रहा था, मैं अपने ओठों को हिलाता रहा और बीच-बीच में कोई एक संख्या बोल देता रहा, और इबारत पर अपनी उँगली नीचे करता रहा, जैसे कि मैं अब हल ढूँढ़ने ही वाला हूँ। मकान-मालकिन बैठी प्रतीक्षा करती रही। अन्त में मैं बोला, "मैंने शुरू से अन्त तक देख लिया है और मेरे विचार में इसमें कोई गलती नहीं है।" "तुम्हें नहीं लगता?" वह बोली, "कोई ग़लती नहीं?" लेकिन मैं साफ़-साफ़ देख सकता था कि मेरी बात का कोई यकीन नहीं किया जा रहा था। और फिर मुझे अचानक महसूस हुआ कि उसके लहजे में एक हल्का-सा हिक़ारत भरा सुर था, उपेक्षा का सुर जो मैंने उसकी आवाज़ में पहले नहीं सुना था। उसने शायद यह कहा कि मैं सोलहवें हिस्सों का आदी नहीं था; यह भी बोला कि सही-सही जाँच करवाने के लिए उसे यह बिल किसी ऐसे शख़्स को दिखाना पड़ेगा जिसे यह काम करने का अभ्यास है। ये सब आहत करने वाले लहजे में था, मुझे शर्मिंदा करने की गर्ज़ से नहीं, बल्कि बड़ी सोच-समझ और संजीदगी से कहा था उसने। जब वह दरवाज़े के पास पहुँच गयी और जाने लगी, वह बोली, "माफ़ करना, मेरी वजह से तुम्हारा काम रुक गया!"

वह चली गयी।

फिर जल्दी ही, उसने दरवाज़ा फिर से खोला और अन्दर चली आयी—सीढ़ियों तक ही पहुँचकर लौट आयी होगी वह।

“जो बात सच है, वह सच है,” वह बोली, “और मुझे ग़लत मत समझना, लेकिन क्या तुम्हारे बिल में कुछ उधार बाकी नहीं है? मुझे लगता है कल तुम्हें यहाँ आये हुए तीन सप्ताह हो चुके थे? नहीं? एक बड़े परिवार के साथ गुज़ारा करना आसान काम नहीं है, इसलिए नकद के बिना मेरा काम नहीं चल सकता, माफ़ करना मुझे. . . .”

मैंने उसे टोका।

“मैं एक लेख पर काम कर रहा हूँ, जैसा कि मैं पहले आपसे कह चुका हूँ,” मैं बोला, “और जैसे ही मैं ख़त्म कर लूँगा उसे, मैं पूरा पैसा आपको दे दूँगा। आपको चिन्ता करने की ज़रूरत नहीं है।”

“ठीक है, लेकिन अगर तुमने लेख कभी ख़त्म ही न किया तो?”

“मैं करूँगा। उसके लिए हो सकता है मैं कल सुबह ही सही मूड में आ जाऊँ या फिर आज रात ही—ऐसा बिलकुल नामुमकिन नहीं है कि आज ही शाम प्रेरणा की घड़ी आ जाये और तब मेरा लेख ज़्यादा-से-ज़्यादा पंद्रह मिनट में ख़त्म हो जायेगा। आप समझती हैं, मेरे काम में वैसा नहीं होता जैसा दूसरों के काम में होता है—ऐसा नहीं है कि मैं बैठ जाऊँ और रोज़ ढेर-सा काम कर डालूँ। मुझे सही समय की प्रतीक्षा करनी पड़ती है। और कोई नहीं बता सकता किस घड़ी या किस दिन प्रेरणा आयेगी! वह अपने समय से आती है।”

मेरी मकान-मालकिन चली गयी। लेकिन ज़ाहिर था मुझ पर जो उसका विश्वास था वह हिल चुका था।

अकेला होते ही मैं उछल पड़ा और हताशा में अपने बाल नोचने लगा। न, मेरा कुछ नहीं हो सकता, कोई मुक्ति नहीं होने वाली थी मेरी। मेरा दिमाग़ लुट-पिट चुका था। क्या मेरी खोपड़ी अब बिलकुल औंधी हो चुकी थी कि मैं अजवाइन वाले पनीर की कीमत पता नहीं लगा सकता था? लेकिन, अगर मेरी अक्ल बिल्कुल ही मारी गयी होती, तो क्या मैं ऐसे सवाल पूछ भी सकता था? और इस सबके अलावा, क्या मुझे दिन की तरह स्पष्ट दिख नहीं गया था, उस वक्त जब मैं मकान-मालकिन के लाये हुए बिल से जूझ रहा था, कि वह गर्भवती है? उस हक़ीक़त को जानने का कोई ज़रिया मेरे पास नहीं था, किसी ने बताया भी नहीं था मुझे, न मुझे यह बात किसी और सिलसिले में सूझी थी, मैं बस बैठा था वहाँ और मैंने देख लिया था, और मैं तुरन्त समझ गया था, उसी क्षण जब मैं सोलहवें भाग को लेकर भीषण संघर्ष कर रहा था। इस बात का खुलासा कैसे करूँ मैं?

मैं खिड़की के पास आया और बाहर देखने लगा; मेरी खिड़की वॉग्नमाँद्स स्ट्रीट की ओर खुलती थी। कुछ बच्चे नीचे पनपत्थरों पर खेल रहे थे—ग़रीब-सी गली में खेलते हुए ग़रीब-से कपड़े पहने। वे चिल्लाते हुए एक ख़ाली बोतल एक दूसरे की ओर फेंक रहे थे। ख़ाली किये मकान का सामान ढोने वाली एक गाड़ी उनके

पास से धीरे-धीरे गुज़र रही थी—ज़रूर कोई ऐसा परिवार था जिसे निकाल दिया गया था, क्योंकि मकान ख़ाली करने की दो नियमित तिथियों में से आज कोई भी नहीं थी। यह मुझे गाड़ी को देखने से ही सूझ गया था। गाड़ी पर बिस्तर और फ़र्नीचर लदा था, दीमक-लगे पलंग और बक्से, लाल-रंग की तीन पाँवों वाली कुर्सियाँ, दरियाँ, लोहे का सामान, टीन के बर्तन। बहुत छोटी-सी उम्र की एक लड़की, बहती नाक वाली भद्दी-सी बच्ची, सामान के ऊपर बैठी थी, ख़ुद को गिरने से बचाने के लिए अपने बेचारे-से हाथों से कुछ कसकर थामे हुए थी वह। वह कुछ भयानक-से दिखने वाले धब्बों से भरे गद्दों के गट्ठर पर बैठी थी, जिन पर बच्चे सोते होंगे, और वह ख़ाली बोतल फेंकने वाले बच्चों की ओर देख रही थी. . . .

मैं खड़ा-खड़ा यह सब देखता रहा और इस घटनाक्रम को समझने में मुझे कोई दिक़्क़त पेश नहीं आ रही थी। खिड़की में खड़े-खड़े जब मैं यह सब देख-समझ रहा था, मैं रसोई में काम करती हुई उस लड़की के गाने की आवाज़ भी सुन रहा था जो मेरी मकान-मालकिन के लिए काम करती थी, और रसोई मेरे कमरे से ज़्यादा दूर भी नहीं थी—उसके गाने की धुन मैं पहचान गया था, और मैं यह सुनने की कोशिश भी कर रहा था कि वह कोई ग़लती तो नहीं कर रही थी। मैंने ख़ुद से कहा कि यह सब कर गुज़रना किसी औंधी खोपड़ी वाले के बस की बात तो नहीं थी, खुदा का शुक्र है मैं उतना ठीक-ठाक तो था जितना कोई और।

अचानक मैंने देखा कि गली में दो बच्चे आपस में लड़ने की मुद्रा में आ खड़े हुए थे, दो छोटे-से लड़के : मैं पहचान गया कि उनमें से एक मेरी मकान-मालकिन का बेटा था। मैंने खिड़की खोल ली ताकि सुन सकूँ कि वे एक-दूसरे से क्या कह रहे थे, और तुरन्त मेरी खिड़की के नीचे बच्चों का एक हजूम इकट्ठा हो गया, और वे बड़ी हसरत-भरी नज़रों से ऊपर देखने लगे। वे किस चीज़ की उम्मीद कर रहे थे? कि मैं नीचे कुछ फेंकूँ? सूखे हुए फूल, हड्डियाँ, सिगरेट के टुकड़े, कुछ ऐसा जिसे वे चबा सकें या जिससे खेल सकें? वे मेरी खिड़की को अपने ज़र्द-नीले चेहरों और बेहद उदास आँखों से ताकने लगे। इस बीच वे दो नन्हें शत्रु एक-दूसरे पर शब्द फेंकते रहे। बड़े-बड़े, ठण्डे खून के सरीसृप जो उनके बचकाने ओठों से निकल रहे थे, भयानक उपनाम, वेश्या भाषा, नाविकों की गालियाँ जो उन्होंने सम्भवतः बन्दरगाह पर सुन रखी थीं। वे दोनों इस क़दर भिड़े हुए थे कि शायद वे मकान-मालकिन को भड़भड़ाकर घर से बाहर आते देख नहीं पाये थे।

"देखिये," उनके बेटे ने खुलासा किया। "इसने मेरे गले को इतनी ज़ोर से घोंट डाला कि मैं घण्टा-भर साँस भी नहीं ले पाया!" फिर वह उस नन्हे दुष्ट की ओर मुड़ा जो कि उसकी ओर ज़हर-भरी मुस्कान से देख रहा था और आग-बबूला होकर चिल्लाने लगा, "भाड़ में जा, अबे ओ मूरख, मिस्र के रेंटे! तुझ जैसी घिनभरी जूँ तो लोगों के गले पकड़ लेती है! ख़ुदा-कसम, मैं तो तेरी. . . ."

और माँ, वह गर्भवती पत्नी जो उस तंग गली में अपने आकार की बदौलत पूरी तरह छायी हुई थी, उस दस बरस के बालक की बाँह पकड़कर उसे खींचते हुए बोली, ''श्श्श्श! चुप हो जाओ! बन्द करो गाली देना! तुम तो ऐसे ज़बान चला रहे हो जैसे किसी वेश्यालय में पैदा हुए हो! बकवास बन्द करो और अन्दर चलो!''

''नहीं चलूँगा।''

''बिलकुल चलोगे!''

''नहीं चलूँगा।''

मैं खिड़की में खड़ा-खड़ा माँ के गुस्से को चढ़ता हुआ देखता रहा। यह ख़राब दृश्य, जिसका मुझ पर बहुत गहरा असर हुआ था, अब मेरी बर्दाश्त से बाहर हो चुका था, और मैं चिल्लाकर लड़के से कहने लगा कि वह एक मिनट के लिए ऊपर आये मेरे पास। मैं उन्हें टोकने की गर्ज़ से दो बार चिल्लाया, ताकि झगड़ा बन्द हो जाये। आख़िरी बार मैं इतनी ज़ोर से चिल्लाया कि माँ बौखलाकर ऊपर मेरी ओर देखने लगी, हेकड़ भरी निगाह से, और फिर अपने बेटे की ओर डाँट लगाते हुए मुड़ी। वह ऊँची आवाज़ में बोल रही थी ताकि मैं सुन सकूँ, ''शर्म आनी चाहिए तुम्हें, लोगों को दिखा रहे हो कि कितने ख़राब बच्चे हो तुम!''

मैं वहाँ खड़ा-खड़ा यह सब देख-समझ रहा था, और ऐसा कुछ भी नहीं था, मामूली-सी भी कोई ऐसी चीज़ नहीं थी जो कि मेरी पकड़ से बाहर थी। मेरा चित्त उतना ही एकाग्र था जितना हो सकता था, मैं हर चीज़ बड़ी बारीकी से जज़्ब कर रहा था, और हर घटना के बारे में मेरे मन में विचार बराबर आ रहे थे। इसलिए यह नामुमकिन था कि मेरे दिमाग़ में कुछ ख़राबी थी, अगर यह सब मेरे ध्यान में था, तो आख़िर क्या ख़राबी हो सकती थी उसमें?

सुनो, मैं बताता हूँ तुम्हें, मैंने अचानक कहा, काफ़ी समय से तुम अपने दिमाग़ के बारे में चिन्ता करते फिर रहे हो और ख़ुद को कष्ट दे रहे हो—अब चलो इस बकवासबाज़ी को बन्द किया जाये! हर विवरण को इतनी बारीक़ी से देख पाना क्या पागलपन की निशानी है? तुम लगभग हँसा रहे हो मुझे? यह सब बड़ा विचित्र है, यह बिलकुल सच है। सब लोग चूकते हैं, और हमेशा बड़ी मामूली-से मसलों को लेकर चूक जाते हैं वे : इसका कोई मतलब नहीं है, महज़ इत्तफ़ाक है। जैसा कि मैंने पहले कहा मैं तुम पर ठहाका मार कर हँसने से एक रेशे-भर की दूरी पर हूँ। पंसारी का वह बिल—ले देकर चूहों लायक पनीर का पाँच बटा सोलहवाँ हिस्सा, क्योंकि इसके अलावा वह था भी क्या—कितनी वाहियात चीज़ है, अजवाइन के बीजों वाले पनीर का एक टुकड़ा—जहाँ तक इस निगोड़े पनीर का सवाल है, दुनिया का सबसे तेज़-दिमाग़ आदमी भी गच्चा खा सकता है—ऐसे पनीर की गन्ध से ही मर सकता है आदमी!. . . .मैं बेरहमी से पनीर का मज़ाक उड़ाता रहा. . . .''न जी, मुझे कुछ ऐसा दीजिए जो मैं खा सकता हूँ।'' मैं बोला। ''देना ही है, तो एक पाउँड क्रीम

वाले मक्खन का पाँच बटा सोलहवाँ हिस्सा दीजिए न, यूँ।"

मैं जैसे बुखार में अपने ही लतीफ़ों पर हँसता चला जा रहा था और कितने मज़ेदार लग रहे थे वे मुझे। मेरे साथ अब कुछ भी गड़बड़ नहीं थी, मैं बिलकुल ठीकठाक था।

कमरे में इधर-उधर गश्त लगाते और ख़ुद से गप लगाते हुए मेरा हौंसला बुलन्द हो रहा था; मैं ज़ोर-ज़ोर से हँस रहा था और अत्यंत ख़ुश था। ऐसा लग रहा था जैसे दिमाग़ को चुस्त करने के लिए इस छोटे-से ज़िन्दादिल जी-बहलावे की ही ज़रूरत थी मुझे, ख़ुशी के इस साफ़-शफ़्फ़ाफ़ पल की जिसमें ग़म की कोई झलक नहीं थी। मैं मेज़ पर बैठकर अपने रूपक को आगे ठेलने लगा। और वह अच्छा चल निकला, काफ़ी लम्बे समय से इतना बढ़िया कभी नहीं चला था। लेखन तेज़ नहीं था लेकिन मुझे लगा कि मैं जितना भी लिख पा रहा था, एकदम उच्च कोटि का था। मैं घण्टा-भर लिखता रहा बिना थकान महसूस किये।

मैं अपने इस रूपक में एक विकट संकट की घड़ी से जूझ रहा था, किताबों की एक दुकान में लगी आग को लेकर—मुझे गहरा एहसास होने लगा था कि जो अब तक चला रहा था, इस चरम क्षण की तुलना में कुछ भी नहीं था। मैं इस गहन विचार को शिल्पित करना चाहता था कि जो जल रहा था वे किताबें नहीं, दिमाग़ जल रहे थे, इनसानी दिमाग़ और मैं इन जलते हुए दिमाग़ों से ख़ालिस संत बारथॉलम्यू दिवस बना देना चाहता था। अचानक धड़ाम से दरवाज़ा खुला और मकान-मालकिन भड़भड़ाती हुई भीतर घुस आयी। वह कमरे के एकदम बीचोंबीच चली आयी दहलीज पर रुके बिना।

मैं गला फाड़ कर चीख उठा—ऐसा लगा जैसे किसी ने ज़ोर-से मारा हो मुझे।

"क्या?" वह बोली। "तुमने कुछ कहा? ऐसा है कि एक नया मेहमान आया है और हमें यह कमरा उसके लिए चाहिए। तुम नीचे हमारी बैठक में सो सकते हो, आज रात के लिए चारपायी मिल जायेगी तुम्हें" और मेरा जवाब सुनने से पहले ही उसने मेज़ पर रखे मेरे काग़ज़ों को समेटना शुरू कर दिया, बिना किसी तरतीब के।

मेरी ख़ुशी हवा हो गयी, मैं गुस्से और दुख से भर उठा और फ़ौरन उठ खड़ा हुआ। मैंने उसे मेज़ साफ़ करने दिया—एक लफ़्ज़ नहीं बोला मैं। उसने सब काग़ज़ मुझे थमा दिये।

मेरे लिए करने को कुछ नहीं बचा था, मुझे कमरा छोड़ना ही था, एक और बेशकीमती पल नष्ट हो चुका था! नया मेहमान मुझे सीढ़ियों में टकरा गया, एक नौजवान आदमी जिसके हाथों पर नीले रंग के लंगर ख़ुदे हुए थे। उसके पीछे एक जहाज़ का माल ढोने वाला मज़दूर चला आ रहा था जो नाविकों के काम आने वाली एक पेटी अपने कन्धों पर लादे था। इसमें कोई शक नहीं था कि पेशे से नाविक

था यह नया मेहमान और शायद एक रात रुकने वाला था; ज़्यादा देर मेरे कमरे में शायद नहीं रहने वाला था वह। शायद सुबह मेरी किस्मत फिर अच्छी निकल आये जब वह चला जायेगा और मेरी प्रेरणा लौट आयेगी—कसर थी तो सिर्फ़ पाँच मिनट की, और तब किताबों की दुकान का मेरा रूपक पूरा हो जायेगा। ख़ैर, और कोई चारा भी नहीं था, भाग्य आख़िर भाग्य था. . . .

मैं पहले इस इमारत में बसे परिवार वाले हिस्से में कभी नहीं गया था—एक अदद बैठक थी जिसमें वे सब दिन-रात रहा करते थे—पति, पत्नी, पत्नी के पिता, और चार बच्चे। घर में काम करने वाली लड़की रसोई में रहती थी, जहाँ वह रात को सोती भी थी। बड़ी अरुचि से मैं दरवाज़े तक आया और दस्तक दी। किसी ने दरवाज़ा नहीं खोला, हालाँकि बातें करने की आवाज़ें बराबर आ रही थीं।

मैं अन्दर आया तो पति महोदय ने एक शब्द तक नहीं कहा मुझसे, न ही अभिवादन का जवाब मिला मुझे—बस बेरुखी से एक नज़र-भर डाली मुझ पर जैसे मुझसे कोई सरोकार ही न हो। वह किसी आदमी के साथ बैठा ताश खेल रहा था, जिसे मैंने बन्दरगाह पर देखा था—वहीं माल ढोने का काम करता था वह और जिसे लोग 'ग्लासी' कहकर पुकारते थे। बिस्तर पर एक शिशु लेटा था, अपने आप से ही गरगराता हुआ, और लकड़ी की एक सेट्टी पर एक वृद्ध सज्जन बैठे थे, मकान-मालकिन के पिता, जिनका सिर हाथों पर कुछ इस तरह झुका हुआ था जैसे छाती या पेट में तकलीफ़ हो। उनके बाल क़रीब-क़रीब पूरे सफ़ेद थे और झुकी हुई मुद्रा में वे छिपकली जैसे दिखते थे, जिसकी मुण्डी एक ओर को झुकी हुई कुछ सुनने की कोशिश कर रही हो।

"माफ़ कीजिए, मैं नीचे इसलिए आया हूँ क्योंकि आज रात के लिए मुझे जगह चाहिए होगी," मैंने पति से कहा।

"क्या मेरी पत्नी ने तुम्हें भेजा है?" उसने पूछा।

"हाँ, मेरे कमरे में कोई नया आदमी आ गया है।"

इस बात का पति ने कोई उत्तर नहीं दिया—वह ताश खेलता रहा।

वह हर रोज़ बस यूँ ही बैठा रहा करता था, किसी भी आने-जाने वाले के संग ताश खेलते हुए; वह किसी और चीज़ के लिए नहीं, सिर्फ़ समय गुज़ारने के लिए और अपने हाथों को व्यस्त रखने की ख़ातिर खेलता था। वैसे वह कुछ नहीं करता था और शरीर को ज़रूरत से ज़्यादा कष्ट क़तई नहीं देता था; जबकि उसकी पत्नी सारा दिन सीढ़ियाँ चढ़ती-उतरती रहती थी, घर चलाती थी, और इस बात का ध्यान रखती थी कि कमरे ख़ाली न रहें। जहाज़ के बन्दरगाह पर काम करने वाले अन्य मज़दूरों के साथ उसके सम्पर्क थे जिन्हें वह हर नया ग्राहक लाने के लिए कुछ कमीशन दिया करती थी, और फिर वह इन मज़दूरों को वहीं रात गुज़ारने की इजाज़त भी दे दिया करती थी। आज रात 'ग्लासी' नए मेहमान को लेकर आया था।

उसके दो बच्चे अन्दर चले आये, दुबले, चकत्तेदार, शरारती चेहरों वाली दो लड़कियाँ; उनके कपड़े दयनीय थे। उनके बाद मकान-मालकिन भी चली आयी। मैंने उससे पूछा वह मुझे रात कहाँ सुलाने वाली है, और उसने सख़्ती से जवाब दिया कि या तो मैं वहीं सबके बीच में सो सकता हूँ—या बाहर हॉल में रखी सेट्टी पर, जैसा मैं चाहूँ। बात करते-करते वह कमरे में घूमते हुए कई चीज़ें सम्भालती रही, मेरी ओर एक बार भी देखे बिना।

उसके जवाब से मेरी दिखावे की बहादुरी जाती रही; मैं दरवाज़े के पास खड़ा होकर छोटा-सा दिखने की कोशिश करने लगा, और ऐसा दिखाने लगा जैसे एक रात के लिए अपना कमरा बदलने पर मुझे ज़रा भी एतराज नहीं है। मैं अपने चेहरे पर सावधानी से दोस्ताना भाव ले आया ताकि उसे और गुस्सा न दिलाऊँ और शायद पूरी तरह घर से बाहर निकाल दिया जाऊँ। मैं बोला, "ओह, यहीं ठीक है!" और फिर चुप लगा गया।

वह तब भी कमरे में घूमती-फिरती रही।

"अच्छा ऐसे है, तुम्हें याद रखना पड़ेगा कि मैं कमरे और भोजन के लिए उधार से गुज़ारा नहीं चला सकती," वह बोली। "मैं पहले भी तुमसे कह चुकी हूँ।"

"हाँ, आप बता चुकी हैं, लेकिन अब बस दो-एक दिन ही में मेरा लेख पूरा हो जाने वाला है," मैंने जवाब दिया। "और तब मैं आपको पाँच क्रोनर अतिरिक्त भी दे पाऊँगा, बड़ी ख़ुशी से।"

लेकिन ज़ाहिर था कि उसे मेरे लेखन में कोई आस्था नहीं थी, मैं देख रहा था। लेकिन फिर भी इस ज़रा-सी बेइज़्जती के बाद मैं शेखी में आकर और गर्मी खाते हुए घर से बाहर भी तो नहीं हो सकता था—मुझे मालूम था अगर मैं निकल गया तो क्या बीतने वाली थी मुझ पर।

दो दिन गुज़र गये।

मैं परिवार वाले कमरे में ही सो रहा था; हॉल में अलाव नहीं था और बहुत सर्दी थी। रात में मैं फ़र्श पर ही सोता था। नाविक अब भी मेरे कमरे में था और लगता नहीं था कि वह जाने वाला है। एक दोपहर मकान-मालकिन ने आकर बताया कि उसने पूरे एक महीने का पैसा दे दिया है; जहाज़ में रवाना होने से पहले वह कोई परीक्षा देने वाला था; इसीलिए शहर में ठहरा हुआ था। मैं सुन रहा था, और समझ गया था कि मेरा कमरा अब मेरे हाथ से चला गया है।

मैं आकर हॉल में बैठ गया। अगर मुझे कुछ लिखना था तो यह हॉल ही में सम्भव था, जहाँ ख़ामोशी थी। मैं अपने रूपक को लेकर अब बहुत जोश में नहीं था—मुझे कुछ नया सूझ गया था, वाक़ई ग़ज़ब का ख़ाका था यह : मैं एक एकांकी लिखना चाहता था, *सलीब का निशान,* मध्यकालीन प्रसंग में। मैं इस एकांकी के अहम क़िरदार पर जमकर सोच चुका था, एक शानदार, भड़कती हुई वेश्या जिसने

गिरजाघर के भीतर ही दुष्कर्म किया था, कमज़ोरी की घड़ी या वासना में डूबकर नहीं, लेकिन ईश्वर से कोरी घृणा करते हुए, पूजा-स्थल के ऐन नीचे, पूजा का वस्त्र सिर के नीचे रखे, शाश्वत से नफ़रत करने का लुत्फ़ उठाते हुए।

जैसे-जैसे दोपहर ढल रही थी, मैं इस क़िरदार पर और-से-और मुग्ध होता रहा। अन्त में वह जीती-जागती मेरे सामने आ खड़ी हुई; उसकी सारी विशेषताएँ साफ़-साफ़ दिखने लगीं मुझे। उसका जिस्म विकृत और घिनौना होगा : लम्बी, बेहद दुबली और काली—और जब वह चलती, तो उसकी लम्बी टाँगें उसके कपड़ों में से हर समय चमकतीं। उसके कान बहुत बड़े-बड़े और उचके हुए होंगे। संक्षेप में उसकी शक्ल-सूरत कुछ ख़ास नहीं होगी, मुश्किल से ही देखने लायक। उसके बारे में ग़ज़ब की चीज़ यह थी कि वह कमाल की निर्लज्ज थी—वह दुष्कर्म जो उसने इतनी अति से, जानबूझ कर और धड़ल्ले से किया था। मैं उससे लगभग बुरी तरह मुतासिर था : मेरा दिमाग़ इस अद्‌भुत विरूप शख्सियत से उफ़न रहा था। मैंने दो घण्टे जमकर अपने नाटक पर काम किया।

दस या शायद बारह पन्ने लिख लेने के बाद जिन पर मैंने कड़ी मेहनत की थी और जो कई बार मेरे मन के विचलन से इस तरह बिगड़ जाते थे कि मुझे उन्हें फाड़ देना पड़ता था, मैं थक गया था, ठण्ड और थकान से लगभग मेरा शरीर अकड़ चुका था; मैं उठा और बाहर घूमने निकल गया। पिछले आधे घण्टे से बच्चों के रोने-धोने से मैं वैसे ही उखड़ चुका था; इसलिए मैं और लिख भी नहीं सकता था। मैं ड्रामेन्स-स्ट्रीट पर चलने लगा और अँधेरा होने तक वहीं घूमता रहा; चलते-चलते मैं सिर्फ़ अपने नाटक में आगे की घटनाओं के बारे में सोचता रहा। घूमने के दौरान यह अनुभव मुझे हुआ।

कार्ल योहान स्ट्रीट के छोर पर मैं रेलवे-स्टेशन मार्किट के एकदम पास, जूतों की एक दुकान के बाहर खड़ा था। ईश्वर जाने मैं उसी दुकान के सामने क्यों खड़ा था! मैं शो-विंडो में लगे जूतों को देख रहा था, हालाँकि जूते ख़रीदने की कोई मंशा नहीं थी मेरी; मेरे विचार कहीं और ही थे, दुनिया के किसी अन्य हिस्से में। बातें करते लोग मेरे पास से गुज़रते रहे, और उनका कहा कुछ भी मैं जज़्ब नहीं कर रहा था। तभी एक बुलंद आवाज़ ने कहा, "गुड-ईवनिंग!"

यह क्वीनी का अभिवादन था।

"गुड-ईवनिंग!" मैंने कुछ रूखेपन से जवाब दिया। मैं कुछ देर ग़ौर से देखने के बाद ही क्वीनी को पहचान पाया था।

"तो कैसा चल रहा है?" उसने पूछा।

"ठीक, बिलकुल ठीक. . . .हमेशा की तरह!"

"सुनो," वह बोला, "क्या तुम अब भी क्रिस्टी में काम करते हो?"

"क्रिस्टी में?"

"हाँ, क्या पिछली बार तुमने मुझसे कहा नहीं था कि तुम क्रिस्टी खाद्य-भण्डार का हिसाब-किताब देखते हो?"

"ओह! नहीं, वह तो ख़त्म हो चुका। उस व्यक्ति के साथ काम करना असम्भव था—हम लोग आपसी सहमति से अलग हो चुके हैं।"

"क्या हुआ?"

"मैंने कहीं एक अंक की ग़लती कर दी थी...."

"और उसने देख लिया, क्यों?"

देख लिया? क्वीनी साफ़ मेरे मुँह पर कह रहा था कि मैंने बेईमानी की है। उसने तपाक से पूछा मुझसे, ज़ाहिर था उसे इस मामले में गहरी दिलचस्पी थी। मैंने उसकी ओर देखा, बहुत अपमान महसूस हुआ मुझे, और मैंने जवाब नहीं दिया।

"ख़ैर, भगवान ही जानता है किसी पर क्या बन आयेगी!" वह मुझे धीरज बँधाते हुए बोला। उसे अब भी यकीन था कि मुझे गड़बड़ करने की वजह से ही निकाला गया होगा।

"भगवान ही जानता है किसी पर क्या बन आयेगी वाली बात क्या है, भाई?" मैंने पूछा। "जानबूझकर ग़लती करूँगा? मैं? तुम्हें लगता है मैं ऐसा नीच काम करूंगा? मैं?"

"लेकिन प्यारे मैंने सोचा तुम्हीं तो कह रहे...."

मैंने अपना सिर झटके से पीछे किया, क्वीनी से मुँह फेरा, और गली की आवाजाही देखने लगा। मेरी आँखें एक लाल पोशाक पर जा रुकीं जो हमारी ओर आ रही थी, एक औरत चली आ रही थी एक आदमी के साथ। अगर मैंने क्वीनी के साथ यह बातचीत न की होती, और उसकी घटिया शंका से नाराज़ न हो गया होता, और अपने सिर को झटके से घुमाया न होता, यह लाल पोशाक मुझे दिखे बिना मेरे पास से गुज़र गयी होती। और फिर मेरा उससे लेना-देना भी क्या था? अगर वह महारानी की बाँदी भी होती तो क्या था?

क्वीनी बोलता चला गया, अपनी ग़लती सुधारने की गर्ज से; मैं उसकी बात बिलकुल नहीं सुन रहा था, मैं पूरा समय वहाँ खड़ा रहा इस लाल पोशाक को पास आते देखता हुआ। मेरी छाती में कुछ हुआ, एक हल्का-सा नश्तर चुभा—मैं ख़ुद से खुसफुसाया, बिना मुँह हिलाये।

"यीलायाली!"

क्वीनी भी अब मुड़कर देखने लगा था, उस जोड़े को देखा उसने, औरत और आदमी को, अपना हैट सर से हटाया उसने और अपनी नज़र से उनका पीछा करने लगा। मैंने अपना हैट नहीं हटाया या शायद हटाया भी हो। कार्ल योहान स्ट्रीट पर चल देने के बाद लाल पोशाक ग़ायब हो गयी।

"उसके साथ वह कौन था?" क्वीनी ने पूछा।

" 'ड्यूक', देखा नहीं तुमने? उसे चिढ़ाने का नाम 'ड्यूक' है। क्या तुम उस औरत को जानते हो?"

"हाँ, मामूली जान-पहचान है। तुम नहीं जानते?"

"नहीं," मैं बोला।

"मुझे लगा तुमने तो अपना हैट बड़े अन्दाज़ से हटाया था।"

"ओह, ऐसा?"

"तो तुम्हें पता नहीं है?" क्वीनी बोला। "अजीब बात है! और-तो-और, वह पूरा समय सिर्फ़ तुम्हारी ओर ही देखती चली जा रही थी।"

"तुम कहाँ मिले थे उससे?" मैंने पूछा।

"मैं तो उसे ठीक-से नहीं जानता। यूँ है कि पिछले पतझड़ के दिनों की एक शाम थी, जब की यह बात है। देर हो चुकी थी, हम तीन मेमने मौज-मस्ती करते घूम रहे थे—ग्रांड पार करते ही हमें यह औरत अकेली घूमती दिखायी दे गयी, कामेरमेयर की किताबों की दुकान के पास, तो हम उससे बात करने लगे। पहले तो उसने बड़ी ठण्डक से बात की, लेकिन हममें से एक आदमी ने, ऐसे आदमी ने जो दुनिया की किसी ताकत से नहीं डरता, उससे साफ़-साफ़ पूछा कि क्या वह उसे हिफ़ाज़त से उसके घर तक पहुँचाने उसके साथ चल सकता है, नहीं तो वह रात भर सो नहीं पायेगा। वह उसके साथ चलते समय लगातार बोलता रहा, एक के बाद एक कहानी गढ़ता रहा, सौगन्ध खाकर उसने अपना नाम वाल्दिमार आत्तेरदाग बताया और यह भी कि वह एक फ़ोटोग्राफ़र था। आख़िरकार वह भी इस हंसमुख प्राणी की बातों पर हँसने लगी जोकि उसकी सख़्त ठण्डक से नाराज़ नहीं हुआ था और नतीजतन उसके साथ चलने में कामयाब हो गया था।"

"हाँ, और फिर क्या हुआ?" मैंने दम साधे पूछा।

"क्या हुआ? अरे यार! ऐसा थोड़े ही पूछा जाता है किसी भद्र महिला के बारे में।"

हम दोनों क्षण-भर के लिए चुप खड़े रह गये, क्वीनी और मैं।

"तो फिर यह 'ड्यूक' ही है। यह शक्ल है उसकी!" वह कुछ सोचते हुए बोला। "लेकिन हाँ, अगर यह औरत उसके साथ है तो मैं फिर उसके चरित्र के बारे में कुछ नहीं कह सकता।"

मैं फिर चुप खड़ा रहा। बिलकुल, 'ड्यूक' की तो उसके साथ खूब चलेगी! ऐसा ही सही! मुझे इस सबसे लेना-देना भी क्या था? मैंने उसे और उसकी सभी ख़ूबसूरतियों को अलविदा कहा : अलविदा! मैंने उसके बारे में ख़राब-से-ख़राब चीज़ सोच कर ख़ुद को दिलासा देने की कोशिश की, उसे कीचड़ में घसीटकर बड़ा मज़ा आ रहा था मुझे। जिस चीज़ पर खीझ रहा था मैं, वह यह थी कि मैंने उनकी जोड़ी

को देखकर अपना हैट उतारकर सलाम किया था, अगर मैंने ऐसा किया था तो। मैं क्यों उतारता फिरूँ लोगों के लिए अपना हैट? उस औरत की मेरे लिए अब कुछ भी अहमियत नहीं थी, कुछ भी नहीं। वह मेरी नज़र में ज़रा भी ख़ूबसूरत नहीं थी, वह अपनी सारी सुन्दरता खो चुकी थी, कितनी भयानक बात है, कितनी कुरूप हो गयी थी वह! ऐसा क़तई नामुमकिन नहीं कि वह सिर्फ़ मेरी ओर देख रही थी–यह हैरानी की कोई बात नहीं थी : वह पछता रही थी अब। लेकिन इसका यह मतलब नहीं था कि मुझे उसके कदमों में गिर जाना चाहिए, और बेवकूफ़ों की तरह प्रणाम में झुककर पाँव रगड़ने चाहिएँ, ख़ास तौर से अब जबकि हाल ही में उसकी खूबसूरती प्रायः जाती रही थी। 'ड्यूक' ले सकता था उसे, मेरी बला से! शायद एक दिन मैं गर्व से उसके क़रीब से गुज़र जाऊँगा बिना उसकी ओर देखे हुए। यह भी नामुमकिन नहीं था कि जब वह सीधे मेरी ओर देख रही होगी, तब भी मैं ऐसा ही करूँगा, भले ही उसकी पोशाक एकदम सुर्ख़ हो! ऐसा होना क़तई मुश्किल नहीं था! हाँ, यह होगी मेरी जीत! अगर मुझे किसी चीज़ के बारे में कुछ भी पता है, तो मैं आज रात ही अपना नाटक ख़त्म करूँगा, और आठ दिन के अन्दर उसे अपने घुटने टेकने पर मजबूर कर दूँगा। खूबसूरती समेत, हाँ, उसकी सारी खूबसूरतियों के साथ. . . .

"अलविदा!" मैंने रुखाई से कहा।

लेकिन क्वीनी मुझे वापस खींच लाया। वह बोला, "आजकल तुम दिन में क्या करते हो?"

"क्या करता हूँ? ज़ाहिर है, मैं लिखता हूँ। और क्या करूँगा? इसी से गुज़ारा चलता है मेरा। आजकल मैं *सलीब का निशान* नामक एक नाटक पर काम कर रहा हूँ, जिसका प्रसंग मध्यकालीन है।"

"हे भगवान!" क्वीनी बोला, बिना किसी तन्ज़ के। "अगर यह खेला जाये तो. . . ."

"इसके बारे में बिलकुल चिन्ता मत करो!" मैंने जवाब दिया। "लगभग आठ दिनों में तुम मेरे बारे में खूब सुनोगे।"

यह कहकर मैं चल दिया।

घर पहुँचने पर, मैं तुरन्त मकान-मालकिन के पास गया और उससे एक लालटेन माँगी। मेरे लिए लालटेन का होना एकदम ज़रूरी था–मेरी आज रात सोने की कोई मंशा नहीं थी, मेरा नाटक मेरे सिर में दौड़ रहा था, और सुबह होने तक काफ़ी लिख पाने की उम्मीद थी मुझे। जब मैंने देखा कि मुझे घुसते देख ही वह चिढ़ गयी है तो मैंने अपनी माँग बड़ी निरीह आवाज़ में उसके सामने रखी। मैंने एक ग़ज़ब का नाटक लगभग पूरा कर लिया है, मैंने कहा; कसर थी तो कुछ-एक दृश्यों की, और मैंने यह संकेत भी दिया कि कोई-न-कोई थियेटर तो ज़रूर उसका मंचन करने को तैयार हो जायेगा लगभग नाटक पूरा होने से भी पहले और अगर वे मुझ पर इतनी

मेहरबानी करेंगी, मैं. . . .

लेकिन घर की मालकिन के पास कोई लालटेन नहीं थी। वह इसके बारे में सोचने लगी, लेकिन कोई अतिरिक्त लालटेन कहीं थी, ऐसा उसके ध्यान में नहीं था। अगर मैं आधी-रात तक इन्तज़ार कर सकता था, तो शायद मैं रसोई की लालटेन ले सकता था। लेकिन मैं ज़ाकर मोमबत्ती क्यों नहीं खरीद लाता?

मैं कुछ नहीं बोला। मेरे पास मोमबत्ती के लिए दस ओरे नहीं थे और वह यह बात अच्छे से जानती थी। तो मैं, ज़ाहिर था, फिर अटक गया था! काम करनेवाली तो इस समय बैठक में थी, बस बैठी थी, रसोई में नहीं थी, इसलिए रसोई की लालटेन तो इस्तेमाल नहीं की जा रही थी। मैंने इस सबके बारे में सोचा और कुछ नहीं कहा।

लड़की अचानक मेरी ओर मुड़ी।

"क्या मैंने तुम्हें घण्टा भर पहले शाही किले से बाहर निकलते नहीं देखा था? तुम ज़रूर वहाँ खाना खाने गये होंगे!" और वह अपने ही चुटकले पर हँसने लगी।

मैं बैठ गया, अपनी पाण्डुलिपि निकाली मैंने, और फ़ैसला किया कि मैं यहीं बैठकर काम करूँगा, ठीक यहीं। मैंने काग़ज़ अपने घुटने पर रख लिये और फ़र्श पर जमकर टकटकी लगाकर घूरने लगा ताकि और कहीं ध्यान न जाये मेरा; लेकिन कोई फ़ायदा नहीं हुआ, मैं एक शब्द भी नहीं लिख पाया। मकान-मालकिन की दो लड़कियाँ चली आयीं और बिल्ली को तंग करने लगीं—अजीब-सी बीमार बिल्ली जिसके बाल नहीं थे। जब उन्होंने बिल्ली की आँख में फूँक मारी, उसकी आँखों से उसकी नाक पर पानी बहने लगा। मकान-मालिक और दो-एक और लोग मेज़ पर बैठे एक-सौ-एक खेल रहे थे। सिर्फ़ पत्नी, हमेशा की तरह, काम में लगी थी; वह बैठकर कुछ सिल रही थी। उसे अच्छा-भला पता था मैं इस चिल्ल-पौं में बैठा कुछ नहीं लिख सकता लेकिन उसे अब मेरी परवाह नहीं थी—जब काम करने वाली लड़की ने पूछा कि मैं खाने के वक्त कहाँ था, तो वह मुस्कराई भी थी। पूरा घर मेरे ख़िलाफ़ था; अपना कमरा छोड़ देने की बाध्यता ने ही जैसे मुझे बिलकुल एक ऐसे आदमी में बदल दिया था जो उनके घर में जबरन घुसा चला आया हो। काम करने वाली, वह छोटी-सी, भूरी आँखों, माथे की लटों और सपाट छाती वाली वेश्यालु-सी लड़की, हर रात उस वक्त मेरा मज़ाक उड़ाती थी जब मैं उससे अपना मक्खन-ब्रेड लेने जाता था। वह बिना चूके हर बार मुझसे पूछा करती थी कि मैं रात का खाना कहाँ खाता हूँ, क्योंकि उसने ग्रांड-कैफ़े के आगे कभी मुझे अपने दाँतों में फँसे टुकड़ों को निकालते नहीं देखा था। ज़ाहिर था कि उसे मेरे बुरे हालात के बारे में पता था और उसे मुझे यह एहसास दिलाने में मज़ा आता था।

मैंने इस सब के बारे में सोचना शुरू कर दिया, और मुझे अपने नाटक के लिए एक भी तक़रीर नहीं सूझी। मैंने बार-बार कोशिश की; कोई लाभ नहीं हुआ।

मेरा सिर अजीब तरह से बजने लगा था, और अन्त में मैंने काम करने का विचार छोड़ दिया। अपनी पाण्डुलिपि जेब में रखकर मैं इधर-उधर देखने लगा। काम करने वाली मेरे सामने बैठी थी और मैंने उसकी नन्ही-सी पीठ और उसके झुके हुए कन्धों को देखा, जो अभी तक आधे ही विकसित हुए थे। वह मुझ पर इस तरह झपटती क्यों है? और अगर मैं किले का चक्कर लगा भी आया था, तो? उसका क्या जाता था इसमें? वह पिछले कुछ समय से कुछ ज़्यादा ही गुस्ताखी कर रही थी, जब कभी मैं सीढ़ियों पर लड़खड़ा जाता या किसी कील में फँसकर मेरा कोट फट जाता, वह मेरा मज़ाक उड़ाने लगती। और यह कल ही की बात थी कि उसने मेरी पाण्डुलिपि के रद्द किये हुए पन्ने कॉरिडार से उठा लिये थे और वह उन्हें बैठक में ऊँचा-ऊँचा पढ़ रही थी, सबके सामने मेरा मज़ाक उड़ाने की गर्ज़ से। मैंने न उसे कभी नाराज़ किया था और, जहाँ तक मुझे याद था, न उससे कभी कोई काम लिया था। बल्कि, मैं फ़र्श पर अपना बिस्तर ख़ुद ही लगाता था ताकि उसे ज़्यादा काम न करना पड़े। वह इसलिए भी मेरा मज़ाक उड़ाती थी क्योंकि मेरे बाल गिर रहे थे। सुबह वॉशबेसिन में मेरे बालों के गुच्छे उसे पड़े हुए मिलते और वह इसी बात को तूल देकर मज़ा लेने लगती। मेरे जूते बुरी हालत में थे, ख़ास-तौर से वह जूता जिसके ऊपर से ब्रेड-लदी गाड़ी निकल गयी थी, और उसे वहाँ भी कुछ लतीफ़ेबाज़ी की गुंजाइश नज़र आ गयी। "भगवान तुम पर और तुम्हारे जूतों पर कृपा करे।" वह कहती। या : "इस जूते को देखो, कुत्तेघर जितना बड़ा है!" वह ठीक कहती थी कि मेरे जूते फटे-पुराने थे, लेकिन मैं फिलहाल तो नये नहीं खरीद सकता था।

जब मैं वहाँ बैठा इस सब के बारे में सोच रहा था और काम करने वाली लड़की की खुल्लम-खुल्ला शत्रुता के बारे में, तो छोटी लड़कियों ने वृद्ध सज्जन को उनके तखत पर जाकर छेड़ना शुरू कर दिया। वे दोनों उनके आसपास फुदक रही थीं, मज़ा लेने में पूरी तरह व्यस्त। उन दोनों के पास तिनके थे जिन्हें वे उनके कानों में घुसेड़ रही थीं। मैंने कुछ देर देखा और दखल न देने की कोशिश की। वे आत्म-रक्षा में एक उँगली तक नहीं हिला रहे थे ; वे बस उन दुष्टों को गुस्से-भरी निगाह से तब घूरते थे जब वे उन्हें छेड़तीं, और फिर जब कोई तिनका कानों में घुस जाता, तो वे अपना सिर हिलाकर उसे निकालने की कोशिश करते।

मैं इस छेड़-छाड़ से और-से-और परेशान होने लगा था और अपनी नज़र उस दृश्य से हटा नहीं पा रहा था। बच्चों का बाप ताश से मुण्डी घुमाकर बच्चों की शरारतों पर हँस रहा था; वह दूसरे खिलाड़ियों को भी यह नज़ारा दिखा रहा था। वे बूढ़े सज्जन हरक़त में क्यों नहीं आ रहे थे? अपनी बाँहों से बच्चों को खदेड़ क्यों नहीं रहे थे? मैं उनके बिस्तर की ओर बढ़ा।

"रहने दो! रहने दो! अधरंग का मारा है वह," मकान-मालिक चिल्लाया।

रात को घर से निकाल दिये जाने के डर से, इस बात में दख़ल देकर पति

को गुस्सा दिलाने से वाक़ई डरकर मैं वापस अपनी जगह जाकर बैठ गया और यह कोशिश करने लगा कि मेरे मन में जो चल रहा था, वह किसी पर ज़ाहिर न हो। मैं अपने रहने-खाने की जगह को खो देने का जोखिम क्यों उठाऊँ, किसी पारिवारिक झगड़े में टाँग अड़ाकर? एक अधमरे बुड्ढे खड्डूस की खातिर मैं क्यो बकवास करता फिरूँ? मुझे अपने भीतर चकमक पत्थर-सी मज़ा देने वाली सख्ती महसूस हुई? वे दो नन्हें चोर अपने करतूतों से बाज़ नहीं आये। वे चिढ़ रहे थे कि वृद्ध सज्जन अपना सिर हिला-डुला रहे थे और लिहाज़ा वे उनकी आँखों और नथुनों को भी लक्ष्य करने लगे। वे बच्चों की तरफ़ कड़वाहट से भरकर घूम रहे थे, लेकिन कह कुछ नहीं रहे थे; वे अपनी बाँहों को हिला नहीं पा रहे थे। अचानक अपने शरीर के ऊपरी भाग को हरक़त में लाते हुए उन्होंने तपाक से दोनों में से एक लड़की के चेहरे पर थूक दिया; फिर अपने शरीर को उठाया और दूसरी लड़की के चेहरे पर थूका, लेकिन चूक गये। मेरे देखते-देखते मकान-मालिक उठा, अपने पत्ते मेज पर फेंके और पलंग की ओर लपका। उसका चेहरा सुर्ख़ था और वह चिल्लाने लगा, "तो तुम्हारी यह मजाल कि तुम बैठे-बैठे बच्चों की आँखों में थूक रहे हो। क्यों, बुड्ढे सुअर!"

"लेकिन, भगवान के लिए, ये बच्चे उन्हें बेहद सता रहे थे!" मैं आपे से बाहर होते हुए चिल्लाया। मैं अपनी जगह से हटा नहीं; फिर भी मैं बाहर निकाल दिये जाने से डर रहा था, और अपनी पूरी ताक़त से चिल्लाया भी नहीं था; मेरा पूरा शरीर गुस्से से काँप रहा था।

मकान-मालिक मेरी ओर बढ़ा।

"लो, अब इसकी सुनो! अबे इस सबसे तुझे क्या लेना-देना है रे! बकवास बन्द कर और वही कर जो तुझसे कहा जा रहा है—तेरे लिए बेहतर यही है।"

अब मकान मालकिन की आवाज़ गूँज उठी और पूरा कुनबा चीखने-चिल्लाने लगा।

"हे मेरे भगवान, तुम सबका दिमाग़ फिर गया है!" वह चिल्लाई। "अगर यहाँ रहना है तो दोनों चुप रहो तुम! न, तुम्हारे लिए यह काफ़ी नहीं है न कि मुझे आलसी और आवारा लोगों के लिए घर चलाना पड़ता है, मुझे चीखते-चिल्लाते लोगों को भी झेलना पड़ता है जैसे यह घर कोई पागलखाना हो! लेकिन अब और नहीं, और यह बात पक्की है! श्श्श्श! बच्चो बकवास बन्द करो और नाक पोंछो नहीं तो मैं आती हूँ। मैंने कभी ऐसे लोग नहीं देखे! गली से उठकर चले आते हैं और अपनी जुएँ तक निकालने के पैसे नहीं होते, और आपको पता चलता है वे आधी-रात में डींगें हाँकने लगते हैं, घर के लोगों से झगड़ा करने लगते हैं! यह सब बहुत हो गया, सुन लो, जो-जो इस घर का आदमी नहीं है, यहाँ से जा सकता है। मुझे घर में शान्ति चाहिए, और मैं लाकर ही रहूँगी शान्ति।"

मैं कुछ नहीं बोला, मैंने अपना मुँह नहीं खोला। मैं दरवाज़े के पास बैठ गया और सुनता रहा। हर कोई चिल्लाने लगा, बच्चे और काम वाली लड़की भी, जो समझाने

की कोशिश कर रही थी कि आखिर यह सब शुरू कैसे हुआ। अगर मैं किसी चूहे-सा चुप रहूँ, तो काफ़ी सम्भव था कि बात टल जाये, आगे न बढ़े। और मैं कहता भी क्या? क्या बाहर सर्दी नहीं थी, और ऊपर से रात का समय? क्या यह समय था मेज़ पर घूँसे मारने और आपे से बाहर होने का? अब कोई मसखरेबाज़ी नहीं! लिहाज़ा मैं बिना हिले-डुले बैठा रहा और बाहर नहीं निकल गया, हालाँकि मुझे लगभग निकल जाने का आदेश मिल चुका था। मैं दीवार की ओर ठण्डी नजर से घूरता रहा, जिस पर ईसा मसीह का एक रंगीन लिथोग्राफ़ लगा था, और मैं मकान-मालकिन की भड़ास के दौरान पूरा समय ढीठ बनकर चुप बैठा रहा।

"बहरहाल, अगर आप मुझे घर से बाहर निकालना चाहती हैं, तो ठीक है, मैं चलता हूँ," एक खिलाड़ी बोला।

वह उठ खड़ा हुआ। दूसरे खिलाड़ी भी उठ गये।

"नहीं, मेरा मतलब तुमसे नहीं था। न तुम दोनों से," मकान-मालकिन बोली। "मैं तैयार होते ही, साफ़-साफ़ बता दूँगी मेरा मतलब किससे था। अगर ऐसी नौबत आयी तो। बाल बिलकुल साफ़ हो जायेगी. . . ."

वह बोलती गयी, बीच-बीच में मुझ पर फ़ब्तियाँ कसती रही और पूरी बात को इतना लम्बा खींच लिया उसने कि साफ़ ज़ाहिर हो ज़ाये कि उसका इशारा मेरी ओर था। चुप रहो! मैंने ख़ुद से कहा। बस चुप रहो!

उसने मुझसे सीधे तो नहीं कहा था, साफ़-साफ़ लफ़्ज़ों में बिलकुल नहीं कहा था, इसलिए मैं अब कोई डींग न हाँकूँ, न ऐसी हेकड़ दिखाऊँ जिसकी यहाँ कोई गुंजाइश नहीं है। बस ख़ामोशी से सब पी जाऊँ!. . . .उस रंगीन लिथोग्राफ़ में ईसा मसीह के बाल ग़ज़ब के हरे थे। उनके बाल हरे घास की मानिंद थे, या फिर ठीक घने पहाड़ी घास की तरह. . . .मुझे एक के बाद दूसरी और फिर तीसरी चीज़ सूझने लगी : हरे घास से मैं बाइबिल की उस पंक्ति पर आ गया जिसमें शरीर उस घास की तरह है जो भट्ठी में झोंक दिया गया है, फिर क़यामत की घड़ी के बारे में सोचने लगा, अन्तिम फ़ैसले के बारे में, और लिस्बन के भूचाल का ख़याल आ गया मुझे, और फिर मुझे पीतल के बने हुए एक हिस्पानी थूकदान की याद हो आयी जो मैंने यीलायाली के घर में देखा था। जी हाँ यह सब नश्वर था! भट्ठी में झोंक दिये गये घास की तरह। इस सबका अंजाम एक ही था–चीड़ के चार तख़्ते और एक कफ़न–*मिस एंडर्सन मुख्य द्वार, दाईं ओर. . . .*

यह सब निराशा के क्षणों में मेरे भेजे में उड़ता-फिरता रहा और ऐन उस वक्त जब मेरी मकान-मालकिन मुझे दरवाज़े के बाहर कर देने वाली थी।

"सुना नहीं उसने!" वह चिल्लायी। "मैं तुम्हीं से कह रही हूँ कि इस घर से दफ़ा हो जाओ, अब तो सुन लिया न तुमने! क़सम खुदा की मुझे लगता है यह आदमी पागल है! अब निकल जाओ, इसी वक़्त और ज़्यादा बक-बक मत करना।"

मैंने दरवाज़े की ओर देखा, मैं जाना नहीं चाहता था, मैं नहीं जाना चाहता था! मुझे जुनून में कुछ सूझा : अगर ताले में चाबी होती तो मैं लपककर ख़ुद को बाकियों के संग घर के अन्दर बन्द कर लेता; और फिर मुझे घर से बाहर नहीं निकलना पड़ता। गली में जाने को लेकर मुझे ऐसी दहशत हो रही थी जिससे मैं निश्चित ही पगला सा गया था। लेकिन दरवाज़े में कोई चाबी नहीं थी; लिहाज़ा मैं उठ खड़ा हुआ; अब कोई उम्मीद नहीं थी।

अचानक मकान-मालिक की आवाज़ अपनी पत्नी की आवाज़ से भी ऊँची गूँज उठी। मैं बहुत हैरान होकर रुक गया। जिस आदमी ने मुझे अभी-अभी धमकी दी थी, आश्चर्य था कि वह अब मेरा पक्ष ले रहा था। वह बोला, ''आधी रात के समय लोगों को सड़क पर नहीं निकाला जा सकता। इसके ख़िलाफ़ एक कानून है।''

मुझे नहीं मालूम ऐसा कोई कानून था या नहीं, मुझे शक था, लेकिन हो भी सकता था। पत्नी ने अपना विचार बदल लिया, बहुत तेज़ी से शान्त हो गयी और मुझसे और कुछ भी नहीं बोली। उसने ब्रेड के दो टुकड़े और मक्खन भी मेरे सामने रख दिया, शाम का अल्पाहार, लेकिन वह मैंने नहीं लिया—पति के प्रति अपनी कृतज्ञता का प्रदर्शन करते हुए, मैंने खाना स्वीकार नहीं किया; शाम के समय बाहर कुछ खाकर आया था, ऐसा कुछ कहा मैंने।

जब मैं हॉल में सोने चला गया, तो मकान-मालकिन मेरे पीछे-पीछे आयी, दहलीज पर रुक गयी और जब उसका बड़ा-सा गर्भ मेरी ओर बढ़ा हुआ-सा दिखने लगा, वह आवाज़ ऊँची करते हुए बोली, ''लेकिन इस घर में यह तुम्हारी आख़िरी रात है, मैं चाहती हूँ कि तुम इस बात को समझ लो।''

''हाँ, हाँ!'' मैं बोला।

हो सकता है मैं अगर दिमाग़ लगाकर सोचूँ, तो कल मुझे किराये के लिए कुछ पैसा मिल जाये। फिर मैं सर छिपाने की कोई जगह तो ढूँढ़ ही लूँगा। फ़िलहाल तो मैं इस बात पर ख़ुश था कि आज की रात मुझे निकलना नहीं पड़ेगा।

सुबह कोई पाँच या छह बजे मेरी आँख खुली। जब मैं जगा तो अँधेरा अभी था, लेकिन फिर भी तुरन्त उठ बैठा। हॉल में ठण्ड की वजह से मैं अपने कपड़ों में ही सो गया था, इसलिए कपड़े तो मुझे बदलने नहीं थे। मैंने पानी पिया, चुपचाप दरवाज़ा खोला और फ़ौरन निकल गया; मुझे डर था कि कहीं मकान-मालकिन दोबारा न टकरा जाये।

सड़क पर रात के दो-एक पहरेदारों के अलावा कोई हरक़त नहीं थी; कुछ देर बाद दो आदमी गैस के लैम्प बुझाने के लिए आते हुए दिखायी दिये। मैं यूँ ही घूमता रहा, गिरजे की स्ट्रीट तक आया और फिर किले की ओर चल दिया। ठण्ड अभी तक लग रही थी, नींद भी आ रही थी, मेरे घुटने लम्बी सैर के बाद थक चुके

थे, और बेहद भूख भी लगी हुई थी मुझे, लिहाज़ा मैं एक बेञ्च पर बैठ गया और कुछ समय मैं झपकियाँ लेते वहीं पड़ा रहा। तीन हफ़्ते दिन में दो बार मकान-मालकिन के दिये हुए ब्रेड और मक्खन के सहारे ही मैं जीता रहा था; अब खाना खाये हुए एक दिन बीत चुका था; मेरे भीतर वह घिनौनी-सी कुतर-कुतर एक बार फिर शुरू हो गयी थी, और मुझे तुरन्त कुछ करने की ज़रूरत महसूस हुई। यह सोचते-सोचते अपने बेञ्च पर फिर मेरी आँख लग गयी. . . .

अपने आसपास लोगों की बातचीत से मेरी नींद खुल गयी; जब मैंने आँखें खोलीं तो मैंने देखा कि दिन काफ़ी चढ़ चुका था और लोगों की चहल-पहल शुरू हो चुकी थी। मैं उठ खड़ा हुआ और वहाँ से चल दिया। सूरज पूरब की पहाड़ियों पर दहक रहा था, आसमान सफ़ेद और साफ़ था, और इतने हफ़्तों के अँधेरे के बाद इतनी प्यारी सुबह को देख मैं अपना सब दुख-तक़लीफ़ भूल गया; मैंने इससे बदतर दिन देखे थे। मैं अपने सीने पर घूँसे मारते हुए ख़ुद के लिए संगीत के कुछ अंश गाने लगा। मेरी आवाज़ इतनी जंग खायी हुई, इतनी कमज़ोर और दयनीय लगी मुझे कि मेरी आँखों में आँसू आ गये। इस शानदार दिन औ॰ रोशनी से लबालब भरे आसमान को देखकर भी मेरा दिल पिघल गया, और मैं ज़ोर-ज़ोर से सुबकियाँ भरने लगा।

"क्या बात है?" एक आदमी ने पूछा।

मैंने जवाब नहीं दिया, बस तेज़-तेज़ चलने लगा, लोगों से अपना चेहरा छिपाते हुए।

मैं बन्दरगाह पर चला आया। एक बड़े-से जहाज़ से, जिस पर रूसी झण्डा फहरा रहा था, कोयला उतारा जा रहा था। मैंने आगे वाले हिस्से पर नाम देखा *कोपेगोरो*। मैं काफ़ी समय ठगा-सा खड़ा देखता रह गया कि विदेशी जहाज़ में क्या लादा जायेगा। हालाँकि कुछ नीरम लद चुके थे, जहाज़ लगभग ख़ाली था क्योंकि मैं गहराई-मापक पर जो कि जहाज़ के एक तरफ़ पेंट किया गया था, IX फुट देख सकता था और जब कोयला ढोने वाले अपने भारी जूते पहने डेक पर घूम-फिर रहे थे, पूरे जहाज़ से खोखली ध्वनि आ रही थी।

चमकीली धूप, समुद्र से आती नमकीन हवा और इन सरगर्मियों और चुस्त आवाजाही से मुझमें जान आयी और मेरा जी ख़ुश हो गया। अचानक मुझे ख़याल आया कि यहाँ बैठे-बैठे मैं अपने नाटक के दो-एक पन्ने तो खींच ही सकता था। मैंने पाण्डुलिपि निकाल ली।

एक भिक्षु के लिए कुछ पंक्तियाँ मैं लिखना चाहता था, कुछ ऐसे वाक्य जो ताक़त के जुनून और दकियानूसी ज़हनियत से भरे हुए हों, लेकिन मैं ऐसा कर नहीं पाया। लिहाज़ा मैंने भिक्षु का पीछा छोड़ दिया और एक लम्बी तक़रीर पर काम करने लगा, अदालत में उस वेश्या को दी गयी मुंसिफ़ की तकरीर जिसने गिरजे की मर्यादा

को तोड़ा था; मैंने आधा-एक पन्ना लिखा और फिर मुझे बीच ही में छोड़ देना पड़ा। लहजा ठीक नहीं बन पा रहा था मुझसे। मेरे आसपास हो रही भागम-भाग, माल ढोने वालों के गीत, कलों की आवाज़ें, लोहे की ज़ंजीरों की अटूट खनखनाहट यह सब मध्यकाल के उदास और अन्तर्मुखी माहौल, जो मैं चाहता था कि पूरे नाटक में धुँध की तरह छाया रहे, के साथ मेल नहीं खा रहा था। मैंने अपने काग़ज़ों को समेटा और उठ खड़ा हुआ।

बावजूद इस सब के जो मेरे साथ हो रहा था, मैं लिख अच्छा रहा था, ग़ज़ब का लेखन था यह और मुझे यकीन था कि अगर हालात ठीक होते तो मैं काफ़ी कामयाब हो सकता था। अगर कोई ऐसी जगह होती जहाँ मैं जा सकता! मैं सोचता रहा, सड़क के बीचों-बीच खड़े होकर सोचता रहा, लेकिन पूरे शहर में एक भी ऐसा शान्त कोना नहीं था जहाँ मैं थोड़ी देर ओट में बैठ सकता था। और कोई चारा नहीं था, मुझे वातेरलाँड की रिहायश, जिसे मैं छोड़ आया था, जाकर दोबारा लेनी पड़ेगी। यह सोचकर मुझे तकलीफ़ तो ज़रूर हुई और मैं अपने आपको समझाता रहा कि यह तरक़ीब काम नहीं आयेगी, लेकिन फिर भी मैं चलता रहा और उस जगह के और-से-और पास आता गया जो मुझे मना थी। यह अपमानजनक बात थी, निश्चित ही, मैं मानता था, दरअसल ज़लील होना पड़ेगा मुझे, बहुत ज़लील; लेकिन यह सोचने से भी कोई फ़ायदा नहीं था। घमण्ड करना मेरी कमज़ोरी नहीं थी; अगर मैं मोटी बात कहूँ, तो मैं कह सकता था कि अब तक वुजूद में आये हुए प्राणियों में से सबसे कम ग़रूर मुझ ही में था। मैं चलता रहा।

गली के दरवाज़े पर आकर मैं रुक गया और एक बार फिर सोचने लगा। बहरहाल, जो भी हो देखा जायेगा, मैं ख़तरा मोल लेने को तैयार था! लेकिन, आख़िर, यह करना क्या मेरे लिए इतना ज़रूरी था भी? पहली बात तो यह थी कि मैं इस घर में दो घण्टे से ज़्यादा रहने वाला नहीं था, और दूसरी कि मैं इस छत के नीचे, जैसा कि ख़ुदा गवाह था, अब कभी पनाह लेने वाला भी नहीं था। मैं आँगन पार करने लगा। आँगन के ऊबड़-खाबड़ पत्थरों के ऊपर से गुज़रते हुए भी मैं दुविधा में था और लगभग वापस लौटने वाला था। अब फ़ालतू की शेखी नहीं! ज़्यादा-से-ज़्यादा क्या होता, मैं यह बहाना तो बना ही सकता था कि मैं अलविदा कहने के लिए रास्ते में रुका हूँ और विदा लेते समय इस बात की ओर इशारा भी कर सकता था कि इस घर का कुछ उधार मुझ पर बाकी था। मैंने हॉल का दरवाज़ा खोला।

मैं रुका और निश्चल खड़ा हो गया। ठीक मेरे सामने, मुश्किल से दो कदम की दूरी पर, कोट और टोपी के बिना, मकान मालिक झुककर चाबी वाली जगह पर आँख टिकाये बैठक में झाँक रहा था। उसने मुझे चुप रहने का इशारा किया और फिर छेद में से फिर झाँकने लगा। वह हँस रहा था।

"इधर आओ!" वह खुसफुसाया।

मैं दबे पाँव उधर गया।

"लो देखो!" झटके ले-लेकर दबी हँसी हँसते हुए वह बोला। "देखो देखो! ही-ही! देखो बिस्तर पर उन्हें! नाना दिखे? दिखे क्या?"

बिस्तर पर, ईसा मसीह के रंगीन लिथोग्राफ़ के ठीक नीचे, और मेरे एकदम क़रीब, मुझे दो आकृतियाँ दिखाई दीं, मकान-मालकिन और वह नया नाविक; गहरे रंग की रज़ाई पर उसकी टाँगें बेहद सफ़ेद नजर आ रही थीं और सेट्टी पर, दूसरे दीवार के पास उसके पिता थे, अधरंग से पीड़ित, इस ओर देखते हुए, हाथों के ऊपर झुके, हमेशा की तरह जिस्म दोहरा था उनका, हिलने में असमर्थ. . . .

मैंने मकान-मालिक की ओर पीठ फेर ली। उसे ठहाका लगाकर हँसने से ख़ुद को रोक पाने में काफ़ी कठिनाई महसूस हो रही थी। उसने अपने मुँह को हाथ से बन्द कर रखा था।

"नाना दिख रहे हैं तुम्हें?" वह खुसफुसाया। "हे भगवान, क्या दिख रहा है तुम्हें? बैठे-बैठे कैसे देख रहे हैं!" वह झुककर फिर छेद में से झाँकने लगा।

मैं जाकर खिड़की वाली सीट पर बैठ गया। उन दो लोगों की झलक से मेरे विचारों की शृंखला टूट गयी, और मेरा अच्छा-भला मूड ख़राब हो गया। लेकिन मैं इस सबकी परवाह क्यों करूँ? अगर पति ख़ुद इस खेल में शामिल था, जमकर मज़ा ले रहा था इस सबका, तो मुझे क्या पड़ी थी? जहाँ तक बूढ़े आदमी का सवाल था, हर बूढ़े आदमी के बारे में कोई कैसे सोच सकता था भला? शायद वह देख भी नहीं सकता था, शायद वह वहाँ बैठे-बैठे सो रहा था; भगवान जाने, वह शायद मर भी गया हो सकता था। मुझे यह जानकर कोई हैरानी नहीं होती अगर वह वहाँ बैठा-बैठा मरकर पत्थर हो गया हो। अगर हाँ, तो मेरी अन्तरात्मा इस सब से बाहर रह सकती थी।

मैंने अपनी पाण्डुलिपि दोबारा निकाली, यह ठानकर कि इन सब चीज़ों से मैं अपना ध्यान नहीं बँटने दूँगा। मैंने जज की तक़रीर बीच ही में छोड़ दी थी : "ख़ुदा और कानून मुझसे यह करने को कह रहे हैं, मेरी समझ, मेरा मन और मेरी अपनी अन्तरात्मा मुझसे यह करने को कह रही है; इसलिए. . . ." मैंने खिड़की से बाहर देखा, यह पता लगाने के लिए कि उसकी अन्तरात्मा क्या कह रही थी। बैठक के भीतर से एक हल्की-सी आहट सुनायी दी मुझे। उस आहट का मुझसे कुछ लेना-देना नहीं था, बिलकुल कुछ नहीं। बूढ़ा तो मर ही चुका था, आज सुबह शायद चार बजे चल बसा था वह; और मुझे इस आहट की रत्ती भर भी परवाह नहीं थी, तो मैं आख़िर क्यों इसके बारे में सोचकर अपना समय ख़राब कर रहा था? शान्त हो जाओ!

मेरा मन और मेरी अन्तरात्मा मुझसे यह करने को कह रही हैं; इसलिए. . . .

लेकिन हर चीज़ मेरे ख़िलाफ़ काम कर रही थी। की-होल पर डटे हुए पति को शान्ति नहीं मिल रही थी। उसकी दबी हुई हँसी मुझे बीच-बीच में सुन रही थी

और मैं देख रहा था कि उसका शरीर झटके खा रहा है; गली में कुछ ऐसा होने लगा जिससे फिर ध्यान भंग हो गया मेरा। एक छोटा-सा लड़का दूर फ़ुटपाथ पर बैठा अकेला खेल रहा था; वह शान्ति से खेल रहा था, बिना किसी खटके के—काग़ज़ की कुछ लम्बी-लम्बी कतरनों को जोड़ता हुआ। अचानक वह गाली बकता हुआ उठ खड़ा हुआ, उसकी नज़र एक बड़े-से आदमी पर टिकी थी जो दूसरी मंज़िल की एक खिड़की से झाँक रहा था, बच्चे के सिर पर थूकता हुआ। बच्चा गुस्से से सुबक रहा था, और क्योंकि वह इसके अलावा कुछ कर भी नहीं सकता था, वह खिड़की की ओर मुँह उठाये गालियाँ दे रहा था और वह आदमी था कि हँसता चला जा रहा था—इस सब में पाँच मिनट बीत गये। मैंने मुँह फेर लिया ताकि लड़के को सुबकते हुए न देख सकूँ।

मेरा मन और मेरी अन्तरात्मा मुझसे यह करने को कह रहे हैं; इसलिए. . . .

मुझसे और लिखते नहीं बन रहा था। अन्त में इस सब में कोई तुक नहीं नज़र आयी मुझे—जो कुछ भी मैंने अब तक लिखा था बेकार लगने लगा था, दरअसल यह विचार ही वाहियात और बकवास था। मध्य-युग के प्रसंग में अन्तरात्मा की बात कोई नहीं कर सकता था : अन्तरात्मा की खोज करने वाला नृत्य का वह बूढ़ा प्रोफ़ेसर शेक्सपियर था। इसलिए मेरी कहानी यथार्थ की बुनियाद पर नहीं टिकी थी और सरासर झूठी थी। तो क्या सभी पन्ने बेकार थे? मैंने उन्हें दोबारा पढ़ा और अपनी राय बदल ली : मुझे ग़ज़ब के प्रसंग दिखायी दे गये, लम्बे-लम्बे अंश भी जो अव्वल दर्जे के थे। मैं एक बार फिर ख़ुशी के नशे में डूब गया : मैं बस लपककर नाटक पूरा कर देना चाहता था।

मैं उठा और दरवाज़े की ओर चल दिया, इस बात की ज़रा भी परवाह न करते हुए कि मकान-मालिक मुझे गुस्से-भरे इशारे कर रहा था कि मैं इतना शोर न करूँ। मैं फ़ैसला कर चुका था, मैं हॉल से निकला, सीढ़ियाँ चढ़ा और दूसरी मंज़िल पर अपने पुराने कमरे में चला आया। इतना तो तय था कि इस वक्त नाविक उस कमरे में नहीं था और अगर मैं चंद पल वहाँ बैठ भी जाता, तो क्या हर्ज था? मैं उसकी कोई चीज़ छेड़ने वाला नहीं था, न मैं मेज़ पर काम करने वाला था, बस दरवाज़े के पास पड़ी कुर्सी पर बैठ कर ख़ुश हो जाने वाला था।

कुछ मिनट काम बड़ी तेज़ी से चलता रहा। एक-के-बाद एक तक़रीर मेरे मन में बिलकुल सही शक्ल लेकर उभरती रही और मैं बिना रुके लिखता रहा। मैं एक-के बाद एक पन्ना भरता रहा, सभी अड़चनों को फलाँगता, सम्पन्नता के इस मूड में ख़ुशी से गुनगुनाता हुआ। मैं ख़ुद से क़रीब-क़रीब बेख़बर था। पूरा समय जो आवाज़ मुझे सुन रही थी वह ख़ुशी से भरी हुई मेरे गुनगुनाने की आवाज़ थी। मुझे एक नया विचार भी सूझा, एक कमाल का विचार कि एक ख़ास बिन्दु पर गिरजे की घण्टियाँ अचानक बज उठेंगी। सभी कुछ बस ग़ज़ब का चल निकला था।

फिर मुझे सीढ़ियों से कदमों की आहट आने लगी। मैं काँप उठा और क़रीब-क़रीब अपनी चमड़ी से उछलकर बाहर आने को हुआ; उस क्षण मैं सहमा हुआ था, चौकन्ना था, सब चीज़ों से भयभीत, भूख की वजह से मेरा संवेदन कुछ ज़्यादा ही सूक्ष्म था। घबराकर, मैं कान लगाकर सुनने लगा, मेरा हाथ और पेंसिल, एकदम निश्चल, और मैं सुन रहा था—एक भी शब्द और नहीं लिखा मैंने। दरवाज़ा खुला और बैठक से उठकर आया हुआ जोड़ा कमरे में चला आया।

इससे पहले कि मुझे 'माफ़ कीजिए' कहने का मौका मिलता, बिलकुल दंग रह गयी मकान-मालकिन फूट पड़ी, "सत्यानाश, क्या यह आदमी यहाँ फिर बैठा हुआ है!"

"माफ़ कीजिए!" मैं बोला, और मैं कुछ कहने को हुआ लेकिन चुप लगा गया।

मकान-मालकिन ने दरवाज़े को पूरा खोल दिया, जितना वह खुल सकता था और ज़ोर से चिल्लायी, "चलो निकलो यहाँ से! अगर नहीं जाओगे तो कसम से मुझे पुलिस बुलानी पड़ेगी!"

मैं उठ खड़ा हुआ।

"मैं सिर्फ़ विदा लेने आया था," मैं मिनमिनाया। "और इसलिए मैं यहाँ प्रतीक्षा कर रहा था। मैंने किसी चीज़ को नहीं छेड़ा, सिर्फ़ इस कुर्सी पर बैठा था. . . ."

"ठीक है न," नाविक बोला। "क्या आफ़त आ गयी? जाने दो न उसे!"

जब मैं सीढ़ियाँ उतरकर नीचे पहुँचा, मैं इस भद्दी, फूली हुई औरत के बारे में सोचकर आग-बबूला हो उठा जो मुझे फ़ौरन खदेड़ देने के लिए मेरे पीछे लगी थी, एक मिनट रुका, मेरा मुँह उन गन्दी गालियों से लबालब भरा हुआ था जो मैं उसके मुँह पर मारना चाहता था। लेकिन समय रहते मैंने अपना विचार बदल लिया और अपनी ज़बान बन्द रखी, उस नाविक के प्रति कृतज्ञता से भरकर जो उसके पीछे चला आ रहा था और जिसे वह सब जबरन सुनना पड़ता। मकान-मालकिन मेरे हर कदम का पीछा करती चली आ रही थी, पूरा समय मुझे डाँटती हुई, जबकि हर कदम के साथ मेरा आक्रोश लग़ातार बढ़ता चला जा रहा था।

आँगन पार करते हुए मैं बहुत धीमे-धीमे चल रहा था, अभी तक इस उधेड़बुन में कि मुझे उस पर अपनी भड़ास निकाल देनी चाहिए या नहीं! उस क्षण मैं गुस्से से एकदम भड़क रहा था, और मैं ख़ून करने के भयानक तरीकों के बारे में सोच रहा था, एक ऐसी लात जमाना चाहता था, जिससे वह उसी क्षण गिरकर मर जाती, उसके पेट को ठोकर मारना चाहता था। उसी समय गली के दरवाज़े के बाहर से यूनिफ़ार्म पहने एक संदेशवाहक गुज़रा जिसने मुझे सलाम किया; मैंने जवाब नहीं दिया। मुड़कर मेरे पीछे खड़ी मकान-मालकिन से मुख़ातिब होते हुए उसने मेरे बारे में पूछा, लेकिन मैंने पीछे मुड़कर नहीं देखा।

दरवाज़े से कुछ कदम की दूरी पर, संदेशवाहक फिर मेरी ओर मुड़ा और इस बार उसने रोक लिया मुझे, उसने एक लिफ़ाफ़ा मेरे हाथ में दिया। मैंने उसे अनमने ढंग से और जल्दबाज़ी में फाड़कर खोला, और दस क्रोनर का एक नोट नीचे गिरा, लेकिन कोई चिट्ठी नहीं, एक भी शब्द नहीं।

मैंने उसकी ओर देखा और पूछा, "यह क्या बकवास है? किसकी चिट्ठी है यह?"

"मुझे नहीं मालूम जनाब," वह बोला। "लेकिन यह लिफ़ाफ़ा किसी औरत ने मुझे दिया था।"

मैं वहीं-का-वहीं खड़ा रह गया। संदेशवाहक चला गया। फिर मैंने नोट लिफ़ाफ़े में दोबारा डाला, अपनी मुट्ठी में उसे मरोड़ा, पीछे मुड़ा, मकान-मालकिन के पास गया जो अभी तक दरवाज़े से मेरी ओर झाँक रही थी और काग़ज़ उसके मुँह पर दे मारा। मैंने एक शब्द नहीं बोला, चूँ तक नहीं की, लेकिन मैं यह निश्चित करना चाहता था कि वह मेरे जाने से पहले मुचड़े हुए काग़ज़ को खोल कर देख ले. . . .

कुछ कर गुज़रने का सही तरीका यही है, कुछ मत बोलो, लिफ़ाफ़े पर कुछ लिखो भी मत, बस ख़ामोशी से उसे मरोड़कर एक बड़ा-सा गेंद बनाओ और अपने दुश्मन की आँखों के बीच दे मारो! यह तरीका है ख़ुद्दारी से पेश आने का! इसी के हक़दार हैं ये, जानवर कहीं के!

तॉम्ते स्ट्रीट और रेलवे स्टेशन के कोने वाले स्क्वेयर में आते ही, गली अचानक गोल-गोल घूमने लगी, मुझे सिर में से खोखली-सी गुञ्जन की आवाज़ आती सुनायी दी और मैं एक घर की दीवार से पिट्ठा लगाते हुए वहीं ढुलमुल-सा खड़ा हो गया। मैं और तो चल ही नहीं सकता था, अपनी बे-आराम भंगिमा को बदलकर सीधा खड़ा होने के क़ाबिल भी नहीं था। मैं ऐसे ही लुंज-पुंज खड़ा रहा और मुझे एहसास होने लगा कि मुझ पर बेहोशी छा रही है। कमज़ोरी के इस दौरे से मेरे बेतुके गुस्से में जैसे और जान आ गयी हो, मैंने एक टाँग उठायी और अपना पूरा ज़ोर लगाकर पाँव को पटक दिया। होश में आने के लिए मैंने और तरक़ीबें भी भिड़ायीं : अपने दाँत पीसे, माथे पर बल डाले, दुखी मन से आँखों की पुतलियों को नचाया और इस सब से मुझे कुछ राहत महसूस हुई। मेरा दिमाग़ पहले से कुछ ज़्यादा साफ़ सोचने लगा, मैं समझ गया कि मैं पूरी तरह ढह जाने की कगार पर पहुँच चुका हूँ। मैंने दीवार से हाथों को सटाकर, ख़ुद को दीवार से परे धकेलने की कोशिश की। गली अब भी मेरे चारों ओर नाच रही थी।

मारे गुस्से के मेरी हिचकी बँध गयी, और बेहोशी से बचने की गर्ज़ से मैं अपनी बची-खुची ताक़त का इस्तेमाल करने लगा, और ख़ुद को गिरने से बचाने के लिए जमकर लड़ने लगा। मैं गिरना नहीं चाहता था, खड़े-खड़े मरना चाहता था। थोक के एक पंसारी की घोड़ागाड़ी मेरे सामने से निकली और मैंने देखा कि उसमें

आलू भरे थे, लेकिन मारे गुस्से के, सिर्फ़ बज़िद, मैंने फ़ैसला किया कि वे हरगिज़ आलू नहीं थे, बल्कि पत्ता-गोभियाँ थीं। मुझे अपने शब्द ठीक-ठीक सुन रहे थे, मैं बार-बार इस झूठ को लेकर कसमें खा रहा था, और बढ़-चढ़कर कुछ ऐसे शपथ ग्रहण कर रहा था कि सरेआम धोखाधड़ी करने का मज़ा लूट सकूँ। मुझे इस शानदार दुष्कर्म का नशा चढ़ने लगा, मैंने हवा में तीन उँगलियाँ उठायीं और काँपते होठों से पिता, पुत्र और पावन आत्मा की क़सम खाकर कहा कि वे पत्ता-गोभियाँ थीं।

कुछ समय गुज़र गया। मैंने ख़ुद को एक चबूतरे पर ढुलक जाने दिया, गर्दन और माथे से पसीना पोंछा, ख़ुद को हवा की, और जबरन शान्त करने की कोशिश की। मैं अपने हालात पर फिर सोचने लगा; मेरी भूख भयानक थी, और कुछ घण्टे में रात होने वाली थी; समय रहते मुझे कोई हल ढूँढ़ना था। मेरी सोच फिर उस वासगृह में उलझ गयी जिससे मुझे निकाल दिया गया था; मैं वहाँ हरगिज़ वापस नहीं जाना चाहता था लेकिन मैं उसके बारे में सोचने से स्वयं को रोक भी नहीं पा रहा था। मकान-मालकिन का पूरा हक़ था कि वह मुझे वहाँ से निकाल बाहर कर देती। मैं यह उम्मीद कैसे कर सकता था कि बिना पैसा दिये किसी के घर में रह सकता था! तिस पर वह बीच-बीच में मुझे कुछ खाने को भी दे दिया करती थी—कल रात भी, जब वह मुझसे चिढ़ गयी थी, उसने मुझे ब्रेड के दो स्लाइस और मक्खन दिये थे, अपनी नेकदिली से, इसलिए कि वह जानती थी मुझे ज़रूरत है उनकी। तो अब कोई शिकवा नहीं सूझ रहा था मुझे, और वहाँ चबूतरे पर बैठे-बैठे, मैं उससे क्षमा-याचना करने लगा, बिलकुल चुपचाप, अपने किये-धरे से शर्मिन्दा होकर। अन्त में उसका शुक्रगुज़ार न होने का बहुत बुरा पछतावा होने लगा मुझे और लिफ़ाफ़ा उसके मुँह पर दे मारने का. . . .

दस क्रोनर का नोट! मैंने सीटी बजायी। संदेशवाहक जो चिट्ठी लाया था—वह किसकी थी? मुझे इससे पहले यह बात सूझी ही नहीं थी और अब मैं समझ गया था कि पूरा मामला दरअसल क्या है। शर्म और पीड़ा से मेरा जी मितला गया और अपना सर हिलाते हुए खरखराती आवाज़ में मैं बार-बार यीलायाली का नाम खुसफुसाने लगा। क्या यह कल ही की बात नहीं है, जब मैं बड़े ग़रूर में उसके पास से निकल गया था, एकदम बेरुखी से? हुआ दरअसल यह था कि मेरे इस सुलूक से उसके मन में रहम उमड़ आया था और मैं उससे यह भीख पा जाने में सफल हो गया था। नहीं, नहीं, नहीं, मेरी ज़लालत का कोई अन्त नहीं था! उसके साथ अपने रिश्ते में एक बार भी ऐसा नहीं हुआ था कि मेरी इज़्ज़त पर आँच न आयी हो—नहीं, मैं हर बार गिर जाता रहा था, घुटनों के बल, कमर तक धँसता, शर्म से सिर भी धँस गया था मेरा और दोबारा उबर पाने की कोई सूरत नज़र नहीं आती थी मुझे, कभी नहीं! इस जैसी दुर्गति कभी नहीं हुई थी मेरी! दस क्रोनर की भीख मंजूर कर लेना बिना उसे वापस फेंके, दोनों हाथों से कहीं से भी आये हुए सिक्कों को टटोलते

फिरना, और फिर रख लेना उन्हें, किराये के लिए इस्तेमाल कर लेना जबकि अन्दर-ही-अन्दर इतनी घिन आ रही हो. . . .

क्या वे दस क्रोनर किसी भी तरह वापस नहीं मिल सकते थे? मकान-मालकिन के पास जाकर पैसा वापस माँगने में तो कोई तुक नहीं थी, लेकिन अगर मैं दिमाग़ लगाकर सोचूँ तो शायद कोई हल निकल ही आये, अगर मैं बड़े जतन से इस सब पर विचार करूँ। तो ऐसे में आम सोच, भगवान जानता है, काम नहीं आने वाली थी, दस क्रोनर हासिल करने का कोई तरीका ढूँढ़ने के लिए मुझे अपने पूरे शरीर से मदद लेनी थी। लिहाज़ा मैं सोचने बैठ गया, और जमकर सोचने लगा।

अभी शायद लगभग चार बजे थे, और दो घण्टे बाद मैं डायरेक्टर से जाकर मिल सकता था अगर मेरा नाटक पूरा हो जाये तो। मैंने पाण्डुलिपि निकाली और संकल्प लिया कि मैं अन्तिम तीन-चार दृश्य पूरे कर के ही दम लूँगा। मैंने मनन किया और पसीना आता रहा मुझे और मैं शुरू से सब दोबारा पढ़ने लगा लेकिन तक़रीरें थीं कि सूझने का नाम ही नहीं लेती थीं। अब कुछ अण्ड-बण्ड नहीं! मैं बोला, कोई अण्ट-शण्ट सामग्री यहाँ काम नहीं आने वाली थी! और जिस बिन्दु पर मैंने छोड़ा था, मैं अन्धाधुंध उसके आगे लिखने लगा, जो कुछ भी मुझे सूझ रहा था, ताकि मैं जल्द-से-जल्द नाटक का काम पूरा कर लूँ। मैं ख़ुद को यकीन दिलाना चाहता था कि मुझ पर एक नया सृजनात्मक मूड छा चुका है, मैं अपने ही मुँह पर झूठ बोल रहा था, ख़ुद ही को सरेआम ठग रहा था, और निधड़क लिखता चला जा रहा था जैसे कि मुझे सही शब्द ढूँढ़ने की कोई ज़रूरत ही न हो। यह अच्छा है! मैंने कुछ नया कर दिखाया है! मैं ख़ुद से लगातार खुसफुसाता रहा, सब-का-सब लिख डालो! लेकिन वे तक़रीरें जो मैंने बिलकुल आख़िर में लिखी थीं, एकदम संदिग्ध दिखने लगीं मुझे—वे पहले के दृश्यों से इस क़दर भिन्न थीं कि भिक्षु की पंक्तियों में मध्य-युग की एक हल्की-सी भी झलक नहीं थी। मैंने दाँतों से चीथ कर अपनी पेंसिल को तोड़ डाला, उछलकर उठ खड़ा हुआ, अपनी पाण्डुलिपि के दो हिस्से कर डाले, हर पन्ने की चिंदी-चिंदी कर दी मैंने, अपना हैट ज़मीन पर फेंका और उसे रौंदने लगा। "मेरा कुछ नहीं हो सकता!" मैं ख़ुद से खुसफुसाया। "भाइयो और बहनो, कुछ नहीं हो सकता मेरा!" और अपने हैट पर कूद कर उसे रौंदते हुए, मैं यही शब्द बार-बार दोहराता रहा।

एक पुलिसवाला कुछ कदम की दूरी पर खड़ा मुझे देख रहा था—वह गली के बीचोंबीच खड़ा था, और देख रहा था। जब मैंने अपना सर उठाया, हमारी नज़रें मिलीं—शायद वह काफ़ी समय से खड़ा मुझे देख रहा था। मैंने अपना हैट उठाया, उसे पहन लिया, और उसके पास चला आया।

"टाइम क्या होगा, आप जानते हैं?" मैंने पूछा।

अपनी घड़ी खींचकर बाहर निकालने से पहले वह क्षण भर रुका, और पूरा

समय अपनी नज़रें मुझ पर टिकाये रहा।

"चार के आसपास," वह बोला।

"ठीक!" मैं बोला, "चार के आसपास! बिलकुल ठीक! आप अपने काम को बख़ूबी जानते हैं, मैंने देख लिया है और मैं आपको कभी नहीं भूलूँगा।"

यह कहकर मैं चल दिया। वह इतना हैरान रह गया कि कुछ बोल नहीं पाया और खड़ा-खड़ा मुझे मुँह बाए देखता रहा, अपनी घड़ी अभी तक हाथ में पकड़े। जब मैं रॉयल होटल के पास पहुँचा, मैंने पीछे मुड़कर देखा : वह अभी तक जस-का-तस खड़ा था, अपनी आँखों से मेरा पीछा करता हुआ।

यही तरीक़ा है इन जानवरों से पेश आने का। एकदम शालीन धृष्टता से! इसी से प्रभावित होते हैं ये जानवर, ख़ुदा से डर जाते हैं. . .मैं ख़ुद पर इतना प्रसन्न था कि किसी संगीत के कुछ अंश गाने लगा। जोश से झूमते हुए, अब जबकि जिस्म में कोई दर्द भी नहीं था, न ही कोई बदमज़गी महसूस हो रही थी मुझे, मैं चलता रहा, किसी पंख-सा हल्का, पूरी मार्किट में डोलता-फिरता, गुमटियों के बिलकुल क़रीब से चक्कर काटता, आख़िरकार मैं गिरजाघर के क़रीब एक बेञ्च पर जाकर बैठ गया।

क्या इस बात से कोई फ़र्क पड़ता भी था कि मैं दस क्रोनर का नोट वापस करूँ? जब मैंने ले ही लिया था, तो वह मेरा ही था, और जिस परिवार से भेजा गया था, निश्चित ही उसकी हालत खस्ता नहीं थी। मुझे स्वीकार करना ही था उसे दरअसल, क्योंकि वह खास मुझे भेजा गया था–इस बात की कोई तुक नहीं थी कि संदेशवाहक रख लेता उसे। और न ही इसमें कि वह नोट रखकर जो मुझे मिला था, मैं कोई दूसरा नोट भेजता। तो इस बात को लेकर कुछ नहीं किया जा सकता था।

मैं अपने आसपास होते हुए शोरोगुल में पूरी तरह डूब जाने की और अप्रासंगिक विवरणों से अपने मन को ठूँसने की कोशिश कर रहा था, लेकिन कोई लाभ नहीं हुआ और मैं घूम-फिर के दस क्रोनर के नोट तक आ जाता रहा। मैंने मुट्ठियाँ भींच लीं और गुस्सा हो गया। वह आहत होगी, मैं बोला, अगर मैं पैसा वापस भेज देता हूँ–तो फिर मैं क्यों करूँ ऐसा? मैं हमेशा से यही सोचता रहा था कि कुछ भी चीज़ मेरे लायक नहीं है, मैं सिर हिलाकर हर बार टाँग ऊपर रखते जी नहीं, धन्यवाद कहता आया हूँ। अब समझ में आया इस सब का क्या हश्र होता है : लो देख लो, उठाकर गली में फेंक दिया गया हूँ मैं। जब मेरे पास बिलकुल सही मौका था अपनी अच्छी-खासी रिहायश को न छोड़ने का–न जी, मैं हेकड़ दिखाने लगा, पहले ही शब्द पर भड़क उठा और मेज़ पीटने लगा, आनन-फानन में दस क्रोनर दे डाले और चला आया. . .मैंने ख़ुद को अपना अच्छा-भला घर छोड़ देने और यह आफ़त मोल लेने के लिए बुरी तरह कोसा।

जहाँ तक पैसे का सवाल है, भाड़ में गया वह। आग लगे उसे! मैंने तो नहीं

माँगा था दस क्रोनर का वह नोट और दर-हक़ीक़त मुश्किल से अभी हाथ में पकड़ा ही था–कि मैंने फ़ौरन उसे दे दिया, उन बिलकुल अजनबी लोगों को जिनकी सूरत दोबारा देखने की कोई ख़्वाहिश नहीं थी मुझे। ऐसा आदमी हूँ मैं, जो आख़री ओर तक कर्ज़ चुका दिया करता हूँ। और अगर मैं यीलायाली से वाक़िफ़ था, उसे पैसा भेजने का ज़रा भी मलाल नहीं रहा होगा। तो फिर मैं क्यों इस क़दर भड़क रहा हूँ? दरअसल, कम-से-कम यह तो उसे करना ही चाहिए था कि वह बीच-बीच में मुझे दस क्रोनर भेजती रहे। बेचारी लड़की, वह मुझसे प्रेम करती थी, इसमें कोई शक नहीं, शायद पागल थी वह, मेरे प्रेम में. . . .मैंने मन-ही-मन इस ख़याल से ख़ुद को फुला लिया। कोई शक नहीं था–वह प्रेम करती थी मुझसे, बेचारी!. . . .

पाँच बज गये। दिमाग़ी उत्तेजना का यह लम्बा दौरा जो मुझे पड़ा था इसके बाद मैं एक बार फिर मायूसी में डूब गया, और अपनी खोपड़ी से मुझे खोखली गुञ्जन की ध्वनि फिर से आने लगी। मैं अपने सामने हवा में घूरने लगा, आँखें एकदम स्थिर, और एलिफेंट दवाखाने को एकटक देखने लगा। भूख मेरे भीतर अब भड़क चुकी थी, और बहुत पीड़ा होने लगी थी मुझे। वहाँ बैठे-बैठे जब मैं गली को घूरकर देख रहा था, एक आकृति ख़ुद को पूरे दृश्य से अलगाती दीख पड़ने लगी–आख़िरकार वह साफ़ और सुस्पष्ट उभर आयी और मैं पहचान गया उसे;–एलिफेंट दवाखाने के क़रीब बैठी केक बेचने वाली।

मैं चौंक उठा, बेञ्च पर तन गया, और सोचने लगा। इस सब में अपना ही कोई न्याय था, कि ठीक उसी जगह पर, उसी मेज़ के सामने, ठीक वही औरत बैठी थी! मैंने एक-दो बार सीटी बजायी, उँगलियों को चटखाया, बेञ्च से उठा और दवाखाने की ओर चल दिया। अब कोई अगर-मगर नहीं! मेरी बला से–वह पैसा शैतान के निजी ख़ज़ाने से हो, या कुँग्ज़बेरी की खदान से निकली नेक खनकती चाँदी का! बहुत हो गया, ख़ुद्दारी से, जानते हैं आप, किसी की जान भी जा सकती है. . . .

मैं कोने तक गया, औरत को लक्ष्य किया, और ख़ुद को उसके सामने तान लिया। मैं मुस्कराया, ऐसे मुण्डी हिलायी जैसे हम एक-दूसरे को जानते हों, और अपने शब्दों का चुनाव ऐसे किया जैसे कि मेरा लौट कर आना बिलकुल स्वाभाविक हो।

"गुड आफ़्टरनून!" मैं बोला। "शायद इस बार तुमने मुझे पहचाना नहीं है?"

"नहीं," औरत ने धीमे से जवाब दिया। "मुझे नहीं लगता।" वह मेरी ओर देखने लगी।

मैं और मुस्कराने लगा, जैसे कह रहा होऊँ उसका मुझे न पहचानना उसके मज़ाक करने का एक अनूठा ढंग हो। मैं बोला, "क्या तुम्हें याद नहीं एक दिन मैंने तुम्हें क्रोनरों की एक पूरी ढेरी ही दे दी थी? उस समय, जहाँ तक मुझे याद है, मैंने कुछ नहीं कहा था, मुझे नहीं लगता मैंने कुछ कहा था–ऐसी स्थितियों में मैं आमतौर पर कुछ कहता नहीं हूँ। जब आप इज़्ज़तदार लोगों से पेश आते हैं, मैंने

देखा है कि लिखा-पढ़ी करने की कोई ज़रूरत नहीं होती, और ज़रा-ज़रा सी चीज़ के लिए राज़ीनामे बनाने की ज़रूरत नहीं पड़ती। हा-हा। हाँ, मैंने ही वह पैसा तुम्हें दिया था।''

''अच्छा, वह तुम थे। हाँ पहचान लिया मैंने, अभी ध्यान आया मुझे. . . ..''

मैं नहीं चाहता था वह मुझे पैसे के लिए धन्यवाद देने लगे, इसलिए मैंने तुरन्त उसे टोका; मेरी आँखें अभी से उसकी मेज़ पर कुछ खाने के लिए घूमने लगी थीं। ''हाँ, और अब मैं केक लेने आया हूँ।''

उसे यह बात समझ में नहीं आयी।

''केक,'' मैंने दोहराया। ''अब लेने आया हूँ मैं। अगर सारे अभी नहीं, तो कुछ, सारे केक आज नहीं चाहिए होंगे मुझे।''

''तुम केक लेने आये हो?'' उसने पूछा।

''हाँ, बिलकुल लेने आया हूँ, हाँ!'' मैंने जवाब दिया और ज़ोर से हँसा ताकि वह समझ जाये कि उसे पहले ही यह बात ताड़ लेनी चाहिए थी। साथ ही मैंने मेज़ से एक पीस उठा लिया, एक तरह का फ़्रेंच रोल, जिसे मैं खाने लगा।

जब उसने यह देखा, वह थोड़ा तन गयी, और अपना माल बचाने की गर्ज़ से वह सहसा कुछ इधर-उधर हुई, और कुछ इस तरह की बात करने लगी कि उसे यह अपेक्षा क़तई नहीं थी कि मैं उसे लूटने चला आऊँगा।

''नहीं?'' मैं बोला। ''ओह, ऐसा नहीं सोचा था तुमने?'' तो इसका मतलब बड़ी अजीब औरत थी वह! क्या किसी ने पैसे से भरा हुआ अपना बटुआ उसके पास बतौर अमानत रखकर और वापस न माँगा हो, ऐसा कभी हुआ था उसके साथ? देखा! क्या उसने यह मान लिया था कि वह चोरी का पैसा था इसलिए मैंने फेंक दिया था? नहीं? उसने ऐसा नहीं सोचा था? यह तो अच्छी बात है! अगर मैं कुछ कहूँ तो क्या यह कि मुझ पर शक न करके उसने बड़ी कृपा की है मुझ पर! हा-हा! वाक़ई कितनी भली है वो!

''लेकिन फिर तुमने मुझे पैसा दिया ही क्यों था?'' वह औरत धीरज खोकर मुझ पर चिल्लायी। मैंने उसे समझाया कि मैंने उसे पैसा क्यों दिया था, शान्ति से और सही-सही समझाया : मैं ऐसा इसलिए किया करता हूँ क्योंकि मैं मानवता में विश्वास करता हूँ। अगर लिखा-पढ़ी या कर्ज़ लेकर मुझे कोई रसीद-वसीद देने की पेशकश करे तो मैं सर हिलाकर कहता हूँ, नहीं जी, धन्यवाद। मैं ऐसा हूँ, यह सच है, ख़ुदा मदद करे मेरी।

लेकिन वह फिर भी समझ नहीं रही थी।

मुझे दूसरा ढंग अख़्तियार करना पड़ा। मैं तल्ख़ी से बात करने लगा और बोला कि मुझे बकबक नहीं सुननी हैं। क्या किसी ने उसे चीज़ों के लिए कभी पेशगी नहीं दी थी जैसे कि मैंने? मिसाल के तौर पर साधन-संपन्न लोगों ने, या दूतावास में

काम करने वालों ने? कभी नहीं? बहरहाल, अगर वह इस प्रथा से वाक़िफ़ नहीं थी, तो इसके लिए मुझे तो ज़िम्मेदार नहीं ठहराया जा सकता था न। अन्य देशों में तो यह आम चलन है। क्या वह कभी देश से बाहर गयी भी है? नहीं? देखा, नहीं न! इस मामले में अपना मत प्रकट करने का उसे कोई अधिकार नहीं था. . . ..मैंने मेज़ से काफ़ी केक और उठा लिये।

वह गुस्से से गुर्रायी, अड़ गयी कि वह मेज़ पर पड़ा कोई सामान मुझे देने वाली नहीं है, एक केक उसने छीन भी लिया मेरे हाथ से और बोर्ड पर वापस रख दिया। इस बात पर मुझे गुस्सा आ गया, मैं मेज़ को पीटने लगा और उसे पुलिस की धमकी देने लगा। मैंने कहा कि मैं उससे नरमी से पेश आ रहा हूँ; अगर मैं अपना पूरा हक जताने लगूँ, तो मैं उसका सारे माल पर हाथ साफ़ कर सकता हूँ, क्योंकि मैंने उसे एक अच्छी-ख़ासी रकम दी थी। लेकिन पूरी वसूली करने का मेरा कोई इरादा नहीं था, असल में मैं आधा हिस्सा लेने को तैयार था। और तो और मैं उसके पास दोबारा फटकने वाला भी नहीं था। ख़ुदा खैर करे, सवाल ही नहीं था, यह देखते हुए कि वह किस क़िस्म की शख़्स थी।

उसने आख़िर कुछ टुकड़े चुने, और जो दाम बताये, विश्वास करने लायक नहीं थे, चार-पाँच केक जिनकी वह मनमानी कीमत आँक रही थी, उसने मुझे दिये और मुझसे चले जाने को कहा। मैं उससे बहस करता खड़ा रहा, कि उसने हिसाब में कम-से-कम एक क्रोनर का थूक तो मुझे लगा ही दिया था और मनगढ़ंत दाम लगाकर मुझे लूट लिया था। "क्या तुम्हें मालूम नहीं है कि ऐसी कमीनी हरक़तों के ख़िलाफ़ एक कानून है?" मैं बोला, "ख़ुदा रहम करे। तुम्हें इसके लिए ज़िन्दगी भर गुलामी की सज़ा भुगतनी पड़ सकती है, बुड्ढी चमगादड़!"

उसने मेरी ओर एक और केक फेंका और लगभग दाँत पीसते हुए मुझसे दफ़ा हो जाने को कहा।

तो मैंने उसका पीछा छोड़ दिया।

"या ख़ुदा, एक दुष्ट केक बेचने वाली जैसा कोई तुम्हें टकरने वाला नहीं है!"

मार्किट में से गुज़रते हुए और केक खाते हुए पूरा समय मैं उस औरत और उसके घिनौने व्यवहार की बात ऊँचे स्वर में करता रहा, उससे अपने वार्तालाप को दोहराते हुए—मुझे लगा कि मैं उस बातचीत में ज़्यादा खरा सिद्ध हुआ था। मैं बात करते समय सरेआम सबके सामने केक खा रहा था।

केक एक-के-बाद एक ग़ायब होने लगे। इससे कोई फ़र्क नहीं पड़ रहा था कि मैं कितने केक लील चुका था, भूख अब भी वैसी ही भयानक थी। क्योंकि फ़र्क नहीं पड़ रहा था! मैं उनके लिए इस क़दर ललचाया हुआ था कि मैंने लगभग आखिरी टुकड़ा तक निगल डाला था, जो मैंने वॉग्नमाँद्स स्ट्रीट वाले उस लड़के के लिए बचा कर रखा था जिसके सिर पर उस आदमी ने थूका था, मैं पूरा समय उसके

बारे में सोचता रहा था, उछलकर खड़े होते, रोते और गाली बकते वक्त जो उसका चेहरा था वह मुझे भुलाये नहीं भूलता था। जब उस आदमी ने थूका था तो लड़के ने घूम कर मेरी खिड़की की ओर भी देखा था, यह जानने के लिए कि कहीं मैं भी उस पर हँस तो नहीं रहा था। भगवान जाने मैं उसे अब ढूँढ़ भी पाऊँगा या नहीं! मैं जितनी जल्दी हो सकता था वॉग्नमाँद्स स्ट्रीट पहुँचा, उस जगह से गुज़रा जहाँ मैंने अपना नाटक फाड़कर फेंक दिया था, काग़ज़ की कुछ चिंदियाँ अब भी पड़ी थीं वहाँ। मैं उस पुलिस वाले से भी बच निकला जो मेरे व्यवहार को देखकर हैरान रह गया था, और अन्त में मैं उस चबूतरे तक आन पहुँचा जहाँ वह लड़का बैठा था।

वह नहीं था। गली क़रीब-क़रीब खाली थी। अँधेरा हो रहा था और लड़का मुझे कहीं दिखायी नहीं दिया। वह शायद भीतर जा चुका था, मैंने एहतियात से केक को दहलीज पर रख दिया दरवाज़े से टिकाकर, ज़ोर से दरवाज़ा खटखटाया और गली में निकल भागा। "उसे मिल तो जायेगा ही।" मैंने ख़ुद से कहा। "दरवाज़े पर आकर पहली चीज़ वह यही देखेगा!" और लड़के को केक मिल जाने की पगली ख़ुशी से मेरी आँखें नम हो आयीं।

और मैं स्टेशन के रास्ते समुद्री घाट की ओर निकल आया।

मुझे अब और भूख नहीं थी, हालाँकि मीठे केक खाने से पेट में दर्द होने लगा था। मेरे ज़हन में फिर ऊल-जलूल विचार फूट पड़े। अगर मैं जाकर किसी बँधे जहाज़ की रस्सी काट डालूँ तो? अगर आग-आग चिल्ला दूँ तो? मैं पानी में बिछी पियर पर आगे निकल गया, बैठने को एक लकड़ी की पेटी मिल गयी मुझे और मैंने हाथ जोड़ लिये; मुझे अपना दिमाग़ बिखराब की कगार की ओर सरकता महसूस हुआ। इस बार मैं हिला-डुला भी नहीं, रोकने की कोई कोशिश नहीं की।

मैं बस रूसी झंडे वाले जहाज़ पर लिखे नाम *कोपेगोरो* को घूरता बैठा रहा। रेलिंग पर एक आदमी दिखा मुझे; बन्दरगाह की लाल लालटेन उसके सिर पर चमक रही थी। उससे बात करने मैं उठ खड़ा हुआ। मेरे मन में बात करने का कोई विचार नहीं था, मुझे जवाब की दरकार भी नहीं थी। मैं बोला, "आज रात आप निकल रहे हैं, कप्तान साहब?"

"हाँ, थोड़ी देर में," वह बोला। वह स्वीडी बोल रहा था। शायद फ़िनूलैंड में पैदा हुआ होगा, मैंने सोचा।

"हम्म्म। आपको किसी आदमी की ज़रूरत तो नहीं है न, है क्या?" उस क्षण मुझे हाँ और नहीं की परवाह नहीं थी, मेरे लिए एक ही बात थी। मैं प्रतीक्षा करता रहा, उसे देखते हुए।

"ओह, नहीं," वह बोला। "हमें कोई जवान आदमी चाहिए होगा।"

"जवान आदमी!" मैं सीधा खड़ा हो गया, चश्मा उतारकर जेब के हवाले किया,

तख़्ती पर चलते हुए जहाज़ पर जा चढ़ा।

"मैं अनुभवी तो नहीं हूँ," मैंने जवाब दिया, "लेकिन आप मुझे जो भी काम देंगे, मैं करूँगा। यह जहाज़ कहाँ जाने वाला है?"

"हमारे पास लीड्ज़ तक नीरम भरे हैं। उसके बाद काडिज़ तक के लिए कोयला लदा है।"

"अच्छी बात है!" मैं ख़ुद को पेलते हुए बोला। "मुझे कोई फ़र्क नहीं पड़ता कहाँ जा रहा है। मैं अपना काम करूँगा, और इसके अलावा मुझे और किसी चीज़ की परवाह नहीं है।"

वह मुझे देखते हुए खड़ा रहा, इस पर विचार करते हुए।

"क्या तुमने पहले कभी जहाज़ पर काम किया है?"

"नहीं, लेकिन जैसा मैंने कहा, आप मुझे काम दीजिए, और मैं करूँगा। मैं हर तरह का काम करने का आदी हूँ।"

उसने इस पर कुछ और विचार किया। अपने दिमाग़ में मैं ख़ुद को जाता हुआ देख रहा था, और मैं बुरी तरह जाना चाहता था; मैं डरने लगा कि वह मुझे खदेड़ कर किनारें पर कर देगा।

"क्यों, आपका क्या विचार है कप्तान साहब?" आख़िर मैंने पूछा। "काम चाहे कुछ भी हो, मेरे हिस्से में जो आयेगा, मैं करूँगा। और भी करूँगा! अगर मैं अपने हिस्से से ज़्यादा नहीं कर पाता हूँ, तो मैं किसी काम का नहीं। ज़रूरत पड़ने पर मैं एक ड्यूटी के तुरन्त बाद दूसरी के लिए भी तैयार मिलूँगा आपको। मेरा ही भला होगा, और मुझे इसमें कोई परेशानी भी नहीं होगी।"

"ठीक है, ठीक है, हम देख लेते हैं," वह बोला, और मेरे अन्तिम शब्दों पर हल्का-सा मुस्कराया। "अगर नहीं चलेगा तो हम लोग इंगलैंड में अलग हो सकते हैं।"

"जी, बिलकुल सही है।" मैंने जवाब दिया, एकदम प्रसन्न होते हुए। मैंने दोहराया कि अगर नहीं चलेगा तो हम लोग इंगलैंड में अलग हो सकते हैं।

तो उसने मुझे एक काम दे दिया. . . .

फ़्योर्ड पर आगे निकल आने पर बुखार और श्रम से तर-बतर मैं सीधा खड़ा हुआ, ज़मीन की ओर नजर घुमायी और इस बार के लिए शहर को अलविदा कहा, क्रिस्तिआनिया को, जिसके घरों की सभी खिड़कियाँ इतनी तेज़ी से चमक रही थीं।

●●●

परिशिष्ट

भूख के प्रभावशाली होने की एक वजह यह है कि यह उपन्यास दस साल के सच्चे और अत्यन्त दुष्कर जीवन को कुछ महीनों में संकुचित कर देता है। हाम्सुन के भुखमरी और शारीरिक मेहनत के दस साल, अपने असर में दोस्तोएव्स्की द्वारा साइबेरिया की जेलों में बिताये गये सालों की तरह थे : इस अनुभव ने बड़ी सख़्ती से उन्हें भीतर की ओर धकेल दिया था, उनकी कल्पना को तीखा कर दिया था, उन्हें सिर्फ़ एक 'लेखक' से कहीं अधिक बना दिया था। इस अनुभव ने उन्हें अन्तर्मुखी बनने को मजबूर कर दिया था। उन दस सालों के दौरान हाम्सुन को 'पढ़े-लिखे' लोगों के बीच नौकरी नहीं मिली। इस तरह की नौकरियों—जैसे अमरीका में पढ़ाने की नौकरी—का मतलब होता है कि लेखक उन लोगों के साथ काम कर रहा है जिनसे 'वह बात कर सकता है'। क्योंकि हाम्सुन कभी भी इन लोगों के साथ नहीं थे, उन्होंने उनकी बजाय खुद से बात करना सीख लिया। स्पेनी कवि अन्तोनियो मशादो ने कहा था कि लेखक को खुद को सुनना चाहिए, और 'उसे चाहिए कि वह अपने अन्दर खुद से ही चल रही बातचीत के कुछ पदों को सुनकर विस्मित हो जाये, उनसे आगे निकल जाये, और ज़िन्दा आवाज़ों को मृत प्रतिध्वनियों से अलग पहचान ले।' 'आधुनिक अमरीका का सांस्कृतिक जीवन' के आमुख में उन्होंने कहा था, 'सच कहने का दोनों पक्षों को देखने या तटस्थ रहने से कुछ भी लेना-देना नहीं; सच कहने का अर्थ है निःस्वार्थ अंतर्मुखता।'

भूख में हाम्सुन उन्नीसवीं सदी के अन्त में यूरोपीय चिन्तन में अन्तर्मुखता की ओर एक व्यापक रुझान में हिस्सा ले रहे थे : शिएर्केगार्द ने भी इस आन्दोलन में हिस्सा लिया था, इसी तरह डेनिश उपन्यासकार येन्स पीटर येकबसन ने भी, जिनकी कृतियों को रिल्के इतना प्यार करते थे। येकबसन और शिएर्केगार्द की तरह हाम्सुन दृढ़ निश्चय के साथ अंतर्मुखी हो गये। उन्होंने वर्षों तक हर घड़ी अपनी मनःस्थितियों में उतारों-चढ़ावों पर नज़र रखकर *भूख* की तैयारी की। एक विचार या आवेग चाँद

की तरह क्षितिज से उठता है : हाम्सुन, एक अन्तर्मुखी खगोलशास्त्री की तरह, उसके सम्पूर्ण रास्ते को ध्यान से देखते हैं; उन्हें यक़ीन है कि हम अपने अन्दर के दैवी या शैतानी पिण्डों को ग़ौर से नहीं देखते आये हैं।

वे अत्यधिक ग़ौर से देखते हैं। हमारे बेहतर उपन्यासकार सजीव ढंग से दिखाते हैं कि कैसे उनके पात्रों के विचार, एक घण्टे या आधे घण्टे के दौरान, विचित्र घुमाव और आकस्मिक मोड़ लेते हैं। पर हाम्सुन अपने पात्रों के एक-एक मिनट का नक्शा खींच देने में सक्षम हैं। वे अपनी आँख पर, सुनार की तरह, सूक्ष्मदर्शी लेन्स लगाये रहते हैं। पाठक पात्रों की बुद्धि के बारीक वर्णन से चकित रह जाता है, और उस बुद्धि की तीक्ष्णता से भी।

आजकल ऐसी किताबें कितनी कम हैं, जिनका नायक एक जीनियस है। ऐसी किताबें और भी कम होती जा रही हैं, क्योंकि गम्भीर उपन्यासकारों में अपने से कम बुद्धिमान लोगों को किताबों में जगह देने का रुझान अब बढ़ता जा रहा है, ताकि पाठकों को अजीब न लगे। हाम्सुन इस प्रचलन को हिक़ारत से देखते हैं। आपके उपन्यास का नायक आपकी कल्पना का सबसे बुद्धिमान व्यक्ति हो यह ईसाईयों से ज़्यादा यूनानियों का विचार है। यूनानी शक्तिशाली चरित्र और मज़बूत बुद्धि वाले नायकों को पसन्द करते थे। *भूख* में एक और यूनानी गुण है जो प्राचीन त्रासदियों और बहुत से प्राचीन काव्य में भी मिलता है—एक विचित्र किस्म का आनन्द। यह कहना अजीब लग सकता है कि *भूख* नाम की यह किताब असल में आनन्द से भरी हुई किताब है, पर यह सही है। इसके गद्य का मिजाज़ उल्लास का है : बुद्धि को देखने का उल्लास, खासतौर पर गहरे संकट में भी बुद्धि के क्रीड़ाभाव को देखने का उल्लास।

भूख ने बहुत से पाठकों को स्तब्ध कर दिया था, और वह अब भी ऐसा करता है, क्योंकि जब वे पैशाचिक भावना की झलक पाते हैं तो हाम्सुन रेट्रिक या हिस्टीरिया का सहारा नहीं लेते। पैशाचिक, जिसमें बिली ग्राहम तथा विलियम बोरोस दोनों अलग-अलग तरह से फँसे हुए हैं, के प्रति ज़्यादा रुढ़ीवादी पश्चिमी रवैया हिस्टीरिया में से निकलता है। हाम्सुन एक क्रूर भावना को उठते हुए देखते हैं—उदाहरण के लिए, अपनी इज्ज़त बचाने की गर्ज़ से उनके पात्र द्वारा गली की वेश्या से बातचीत बन्द कर देना—और वे एक कट्टर धर्मावलम्बी की तरह नीतिवादी नहीं बन जाते, न ही वे साद के शिष्यों की तरह लालच से अपने होठों को चाटने लगते हैं, बल्कि वे उस भावना को शन्ति से देखते हैं, यहां तक कि स्नेह से भी। एक बूढ़े ज़ेन शिक्षक जैसी उनकी शान्ति यह बताती है कि भावावेगों के प्रति यह सारा हिस्टीरिया मूर्खतापूर्ण और बुद्धिविहीन है : सही जीवन का सारतत्व यह है—जब आप भूखें हैं तो खायें; जब आप थके हुए हैं तो सो जायें। इस तरह नैतिक दृष्टि से यह किताब अधिकाँश पश्चिमी साहित्य के प्रतिकूल है, और यह यूरोप के अधिकाँश नैतिक साहित्य से मेल

नहीं खाती। *भूख* ने अपने समय की बहुत सी नीतिवादी कृतियों के परखचे उड़ा दिये थे। इब्सन की कृतियाँ ऐसी ही थीं।

हाम्सुन चीज़ों के परखचे उड़ाना पसन्द करते थे। यह सही है कि एक नये किस्म की कला आराम से, बिना किसी समस्या के, पुरानी कला को पृष्ठभूमि में धकेल सकती है। इलियट की *वेस्टलैंड* के सामने ब्राउनिंग की कृतियाँ दुर्बल लगने लगीं, हालाँकि इलियट ने स्वयं कभी ब्राउनिंग की निन्दा नहीं की। इसके विपरीत, हाम्सुन ने खुद अपने से वरिष्ठ लेखकों पर हमले किये। *भूख* के छपने के थोड़े समय बाद, जब उन्हें बहुत कम लोग जानते थे, वे व्याख्यान देने के लिए नार्वे के भ्रमण पर निकले। उस समय चार लेखक देश के साहित्यक नायक थे : ब्यॅर्नसन, आलिक्साँदर शिएलँड, योनास लिए, और हेनरीक इब्सन। लोग उनसे उसी तरह प्रेम करते थे जैसे अमरीकी लोग राबर्ट फ़्रॉस्ट या मारिआन मूर से—बल्कि उससे भी ज़्यादा; राष्ट्रीय गर्व के बादल उन्हें घेरे रहते थे। हाम्सुन ने राष्ट्रीय गर्व को एक तरफ़ कर दिया—ब्यॅर्नसन के अतिभावुक और परस्पर विरोधी विचारों को छेद डाला और योनास लिए तथा शिएलँड की धुँधली और अस्पष्ट कला पर आक्रमण किया। उनके आक्रामक व्याख्यानों की बात फैल गयी। अन्तिम व्याख्यान के दौरान, ऑस्लो में, हेनरीक इब्सन, जो बीस से भी अधिक साल दक्षिणी यूरोप में बिता कर अभी-अभी लौटे थे, अगली कतार में बैठे हाम्सुन को घूर रहे थे। हाम्सुन झिझके नहीं, और उन्होंने इब्सन की नैतिक प्रवचन देने की आदत का मजाक उड़ाया, और उनके नाटकों की बहसाना शैली का; हाम्सुन की नज़र में ये नाटक असली मनोवैज्ञानिक नाटकों के मुक़ाबले कहीं हल्के थे। उन्होंने इस बात को लेकर इब्सन पर आक्रमण किया कि उनके पात्र उनके पाठकों से ज़्यादा बुद्धिमान नहीं थे।

इब्सन का नाटक 'द मास्टर बिल्डर', जो इस घटना के कुछ देर बाद लिखा गया, मेरे विचार में हाम्सुन के साथ बितायी गयी उसे तकलीफ़देह घड़ी की उपज है। इसमें इब्सन एक नये वास्तुशिल्पी की बात करते हैं जो पुराने, कम शिक्षित मास्टर बिल्डर को चुनौती दे रहा है। इब्सन का नायक स्वीकार करता है कि वह ज़्यादातर 'आम लोगों के लिए' ही घर बनाता रहा है; शायद यह उसकी ग़लती थी कि उसने भव्य 'गिरजाघर' बहुत कम बनाये।

इस नज़रिये से देखा जाए तो *भूख* एक गिरजाघर है। यह एक गिरजाघर इसलिए है क्योंकि पूरा उपन्यास एक ऐसा कक्ष है जिसमें व्यक्तित्व का एक अज्ञात हिस्सा गूँजता रहता है।

भूख शुरू से आखिर तक एक रोचक आस्था से भरा हुआ उपन्यास है, अवचेतन के प्रति एक अजीब, लगभग अन्धविश्वासी आस्था। मुख्य पात्र 'अपने एण्टीनों से' बहुत कुछ सुनता है। उससे बात करने से पहले ही उसे लगता है कि गली में लैम्प के नीचे खड़ी काले कपड़ों वाली औरत उससे जुड़ी हुई है। उसे विश्वास है कि 'सिस्लर'

शब्द **'दैवी शक्तियों'** द्वारा उसे भेजा गया एक चिह्न है। वह अपने भावावेगों का एकदम पालन करता है, अपने अवचेतन और चेतन के बीच असाधारण तौर पर जगह प्रकट करता हुआ, चाहे वह अपनी उँगली काट खाने की भावेच्छा हो (जो उसे एक गम्भीर किस्म की बदहवासी में से बाहर खींच लाती है), या टैक्सी पर एक ऐसे पते को ढूँढ़ निकालने की, जो है ही नहीं, या फिर अजनबियों से बात करने की इच्छा। इन भावेच्छाओं का पालन करने में उसे बहुत ख़ुशी महसूस होती है।

भूख का मुख्य पात्र अपने प्रति ज़रा भी दया महसूस नहीं करता, और न ही हम उस के प्रति दया महसूस करते हैं, क्योंकि पूरे उपन्यास में यह भावना बनी रहती है कि उसकी भुखमरी किसी तरह उसके अवचेतन द्वारा योजनाबद्ध है—कि हो न हो उसके अवचेतन ने उसके किसी हिस्से को ठीक करने के लिए इस यन्त्रणा का चुनाव किया है। *भूख* का नायक अवचेतन का पालन करता है, और कष्ट के बावजूद तब तक भूखा रहता है जब तक वह उस सब का अनुभव नहीं कर लेता जिसका अनुभव उसे करना ही है, या वो सब कुछ जान नहीं लेता जो उसे जानना है। जो हमें आपद जान पड़ता है उसे उसकी आत्मा एक गुप्त विजय की तरह अनुभव करती है। अपने आप को ज़िन्दा रख पाने की उसकी अराजक अयोग्यता उसकी आत्मा द्वारा आज्ञापालन की तरह अनुभव की जाती है। एक लापरवाह प्रेक्षक को जो घटनाएँ क्षुद्र पतनों की एक शृंखला जैसी लगती हैं, वे हाम्सुन के पात्र की आत्मा को एक साधक के उल्लास की तरह जान पड़ती हैं, जिनमें से हरेक में व्यक्तित्व को उसके पुराने खोल से जोड़ने वाले छोटे से कुछ रेशे बिखर कर गिर जाते हैं। शारीरिक कष्ट की कीमत पर भी उसका अपने अवचेतन की आज्ञा का पालन करना सही चीज़ है; यही जीनियस और ज्ञान का रास्ता है। उसकी कष्टपूर्ण भूख ने आरोग्यकारी शक्ति की एक विशाल संचिति को अनावर्त कर दिया है जो उसके मानस में छिपी हुई पड़ी थी। ब्लेक ने लिखा था : 'यदि मूर्ख अपनी मूर्खता में लगा रहे तो बुद्धिमान हो जाये।'

जब हाम्सुन का नायक वह सब अनुभव कर लेता है जो उसे करना था, और वह सब जान लेता है जो उसे ज़ानना था, उसका अवचेतन उसकी भुखमरी में रुचि खो देता है और उसे जहाज़ की नौकरी करने देता है, और किताब का अन्त हो जाता है। तब तक, वह बदल गया है। नायक अन्त में ज़हाज़ पर यह महसूस करता है। जब वह क्रिस्तिआनिया की ओर वापिस देखता है, 'जहाँ खड़िकियाँ इतनी तेज़ चमक रही थीं', वह समझ जाता है कि अब वह उससे अलग है, कि अब वह यूरोप के आरामदेह घरेलू जीवन का हिस्सा कभी नहीं होगा। यह सच है हाम्सुन खुद अपने उपन्यास का पात्र नहीं थे, और ऐसा नहीं कहा जा सकता कि वे खुद भी पहले से विवेकशील हो गये थे...

एक अन्तिम विवरण : वेयदेल यार्ल्सबेर्ग, यह नाम जो नायक उस सहमी हुई

लड़की को बताता है जो उसे भिखारी समझ रही है, नार्वे के उस एकमात्र कुलीन घराने का है जो (प्लेग की) महामारी में बचा रह गया था। यह नाम नार्वीजी मानस में एक ख़ास स्पन्दन पैदा करता है। किताब में इस नाम से अचानक नमूदार होने को नार्वीजी पाठक एक ऐसे गुस्ताख मज़ाक की तरह लेते हैं, जो यूँ भी पूरे उपन्यास का एक ख़ास अन्दाज़ है।

रार्बर्ट ब्लाय
मैडीसन, मिनेसोटा
अप्रैल 1967

अनुवाद : रुस्तम